Versprechen und Granatäpfel

Versprechen und granatäpfel

MONSTER & MUSEN

BUCH EINS

SAV R. MILLER

ÜBERSETZT VON
NATASCHA SCHWORER & ANDREA BENESCH

Sav R. Miller

Versprechen und Granatäpfel
Monster & Musen #1

Copyright © 2021 Sav R. Miller
Copyright © 2024 der deutchsprachigen Ausgabe by SVM Publishing

Übersetzung: Natascha Schworer & Andrea Benesch
Coverdesign: TRC Design

Bestellung und Vertrieb: Nova MD GmbH, Vachendorf

ISBN: 978-3-98942-104-2

We must bring our own light to the darkness.

- Charlie Bukowksi

Anmerkung Der Autorin

Die Geschichte von Kal und Elena ist eine düstere, zeitgenössische Romanze, die lose auf dem Rahmen und den Figuren des Mythos von Hades und Persephone basiert. Bitte beachten Sie, dass es sich nicht um Fantasy, historische Romantik oder eine wörtliche Nacherzählung handelt.

Dieses Buch ist ein düsterer Liebesroman, d. h. es enthält viele Auslöser, wie z. B. grafische Gewalt, explizite sexuelle Szenen und andere Situationen für Erwachsene.
Wenn Sie dieses Genre nicht lesen, empfehle ich Ihnen, nicht weiterzulesen.

Versprechen und Granatäpfel ist eine eigenständige, zusammenhängende Geschichte in voller Länge. Es wird Handlungspunkte und Nebengeschichten geben, die nicht sofort aufgelöst werden und die sich durch die Serie ziehen.

Ich hoffe, Sie genießen die Liebesgeschichte von Kal und Elena.

Ich empfehle dem Leser Diskretion.

Playlist

"Pomegranate Seeds" - Julian Moon

"Love race" - Machine Gun Kelly, Kellin Quinn

"Forever Yours" - Grayscale

"She's A God" - Neck Deep

"Goddess" - Naira Burns

"Gossip" - Sleeping With Sirens

"Massacre" - Kim Petras

"Devil I Know" - Allie X

Prolog

Kal

A ls Kind hatte ich mich an die Stille gewöhnt.
Die Art, die man in schläfrigen Krankenhauszimmern findet, versteckt zwischen dem dumpfen, intermittierenden Piepen eines elektrischen Monitors und dem ständigen Tropf eines Infusionsbeutels.

Mit jeder Unterbrechung, Krankenschwestern, die Blut abnehmen, oder Familienmitglieder, die falsche moralische Unterstützung anbieten – sehnte sich mein Körper nach der Leere.

Ich verliebte mich in die ihr innewohnende Stille – die

Ruhe, die sie ausstrahlt, die Geheimnisse, die man in ihrer Tiefe verbergen kann.

Ich lernte, sie in Zeiten des Chaos aufzusuchen, eine Kraft, die mich stärkt. Schließlich wurde es zu einer Notwendigkeit.

Die am schwersten zu bändigende Sucht.

Eine Besessenheit.

Ein ... Bedürfnis.

Meine Kommilitonen im College und später meine Kollegen nannten es eine psychische Störung. Sie sagten, mein Gehirn sei so verdrahtet, dass es bei bestimmten Reizen einen Kurzschluss erleidet – manchmal sogar durch die bloße Existenz von Reizen überhaupt.

Ich hatte das Gefühl, dass mich das schwach machte. Dysfunktional.

Deshalb sehnte ich mich nach einem Ventil. Irgendwo, wo ich hingehen konnte, um mich nicht in der Abwesenheit von Lärm zu verlieren. Ein Ort, an dem die in meiner DNA kodierte Gewalt befriedigt werden konnte, an dem meine Sehnsucht nach Tod und Zerstörung gestillt wurde.

Die Arbeit für Rafael Ricci, den Don von Bostons – damals – führender Verbrecherfamilie, sollte nie von Dauer sein. Er hatte mich von der Straße geholt und mir ein Leben im Luxus versprochen, wenn ich mir nur die Hände ein wenig schmutzig machen würde.

Aber wie alle anderen Dinge geriet auch das außer Kontrolle.

Ich lernte, dass ich den Geschmack von Brutalität auf meiner Zunge genieße.

Ich liebe die Art und Weise, wie sie aufblüht wie eine Blume, die aus der Erde sprießt und ein Verlangen wie kein anderes entfacht.

Eine Verzweiflung, die nur durch das Gefühl des pulsierenden Herzens eines anderen unter meinen Fingern gelindert wird – ein zartes, *menschliches* Flimmern, versteinert und stumpfsinnig in meinem Sog.

Eine Sehnsucht, die nur von blutigen Händen und von ihnen verstümmelten Körpern gestillt wird – *meinen* Händen, den beiden, die einen Eid auf die Heilung geschworen haben.

Ich ließ die dunkelsten Sehnsüchte in mir leben, die sich in meiner Verpflichtung gegenüber einer Organisation manifestierten, der ich beitrat, bevor ich wusste, was ich tat, und der ich wegen der Anständigkeit meines Tagesjobs einen Freibrief erteilte.

Das sollte genügen.

Moralische Entscheidungen, über die ich nicht nachgedacht habe, bis die Grenzen so weit überschritten waren, dass ich sie nicht mehr unterscheiden konnte.

Bis Elena.

Die verbotenste aller Früchte.

Persephone für meinen Hades, wie mich manche zu nennen pflegten. Der Frühling in einer Welt, die von Tod und Zerstörung geprägt ist.

Eine Frau, die ich verachtete, bis ich von einer neuen Obsession geblendet wurde.

Bis ich sie gekostet habe – die taufrische Essenz ihrer geschmeidigen Haut, den Geruch ihrer Erregung, der auf ihren eigenen Fingerspitzen glitzerte, das Salz ihrer Tränen, als ich die letzten Reste ihrer Unschuld zerstörte.

Ob sie es weiß oder nicht, sie hat sich mir in dieser Nacht hingegeben.

Sie gab ihre Seele unter dem Vorwand der *Wahl* auf.

Und obwohl ich so verschwand, wie es der Tod gewöhnlich tut –still und leise, vor dem Morgengrauen, hatte ich nie die Absicht, nicht zurückzukehren und zu kassieren.

KAPITEL
Eins

S chlürf.
    Schlürf.
    Schlürf.

Ich knirsche mit den Zähnen, bis mein Kiefer schmerzt, und starre meinen Chef an, während er an einer Tasse dampfenden Tees nippt und sich das Video auf seinem Computer ansieht.

Das Geräusch, mit dem seine Lippen die Flüssigkeit aufsaugen, geht mir auf die Nerven, wie ein stumpfes Messer, das an den ausgefransten Rändern sägt. Als er den Zettel in meine Richtung schiebt, seine Tasse abstellt und seine Brille abnimmt, habe ich mir schon alle Möglichkeiten ausgemalt, wie ich ihn umbringen könnte.

Eine Überdosis Insulin wäre der einfachste und sauberste Weg – vor allem, da er sein Messgerät und seine Stifte ungeschützt in der oberen rechten Schublade seines Schreibtischs aufbewahrt.

Ich vermute allerdings, dass sich die meisten Männer in unserer Welt nicht die Zeit nehmen würden, sich über die Methodik von Anschlägen zu informieren; sie wollen schnelle Lösungen und entsorgte Leichen, und es ist ihnen egal, ob ihre Verbrechen zurückverfolgt werden können, weil sie die örtliche Polizei ohnehin finanzieren.

Alles, was sie interessiert, ist der Erhalt ihrer Macht.

Ihren Vorsprung.

Und eine Überdosis ist nicht befriedigend.

Nicht auf die gleiche Weise wie jemandem die Brusthöhle aufzuschneiden, den Brustkorb zu brechen, die Rippen zu entblößen und das schlagende Herz herauszuschneiden, während das Leben aus den Augen blutet.

Es hat etwas Magisches, wenn man das Leben eines anderen in den Händen hält. Eine Art von Symmetrie, die in der Natur zu finden ist, wo du die Möglichkeit hast, Bestien einem grausamen Schicksal zuzuführen oder sie stattdessen zu heilen.

Sie sind dir völlig ausgeliefert.

Eine Macht, die sich Rafael Ricci nicht einmal ansatzweise vorstellen kann – deshalb hat er ja mich.

Schließlich wischt er sich mit der Hand über sein glatt rasiertes Kinn, nimmt die Brille von der Nase, lehnt sich in seinem Ledersessel zurück und sieht zu mir auf. Seine dunklen Augen mustern mich mit leerem Blick, ohne auch nur einen Hinweis darauf zu geben, was hinter ihnen vor sich geht.

Ich schlage ein Bein über das Knie und umklammere das Gelenk mit einer behandschuhten Hand, um zu warten. Nach fast zwanzig Jahren gemeinsamer Arbeit ist ihm sicher klar, dass ich kein Fieber bin, das man ausschwitzen kann.

Wenn er schweigend dasitzen will, bis einer von uns zusammenbricht, werde ich spielen. Es steht nur das Leben seiner Tochter auf dem Spiel.

Rafe schnippt mit den Fingern und gibt den beiden stämmigen Wachen ein Zeichen, den Raum zu verlassen, wobei der dicke Goldring an seinem Daumen in der Deckenbeleuchtung glitzert. Er greift in seine Schreibtischschublade und holt eine Karaffe mit dem Ricci–Wappen und zwei Kristallbecher heraus.

Ohne ein Wort zu sagen, gießt er den Alkohol in die Gläser und schiebt eines in meine Richtung, bevor er es zum Mund führt und einen großen Schluck nimmt. Etwas davon tropft auf den Kragen seines weißen Hemdes, aber er scheint es nicht zu bemerken.

Ich halte mein Glas mit der Hand über mein Knie, trinke aber nicht.

Er seufzt und zieht eine Augenbraue hoch. »Es ist unhöflich, die Gastfreundschaft seines Chefs abzulehnen.«

»Nicht, wenn mein Chef weiß, dass ich nicht zur Happy Hour hierher gekommen bin.«

Er trinkt den Rest aus, stellt den Becher zurück auf den Holztisch und wischt sich mit einem Ärmel den Mund ab.

»Weshalb *sind* Sie hergekommen, Anderson? Bis jetzt haben Sie es noch nicht gesagt.«

»Das Video spricht für sich selbst, oder?«

»Ich habe schon bemerkt, dass Sie meine älteste Tochter in *meinem* Haus ficken, obwohl sie seit ihrer Zeugung mit einem anderen verlobt ist.«

Mein Blut kocht bei dem Gedanken an die Hände eines anderen Mannes auf ihrem weichen, geschmeidigen Fleisch, seine Lippen auf ihren, seine DNA dort, wo sich meine zuerst hinwagte. Ich schließe meine Hand um das Glas und drücke zu, bis meine Finger taub werden, um meine Reaktion zu dämpfen.

Ich weiß, dass ich es mir nicht leisten kann, die Kontrolle zu verlieren.

»Nun, wir alle wissen, dass Treue nicht gerade zu Riccis Stärken gehört.«

Sein Kiefer zuckt, aber er geht nicht auf den Köder ein. Vielleicht, weil er sich nicht sicher ist, auf wessen Affäre ich mich beziehe – seine oder die seiner Frau. Oder vielleicht, weil es nicht wirklich wichtig ist, denn meine Behauptung zu widerlegen, macht sie nicht weniger wahr.

»Elena ist nicht wie der Rest von uns«, sagt er und blickt auf das gerahmte Bild von ihr in der Ecke seines Schreibtischs. Darauf trägt sie ihre Schulmütze und den Talar und liegt in einem Blumenfeld, mit der Fontbonne Academy im Vordergrund.

Ein Bild des schulischen Erfolgs, obwohl sie wahrscheinlich schon damals wusste, dass ihre Träume von höherer Bildung und einer Karriere nur von kurzer Dauer sein würden.

Es ist schwer, persönlichen Interessen nachzugehen, wenn der Lebensunterhalt davon abhängt, ob man bestimmte Pflichten einhält.

Aber das hat sie nicht davon abgehalten, mich zu verfolgen.

Achselzuckend lehne ich mich nach vorne, stelle meinen Becher auf die Holzoberfläche und greife in die Tasche meines Trenchcoats, um den Brief darin zu suchen. Ich ziehe ihn heraus, streiche ihn über mein Hosenbein und halte ihn hoch, damit er ihn sehen kann.

»Es spielt keine Rolle, ob es ihr schlechter geht. Das ist ein Brief, den ich in dem Haus, das ich am anderen Ende der Stadt gemietet habe, erhalten habe«, sage ich. »Er wurde nicht per Post geschickt oder an die kostenlose Klinik geklebt, in der ich früher gearbeitet habe. Er wurde direkt durch den Briefschlitz in der Eingangstür des Hauses gesteckt, was bedeutet ...«

»Wer auch immer ihn zugestellt hat, wollte eine Nachricht übermitteln.« Rafe reibt sich mit dem Handballen am Kinn und überfliegt die Seite. »Du musst mir verdammt noch mal nicht erklären, wie Erpressung funktioniert, Kal.«

Ich knalle den Brief hin und schiebe ihn in seine Richtung. »Toll. Dann muss ich dir auch nicht erklären, dass sie, wenn sie keine Angst haben, sich *mir* zu nähern, sicher auch nicht zögern werden, Elena anzusprechen.«

»Ich glaube, mein Name hat in Boston viel mehr Gewicht als deiner«, sagt er.

»Hat er aber nicht.« Sein Gesicht rötet sich, die Irritation steigt mit jedem neuen Wort, das mir über die Lippen kommt. »Früher, sicher. Aber dann wurdest du nachlässig, und jetzt wird deine Macht hauptsächlich durch *Bündnisse* gestützt.«

»Passen Sie auf, Anderson.« Er wedelt mit dem Finger in meine Richtung und setzt sich nach vorne, wobei sich die metaphorischen Nackenhaare mit seinem Zorn aufrichten. »Sie bewegen sich hier auf einem sehr schmalen Grat zwischen Wahrheit und Respektlosigkeit, mein Sohn.«

Innerlich schreckt mich der Spitzname zurück, aber ich zucke wieder mit den Schultern und lasse mich von seiner Einschüchterungstaktik nicht beeindrucken.

Man kann nicht bezwingen, was einen nicht fürchtet, und bei uns war es immer umgekehrt.

»Der *Punkt* ist«, fahre ich fort, ohne ihn zu beachten. »Der Verfasser des Briefes legt sehr deutlich dar, was sie wollen und wie sie vorgehen werden, wenn sie es nicht bekommen. Sind Sie bereit, dass Ihre gesamte Operation aufgedeckt wird?«

»Bitte. Die Bundespolizei wird nicht herumschnüffeln, es sei denn, die örtliche Polizei gibt ihnen einen Grund dazu, und wir werden keine Probleme mit ihnen haben. Sie neigen dazu, zu kooperieren.«

»Ich spreche nicht von Polizisten. Aber da die anderen *Familien*, mit denen Sie Geschäfte machen, angeblich seit den Achtzigern ein striktes Drogenverbot haben, bezweifle ich, dass sie gerne hören werden, was Sie in Maine mit den Montaltos machen.«

Rafe schluckt, seine gebräunte Haut errötet leicht und er schaut wieder auf den Bildschirm. »Ich kann ihnen Elena nicht geben.«

Ich klopfe mit den Fingerknöcheln auf seinen Schreibtisch und nicke. »Ihre Beerdigung.«

Ich erhebe mich, streiche mit den Händen über die Vorderseite meines Anzugs und knöpfe meinen schwarzen Trenchcoat zu. Ich schnappe mir den USB–Stick, der in der Seite des Monitors steckt, stecke ihn in meine Tasche und mache auf dem Absatz kehrt, um zu gehen.

Enttäuscht, aber nicht überrascht. Es gibt nur wenige Dinge, die dem ehemaligen König der Bostoner Unterwelt wichtig sind, außer seinem Image. Offensichtlich kommt auch die Sicherheit seiner Tochter zu kurz, und mir dreht sich der Magen um, als ich die Tür erreiche.

Ich hatte gehofft, es einfach zu machen, und mein ganzer Plan, meine *Freiheit*, basierte auf seinem Wunsch, seine Familie zu schützen. Jetzt muss ich meinen nächsten Schritt neu überdenken.

Ich habe gerade die Tür aufgestoßen und bin über die Schwelle getreten, als Rafe sich hinter mir räuspert und mich innehalten lässt. Ich drehe mich nicht um, sondern warte ab, ob es ein absichtliches Geräusch war, und lege meine Handfläche an die verschlungene Eiche vor mir.

»Was ...« Er verstummt, und ich drehe meinen Kopf zur Seite, wobei sich mein Blick auf die Wand richtet, an der eine riesige Nachbildung von Michelangelos *David* hängt, die Rafes Religion mit dem verbindet, was er am meisten verachtet: Kunst.

Das ist es, was das rebellische Gen in seiner Tochter gepflanzt hat.

Das hat sie zu mir getrieben.

»Verschwenden Sie nicht meine Zeit, Ricci«, warne ich und werde ungeduldig mit dem Schweigen nach seinem Halbsatz.

Ich liege weit daneben, aber ich weiß, dass er nichts dagegen unternehmen wird.

Wie kann man den Tod kontrollieren, wenn er jede Schwäche von einem kennt?

Er atmet aus und versucht es erneut. »Sie könnten sie beschützen.«

Blinzelnd und mit einem Gefühl wie bei einem Tropensturm trete ich einen Schritt zurück, ziehe die Tür zu und drehe mich langsam wieder zu ihm um. Ich werfe einen Blick auf das Bild auf seinem Schreibtisch und spüre, wie ich mich für einen Moment in ihrem Cappuccino–Blick verliere, bevor ich nicke.

»Ich könnte.«

Er tippt sich mit dem Finger ans Kinn, lässt dann beide Hände auf den Schreibtisch sinken und verdreht dabei seinen Daumenring, während er nachdenkt. »Was werden wir mit Mateo machen? Er wird sie nicht kampflos aufgeben.«

Befriedigung macht sich in meinem Knochenmark breit und macht mich schwach. Fast schon schwindlig.

»Ich kümmere mich um ihn.«

Rafes Augen verengen sich, er mustert mich noch einmal und saugt an seinen Zähnen; das saugende Geräusch ist ein Schock für mein System, ein Auslöser, mit dem ich nicht gerechnet habe, und Angst überflutet mein Blut, bevor ich eine Chance habe, sie zu kontrollieren.

Die Reaktion erfolgt sofort und wird immer dringlicher, je mehr er mit seiner Zunge seine Zähne säubert. Meine Schultern ziehen sich zusammen, meine Muskeln spannen sich an, als das heftige *Bedürfnis*, das Geräusch zu beenden, über mich hereinbricht und meine Sicht trübt.

Und für einen Moment sehe ich ihn in seinem Stuhl zusammensacken, mit einer Schusswunde, die das Fleisch und die Knochen in seiner Stirn zerreißt. Ich sehe mich selbst in seinem Blut, während ich ihm Knorpel und Haut von den Ohren schneide und sie ernte wie ein Bauer, der Gemüse einbringt.

Seine Stimme reißt mich aus der Episode, und ich tauche wieder auf, blinzle den aufdringlichen Gedanken weg, während mein Körper versucht, sich wieder an die Realität anzupassen.

»Ich weiß, dass Sie nichts umsonst für mich tun«, sagt Rafe. »Was wollen Sie?«

Ich atme tief ein, sauge den Duft von abgestandenen Zigarren und teurem Schnaps in mich auf und unterdrücke das Grinsen, das sich mir auf die Lippen drängt. Mein Herzschlag beschleunigt sich, Erleichterung tritt an die Stelle von Gewalt.

Ich denke an das Gedicht, das ich einst für Elena hinterlassen habe, ein Versprechen und eine Drohung in einem.

Damals hatte ich es nur nicht gewusst.

,Dis, fast in einem Augenblick, sah sie, schätzte sie, nahm sie: so schnell wie dies, ist die Liebe.'

Die Vergewaltigung der Proserpina.

In diesem Fall nicht Liebe, sondern etwas viel Unheimlicheres und Tödliches.

Ich denke an das Bild, das ein Loch in meine Brieftasche brennt – braune Augen wie meine, die langen schwarzen Zöpfe. Der Gedanke an sie lässt einen Schmerz in meiner Brust aufsteigen, der mich in meiner Entscheidung bestärkt, als ich daran erinnert werde, *wer* dahintersteckt.

Wenn ich eine einzige Chance auf eine Beziehung zu meiner lang vermissten Schwester haben will, ist dies der einzige Weg.

KAPITEL
Zwei

Elena

Die meisten Mädchen, die ich als Kind kannte, träumten von ihrer Traumhochzeit.

Meine jüngere Schwester Ariana träumte von zarten Pastellfarben und jungfräulichem Weiß, obwohl sie alles andere als das war. Dank ihrer jahrelangen Ballettausbildung kannte sie genau das Lied und den Tanz, zu dem sie unseren Papá mitnehmen würde, und sie würde dabei unglaublich gut aussehen.

Sogar Stella – die jüngste und klügste Ricci-Tochter – hatte das Menü auf ein Stück Papier gekritzelt und benutzte es als Lesezeichen für ihre Schulbücher.

Ich plante meine Beerdigung.

Bis heute war meine Vision von einem Marmorsarg und Blumensträußen aus Dahlien und Lilien kaum mehr als ein Hirngespinst. Eine Wahnvorstellung, die ich mir ausgedacht hatte, um die triste Realität, die mir bevorstand, zu mildern.

Jetzt aber, da ich mein Spiegelbild betrachte, während meine Mutter versucht, mein Kleid zuzuziehen, wird mir klar, dass die beiden Ereignisse vielleicht synonym sind.

Meine Heirat mit Bostons beliebtestem flüchtigen Playboy, Mateo de Luca, markiert das Ende des Lebens, das ich kenne.

»Dio mio! Zieh es *ein*, Elena«, schnaubt Mamma und stützt ihren Ellbogen auf meine Hüfte, während sie zieht. »Du hast dieses Kleid erst vor zwei Wochen geschneidert bekommen, wie ist es möglich, dass du schon so viel zugenommen hast?«

Bei ihrer Frage läuft mir die Hitze über die Wangen, und die Scham schneidet durch meine Haut wie die stumpfe Klinge eines Messers. »Es sind nur ein paar Pfund«, sage ich und versuche, ihr trotzdem zu gehorchen, indem ich so tief wie möglich einatme.

»Wahrscheinlich ist es nur Stress oder Wasser«, sagt meine Tante Anotella, die auf der Bettkante hockt und an einer schokoladenüberzogenen Erdbeere von dem Mittagstisch knabbert, den wir geliefert haben. »Oder sie verbringt ununterbrochen mit ihrer Nase in einem Buch vergraben.«

»Oder sie gibt auf. Die Kinder von heute haben keine Flitterwochen mehr.« Nonna, meine Großmutter väterlicherseits, betritt gerade noch rechtzeitig den Raum, eine leuchtend blaue Geschenkbox in der Hand.

»Erklär mir das, Frankie.«

Nonna zuckt mit den Schultern. »Zu meiner Zeit hat eine Frau mindestens ein paar *Jahre* gewartet, bevor sie sich gehen ließ. Heute behandeln sie es wie eine Option, in Form zu bleiben, und wundern sich dann, warum die Hälfte des Landes geschieden wird.«

Brummend gibt Mamma mir einen letzten Ruck, der mir den Atem raubt. Sie tritt zurück, streicht sich eine Strähne ihres dunklen Haars aus dem Gesicht und schnaubt endgültig. »So. Gut, dass wir uns für die Spitzenbänder entschieden haben und nicht für einen Reißverschluss.«

Ich erröte und werfe einen Blick auf mich in dem Kleid mit den Ärmeln – die glatte, flache Bauchpartie, das übermäßige Dekolleté, von dem ich weiß, dass es unter dem konservativen Kleid versteckt ist, weil Ariana darauf bestanden hat, dass ich es trage.

'Das ist das erste Mal, dass Mateo dich nackt sieht', sagte sie und strahlte mich aus der Dessous-Abteilung des Brautmodengeschäfts. 'Bring ihn dazu, sein Herz auszuschütten.'

In Wahrheit wird die einzige Person, bei der ich so etwas wie Eifersucht wecken möchte, höchstwahrscheinlich nicht einmal zur Zeremonie erscheinen.

Nicht, dass er sehen würde, was unter dem Kleid ist. *Nicht schon wieder.*

Ich verschränke die Arme über meinen Brüsten und drehe mich von meinem Spiegelbild weg, weil sich mein Magen vor Verlegenheit verkrampft. Schweiß rinnt mir die Wirbelsäule und den Haaransatz hinunter, und ich überprüfe den Sitzplan, um sicherzugehen, dass alle Gäste eingetragen sind.

Nonna kommt herüber, leckt ihre Daumenkuppe ab und reibt sie über meinen Wangenknochen. »Anotella, hol deine Schminktasche. Wir müssen es in der Nähe haben, wenn sie weiterhin so viel schwitzt.«

Meine Tante verlässt eilig das Zimmer und bringt für einen kurzen Moment die Haupthalle des de Luca Anwesens ins Blickfeld. Das Catering-Personal eilt vorbei, als die Tür wieder ins Schloss fällt, der Duft von Hummer und Marinarasauce liegt in der Luft und lässt meinen Magen knurren.

Seit dem gestrigen Abendessen habe ich nichts mehr gegessen, und jetzt, wo mein Gewicht ein Thema zu sein scheint, bin ich mir sicher, dass Mamma mir den Kopf abreißen wird, wenn ich versuche, vor der Zeremonie noch einen Bissen hineinzuschmuggeln.

Gott bewahre, dass an meinem Hochzeitstag auch nur ein Haar am falschen Platz ist, es sei denn, es ist von ihrer eigenen Hand.

Für meine Familie war das Image schon immer das Wichtigste, vor allem in den vergangenen Jahren, als das organisierte Verbrechen schrumpfte. Es gibt sie zwar noch, aber nur mit begrenzter Beteiligung – hinter Bildschirmen, im Verborgenen. Papá und seine Männer sowie die anderen *Familien* des Landes müssen ihre Geschäfte geschickter führen.

'Kontrolliere die Erzählung', sagt Papá immer. 'Auf diese Weise kontrollierst du die Geschichte.'

Wenn die Leute nicht wissen, dass du eine gewalttätige kriminelle Organisation bist, dann haben sie auch keinen Grund, dich zu melden.

Deshalb werde ich mit dem Erben von Bostons führendem Medienunternehmen verheiratet, obwohl die einzigen Gefühle, die ich für meinen zukünftigen Ehemann hege, die der Verachtung sind.

Nicht, dass meine Gefühle eine Rolle spielen, natürlich. Nicht in dieser Welt.

Das Einzige, was für *La Famiglia* zählt, ist, dass ich meinen Kopf unten halte und meine Pflichten erfülle.

Ihnen helfen, ihre Macht auf die archaischste Art und Weise zu erhalten.

Seufzend stemmt Mamma ihre Hände in die Hüften und mustert mich mit zusammengekniffenen Augen von Kopf bis Fuß. Von den drei Ricci-Töchtern bin ich die Einzige, die die schöne, ehemalige Debütantin Carmen bevorzugt – wir haben das gleiche lange, dunkle Haar und die gleichen goldenen Augen, während meine Schwestern heller sind wie Papá.

Ich weiß, dass die Ähnlichkeiten zwischen uns Einfluss

darauf haben, wie sie mich sieht. Dass sie kleine, unbedeutende Dinge findet, die sie kritisiert, weil es zu spät ist, sie an sich selbst zu ändern.

Ich wünschte, dieses Wissen würde es mir leichter machen, mich ihren Blicken zu widersetzen, aber ... das tut es nicht.

»In Ordnung, meine Damen. Lasst uns loslegen. Wir müssen in einer halben Stunde in der Kirche sein«, sagt Nonna und geht zur Seite des Raumes, wo das Tablett mit dem Mittagessen steht. Sie nimmt eine Olive vom Silbertablett und schiebt sie sich in den Mund, wobei sie ihre Fingerspitzen mit knallrosa Lippenstift beschmutzt.

»*Mist*«, stöhnt eine Stimme aus dem Flur. Arianas schlanke Gestalt taucht plötzlich in der Tür auf, das orangefarbene Abendkleid, das sie trägt, schmiegt sich an ihren ballerinaähnlichen Körper.

Eifersucht durchfährt meine Brust bei ihrem Anblick, lang, geschmeidig und schön, während ich hier in meinem Hochzeitskleid stehe und mich wie ein hässliches Entlein fühle. Ich schlucke es hinunter und versuche, die Kommentare meiner Mutter dort zu vertreiben, wo sie sich in meinem Kopf wiederholen.

»Nicht schon wieder«, murmelt Mamma und streicht mir eine verirrte Haarsträhne hinters Ohr.

Nonna rollt mit den Augen. »Ariana, kannst du auch etwas anderes tun, als dich *über alles* zu beschweren?«

»Nein.« Meine Schwester blinzelt, ihre Rehaugen weiten sich, als sie mich ansieht. »Mein Gott, E. Du siehst umwerfend aus.«

Ich lächle sie dankbar an, während Schuldgefühle an meinem Inneren nagen. Wovon genau, weiß ich nicht. »Ich fühle mich wie eine Porzellanpuppe.«

»Du kommst schon drüber weg«, sagt Mamma und winkt ab.

Spöttisch verschränkt meine Schwester die Arme vor der Brust. »Warum müssen wir so *früh* gehen?

Die Gäste kommen doch erst in zwei Stunden.«

»Weil, *Nipotina*, wir Aufbauarbeit leisten. Als ob ich irgendjemandem in dieser Stadt zutrauen würde, die Hochzeit meiner ersten Enkelin *richtig* vorzubereiten.« Nonna zwinkert, geht zu meiner Schwester hinüber, legt ihre Hand um ihre Taille und zieht sie aus dem Zimmer.

»Du bist gleich fertig, *Carina*. Wir haben dein geliehenes Etwas, etwas Blaues …« Meine Mutter schürzt die Lippen und schaut sich im Zimmer um, bis ihr Blick auf der Geschenkschachtel landet, die Nonna vorhin getragen hat.

Sie geht hinüber, nimmt den Deckel ab und holt ein Diadem mit einem Schleieraufsatz heraus. Ich drehe mich wieder um, als sie zurückkommt, und beobachte ihre Schritte im Spiegel. Ihre Finger streifen meine Schläfe, als sie das Band in mein Haar schiebt und es mit Haarnadeln befestigt, die sie aus ihrer Tasche zieht.

Als sie den Schleier so zusammensetzt, dass er mir über die Schultern und die Länge meiner Haare fällt, gibt sie ein zufriedenes Seufzen von sich und schlingt ihre Arme um meine Schultern.

»Perfekt«, sagt sie und drückt mich an sich. »Mateo wird nicht wissen, wie ihm geschieht, wenn er dich vor dem Altar sieht.«

Besorgnis erfüllt meinen Bauch wie Zement und verfestigt sich, bis mir das Gewicht der Unentschlossenheit weh tut.

»War es bei dir auch so?«, frage ich leise, denn ich weiß, dass unsere Gemeinsamkeiten nicht mit dem Aussehen enden.

»Was meinst du?«

Ich kaue an der Innenseite meiner Wange und zögere. »Hattest du das Gefühl, in den Tod geführt zu werden?«

Ihr Blick fällt auf ihre Finger, die über meinem Schlüsselbein liegen und mit verschiedenen Ringen besetzt sind. Sie legt den Kopf schief, tief in Gedanken versunken, die Augen unkonzentriert, als würde sie sich einen Moment lang ablenken.

»Du wirst einen Weg finden, damit Frieden zu schließen«, sagt sie schließlich und küsst mich auf die Stirn. Als sie mich loslässt, schenkt sie mir ein Lächeln, aber es fühlt sich gezwungen und brüchig an; so zerbrechlich, dass es in einem Augenblick zerbrechen könnte und seine Scherben in Trümmern auf dem Boden verstreut werden.

Sie räuspert sich, faltet die Hände zusammen und tritt einen Schritt zurück. »Na also, geht doch, *figlia mia*. Du bist bereit, die Braut von jemandem zu sein.«

Ich werfe einen Blick auf mein Spiegelbild und sehe eine Geisel, die in einem eleganten weißen Kleid gefangen ist, nicke aber trotzdem. »Sollen wir jetzt gehen?«, Mamma nickt. »Ich denke, wir ...«

»Miss Ricci!«

Eine Bedienstete stürmt in das Zimmer, ihre Pausbäckchen sind gerötet und fast so hell wie ihr Haar. Sie beugt sich vor, greift sich an die Knie, während sie versucht, nach Luft zu schnappen, und hält eine Hand hoch, um uns zu stoppen.

»Herr de Luca bittet um Ihre Anwesenheit.«

Ich beiße die Zähne zusammen, Verärgerung prickelt auf meiner Haut. »Er darf mich vor der Hochzeit nicht sehen, das bringt Unglück.«

Außerdem möchte ich nicht mehr Zeit mit ihm verbringen als unbedingt nötig. »Bitte, Miss. Es geht ihm nicht gut, und er sagt, dass er nur mit Ihnen sprechen will.«

Seufzend sehe ich Mamma an, die mit den Schultern zuckt. »Wir sind doch sowieso unseres Glückes Schmied, oder?« Sie küsst mich auf beide Wangen, wirft sich ihre Handtasche über die Schulter und geht zur Tür. »Kümmere dich darum und komm so schnell wie möglich zur Kirche!«

Ich starre ein paar Sekunden lang stumm auf das Namensschild der Bediensteten – Marcelline, steht da in großen Druckbuchstaben – und frage mich, ob das wieder einer von Mateos Tricks ist, um mich in einen Streit zu verwickeln, oder etwas Schlimmeres. Aber ich will nicht, dass er eine Szene macht und das Unvermeidliche hinauszögert, also folge ich der Frau den Flur entlang zu Mateos Schlafzimmer.

Als ich es betrete, bleibe ich stehen und stelle fest, dass es genauso aussieht wie das Gästezimmer, das ich gerade verlassen habe; keine Spur von Erinnerungsstücken oder persönlichen Gegenständen an den Wänden oder auf der Kommode, es ist fast so, als gehöre dieses Zimmer einem Geist.

Oder, wie ich feststelle, als ich Mateo auf der Bettkante sitzend vorfinde, jemandem, der auf dem Weg ist, einer zu werden.

»Was zum Teufel?«, zische ich und eile an seine Seite.

Er umklammert seinen Bauch, kauert sich vor und kotzt heftig in einen Plastikmülleimer.

»Mein Gott, Mateo, was ist passiert?«

Er saugt einen Atemzug ein, der sich anhört, als bliebe er ihm im Hals stecken, und blickt mit glasigen Augen zu mir auf, wobei Panik seine braunen Iriden färbt. Eine tiefe Scharlachröte kriecht über seine entblößte Haut, und seine Hand streckt sich unbeholfen aus und greift ins Leere, während eine weitere Welle von Erbrochenem aus ihm herausbricht.

»Ich habe gehört, dass er sich eine Lebensmittelvergiftung zugezogen hat«, kommt eine Stimme von irgendwo hinter mir. »Sieht aber nicht danach aus.«

Eine, die ich besser erkenne als meine eigene.

Sie streichelt meine Haut, ihre Wärme geistert über meinen Nacken und sagt mir, dass der Besitzer in der Nähe ist.

»Was denkst *du*, Kleines?«

Schweißperlen rinnen an Mateos braunem Haaransatz entlang, und der Korb fällt aus seinem Griff auf den Boden und kippt auf die Seite, als er in einem krampfartigen Anfall zusammenbricht.

Mein Magen dreht sich um, und die Galle kribbelt in meiner Kehle, als die Stimme an meiner Seite auftaucht, die physische Manifestation des Phantoms, das ich in den letzten Wochen versucht habe, loszuwerden.

Ich spreche nicht, die Angst packt mein ganzes Wesen in ihren Klauen, drückt zu, bis ich völlig hilflos mit ansehen muss, wie sich mein Verlobter auf seinem Bett windet, krampfhaft und sabbernd, ohne dass ich etwas dagegen tun kann.

Und das, obwohl der Mann an meiner Seite ein *Arzt* ist.

Seine Anwesenheit sagt mir, dass er genau hier und jetzt der Problemlöser meines Vaters ist.

Dass dies ein Anschlag war.

Als Mateos Körper erschlafft und seine Lebenskraft innerhalb von Minuten aus seinem Körper blutet, beobachte ich Kal Anderson aus meinem Blickfeld und versuche, das mit dem Mann, der mir einst etwas bedeutete, in Ordnung zu bringen.

Der Mann, der mir vor acht Wochen die Jungfräulichkeit nahm und mich noch vor Sonnenaufgang verließ, in mehr als einer Hinsicht gezeichnet.

Sein zerzaustes, tiefschwarzes Haar fällt nach hinten über den Kopf, als hätte er seine Zeit damit verbracht, es zu kämmen. Sein Kiefer ist scharf genug, um Glas zu schneiden, bedeckt von einer dünnen Schicht Stoppeln und umrahmt einen Knochenbau im Stile eines Adonis, während seine dunklen Augen eher an das Böse erinnern, das er angeblich sein soll.

Er überragt mich, größer als jeder andere, den ich je gekannt habe, und der schwarze Stoff seines teuren Anzugs passt sich perfekt jedem Muskel und jeder Kurve seines schlanken, kräftigen Körpers an.

Seine Hand, mit Handschuhen bedeckt, hebt sich und deutet mit einem Handy in meine Richtung, und ich erkenne, was er macht.

Warum ich hierher gerufen wurde.

»Lass uns plaudern.«

KAPITEL
Drei

Mein Schwanz wird in meiner Hose steif, als Elena sich über ihre vollen Lippen leckt, ihre sanften Augen kleben an der Leiche vor uns. Ich versuche, mich zu konzentrieren und meinen Blick auf etwas anderes zu richten, aber ich kann nicht aufhören, mich daran zu erinnern, wie sich ihre Lippen um mich herum anfühlten, saugend, als hinge ihr Leben davon ab.

»Du bist wieder da«, flüstert sie.

Sie blinzelt, immer wieder, als könne sie nicht glauben, was sie sieht. »Ist er …«

»Tot?«, frage ich und drücke auf die Aufnahmetaste meines Handys, um das Video zu stoppen. Ich stecke es in meine Manteltasche und nicke, löse mich schließlich von ihrem Mund, um Mateos blicklosen Blick zu bemerken. »Ja, ich versichere es dir.«

Während sie einige Sekunden schweigt, kann ich das sanfte Heben und Senken ihrer Brust sehen, Brüste, die sich gegen den weißen Spitzenstoff ihres Kleides stemmen. Sie ist so bedeckt, wie ich sie noch nie gesehen habe, das Kleid ist kaum mehr als ein Mantel, der sich wie eine zweite Haut an sie schmiegt, aber irgendwie hat sie noch nie so sündhaft ausgesehen.

Vielleicht liegt es am Kontext; sie, in einem Hochzeitskleid, steht über der Leiche ihres Verlobten.

Und doch war ihre einzige wirkliche Reaktion auf mich gerichtet, als ob sein Tod für sie keine Rolle spielen würde.

Sie beugt sich hinunter und drückt zwei Finger an Mateos Hals, und meine Schultern verkrampfen sich, denn der Gedanke, dass ihre DNA in seiner Nähe sein könnte, macht mich nervös. Nicht, weil es mich kümmert, ob sie darin verwickelt ist – in ein paar Stunden wird das ohnehin keine Rolle mehr spielen -, sondern weil ich einfach nicht will, dass sie ihn anfasst.

Das Diadem in ihrem Haar verrutscht, wenn sie sich bewegt, und die Wimperntusche verschmiert unter ihren Augenlidern, was sie mürrisch und niedergeschlagen aussehen lässt, obwohl ich weiß, dass sie alles andere als das ist.

Ich habe über sie gewacht, als sie achtzehn wurde, um ihrem Vater einen Gefallen zu tun, bevor ich meiner Deprivation freien Lauf ließ und nachgab, als sie mich bat, sie zu ruinieren.

Daher weiß ich alles, was es über die Frau vor mir zu wissen gibt: ihre Lieblingsgedichte – Shelleys *The Masque of Anarchy* und Brownings *My Last Duchess* - und auch, was sie zum Frühstück bevorzugt - Vollkorntoast mit Erdnussbutter und frischem Obst - und dass sie gerne lernt.

Wenn es nach ihr ginge, würde sie Literatur studieren und nicht nur, wie man sie unterrichtet.

Ich weiß von dem kleinen Granatapfel, der unter ihrer Brust tätowiert ist, und habe die Linien selbst mit der Zungenspitze nachgezeichnet. Sie schmeckt sogar wie die Frucht, explosiv und absolut betörend; die Art von Verlockung, in die man seine Zähne versenken möchte.

Und verdammt, das habe ich.

Ihr Blut ist ebenso süß.

Ich weiß, dass sie sich zur Dunkelheit hingezogen fühlt, denn ich habe sie schon öfter beobachtet, wie sie sich im leisen Summen der Sterne zuneigte, während das Mondlicht öfter auf ihre blasse Haut fiel, als ich zugeben möchte.

Als ich sie jetzt in ihrem verwirrten Zustand betrachte, weiß ich, dass sie nicht über den Tod ihres Verlobten traurig ist.

Es ist eine Fata Morgana, so wie es auch ihre Ehe gewesen wäre. Eine Täuschung für die Presse, die ihren Vater gut aussehen lässt, während sie die zerfledderten Überreste der Seele zerstört, die ich vor Wochen gebrochen habe.

Elena schnieft, und einen Moment lang denke ich, dass sie gleich in Tränen ausbricht; ich stütze mich auf die Fußballen, bereit, sie von der Szene wegzuziehen, bevor sie hysterisch wird, aber dann gleitet sie mit ihren Händen über Mateos Brust und schiebt eine unter die Lasche seiner Smokingjacke.

Und als sie dieses Stück zurückzieht und das blutgetränkte Hemd darunter zum Vorschein bringt, wird mir klar, dass sie nicht geschnieft hat - sie hat ihn *gerochen*.

Ein Schock der Erregung schießt mir durch den Kopf, trifft mich wie ein Blitz und versengt meine Knochen. Vielleicht ist sie ja doch nicht nur Beute.

Vielleicht ist meine kleine Persephone tatsächlich bereit für ihr Schicksal.

Sie starrt auf die Wunde, aus der noch immer der gebogene

Griff meines Messers ragt, und schüttelt ein wenig den Kopf. »Versicherung.« »Was?«

Sie legt die Jacke wieder über die Wunde und zuckt leicht mit den Schultern. »Versicherung, richtig? Die Stichwunde? Für den Fall, dass das, was du mit ihm gemacht hast, nicht funktioniert.«

Mir steht der Mund offen, um ihre Behauptung zu widerlegen, denn das Bedürfnis, mich von dem Verbrechen zu distanzieren, aber ich tue es nicht. Es gibt keinen Grund, wenn sie bereits weiß, dass ich das getan habe.

Ein Teil von mir - der kranke, gestörte Teil, den ich in die Tiefen meines Gehirns stopfe - will ohnehin, dass sie es weiß.

Will, dass sie sieht, wozu ich fähig bin und was mit denen passiert, die sich mir widersetzen.

Mateos Entscheidung, diese Hochzeit durchzuziehen, obwohl ich ihm schon vor Wochen gesagt habe, er solle einen Ausweg finden, war die ultimative Tat. Und da ich nicht zulassen konnte, dass er meinen gesamten Plan ruiniert, musste ich ihn aus der Gleichung entfernen.

Normalerweise gehe ich nicht so grob und sorglos mit meinen Treffern um; ich verbringe gerne meine Zeit damit, die Nuancen einer Person kennenzulernen, zu erfahren, wie sie tickt, was sie nachts wach hält. Aber seine Existenz wurde zu einer Bedrohung, und deshalb musste er beseitigt werden.

Ich bedaure nur, dass ich ihr nicht erlaubt habe, bei der ursprünglichen Vergiftung dabei zu sein.

Nach einem langen Atemzug hebt Elena ihr Kinn und dreht sich zu mir um. Anders als die meisten Menschen, die ich treffe, hatte Elena noch nie ein Problem mit Blickkontakt. Sie erwidert meinen Blick, als wüsste sie genau, was ich will, und kann nicht anders, als es mir zu geben.

Ich kann nur hoffen, dass sie in ein paar Augenblicken genauso nachgiebig ist.

Sie starrt zu mir hoch, als ob sie unter der kalten, verrotteten Oberfläche das geschmolzene Innere sehen könnte; ich bewege mich ihr entgegen, mein Körper ist ein Objekt, das in ihrem Magnetfeld gefangen ist, und verliere mich in ihrer Wärme.

Goldene Iris glitzern wie geschmolzener Luxus, und meine Hand hebt sich von selbst und greift nach den Spitzen ihres schokoladenfarbenen Haares.

»Warum?«, fragt sie, die einzige Silbe ohne auch nur den Hauch einer Emotion.

Sie lässt mich innehalten, meine Finger streifen sie, als sie wieder an meine Seite fallen. »Warum nicht?«

»Das ist eine sehr egoistische Einstellung.«

Meine Augenbrauen wölben sich überrascht. »Wie kommst du darauf, dass ich etwas anderes denke?«

Sie spottet, verschränkt die Arme vor der Brust und vergräbt die Hände unter den Achseln.

»Wunschdenken, schätze ich.«

Hinter uns öffnet sich langsam die Tür zu Mateos Schlafzimmer, und der rotblonde Kopf meiner Bediensteten stößt herein. Marcelline blickt sich mit ihren großen blauen Augen um, dann schlüpft sie mit einem über die Schulter geworfenen Seesack hinein und schließt ihn, während sie weitergeht.

Elenas Blick bleibt an der Gestalt meiner Haushälterin hängen, als sie mir die Tasche reicht, und lodert vor unbändiger Wut, obwohl Marcelline nicht über mein Schlüsselbein hinausschaut. Sie sieht zu, wie Marcellines blasse Finger über meine streichen, und die Wut strahlt in Wellen von ihrem geschmeidigen Körper ab, köstlich berauschend.

Eifersucht ist keine Eigenschaft, die ich normalerweise bei einer Frau suche, aber das Vorhandensein von Eifersucht in der Frühlingsgöttin vor mir ist wie frischer Boden, bereit für mich, meine Wurzeln einzugraben und zu schlagen.

Es ist die Grundlage für Korruption, dieses natürliche Gefühl, und ich habe vor, es zu nutzen, um uns aus ihren Trümmern aufzubauen.

»Marcelline«, sage ich langsam, als meine Haushälterin zurückweicht.

Sie hält inne, runzelt die Stirn, wahrscheinlich weil sie sich fragt, ob ich ihr eine weitere Aufgabe geben will, die ihre Gehaltsklasse übersteigt. Ich denke daran, ihr einen Bonus und Urlaub anzubieten, denn ich weiß, dass ich sie schon zu sehr in Anspruch genommen habe.

Aber Loyalität, so habe ich gelernt, ist für manche Menschen ein geringer Preis. So bin ich überhaupt erst in diesen Schlamassel geraten.

Ich öffne den Reißverschluss der Tasche, greife hinein und fange an, die Reinigungsausrüstung herauszuholen und mich an Mateos Bett niederzulassen. Zuerst ziehe ich das Messer aus seiner Brust, langsam, um das Blut, das immer noch aus seiner Brust blutet, nicht zu verspritzen. Es entleert sich mit einem letzten Pumpstoß und ergießt sich aus der Wunde auf den Marmorboden, und ich verfluche mich dafür, dass ich nicht vorher eine Plastikplane ausgelegt habe.

Mit einem Taschentuch säubere ich die Klinge, dann gestikuliere ich schnippisch in Richtung Elena. »Kennst du meine zukünftige Frau schon?«, frage ich Marcelline und genieße die scharfe Stille, die darauf folgt.

Es ist die Art von Stille, die ich bewusst herstelle und die wie eine Peitsche durch die Luft schneidet.

Ich bücke mich und wische das Blut mit einer krankenhausgeeigneten Reinigungslösung und Einweghandtüchern auf und werfe sie in den Papierkorb. Mit einem Finger schließe ich Mateos Augenlider, dann ziehe ich ihm die Bettdecke bis zum Kinn und schlage sie an den Seiten ein.

Wenn man es nicht besser wüsste und der Geruch der Reinigungslösung den Gestank im Raum überlagert, würde man nicht merken, dass er tot ist.

»Es tut mir leid.« Elena ist die Erste, die sich von meiner Behauptung erholt. »Es tut dir *was*?«

Wie aufs Stichwort öffnet sich die Schlafzimmertür erneut

und Rafael tritt mit einem glatzköpfigen Priester im Schlepptau ein. Er hält sich eine Bibel an die Brust und strahlt Elena an, als er sie sieht, und lässt seinen Blick über ihr Kleid gleiten.

Ich werfe einen Blick auf Marcelline. »Haben wir vielleicht etwas anderes, das sie tragen kann?« Stirnrunzelnd schüttelt sie den Kopf. »Nein, Sir.«

Seufzend fahre ich mir mit der Hand durchs Haar, stehe auf und entledige mich meiner Lederhandschuhe. Ich will nicht unbedingt, dass Elena ein Kleid trägt, das für jemand anderen bestimmt ist, aber ich nehme an, dass ich keine andere Wahl habe.

Ich lege meinen Mantel ab und werfe ihn auf das Bett neben Mateos Leiche und streiche das Revers meiner Anzugjacke glatt. Der Priester spricht auf Italienisch, und das Lächeln auf seinem rötlichen Gesicht zeigt, dass er keine Ahnung hat, was hier vor sich geht.

Wahrscheinlich denkt er, dass dies die Zeremonie ist, für die er überhaupt eingestellt wurde.

Elena mustert ihren Vater, dann den religiösen Mann neben ihm, bevor ihr wachsamer Blick auf mir landet. Sie verengen sich zu kleinen Schlitzen, ihre Nasenlöcher blähen sich, als wolle sie meine Verbrennung erzwingen.

»Was ist hier los?«, fragt sie, die Hände zu Fäusten geballt.

Niemand antwortet sofort, vermutlich wartet er auf meine Erklärung. Elena scheint zu spüren, dass ich mich bewegen will, und zuckt in der Sekunde, in der meine Füße in ihre Richtung kommen, zurück und stürzt sich auf die Tür; gleichzeitig stürze ich mich auf sie, erwarte ihren Fluchtversuch und fange sie mit beiden Armen um die Taille.

Ich stoße sie mit dem Rücken an mich, wobei die sanfte Wölbung ihres Hinterns obszön gegen meinen Schwanz drückt, und drehe uns so, dass wir direkt vor dem Priester stehen, dessen Augen jetzt weit und verwirrt sind.

Er zischt Rafael etwas zu, der den Kopf schüttelt und leise, beruhigende Töne von sich gibt. Ich lege meine Lippen auf

Elenas Ohr, während sie sich gegen meinen Griff wehrt, offenbar nicht wissend, dass es ihr Kampfgeist ist, der mich überhaupt erst zu ihr hingezogen hat.

Je mehr sie versucht, sich zu befreien und ihren Hintern an mir zu reiben, desto härter werde ich.

»*Vorsichtig*, Kleine.«

Ich bewege mich nach vorne und lasse eine meiner Hände über ihren Bauch gleiten, drücke mit den Fingerspitzen nach unten. Sie holt kurz Luft, zweifellos spürt sie den Beweis für meine Reaktion, und erstarrt sofort.

Unser Publikum tut nichts, um die Erregung zu unterdrücken, die nach Süden wandert; wenn überhaupt, scheint es sie zu verstärken, da sie weiß, dass sie mir völlig ausgeliefert ist. Eine falsche Bewegung und ich werde sie vor ihrem Vater noch mehr demütigen, als ich es ohnehin schon getan habe.

Während ich mit meiner freien Hand zum Priester gestikuliere, halte ich sie mit der anderen Hand an mir fest.

»Was zum Teufel tust du da?«, zischt sie und stößt mit der Schulter gegen mein Kinn. »Ich werde dich *nicht* heiraten.«

»Ich fürchte, du hast keine andere Wahl.«

»Papá«, haucht sie und blickt ihn flehend an. »Du hast doch gesehen, was er mit Mateo gemacht hat, oder?

Warum hältst du ihn nicht auf?«

»Selbst wenn er es wollte, ich versichere dir, er könnte nichts tun.« Ich werfe dem Priester einen bösen Blick zu und schnippe mit den Fingern, um ihm zu sagen, dass er weitermachen soll.

»Mein Vater ist der mächtigste Mann in der Stadt«, sagt Elena und spricht über den Priester hinweg, als dieser seine Rede beginnt.

Ich schnaube. »Nein, ist er nicht.«

Rafe erstarrt, aber ich ignoriere es. Das kann für ihn ohnehin nichts Neues sein.

»Wir haben uns heute hier versammelt, um einen der größten Momente des Lebens zu feiern: die Vereinigung zweier

Herzen in der Gegenwart Gottes. Hier, in diesem ... *Raum,* bezeugen wir die Vereinigung von Dr. Kallum Anderson und Miss Elena Ricci in der Ehe.«

Eine Pause. Der Priester zögert.

»Oh mein *Gott*«, keucht Elena und beginnt wieder zu zappeln. »Was zum *Teufel*? Hören Sie auf! Lass mich los!« Ich drücke ihr eine Hand auf den Mund und nicke dem Priester zu. »Fahren Sie fort, bitte.«

Er leckt sich über die trockenen Lippen, dann hebt er wieder seine Bibel und fährt fort. »Wenn jemand der Anwesenden einen triftigen Grund hat, warum dieses Paar nicht vereint werden sollte, soll er jetzt sprechen oder für immer schweigen.« Elenas Schreie hallen von meinem Schädel wider, und die Vibrationen ihrer Kehle kräuseln sich in meinem Unterarm. Ich ziehe meinen Griff um ihren Mund fester, so dass mein Zeigefinger ihre Nasenlöcher leicht blockiert; sie schreit und schreit, die Laute gedämpft und gebrochen, bis sie merkt, dass sie keinen Sauerstoff mehr bekommt.

Sie bricht mit einem erstickten Schrei ab und bleibt stehen, ihr Gesicht rötet sich. Ich ziehe eine Augenbraue hoch und lege meinen Kopf schief, um ihr in die Augen zu sehen. Sie sind wild, Flammen tanzen in den goldenen Ringen, und ein Teil von mir möchte ein schlechtes Gewissen haben, weil ich sie zu dieser Situation gezwungen habe.

Aus ihrer Welt in meine, obwohl ich weiß, dass sie es nicht verdient hat.

Aber sie ist in Gefahr, und mein Plan kann nicht anders durchgeführt werden, also hat in Wahrheit keiner von uns eine Wahl, wirklich.

»Kallum, gelobst du, Elena zu vertrauen und zu ehren? Zu lachen und zu weinen, sie treu zu lieben, in Krankheit und Gesundheit, und was auch immer kommen mag, bis dass der Tod euch scheidet?«, fragt der Priester verlegen.

»Ich schwöre es«, sage ich, wobei es mir in der Brust einen Stich versetzt, die Lüge liegt mir bitter auf der Zunge. Er wiederholt dasselbe Gelübde für sie, und sie schüttelt den Kopf, Tränen steigen ihr in die Augen, der Mund ist immer noch bedeckt. »Wenn ich meine Hand wegnehme, möchte ich, dass du es sagst. Sag, dass du es willst.«

Ihre Augen erstarren, die Tränen versickern.

»Ich *helfe* dir. Sag es«, murmle ich, gerade so leise, dass sie es hören kann, »oder ich fange an, die Menschen, die du liebst, zu töten, einen nach dem anderen. Mateo war nur der Anfang, Kleines. Der nächste ist dein Vater, wenn du nicht tust, was ich sage.«

Sie wimmert, das Geräusch lässt meinen Schwanz noch steifer werden, und holt einmal tief Luft.

Langsam lasse ich meine Hand zu ihrem Kinn gleiten, bereit, zuzuschlagen, wenn sie wieder schreit.

Aber sie scheint es sich anders zu überlegen, konzentriert sich auf meine Augen und weigert sich, den Blick abzuwenden. »Warum?«, flüstert sie, und ich denke daran, wie sie das Gleiche über Mateo gefragt hat, wie sie nicht zu urteilen schien, sondern nur meine Gründe wissen wollte.

Als ob man jede Handlung, selbst die abscheulichsten, wegdiskutieren könnte, wenn man sich nur genug Mühe gibt.

Ich hake meinen Daumen unter ihrem Kinn ein, neige ihren Kopf nach oben und lege ihr das Eingeständnis auf die Zungenspitze. Meine Geheimnisse betteln darum, aufgeschlitzt zu werden, um für sie auf dem Boden zu verbluten, aber ich weiß, dass ich das nicht riskieren kann.

Jedenfalls jetzt noch nicht. Nicht bevor sie mein ist.

Also schüttle ich stattdessen den Kopf und schenke ihr ein kleines Grinsen. »Warum nicht?«

KAPITEL
Vier

Elena

Ich hatte eine Lehrerin, als ich jünger war, die schwor, dass unsere Denkweise unendlich viel Macht über unser Leben hat. Sie lebte und atmete die Vorstellung, dass Zeit kaum mehr als ein soziales Konstrukt ist und dass die Menschen die Fähigkeit haben, ihre eigenen Realitäten zu erschaffen.

Sie sagte, dass der Mensch aus Energie besteht und dass Energie einen gewissen Magnetismus hat, der sowohl das anzieht, was wir fürchten, als auch das, was wir uns wünschen, und dass es an uns liegt, dem Universum die Art von Leben zu spiegeln, die wir uns wünschen, damit es in der Lage ist, sie zu liefern.

Übrigens, kein schöner Anblick für eine katholische Lehrerin.

Dennoch, wenn ich an der Schwelle zur Ewigkeit stehe und in die seelenlosen Augen des Mannes blicke, der mich in den vergangenen acht Wochen in meinen Träumen heimgesucht hat, kann ich nicht umhin, mich zu fragen, ob das, was Schwester Margaret gesagt hat, wahr ist.

In den Wochen, nachdem Kal mich allein in meinem Schlafzimmer zurückgelassen hatte, träumte ich bestimmt ein Dutzend Mal, dass er zurückkommen würde, um mich von Mateo wegzuholen, aber es ging nie darüber hinaus. Ist es möglich, dass sich meine Albträume in die Realität verwandelt haben?

Ich schaue Papá an, der überall hinzuschauen scheint, nur nicht zu mir, während der Priester seinen Vortrag über die Liebe hält und die Korinther zitiert, als ob es nicht offensichtlich wäre, dass diese Vereinigung eine Farce ist. Um Himmels willen, Kal hat immer noch einen Arm um meine Taille geschlungen, eine Hand drückt mir den Hals zu, und trotzdem tun wir alle so, als wäre das normal.

Als hätte er nicht gerade meine Familie bedroht, wenn ich nicht einwillige.

Verrat brennt in meiner Kehle, flüssiges Feuer bahnt sich einen Weg durch mein Brustbein, und ich wehre mich erneut gegen seinen Griff. Ich ignoriere die harte Länge, die sich zwischen meine Po-Backen drückt, und die Art und Weise, wie sich meine Schenkel zusammenziehen, und versuche, mich mit einer Hand zu befreien.

Er zieht seinen Griff fester an, drückt auf meinen Hüftknochen, und ich zucke zusammen. Ich ziehe meine Hand zurück, stütze das Fleisch meines Daumens an seinem Bein ab und grabe meine Nägel in seinen Oberschenkel, bis meine Fingerspitzen taub werden.

Der einzige Hinweis darauf, dass er meinen Angriff überhaupt bemerkt, ist, dass er mich zwingt, mich leicht zu beugen und sein Becken fester in meinen Hintern zu drücken; er ist so hart, dass ich die gesamte, dass ich seine gesamte Erektion erkennen kann, heiß und berauschend, als sie sich in meine Arschritze schiebt, und die Kleidungsschichten zwischen uns können ihr nichts entgegensetzen.

Seine Hand verlässt für einen Moment meine Kehle und hinterlässt ein seltsames, leeres Gefühl in seinem Inneren. Er reißt meine Finger von seinem Bein und schiebt meine Hand zur Seite, bevor er knapp unterhalb meines Kiefers zugreift und meinen Kopf leicht nach oben neigt.

»Mach das noch mal«, haucht er mir ins Ohr, eine leichte Erregung liegt in seiner Stimme. »Und ich werde dich hier vor allen Leuten ficken.«

Ich spotte, meine Stimme ist genauso weich, genauso gewürgt. »Das würdest du nicht tun.«

Es muss irgendwo eine Grenze geben. Eine, die nicht einmal Kal Anderson überschreiten wird, und irgendetwas sagt mir, dass es die ultimative Form der Respektlosigkeit ist, die Tochter deines Chefs zu ficken – und das auch noch vor den Augen des Mafiosi.

»Das *würde* ich, und du würdest jede schmutzige Sekunde davon lieben.«

Also gut.

Er schiebt mein Kinn weiter nach oben und nimmt mich mit seinen Augen gefangen; sie sind so dunkel, so unendlich leer, als würde man in zwei schwarze Löcher starren und versuchen, einen festen Stand zu haben. »Ich bin nicht dein Feind, Kleines.«

»Du bist auch nicht mein Freund.«

Ein Muskel pocht unter seinem linken Auge, und sein Blick fällt auf meine Lippen. »Nein«, stimmt er zu und lässt seine Hand so über meinen Mund gleiten, dass sein Daumen meine Unterlippe wie eine Gitarrensaite zupft. »Ich bin dein Mann.«

Bevor ich protestieren kann – nicht, dass ich irgendetwas sagen könnte, denn ich *habe* mein Gelübde beendet – gleitet seine Hand um meinen Kopf, verheddert sich in meinem Haar, und er presst seinen Mund auf meinen.

Ich bin so erschrocken über den Angriff, dass ich erst einmal nicht reagiere. Kal ist kein Küsser. Selbst in der Nacht, in der er mich entjungfert hat, in der er mich auf jede erdenkliche Weise entwürdigt hat, haben seine Lippen meine nicht einmal berührt.

Sicher, sie glitten über jeden Zentimeter meiner Haut, streichelten mein empfindlichstes Fleisch und sprachen mir Mut zu, aber er hatte mich nicht *geküsst*.

Jetzt, wo er es tut, weiß ich nicht recht, was ich davon halten soll.

Der Kuss ist sanft, fast süß, während er mich in die Sprache des Kusses einführt und meine Bewegungen lenkt, bevor ich mich ganz entspannen und teilhaben kann. Seine Faust zerrt an meinen Wurzeln, winkelt mich an, damit ich besser herankomme, während er mich überredet und neckt, und meine Hände greifen nach oben zu seiner Brust.

Ich stoße zu, versuche reflexartig, mich herauszuziehen, und dann bewegt er sich, erstickt mich, *verschlingt* mich mit seiner Hitze und vertieft den Kuss. Mein Atem schnürt mir die Kehle zu, als seine Zunge sich an meinen Lippen vorbeischiebt und sich mit meiner eigenen verschlingt.

Sie gleitet über meinen Mundwinkel, den Gaumen, und ihre Spitze lässt mich kribbeln.

Der Arm um meine Taille drückt mich an ihn, presst unsere Hüften aneinander, und die letzten Reste meiner Entschlossenheit zerbröckeln, als ich mit ihm verschmelze.

Mit *ihm*.

Unsere Zähne klappern und knirschen, das dumpfe Geräusch einer ursprünglichen Paarung erzeugt eine schwache Hitze in meinem Bauch. Winzige Kaleidoskope aus leuchtenden Neonfarben zerplatzen hinter meinen Augenlidern, während wir um die Vorherrschaft ringen, unsere Münder kämpfen einen Krieg, den mein Verstand nicht ganz versteht.

Dieser Kuss ist fast schmerzhaft. Schmerzhaft auf die Art und Weise, wie sich das Zusammensein mit Kal bisher als schmerzhaft erwiesen hat – ein scharfer, plötzlicher Schmerz, der sich anfühlt, als würde man aufgerissen und zerrissen, aber dein Körper *sehnt* sich nach diesem Gefühl.

Als ob du es zum Überleben benötigst.

Ein tiefes, gutturales Stöhnen entweicht seiner Kehle und macht sich in meinen Knochen breit. Die Wärme in meinem Bauch breitet sich wie ein Lauffeuer aus und verbrennt alles in seinem Kielwasser, bis ich praktisch an seiner schlanken Gestalt hochklettere und versuche, ihn dazu zu bringen, diesen Laut noch einmal von sich zu geben.

Jemand klatscht an unserer Seite und reißt mich aus dem Moment; meine Augen springen auf und suchen unser Publikum. Der Priester lächelt und singt etwas auf Italienisch, das ich nicht übersetzen kann, während Papá zusieht und Marcelline ihre weißen Turnschuhe studiert.

Das Selbstbewusstsein in meiner Brust flammt auf, als ich beruhige und versuche, mich von Kals Gliedmaßen zu lösen. Er sträubt sich, drückt mir einen letzten brennenden Kuss auf den Mund, bevor er mich schließlich so plötzlich loslässt, dass mir die Knie zittern.

Ich greife nach seinem Ärmel, um mich zu stützen, und atme tief ein. Meine Lippen fühlen sich geschwollen und rau an, und ich streiche mit einem Finger darüber, um mir den Beweis einzuprägen, denn es ist der letzte Kuss, den ich mit ihm haben werde.

»*Ringe*«, sagt der Priester und deutet auf unsere Hände. »Sie übergehen Schritte, Mr. Anderson.«

»Genauso wie Sie es versäumt haben, mir den Hof zu machen, mir einen Antrag zu machen oder mich überhaupt um meine Zustimmung zu bitten«, murmele ich und beobachte,

wie Kal in seine Anzugtasche greift, einen Jutebeutel herauszieht und seine Handschuhe ablegt.

»Hättest du Ja gesagt?«

Ich blinzle und runzle die Stirn. »Was?«

»Wenn ich dich *gefragt* hätte.« Er zieht einen Ring heraus,
ein einfaches schwarzes Band, und steckt ihn an seinen eigenen
Finger, dann greift er nach meinem. »Hättest du dann Ja
gesagt?« »Ich …«

In Wahrheit möchte ich Ja sagen. Dass meine Verliebtheit in
diesen bekannten Mörder mich dazu gebracht hätte, alles zu
tun, was er von mir verlangt. Aber Mamma hat mir schon in
jungen Jahren eingebläut, dass ein solches Geständnis praktisch ein Todeswunsch ist, und so schüttle ich stattdessen den
Kopf.

»Nein.«

Er reißt Mateo den Ring aus der Hand, wirft ihn zu Boden
und ersetzt ihn durch einen Solitär-Diamanten.

Sein Kiefer kribbelt. »Nein?«

Ich ziehe meine Hand aus seiner und verschränke meine
Hände über den Armen. »*Nein*, Kallum, das hätte ich nicht
getan.

Ich war verlobt …«

»Das hat dich nicht davon abgehalten, mich anzuflehen,
dich zu ficken.« »Das war etwas anderes. Es war ein …«

»Wir erbitten diesen Segen für sie im Namen des Vaters, des
Sohnes und des Heiligen Geistes«, unterbricht der Priester, tritt
vor und ergreift unsere Schultern. »Kraft des mir verliehenen
Amtes erkläre ich Sie nun zu Mann und Frau.«

Er zögert, die gesenkten Augen blicken zwischen uns hin
und her. »Äh … nun, ich nehme an, du kannst sie noch einmal
küssen, aber wenn du das tun willst, bitte ich um genügend
Zeit, um den Raum vorher zu verlassen.«

Kal hält seine Hand hoch und schüttelt den Kopf. »Nicht
nötig, Vater. Wir gehen jetzt.«

Marcelline scheucht den Priester aus dem Zimmer und

knallt die Tür zu, als sie den Raum verlässt. Kal zuckt zusammen, als sie laut einrastet, dann schluckt er und geht zurück zum Bett. Er bückt sich und sammelt seine Sachen ein, ohne mich weiter zu beachten.

»Ähm?« Ich ziehe die Augenbrauen hoch. »Habe ich bei *irgendetwas* ein Mitspracherecht? Ich weiß noch nicht einmal, was hier los ist.« Ich drehe mich zu Papá um und zeige mit dem Daumen auf Kal. »Warum hast du das nicht verhindert? Hat er nicht gerade deinen Vertrag mit Bollente Media ruiniert?«

»Nein, das hast du getan, als du beschlossen hast, mit dem Mann zu schlafen.« Papás Gesicht versteinert sich, die Enttäuschung schmilzt auf seinen Zügen. »Und weil du nicht diskret warst, hat jemand Videobeweise, mit denen er versucht, *La Famiglia* zu erpressen.«

Meine Kehle schnürt sich zusammen, das Blut schießt mir ins Gesicht, als ich seine Worte verarbeite. »Jemand hat uns beobachtet?«

Abscheu verzieht Papás Mund, seine Lippen verziehen sich zu einem Grinsen. »Irgendjemand schaut *immer* zu, *figlia mia*. Und jetzt zahlen wir alle für deinen Mist.«

Mit einem Blick über die Schulter auf Mateos Leiche schüttelt er den Kopf.

»Können wir das nicht … den Ältesten sagen oder so? Es gibt doch sicher einen anderen Weg.«

»Das Wesen, das uns erpresst, hat ganz bestimmte Regeln, die befolgt werden müssen, sonst machen sie uns fertig. Und da wir keine Spuren haben und nicht wissen, wer sie sind, haben sie uns buchstäblich an den Eiern.« Papá schüttelt den Kopf. »Außerdem, wenn wir es den Ältesten sagen, werden sie euch ohnehin töten.«

Kals Worte von vorhin kamen mir in den Sinn. *Ich helfe dir.*

Ich schlucke, als mir die Tränen in die Augen schießen, und versuche, sie zu verdrängen, auch wenn sich meine Welt komplett um die eigene Achse dreht.

»Ich dachte, es wäre eine kluge Entscheidung, dich für diesen Vertrag auszuwählen. Ich habe mein ganzes Leben damit verbracht, dich aus Schwierigkeiten herauszuhalten, weil ich mir sicher war, dass sich alles andere von selbst regeln würde, wenn ich dich nur verheiraten könnte.« Er seufzt und wirft mir einen Blick zu. »Ich dachte, ich könnte mich auf dich verlassen, Elena.«

Traurigkeit windet sich wie Efeu um meine Wirbelsäule, so fest, dass es sich anfühlt, als könnte sie in zwei Teile zerbrechen. Meine Hände heben sich von selbst und greifen nach ihm, um ihn zu trösten oder zu entschuldigen – vielleicht auch beides.

Alles, um die Verzweiflung aus seinem Blick zu löschen, bevor sie sich so tief in meine Seele eingräbt, dass ich sie nie wieder loswerden kann. »Papá, ich bin ...«

»Hier.« Kal drückt mir ein Stück Papier in die Hand und unterbricht mich. Ich schaue nach unten und ich spüre den Knoten in meinem Magen.

Die Heiratsurkunde des Commonwealth of Massachusetts.

Irgendwie hat es sich bis jetzt nicht wirklich real angefühlt.

Meine Hände zittern, die Urkunde entgleitet ihnen, während die Angst meine Brust überflutet und meine Arterien verstopft. »Das kann ich nicht unterschreiben.«

Mit einem tiefen Seufzer fängt Kal das Papier auf, zieht mich zum Bett und legt die Seite auf Mateos Brust. Er schiebt mir einen Stift zwischen die Finger, dann wickelt er seine eigenen um sie und führt meine Unterschrift.

Groll brennt in mir auf, als ich ihm dabei zusehe, wie er mühelos meinen Namen fälscht, als hätte er es schon tausendmal getan.

Ich vermeide es, Mateos leblose Gestalt anzusehen, denn mein Magen ist ohnehin kurz davor, das gestrige Abendessen zu verweigern. Als Kal loslässt, wende ich mich von ihm ab und unterdrücke ein Schluchzen mit meiner Handfläche.

Wenn ich gewusst hätte, dass das Schlafen mit Kal dazu

führen würde, dass ich jeden Anschein von Freiheit, den ich je hatte, verlieren würde, hätte ich es nie getan.

Oder?

Wenn man sein Leben damit verbringt, sich mit einem bestimmten Schicksal abzufinden und sich mit dem Unvermeidlichen abzufinden, kann sich auch nur ein kleines bisschen Veränderung wie das Ende der Welt anfühlen.

Und obwohl es stimmt, dass ich Mateo genauso wenig heiraten wollte wie Kal, wusste ich wenigstens, was mich bei ihm erwartete. Wir waren schließlich einmal Freunde gewesen. Damals, bevor er nach Macht und Gewalt strebte und beschloss, sie gegen mich einzusetzen, wenn er nicht bekam, was er wollte.

Aber damit hätte ich fertig werden können.

Ich habe die letzten Jahre damit verbracht, ihn zu umgehen, ihn zu meinem Vorteil zu nutzen und seine Fäuste mit meinen eigenen geprellten Knöcheln zu treffen. Es war zu *bewältigen*.

Aber die Sache mit Kal war nicht geplant. Ich habe ihn noch nie mit einer anderen Frau gesehen, obwohl es in seinen zweiunddreißig Jahren vermutlich viele gegeben hat.

Ich kann mir nicht einmal erklären, warum er mit all dem einverstanden war, wenn man bedenkt, dass er mich beim letzten Mal, als ich ihn sah, bis aufs Blut gefickt hat und noch vor Sonnenaufgang gegangen ist.

Zurück blieben nur ein Gedicht, das auf ein Stück Papier gekritzelt war, und eine schwarze Rose, so dass ich mich lange Zeit fragte, ob ich die ganze Begegnung nur geträumt hatte.

Berührung hat ein Gedächtnis. O sag, Liebe, sag,

Was kann ich tun, um es zu töten und frei zu sein?

Seine Abschiedsworte, obwohl von Keats entlehnt, deuteten eher darauf hin, dass er nichts mehr mit mir zu tun haben wollte. Und doch ist er hier, hat mich gerade dazu gezwungen und tut so, als hätte ich keine andere Wahl.

Als Papá geht, um meine Mutter zu suchen, sehe ich zu, wie Kal weiter packt, und ein mulmiges Gefühl macht sich in meinem Bauch breit, als ich mich daran erinnere, was er vor all den Wochen noch zu mir gesagt hat.

‚Ich bin nicht wie die Jungs von euren kleinen Privatschulen. Ich werde dich ruinieren und nicht zweimal darüber nachdenken.'

‚*Dann ruiniere mich eben*', hatte ich gesagt, so überzeugt von meiner Fähigkeit, ihm zu widerstehen.

Jetzt frage ich mich immer wieder, worauf ich mich da eingelassen habe.

KAPITEL
Fünf

»Nun, das ist eine interessante Wendung der Ereignisse.«

Ich schlage mein Bein über das andere Knie und stelle den Sekundenzeiger meiner Uhr so ein, dass er im Takt der Standuhr auf der anderen Seite des Foyers tickt. Ich bin mir der jüngeren Ricci-Töchter bewusst, die mich vom oberen Ende der Treppe aus anstarren, als wäre ich eine Art Zootier, aber es fällt mir schwer, auf etwas anderes zu achten als auf das schräge Ticken.

Normalerweise vermeide ich soziale Interaktion, vor allem

mit Teenagern, aber das hier konnte ich einfach nicht vermeiden.

Ich traue Elena zu, dass sie wegläuft. Sie fühlt sich gefangen, wie ein gebrochener Vogel in seinem vergoldeten Käfig, der ständig das Schloss seiner Tür im Auge behält, falls sich jemals eine Gelegenheit zur Flucht ergeben sollte.

Da ich das nicht riskieren kann, musste ich mit ihr zum Haus der Riccis am Louisburg Square zurückkehren und dafür sorgen, dass ihre Flügel gestutzt bleiben.

Zumindest für den Moment.

Während der ganzen Fahrt spielte sie mit dem neuen Ring an ihrem Finger und warf mir aus den Augenwinkeln Blicke zu, als ob sie nicht glaubte, dass ich das Gewicht ihres Blicks spüren könnte.

Das ist ein Teil meines Problems, wenn es um die kleine Göttin geht; ich bin hyperfokussiert auf jede ihrer Bewegungen, mein Körper ist so daran gewöhnt, sie hinter einem Bildschirm zu studieren, dass sich die Offenheit unserer Interaktionen jetzt etwas beunruhigend anfühlt.

Natürlich erklärt das nicht, warum ihr Anblick meinen Schwanz sofort hart werden lässt, aber das ist ein ganz anderes Thema.

Eines, mit dem ich mich im Moment nicht beschäftigen will, vor allem nicht nach dem heftigen Kuss, den wir geteilt haben.

Ich muss meine Zeit abwarten, wenn ich will, dass sich das alles richtig entwickelt.

»Wisst ihr, Mädels«, sage ich, begegne ihren Blicken und lasse meine Uhr von meinem Handgelenk gleiten, »ein Bild hält viel länger.«

Die Jüngste, Stella, senkt den Kopf, als ich aufschaue, und spielt mit dem Ende eines Zopfes. Ihre braunen Augen weiten sich hinter dem viereckigen Brillengestell, und sie stößt ihre ältere Schwester mit dem Ellbogen an, als wolle sie sie dazu bringen, sich zu bewegen.

Ariana, die in Alter und Schönheit Elena am nächsten steht,

schnaubt, legt die Unterarme auf dem Geländer ab und beugt sich vor. Sie bricht den Augenkontakt nicht ab und krümmt sich nicht, ein bösartiges Grinsen breitet sich auf ihrem Gesicht aus und leuchtet in ihren dunklen Augenbrauen.

»Zu schade, dass Vampire nicht fotografieren können.«

»Clever.« Ich wische mir etwas Schmutz von der Hose. »Bist du sicher, dass du dir deinen neuen Schwager zum Feind machen willst, besonders wenn er ein Vampir ist?«

Sie zuckt mit den Schultern, geht an Stella vorbei und gleitet die Treppe hinunter. Ihre Bewegungen sind geschmeidig und gazellenartig, das Ballett fließt sogar in ihre alltäglichen Aktivitäten ein.

Als sie auf der untersten Stufe stehen bleibt, blinzelt sie mich an und legt einen Arm um das Geländer.

»Was ist mit Mateo passiert?«

»Ich weiß nicht, was du meinst.«

»Ich *meine*«, sagt sie und starrt mich an. »Warum sind wir jetzt nicht in einer Kirche und sehen zu, wie er Elena heiratet? Warum bist du seit einer halben Stunde hier, und er ist noch nicht einmal aufgetaucht, um für sie zu kämpfen?«

Die feinen Härchen in meinem Nacken versteifen sich, meine Nerven reagieren, obwohl es dafür keinen Grund gibt.

»Ich bin sicher, er weiß es besser.«

Sie schnaubt erneut, verschränkt die Arme vor der Brust und das rostfarbene Kleid, das sie trägt, lässt die Farbe aus ihrem Gesicht weichen. Die Haare zu einem glatten Dutt gebunden, die Lippen mit leuchtend rotem Glanz umrandet, kann ich nicht umhin, die Unterschiede zwischen den Schwestern zu bemerken.

Es ist mir klar, dass Arianas Eleganz nicht etwas ist, das sie sich erarbeiten muss; sie kommt von selbst, wie das Atmen oder Schlafen, und ich frage mich, von wem sie diese Gelassenheit geerbt hat.

Sicherlich nicht von ihrer Mutter.

Zumindest nicht von der Carmen, die ich früher kannte.

Elenas Finesse hingegen scheint eine bewusste Anstrengung zu erfordern, ihr Interesse an der Kunst und den schönen Dingen ist etwas, das sie erzwingen musste, bis es Teil ihrer Persönlichkeit wurde, wie eine Art pawlowsche Reaktion auf das Leben, an das sie gefesselt ist.

Hinter ihrem sorgfältig frisierten Äußeren verbirgt sich eine kaum verhüllte Dunkelheit, die sich oft in geprellten Knöcheln und blutigen Lippen äußert.

Sie unterdrückt es, vergräbt es tief, um ihre Familie glücklich zu machen und ihre Pflichten zu erfüllen, aber es ist da und bettelt nur darum, entfesselt zu werden.

Ein Teil von mir ist neugierig, was das bedeuten würde.

»Steckt meine Schwester in irgendwelchen Schwierigkeiten?«, fragt Ariana, die offenbar immer noch darauf aus ist, dieser Verbindung auf den Grund zu gehen. Und dabei hatte ich die Jüngere für die Inquisitorin gehalten.

Stella geht bis zum Ende des Geländers und zögert auf der obersten Stufe. »*Ari*«, flüstert sie und gibt ihrer Schwester ein Zeichen, zu ihr zu kommen. »Lass ihn in Ruhe.«

Ihre dunklen Augen wandern zu mir hinunter und streifen meinen Blick für eine Millisekunde, bevor sie ihn schnell wieder loswerden. Sie errötet, und ich unterdrücke ein Kichern, weil ich nicht weiß, warum ich ihr Unbehagen so amüsant finde.

Vielleicht erinnert sie mich an jemanden.

Seufzend rutsche ich auf der Bank hin und her und richte die Lasche meiner Anzugjacke. Das Ticken meiner Uhr fällt wieder hinter die Standuhr zurück wie eine Herzrhythmusstörung, und ich presse meinen Kiefer gegen das Geräusch und versuche, mich nicht darauf zu konzentrieren.

»Ich glaube einfach, dass etwas Seltsames vor sich geht«, sagt Ariana. »Kannst du dir vorstellen, dass Elena … *ihn* heiratet?«

»Ich weiß es nicht«, murrt Stella. »Ich könnte mir auch nicht vorstellen, dass sie Mateo heiraten will.«

»Ja, aber das machte wenigstens Sinn. Sie waren ja schon ewig zusammen.«

»*Waren* sie das wirklich? Ich meine, er war definitiv in sie verliebt, aber es schien immer so, als würde sie nur so tun, als ob.« Stella hält inne, als würde sie über etwas nachdenken. »Ich glaube, das ergibt mehr Sinn als Mateo.«

Ariana gibt ein seltsames Geräusch in ihrer Kehle von sich. »Aber er hat sie *geliebt* …« »*Genug*, meine Damen.«

Meine Stimme ist leise, die Zankerei der beiden und das kaum hörbare Ticken strapazieren meine Nerven, bis sie fast brechen. Ich krümme meine Finger um die Kante der Holzbank und spüre, wie das alte Material unter meinem Griff zersplittert, während die Wut wie eine glühende Flutwelle durch mein Inneres schwappt.

»Ich weiß deine Besorgnis zu schätzen, denn ich weiß, sie kommt von einem triftigen Grund«, sage ich und konzentriere mich darauf, gleichmäßig zu atmen. »Aber sprich *nie* wieder von meiner Frau und ihrem ehemaligen Verlobten, es sei denn, um zu sagen, was für ein gutes Paar wir im Vergleich sind. Ich will nicht, dass sein Name jemals wieder mit ihrem in Verbindung gebracht wird.«

Ariana bleibt der Mund offen stehen, ihre Zunge fährt über ihre Lippen, und ich sehe, dass sie mich ärgern will. In ihren Augen brennt ein Feuer, ein Trotz, der sich durch ihre schlanke Gestalt zieht, und ich weiß, dass es nicht viel braucht, um es zu entfachen.

Vielleicht ist sie ihrer Schwester ähnlicher, als ich dachte.

Mein Handy summt in meiner Tasche und zieht meine Aufmerksamkeit auf sich. Ich nehme es heraus und überfliege den Bildschirm, atme langsam aus, als ich den Namen lese, der auftaucht. Ich erhebe mich und nicke den Schwestern zu, wohl wissend, dass ich meine Drohung nicht wahr machen kann, wenn ich ohne ein weiteres Wort gehe.

Das kann meinen Ruf im Moment nicht verkraften.

Anstatt zu versuchen, sie weiter zu überzeugen, nehme ich

die Rolex, lasse sie auf den Boden fallen und meine Gereiztheit durch das Ticken ansteigen; wie jeder andere Auslöser steigert sich das Geräusch, bis es wie ein Wasserfall zwischen meinen Ohren rauscht und jedes andere Geräusch um mich herum übertönt.

Episoden wie diese sind erstickend, völlig – verzehrend in der Wut, die sie hervorrufen. Sie vibriert entlang meiner Wirbelsäule, verknotet sich in meiner Brust, bis sie ihren Höhepunkt erreicht und wie ein Vulkanausbruch explodiert. Normalerweise vermeide ich die gewalttätigen Ausbrüche, die meine Gedanken heraufbeschwören, aber jetzt ziehe ich die Pistole aus dem Hosenbund und richte sie direkt auf das Zifferblatt der Uhr.

Eine Kugel löst sich aus dem Patronenlager und verankert Glasscherben, Splitter und Leder auf dem Boden, der sich durch den Aufprall wölbt.

Irgendwie, wie ein Phantom, bleibt das Ticken erhalten.

Die Brust hebt sich, Elektrizität zischt durch meine Adern, ich starre auf das Loch und spiele den Schuss immer wieder in meinem Kopf ab, meine Schultern sind verspannt und schwer.

Ich will – *kann* – mich nicht bewegen, bis das Ticken aufhört.

Endlich dringt die Stille, die in der Luft um uns herum liegt, in mein benebeltes Gehirn ein, und ich habe das Gefühl, dass ich wieder atmen kann. Aus den Augenwinkeln sehe ich, wie die Mädchen zusammenzucken, räuspere mich und stecke die Pistole wieder an meine Hüfte.

Als ich aus dem Zimmer stürme und den eingehenden Anruf annehme, durchströmt mich eine vorübergehende Erleichterung, während mein Körper darum kämpft, wieder zur Normalität zurückzukehren.

Die völlige Fassungslosigkeit meines Assistenten über die Vorstellung, dass ich heiraten werde, macht mir zu schaffen, je länger er davon spricht, dass er es »verdammt noch mal nicht glauben kann«.

Während ich im Flur vor Elenas Kinderzimmer stehe, gehe ich mit dem Telefon am Ohr hin und her und bereue es, Jonas Wolfe meine Handynummer gegeben zu haben.

»Das sind ziemlich extreme Maßnahmen, die du hier ergreifst, Anderson«, sagt er, und sein britischer Akzent wird immer stärker, je mehr er spricht. »Bist du sicher, dass sie es wert ist?«

»Es gibt nur einen Weg, das herauszufinden.«

Er brummt, und ich höre das deutliche Zippen eines Leichensacks, der verschlossen wird, und Enttäuschung macht sich in mir breit. Normalerweise würde ich mich selbst um die Aufräumarbeiten kümmern, aber da ich meine neue Frau beaufsichtigen musste, hatte ich keine Zeit.

Trotzdem hatte ich gehofft, die letzte Person zu sein, die Mateos physische Gestalt auf diesem Planeten sah, bevor er auf den Grund des Charles geworfen wurde.

»Hast du Kontakt mit deinem Ziel aufgenommen? Sie wissen lassen, was vor sich geht?«

Stimmen erheben sich hinter Elenas geschlossener Tür, und ich halte inne, mein Blick streift die Tür. *Wer ist jetzt gerade da drin?*

Ich habe niemanden kommen oder gehen sehen, und ich habe in den letzten zehn Minuten Wache gehalten. Nachdem ich das Foyer unten verlassen hatte, ließ ich mich hier nieder, bereit, sofort einzugreifen, wenn es den Anschein hatte, dass sie vielleicht zu fliehen versuchte.

Bis jetzt war es still, und es gefällt mir nicht, wie das plötzliche Eindringen die Sehnen in meinem Nacken anspannt.

Ich schleiche zur Tür und antworte Jonas mit einem knappen »Nein«, wohl wissend, dass er mich sonst wieder bedrängen wird.

Als wir uns vor zehn Jahren auf der Insel Aplana kennen-
lernten, wohin mich meine Mutter immer schleppte, wenn sie
Geld übrig hatte, wusste ich nur, dass er sich nicht in der Nähe
von Primrose Manor aufhalten durfte, wo die Besitzerfamilie
der Insel lebt.

Ich hatte keine Ahnung, worauf ich mich einließ, als ich ihn
auf Kaution aus dem Gefängnis holte und ihn einstellte, um für
mich zu arbeiten, aber es ist eine der einzigen dauerhaften
Beziehungen, die ich habe, also ertrug ich ihn trotz seines
unaufhörlichen Geschwätzes.

»Du denkst also wirklich nicht über alles nach«, sagt er.

»Alles muss auf eine bestimmte Art und Weise ablaufen,
Wolfe«, schnauze ich, wobei ich meine Stimme leise halte, um
niemanden im Raum auf meine Anwesenheit aufmerksam zu
machen. »Ich kann sie nicht einfach ins Getümmel werfen und
erwarten, dass sie damit einverstanden ist.«

»Aber ... die *Ehe*? Als du nach Boston gegangen bist, hast
du das nie erwähnt.«

»Pläne ändern sich. Es ist der einfachste und schnellste
Weg, um zu bekommen, was ich will.«

Geld. Macht.

Familie.

Jonas seufzt. »Okay, okay. Ich bin sicher, du weißt, was du
tust.« Eine Pause, ein Zögern pulsiert durch die Leitung. »Du
glaubst nicht, dass sie ein Problem sein wird?«

Meine Hand findet den Türknauf, ich drehe ihn langsam,
mein Herz rast, als ich die Tür aufstoße. Als sich meine Augen
an die Szene vor mir gewöhnen, steigt ein Lachen in meiner
Brust auf und kitzelt meine Kehle.

Doch der Humor darin fehlt, stattdessen ist der Verrat so
heiß, dass er mir den Atem raubt.

Ich lege auf und stecke mein Handy ein, bevor ich Jonas
eine Antwort gebe, und trete ein, wobei ich die Zähne zusam-
menbeiße, als mein Blick den von Elenas Mutter trifft.

Schon wenn ich mich im selben Raum wie sie befinde,

fühlen sich meine Lungen an, als hätten sie Feuer gefangen, und ich versuche, durch die versengten Trümmer zu atmen.

Carmens Augenbrauen ziehen sich zusammen, als sie mich sieht, und die gebräunte Haut um sie herum bleibt vollkommen ruhig.

»Was zum Teufel hast du getan, Kallum?«, zischt sie und meine Hände schmerzen, als sie sich um die leere Luft winden. »Warum heiratet meine Tochter nicht sofort Mateo de Luca?«

»Elena hat sich entschieden, stattdessen mich zu heiraten.«

»Du hast sie gefickt, nicht wahr?« Carmens Lippen verziehen sich. »Du *wusstest*, wenn du sie vögelst, gehen wir alle zum Teufel. Du hast nur auf deine Chance gewartet.« »Sie hat sich aus freien Stücken entschieden, mich zu heiraten.«

»Oh, und ich bin mir sicher, dass Mateo nur allzu gerne zur Seite getreten ist.«

Bei ihr ging es immer nur um die Reaktion. Sie weiß, welche Knöpfe sie bei mir drücken muss, und wie stark sie sie drücken muss, bis ich anspringe.

Früher war es fast ein Spiel, das wir gespielt haben; sie hat mir mit ihren Sticheleien und harten Worten, ihrer Eifersucht und Bosheit unter die Haut gegraben, und wie ein verdammtes Lamm bin ich ihr bis zur Schlachtbank gefolgt.

Ich grinse und mache mir nicht die Mühe, zu antworten, während ich den Raum durchstreife und die halb offene Balkontür direkt hinter ihr bemerke.

Der Grundriss dieses Zimmers hat sich in mein Gedächtnis eingebrannt, seine weißen Wände sind mir viel vertrauter als die meines eigentlichen Zuhauses, die Bücher in den Einbauregalen habe ich im Laufe der Jahre bereits erwähnt.

Ihre Anwesenheit lässt mich innehalten; es ist unmöglich, dass Elena nicht wenigstens ,Die Romantiker' einpacken würde, und doch sehe ich die Gedichtbände dort, wo sie schon immer standen, unberührt und vergessen.

Mein Magen dreht sich um, und mein Blick wandert zurück

zu Carmen. Sie starrt mich an und stemmt die Hände in die breiten Hüften.

»Wo ist sie?«, frage ich und zwinge mich zu einem ruhigen Tonfall, auch wenn mein Körper sich danach sehnt, sie gegen die Wand zu stoßen.

Sie zuckt mit den Schultern. »Sie schien ziemlich erpicht darauf zu sein, dass ich ihr bei der Flucht helfe. Irgendwie seltsam für eine Frischvermählte, findest du nicht?«

»Ich weiß nicht, Carmen«, sage ich und bewege mich auf den Balkon zu, während ein Schatten hinter dessen Türen tanzt, »das hat dich nie davon abgehalten, es zu versuchen, oder?«

Ihr Mund fällt zu, und sie bewegt sich mit mir und versucht, meinen Ausgang zu blockieren. Meine Haut kribbelt, als sie ihre Hände auf meine Brust legt, Abscheu wirbelt in meinen Eingeweiden und lässt meine Sicht verschwimmen.

»Ich werde nicht zulassen, dass du meine Tochter zerstörst«, sagt sie und Tränen steigen in ihren großen braunen Augen auf. Damals war ich noch jung und naiv genug, um zu glauben, dass Carmen Ricci in der Lage wäre, sich um jemand anderen als sich selbst zu kümmern. Ich spüre sogar, wie ich jetzt schwanke, während die Tränen über ihre Wangen laufen.

Aber dann spricht sie wieder und unterbricht die Illusion.

»Benutze sie nicht, um dich an mir zu rächen.«

Ich beiße mir auf die Innenseite meiner Wange, bis dieser süße, kupferne Geschmack meine Sinne überflutet, und gebe ein leises Grinsen von mir, beuge mich vor, damit meine Lippen ihr Ohr berühren. Sie zittert, und mir wird übel davon.

»Ich werde sie nicht verderben«, sage ich, nehme Carmens Hände in meine und schlinge meine Finger um ihre. »Ich werde sie *ruinieren*, und jedes Mal, wenn sie für mich blutet, werde ich daran denken, dass sie alles mag, was du nicht magst.«

Als ich meine Hand nach vorne schlage, höre ich das deutliche Knacken eines splitternden Knochens, und sie stößt einen schrillen Schrei aus, als ich sie wegstoße. Sie drückt ihre gebrochenen Finger an ihre Brust, ein raues Schluchzen durchfährt ihren Körper, aber ich ignoriere es, so wie sie einst meinen Schmerz ignorierte.

Ich habe noch nicht vor, Elena anzufassen.

Aber Carmen weiß das nicht. Im Moment glaubt sie, dass die Ehe nicht nur rechtlich gesehen legitim ist, und das muss sie auch glauben.

Rache ist für mich ein zweitrangiger Gedanke, wenn es um meine nächsten Schritte geht, aber ich werde mir die Chance nicht entgehen lassen, Carmen leiden zu sehen.

Als ich die Balkontür öffne, finde ich Elena immer noch in ihrem Kleid von vorhin, einen kleinen rosa Rucksack über eine Schulter geworfen, ein Buch vor die Brust gepresst.

Ihr Haar ist durcheinander, das Make-up unter ihren goldenen Augen verschmiert, und sie lehnt mit einem gelangweilten Gesichtsausdruck am Geländer, ohne sich von den Schreien ihrer Mutter beeindrucken zu lassen.

Als sie mich sieht, seufzt sie. »Hat ja auch lange genug gedauert.« Als ob sie nicht überrascht wäre, dass ich hinter ihr her war.

Mehr noch, als ich die Spritze aus meiner Hosentasche hole und die Nadel herausziehe, neigt sie den Kopf und schiebt ihr Haar zur Seite, als würde sie mich einladen, sie zu nehmen.

Die Nadel sticht sanft in ihre Haut, und ich beuge mich hinunter und fahre mit meiner Zunge über die Stelle, ohne mir helfen zu können. Nach einem Moment wird sie schlaff, und ich hebe sie über meine Schulter, nehme ihr das Buch aus der Hand und versuche, den Titel zu ignorieren.

Die *Metamorphosen* des Ovid.

Während ich Carmen heulend auf dem Boden zurücklasse und Elenas bewusstlose Gestalt zum Auto trage, das draußen wartet, erinnere ich mich an Jonas' Frage.

Ich *glaube* nicht, dass Elena ein Problem sein wird – sie ist schon eins.

KAPITEL
Sechs

ELENA

Das erste, was ich bemerke, wenn ich zu mir komme, ist mein trockener Mund. Meine Zunge klebt flach am Gaumen, wird praktisch eins mit den Rändern, und ich kann das Minz-Sprudel-Wasser, das ich auf der Fahrt zum Haus meiner Eltern getrunken habe, auf meinen Geschmacksnerven schmecken.

Das Zweite, was mir auffällt, ist das ungewohnte Zimmer; es ist eng und doch luxuriös, mit polierten, getäfelten Wänden und einem Steinkamin gegenüber dem Bett, in dem ich liege. Ein dumpfer Schmerz breitet sich an meinem Hals aus, dort, wo das Schlüsselbein auf die Schulter trifft, und ich setze mich auf, strecke meine Arme über den Kopf und arbeite mich durch den Schmerz.

Das *Dritte*, als das Seidentuch von meiner Brust fällt und meine Brustwarzen der kühlen Luft ausgesetzt sind, bemerke ich, dass ich oben ohne bin.

Ich lasse meine Hand unter das weiße Laken gleiten und fahre zwischen meinen Schenkeln hinunter, wobei ich scharf einatme.

Nicht oben ohne.

Nackt.

Ich presse meine Schenkel zusammen, bedecke meine Brüste mit den Handflächen und schaue mich im Zimmer nach meiner Kleidung um. Der Rucksack, den ich im Haus trug, liegt mit offenem Reißverschluss auf einer Kommode neben dem Bett, leer.

In der Wand neben meinem Kopf befindet sich ein einzelnes, rundes Fenster, und ich strecke die Hand aus, schiebe die Jalousie hoch, um hinauszuschauen, und bestätige damit, was das Grauen in meinen Knochen bereits wusste.

Ich bin in einem Flugzeug.

Mein Magen schnürt mir die Kehle zu und nimmt mir die Luft aus dem trockenen Mund; ich habe Mühe, einzuatmen, und die Vorstellung, durch die Luft zu stürzen, wiederholt sich, während ich in die weißen Wolken starre, die mir den Blick auf die Erde unter mir verstellen.

Ich ziehe das Laken um mich herum und gleite aus dem Bett, bleibe einen Moment stehen, während mein Körper wieder zu sich kommt. Meine Knie zitterten, mein ganzes Wesen rebellierte gegen unseren Zustand in der Luft, aber ich war auch machtlos dagegen.

Die Matratze als Anker nutzend, schlurfe ich zur Kommode und ziehe die Schubladen auf, in der Hoffnung, *etwas* von mir darin zu finden.

Aber sie sind alle leer.

Warum sollte er mir sagen, ich solle packen, nur um mir dann meine Sachen wegzunehmen?

Frustration strömt in meinen Blutkreislauf und bringt Hitze auf meine Wangen, während ich mich im Kreis drehe und versuche herauszufinden, was ich jetzt tun soll. Ein Blick ins Bad zeigt eine makellose Granitduschkabine, eine Toilette und ein kompaktes Waschbecken in der Ecke, aber wieder keine Kleidung.

Nun, jedenfalls nicht *meine* Kleidung.

Ein einziges Paar schwarzer Boxershorts und ein schwarzes T-Shirt hängen an der Duschtür, das Plexiglas feucht von

Kondenswasser. Mein Bauch verkrampft sich bei dem Gedanken, dass Kal sich nackt auszieht und nur wenige Meter von meinem schlafenden Körper entfernt duscht.

Er hat sich während unserer einzigen gemeinsamen Nacht nie ganz ausgezogen, als ob er immer noch versuchen würde, etwas von seinem Geheimnis zu bewahren. Ich habe mich immer gefragt, was er zu verbergen glaubte.

Ich war *im wahrsten Sinne des Wortes* aufgeschlitzt worden, während er so fest wie immer geblieben war, und meinen Körper auf eine Art und Weise für seinen beugte, wie ich es nicht erwartet hatte.

Ich erröte bei der Erinnerung daran und bewege mich so, dass die Innenseite eines Schenkels an der anderen reibt, empfindliches, geschundenes Fleisch, das an glatter Haut reibt.

Ich hätte weglaufen sollen, als er die Klinge gegen mich zog, aber der leichte Schmerz, den sie verursachte, wurde durch das unmittelbare Gefühl seiner Zunge ausgelöscht, die mir folgte und mich davon abhielt, auf meine Bettlaken zu bluten.

Mein ganzes Leben lang habe ich mir blaue Flecken auf den Wangen und blutige Knöchel geholt, habe mir Brüche unter den Fingerspitzen geschaffen, weil ich dachte, dass es meinen Papá glücklich machen würde. Dass er in mir mehr sehen würde als seine kleine Mafia-Prinzessin und mich vielleicht das Leben leben lassen würde, das ich wollte.

Bis letztes Weihnachten war mir nicht klar, welche Freude es bereiten kann, wenn jemand anderes *für* einen die Arbeit erledigt.

Ich schlucke den Kloß des Verlangens hinunter, der sich in meiner Kehle festgesetzt hat, und wende mich vom Badezimmer ab, wobei ich sofort mit einer vertraut starren Brust zusammenstoße.

Mein Herz klopft wild gegen die Rippen, die es einschließen und daran hindern, auszubrechen.

»Kallum«, hauche ich und meine Augen finden seine,

obwohl ich weiß, dass ich es nicht wagen sollte, ihn anzusehen. Nicht nach allem, was er getan hat. Und doch jage ich seiner Wärme hinterher, wie eine Motte der Flamme.

Seine Augen verdunkeln sich, die mahagonifarbene Farbe verfinstert sich vor Lust und flackert über mich hinweg, während seine Hand das Fleisch eines Granny Smith Apfels an seine Lippen führt.

Als er abbeißt und der Saft in verschiedene Richtungen spritzt, spüre ich das Knacken in meinem Inneren. Es hallt in meinen Ohren wider, und mein Blick fällt zu Boden, als er den Apfel wegzieht, um zu kauen, sein Mund wird feucht, während er sich bewegt.

Ein Pulsschlag vibriert zwischen meinen Beinen, der gefährliche Ausdruck auf seinem Gesicht macht mich schwindlig.

Seine Kehle bebt, als er schluckt, und er kommt einen Schritt näher, obwohl wir bereits dicht beieinander sind. Das Blut rauscht zwischen meinen Ohren, legt vorübergehend die Teile meines Gehirns lahm, die Logik und Vernunft verarbeiten, und lässt mich jeden einzelnen Grund vergessen, den ich habe, vorsichtig zu sein. »Scheiße«, sagt er, seine Stimme ist kaum mehr als ein heiseres Flüstern, »mein Name klingt verdammt gut auf deiner Zunge, Kleines.«

»W-wo sind meine Kleider?« Ich stottere und bin erstaunt, dass ich überhaupt einen zusammenhängenden Satz bilden kann, während mein Gehirn nur an seine Lippen auf meinen denkt.

»Ausgepackt und im Flurschrank aufgehängt. Ich hätte nicht gedacht, dass du vor unserer Landung schon auf bist.«

Er macht einen weiteren Schritt und stößt mich über die Schwelle zum Bad zurück.

»Mein Kleid?«

Ein Muskel in seinem Kiefer zuckt und lässt ein Grübchen in seiner linken Wange erscheinen. »Eingeäschert. Ich habe mich darum gekümmert, bevor wir den Flughafen verlassen haben.«

Mein Mund bleibt vor Schreck offen stehen. »Du hast mein Hochzeitskleid *verbrannt*?«

»Ich fand es nicht gut, dass du mich in dem Kleid geheiratet hast, das du heute Abend auf Mateos Schlafzimmerboden haben wolltest.«

Ich runzle die Stirn. »Um ehrlich zu sein, hatte ich *nicht* vor, mit Mateo zu schlafen. Niemals, wenn ich es schaffen würde, damit durchzukommen.«

Er macht einen weiteren Schritt und stößt mich mit dem Rücken gegen das Waschbecken. Ich lege einen Arm hinter mich, um nicht zu fallen, und halte mich an meinem Bettlaken fest, und er lehnt sich vor, um seine Hand neben meiner Hüfte auf den Tresen zu legen.

»Nein?«, fragt er, und sein warmer Atem streicht über mein Gesicht. »Du hast also *nicht* diese knappen Dessous für ihn angezogen? Hast du deine süße kleine Muschi nicht rasiert, nur für den Fall, dass dein neuer Mann sie probieren will?«

Ich lecke mir über die Lippen, während er den Knoten, der mein Laken zusammenhält, mit der Faust festhält, und schüttle den Kopf. Mein Atem stockt, als er noch näher rückt, so nah, dass ich mir nicht einmal mehr sicher bin, ob wir zwei getrennte Wesen sind.

Mit angespannter Brust blicke ich durch die dunklen Wimpern zu ihm auf und versuche, meinen Atem gleichmäßig zu halten, indem ich meinen Zeh in die Flut der Anziehungskraft tauche, die zwischen uns brodelt. »Vielleicht wollte ich, dass das Kleid heute Abend auf *deinem* Boden liegt.«

Kals Iriden verdunkeln sich noch mehr, und der Atem stockt in seiner Kehle. »Wolltest du an mich denken, während er dich ficken würde?«

Ohne eine Antwort abzuwarten, zerrt er an dem Satinband und lockert meine Finger mit der freien Hand, während er einen weiteren Bissen in den Apfel nimmt. Das obszöne, schlürfende Geräusch, als er die Frucht wegzieht, jagt mir einen heftigen Schauer über den Rücken, und ich presse meine Schenkel zusammen, während sich an der Spitze Feuchtigkeit sammelt und mich von innen wärmt.

Mit einem Schwung seiner Hand fällt das Laken von meinem Körper und bleibt an meiner Taille hängen, wo ich gegen das Waschbecken gelehnt bin. Kal stößt einen zittrigen Atemzug aus, während er kaut und seinen hungrigen Blick über meinen Körper gleiten lässt.

»So sündhaft, wie ich es in Erinnerung habe«, murmelt er, legt den Apfel auf den Tresen hinter mir und streicht dann mit klebrigen Fingern über das Granatapfeltattoo unter meiner Brust – das ich mir stechen ließ, als er anfing, mich seine *kleine Persephone* zu nennen, als ob ich ihn mit dem Symbol erreichen könnte.

Seine Berührung ist eisig, ohne die Wärme, die seine Augen ausstrahlen, und doch versengt sie mich.

Was ist nur los mit mir?

Noch vor wenigen Stunden hat mich dieser Mann erpresst, ihn zu heiraten. Er hat das Leben aller Menschen bedroht, die ich liebe, nur damit ich eine willige Spielfigur in einem seltsamen kleinen Spiel werde, das ich noch nicht einmal verstehe.

Ich bin mir auch nicht sicher, ob ich ihm die Geschichte mit der Erpressung abnehme – ein Mann, der von allen, mit denen er in Kontakt kommt, als Doktor Tod bezeichnet wird, ist kein Mann, der sich so leicht dem Willen anderer beugt, so dass seine sofortige Bereitschaft, die Bedingungen seines Peinigers zu akzeptieren, bei mir rote Fahnen auslöste.

Da ich aber auch keine anderen Anhaltspunkte habe und weiß, dass er keine leeren Drohungen ausstößt, hatte ich keine andere Wahl.

Das bedeutet jedoch nicht, dass ich unser kleines Arrangement genießen muss, und je länger er mich anstarrt, desto schneller schwindet meine Entschlossenheit.

Meine Hand umklammert die Ablage, bis sie schmerzt, und

die Anstrengung, mich davon abzuhalten, ihn wieder zu berühren, ist überwältigend.

Sein Daumen gleitet über meine Tätowierung und lässt mich zittern wie ein Blatt, und er lächelt und wandert nach unten. Er fährt über meine Hüfte und streift mein Schambein, bevor er weiter abtaucht und meine Klitoris streichelt.

Ein leises Keuchen entweicht meinen Lippen, und sein Grinsen wird breiter, die Falten in seinen Mundwinkeln werden tiefer.

»Du hast dich für ihn nicht rasiert, aber ich kann mich nicht erinnern, dass du für mich nackt warst«, sagt er, und das Timbre seiner Stimme dröhnt gegen meine Brust.»Wen hast du also in meiner Abwesenheit gefickt?« Er fährt an meiner Spalte entlang und macht eine sich wiederholende, streichende Bewegung, bei der er jedes Mal meinen Kitzler reibt. Meine Kehle schnürt sich zusammen, bis es *schmerzt*, und ich sauge verzweifelt Luft ein, um mich vor einer Explosion zu bewahren.

Eine kleine Berührung von diesem Mann, und schon ist es passiert.

»N-niemand«, antworte ich zwischen stakkatoartigen Atemzügen und schlucke das Stöhnen herunter, das an der Basis meiner Speiseröhre brennt.

Er trennt sich von mir und gibt mit seiner Zunge ein schnalzendes Geräusch von sich.»Ich hoffe für dich, dass das stimmt.«

»Es ist wahr, ich schwöre.« *Es hat nie einen anderen gegeben.* Ich öffne den Mund, um ihn dasselbe zu fragen, aber es kommt nichts heraus, weil mein Verstand in der Lust versinkt.

»Gut«, murmelt er, und dieses eine Wort durchflutet meine Eingeweide mit flüssigem Feuer und lässt meine Muschi sich wollüstig zusammenziehen.»Nur weil wir diese Ehe heute Abend nicht vollziehen werden, heißt das nicht, dass du es mit jemand anderem versuchen kannst.«

Ich blinzle, der Schleier der Erregung um mich herum löst sich auf.»Was?«

»Wenn wir an unserem Zielort ankommen, muss ich für eine Weile weg, um mich um andere Dinge zu kümmern. Und die Pläne, die ich für dich habe, Kleines …« Sein Blick streift langsam über mich und lässt mich erschaudern. »Leider wird mein Schwanz sie im Moment nicht ausfüllen, egal, wie sehr deine Lust nach mir verlangt.«

Er zieht eine dunkle Augenbraue hoch und verlagert seine Bemühungen zwischen meine Schenkel, spreizt sie, um Platz für seine ganze Hand zu schaffen. Zwei Finger umkreisen meinen Eingang, stoßen sanft hinein, als ob sie das Wasser testen würden; er grinst finster, als er die Nässe dort spürt, und stößt dann bis zum Knöchel vor.

»Meine Finger hingegen …«

Das plötzliche Eindringen presst die Luft aus meinen Lungen, und als er sich vorwärts bewegt, den Handballen an meiner Klitoris reibt, während er in einem gleichmäßigen Rhythmus ein- und ausstößt und seine Finger gegen meine Innenwände rollt, komme ich fast sofort.

Er stöhnt, als ich mich um ihn winde, und streicht mir mit einer Hand über mein Haar.

»Was für eine gute kleine Ehefrau.«

Meine Lippen öffnen sich zu einem Stöhnen, und er nimmt den Apfel von der Ablage und schiebt ihn mir zwischen die Zähne. Er beugt sich hinunter und schaut mir in die Augen, während er weiter mit den Fingern fickt und einen Bissen von der anderen Seite der Frucht nimmt.

Ein gurgelndes Geräusch bleibt in meiner Kehle hängen, als sich unsere Nasen berühren, und mein heißes Inneres klammert sich an ihn, während Blitze meine Wirbelsäule hinaufschnellen und kleine Feuer in ihrem Kielwasser erzeugen. Kal zieht sich zurück und nimmt den Apfel mit; ich beiße ein Stück ab, kaue und genieße den süßen Geschmack auf meinen Geschmacksknospen, weil ich weiß, dass er mir eine Kostprobe gegeben hat, und er wusste, dass es nicht genug sein würde.

Mein Inneres pocht durch die Nachwehen meines Orgasmus, und als er sich zurückzieht, spuckt er den Apfel in einen nahegelegenen Mülleimer, führt seine Finger an die Lippen und saugt *meinen* Saft auf.

Er grinst wie ein Raubtier, das gerade seine Beute gefangen hat, tritt zurück, so dass er im Schlafzimmer steht, und gestikuliert dann über seine Schulter zur Tür.

Bis jetzt hatte ich nicht bemerkt, dass sie offen war, und als ich einen Blick in den kurzen Flur werfe, läuft es mir heiß über den Rücken.

Die rothaarige Angestellte steht am Ende des Flurs, mit dem Rücken zu uns, und bedient sich an einer Minibar.

»Sieh zu, dass du dich anziehst, bevor du zu uns kommst«, sagt Kal und zwinkert mir zu. Kummer überkommt mich, und ich greife nach unten und ziehe das Laken wieder hoch, damit es mich bedeckt. »Wir landen in fünfzehn Minuten.«

KAPITEL
Sieben

Kal

Elena verlässt das Zimmer erst in der Sekunde, in der wir landen. Ich sitze mit gekreuzten Beinen in der Kabine, nippe an dem Scotch, den Marcelline mir gereicht hat, und warte darauf, dass sie hereinkommt und mir ihre Meinung sagt, aber der Moment kommt nicht.

Ein dumpfes Stechen breitet sich in meinem Bauch aus, Stacheln, die sich spiralförmig nach außen winden und sich an dem Organ festkrallen, das in meiner Brust schlägt. Es ist etwas, das an Schuldgefühle grenzt und die Ecke des Gefühls streift, ohne dass es sich voll entfalten kann.

Ich habe mich schon seit Jahren nicht mehr schlecht gefühlt, was zum Teil daran liegt, dass ich in kostenlosen Kliniken viel Wohltätigkeitsarbeit leiste, um mich zu entlasten.

Das hilft mir zwar nicht, nachts besser zu schlafen, aber es hält wenigstens meine Mutter davon ab, sich im Grab umzudrehen.

Doch jetzt, wenn ich bedenke, wie ich Elena in meinen Schlamassel hineingezogen habe und wie ich sie halbwegs zufrieden zurücklasse, schleicht sich die Scham in mein Gehirn und hüllt mich in ihre abscheulichen Schatten.

Während ich den Rest meines Getränkes hinunterkippe, konzentriere ich mich auf das Brennen des Alkohols, der meine Kehle hinuntergleitet, und verdränge das Gefühl, bevor es Zeit hat, Wurzeln zu schlagen.

Als der Pilot uns mitteilt, dass wir Aplana International erreicht haben, gleitet die Schlafzimmertür auf, und Elena schlüpft heraus, in schwarzen Leggings und einer dünnen weißen Bluse.

Ihre Leggings verdecken das in die Innenseite ihres Oberschenkels eingekerbte *K*, und mein Schwanz zuckt bei der Erinnerung daran, wie sie es dort angebracht hat.

Wie sie sich *räkelte*, als die Klinge gegen ihr empfindliches Fleisch stieß, wie sich ihr Rücken krümmte, wie ihr heißes Inneres auf einen weiteren Orgasmus zusteuerte. Wie ihr Blut schmeckte, als es über ihre blasse Haut tropfte, und wie ich an seiner kupferfarbenen Essenz leckte wie ein Mann, der vor Durst stirbt.

Und das war ich auch.

Ich *brannte* darauf, sie zu trinken, die Jungfrau zu verschlingen, so wie sie mich seit der Nacht, in der sie mich gebeten hatte, ihr Erster zu sein, verzehrt hatte.

In dieser Nacht dachte ich, dass es die Einzige sein würde, die wir hatten. Damals war mir noch nicht klar, dass unser Quartier einmal so … *intim* werden würde.

Ich habe bereits meine eigene unausgesprochene Regel

gebrochen, die Dinge langsam anzugehen, indem ich meine Finger in ihre enge, bedürftige Hitze trieb, hilflos gegenüber der Art, wie sie mich ansah, während ich diesen verdammten Apfel aß.

Ich biss mit mehr Ernsthaftigkeit als nötig in die weiche Frucht und versuchte zu vermitteln, was ich stattdessen am liebsten mit ihrer Muschi machen würde.

Mich an ihr laben, sie erobern, sie *ruinieren*.

Sie sah aus, als würde sie sterben, wenn ich es nicht täte.

Es hatte mich all meine Willenskraft gekostet, meine Hose nicht fallen zu lassen, meinen Schwanz hinter dem Reißverschluss hervorzuziehen und in diesem Moment in sie zu stoßen, aber diese Dinge müssen richtig geplant werden, damit sie funktionieren.

Die Vollendung muss noch warten.

Marcelline kommt herüber, stößt die Tür des Flugzeugs auf und steigt wortlos aus, wahrscheinlich will sie zurück zu ihren normalen Aufgaben.

Elena lässt sich in den Ledersitz gegenüber von mir fallen, lehnt ihren Kopf zurück und starrt auf die makellose Holzvertäfelung an der Decke. Ich blättere untätig in der Zeitschrift *Better Homes & Gardens* in meinem Schoß und warte darauf, dass sie etwas sagt.

Sie kneift die Augen zusammen und seufzt. »Du besitzt einen Privatjet.«

Mit einem Blick auf die veraltete, aber verschwenderische Einrichtung des Lounge-Bereichs nicke ich. »Ja.« Sie schnaubt und schüttelt den Kopf. »War ja klar.«

Ich habe den Jet – einen McDonnell Douglas MD-87 aus dem Jahr 1987 - vor ein paar Jahren auf einer Auktion gekauft, aber da ich die Insel nur selten besuche, hatte ich bisher kaum Gelegenheit, ihn zu benutzen.

Meistens steht sie in dem privaten Hangar, den ich gemietet habe, während ich mit öffentlichen Verkehrsmitteln von einer Baustelle zur nächsten fahre. Abgesehen von kurzen Flügen mit der üblichen Besatzung und Tune-ups ist dies die erste richtige Reise des Flugzeugs.

Es scheint mir angemessen, es als Übergang von meinem alten Leben in das neue zu nutzen.

Ich ziehe eine Augenbraue hoch, klappe meine Zeitschrift zu und lege sie auf den Konferenztisch zwischen uns. »Hast du ein Problem mit Privatjets, Elena?«

»Abgesehen von der Tatsache, dass sie die Umwelt verpesten? Nicht wirklich. Ich würde nur nicht erwarten, dass jemand, wie du einen besitzt.« »Was, bitte schön, soll das heißen?«

Ein goldenes Auge öffnet sich, mustert mich langsam, bevor es sich wieder schließt. »Es scheint etwas zu sein, das dich auf die Bildfläche bringen würde, und ist es nicht das, was alle Männer meines Vaters normalerweise zu vermeiden versuchen?«

»Ich bin keine Art Vagabund. Ich *habe* materielle Besitztümer. Sogar ein Haus, wie ich bereits gesagt habe.«

»Weiß sonst noch jemand davon?«

Meine Augenbrauen ziehen sich über meinem Nasenrücken zusammen, als ich ihre unbewegte Gestalt betrachte. Sie hat etwas Unausgeglichenes an sich, etwas Gebrochenes und Ängstliches, das eben noch nicht da war. Ihre Hände klammern sich an die Armlehnen, ihre Knöchel bleichen, als sie sich fester umklammert und vorsichtig tiefe, zitternde Atemzüge einholt.

Ich erkenne die Angst, ohne dass ich sie miterleben muss. Die Pheromone, die freigesetzt wird, wenn sich ein Mensch bedroht fühlt, sind minimal, aber wenn man genug Zeit damit verbringt, sie zu studieren, wird die leichte Veränderung des Geruchs und des Verhaltens zur zweiten Natur.

Es riecht muffig und feucht. Durchtränkt mit Schweiß, blutet aus unseren Poren und beeinflusst die chemische Zusammensetzung unseres Gehirns. Es lässt uns verrückte, unvorhersehbare Dinge tun und sagen.

Und in diesem Moment hat Elena Angst.

»Elena«, sage ich langsam und spreche jede Silbe sorgfältig aus. »Geht es dir gut?«

Sie bleibt ganz ruhig. »Ich mag keine Flugzeuge.« »Wirklich nicht?«

Sie schüttelt den Kopf und stößt ein gehauchtes Lachen aus. »Ich weiß, dass Riccis furchtlos sein sollen. Zumindest hat Papá versucht, uns so zu erziehen, deshalb hat er uns in Selbstverteidigungskurse gesteckt, als meine Schwestern und ich Kinder waren. Du hättest sehen sollen, wie seine Augen geleuchtet haben, als ich diese Fähigkeiten zum ersten Mal angewandt habe.«

Ich denke an die geprellten Knöchel und die blutigen Lippen, die sie jedes Mal zu tragen schien, wenn ich im Laufe der Jahre in die Stadt kam, wie das gebrochene Fleisch ein fester Bestandteil zu sein schien. Für ein so warmherziges, intelligentes Mädchen hat ihr offensichtlicher Appetit auf Gewalt nie viel Sinn gemacht.

Aber ich nehme an, wenn man in einer Welt aufwächst, in der es davon nur so wimmelt, tut man alles für ein Minimum an Aufmerksamkeit.

»Wie auch immer«, fährt sie fort. »Meine Fäuste können mich nicht vor dem freien Fall vom Himmel schützen, also versuche ich, Flugreisen zu vermeiden.«

Ich bin sicher, es hilft, dass Rafael seine Familie nur selten aus Boston weggehen lässt.

»Weißt du, statistisch gesehen ist es viel wahrscheinlicher, dass man bei einem Autounfall stirbt als bei einem Flugzeugabsturz.«

»Sag das mal Buddy Holly, JFK Jr. und Ritchie Valens.«

»Um fair zu sein, zwei davon waren bei demselben Absturz.« Ich zeige mit dem Finger in ihre Richtung. »Das ist also nicht wirklich ein ehrlicher Vergleich. Und du bist sowieso viel zu jung, um von ihnen traumatisiert worden zu sein.«

Elena brummt leise, setzt sich auf und reißt die Augen auf. Sie lässt ihren Blick über mich schweifen, als würde sie jeden sichtbaren Zentimeter makellosen Fleisches katalogisieren. Sie neigt ihren Kopf zur Seite und schürzt die Lippen.

»Du hast Mateo getötet«, sagt sie langsam.

»Ich musste es tun. Er hat mir einige Probleme bereitet, und es bestand eine gute Chance, dass er in den Sicherheitsverstoß in deinem Haus verwickelt war.«

»Ist das die Grundlage für deine Arbeit?« Ihre Augenbrauen heben sich. »Eine *Chance*?«

Tief einatmend, falte ich die Hände in meinem Schoß und werfe ihr einen finsteren Blick zu. »Nein, Kleines. Tatsächlich ist jede einzelne Entscheidung, die ich in meinem Leben als Erwachsener getroffen habe, nach eingehender Überlegung sorgfältig abgestimmt worden. Ich gehe kein Risiko ein, wenn ich mir des Ergebnisses nicht sicher bin.«

»Und diese Ehe ist was? Ein Royal Flush?«

Anstatt sofort zu antworten, lehne ich mich in meinem Sitz zurück und greife in die Anrichte zu meiner Rechten, bis ich den gealterten Rücken eines Buches ertaste, das ich früher immer bei mir trug.

Früher habe ich Verse aus dem Buch aufgeschrieben und sie dann aus meinem Tagebuch herausgerissen, um sie auf ihrem Balkon zu hinterlassen, wenn ich ein paar Mal im Jahr in Boston war.

Natürlich wusste ich nicht, dass es *ihr* Balkon war; ich hatte gedacht, es sei der ihrer Mutter. Erst als sie achtzehn war und mich bei einer Cocktailspendenaktion ansprach, erfuhr ich, dass sie diejenige war, die die Notizen sammelte und manchmal auch ihre eigenen hinterließ.

An diesem Abend bat sie mich, sie mitzunehmen. Ich sollte ihr die Wahl lassen, so wie ich ihr die Hoffnung gegeben hatte, der Welt ihres Vaters zu entkommen.

Sie sagte, sie habe meine Handschrift erkannt und wollte unsere Verbindung konkreter machen.

Ich lehnte ab, zitierte das *verlorene Paradies* falsch und verbrachte den nächsten Monat damit, das Bild einer jungen

Elena Ricci zu löschen, die sich wie ein Festmahl unter mir ausbreitete.

Sie war volljährig und willig, und offen gesagt hatte ich ihre Anwesenheit vor jener Nacht nie bemerkt, aber sie war auch das Kind der beiden Menschen, die mein Leben unwiderruflich verändert hatten.

Dann bat mich Rafael, auf sie aufzupassen, und die Poesie wurde die einzige Möglichkeit, mit ihr zu kommunizieren.

Der einzige Weg, den ich gehen wollte.

Ich ziehe das zerfledderte Buch hervor und blättere zu einer Seite mit Eselsohren, und mein Finger findet sofort die Zeile, obwohl ich die meisten Gedichte von Blake auswendig kenne.

»Bis der Schurke die Pfade der Bequemlichkeit verließ, um auf gefährlichen Wegen zu wandeln, und den Gerechten in unfruchtbare Gefilde trieb.«

Als ich die Zeile vortrage, starre ich sie an, und sie runzelt die Stirn. »Die Vermählung von Himmel und Hölle.«

»Die Vermählung von *Gegensätzen*. Gut und Böse. Theoretisch sind wir keine sichere Sache«, sage ich, klappe das Buch zu und schiebe es über den Tisch in ihre Richtung. »Aber in Anbetracht der Situation haben wir keinen Platz zum Scheitern. Ich bin in dieser Verbindung genauso gefangen wie du; daher ist deine Strafe wohl oder übel von Dauer, *Frau*.«

Sie stöhnt und tippt mit den Fingern auf ihr Knie, scheinbar in Gedanken versunken. »Wie stehen die Chancen, dass du mich auch tötest?«

»Null.«

Eine Augenbraue wölbt sich. »Du klingst furchtbar sicher für jemanden, der gerade meinen Verlobten getötet und mich von meiner Familie weggerissen hat. Woher weiß ich, dass du nicht vorhast, mich mitten ins Nirgendwo zu bringen und mich zu ermorden?«

Ihr Tonfall stößt auf eine kaum verborgene Verärgerung, die in mir brodelt, und ich schrecke hoch, um den obersten Knopf meiner Anzugjacke zu öffnen. Sie verfolgt die Bewegung mit glühenden Augen, und ihre scharfe kleine Zunge schießt heraus, um ihre Unterlippe zu befeuchten.

Mein Schwanz pulsiert gierig hinter meinem Reißverschluss, er *verlangt* danach, befreit zu werden. Ich greife nach unten, den Blick auf sie gerichtet, und fasse meine Erektion an, deren Hitze meinen Handrücken versengt, während ich mich in meinem Sitz bewege.

Ich sollte nicht mit ihr spielen – ich kann der Versuchung schon jetzt kaum widerstehen. Aber aus irgendeinem verdammten Grund kann ich mir einfach nicht helfen.

»Tot nützt du mir nichts, Kleines«, sage ich und drücke leicht zu – nicht genug, um einen großen Unterschied zu machen, aber genug, dass ich spüre, wie ein Wulst von Sperma aus der Spitze sickert und den Stoff meiner Boxershorts durchtränkt.

»Aber du wirst nicht mit mir schlafen?«

Geile kleine Schlampe. Ich beobachte, wie sie rot wird, auf ihrer Unterlippe knabbert, und frage mich, ob ich weiß, worauf ich mich hier eingelassen habe. »Noch nicht.«

»Was soll das dann? Worauf wartest du?«, fragt sie und windet sich in ihrem Sitz. Sie presst ihre Schenkel zusammen und wackelt herum, wahrscheinlich, um das Verlangen zu unterdrücken, das zwischen ihren Beinen brodelt. »Bist du nicht mehr … auf diese Weise an mir interessiert?«

Ihre Wangenknochen sind rosa gefärbt, Verlegenheit bahnt sich einen Weg ihren Hals hinunter und lässt sie unschuldig und zerbrechlich aussehen.

Es ist nicht so, dass ich nicht interessiert wäre, sondern dass ich zu interessiert bin.

Wenn wir einmal angefangen haben, weiß ich, dass wir nicht mehr aufhören können.

»Keine Sorge, meine kleine Persephone«, sage ich, lasse mich los und atme tief ein, bevor ich mich aufrichte. »Du wirst gefickt werden. Nur nicht sofort.« Mein Schwanz erschlafft erst, als sie ihren Blick abwendet und die Röte in ihr aufsteigt.

Ich streiche mit den Händen über die Vorderseite meines Anzugs und strecke ihr eine Hand entgegen, um geduldig darauf zu warten, dass sie sie nimmt. Wenn sie Flugzeuge wirklich hasst, kann ich mir nicht vorstellen, dass der Ausstieg besonders leicht sein wird; es ist ein Wunder, dass sie es überhaupt aus dem Schlafzimmer geschafft hat, denn der Höhenunterschied macht selbst dem erfahrensten Flieger zu schaffen.

Sie schaut auf meine Hand, dann wieder zu mir hoch.

Ich überrage sie, wenn sie auf voller Höhe steht, mein Körperbau ist etwas größer als der Durchschnitt, aber über ihr zu stehen, während sie auf Augenhöhe mit meinem Schwanz ist, lässt ein völlig neues Gefühl durch mich pochen und verstärkt die Lust, die ich zu ignorieren versuche.

»Ich wollte dich nicht heiraten«, sagt sie mit einer sanften Stimme, wie ich sie noch nie zuvor gehört habe.

Ein Kloß bildet sich in meiner Kehle, der mir das Atmen erschwert. Ein so vertrautes Gefühl. »Das sagst du immer wieder.«

»Was erwartest du von mir?«, fragt sie und stößt sich von ihrem Sitz ab; sie schwankt, verliert eine halbe Sekunde lang das Gleichgewicht, bevor sie sich wieder fängt und die Arme vor der Brust verschränkt.

Der würzige, süße Granatapfelduft ihres Shampoos schlägt mir entgegen, und ich bin fast versucht, sie in meine Arme zu ziehen und ihr zu zeigen, was ich von ihr als meiner neuen Frau erwarten *sollte*.

Wie ich ihren straffen, perfekten Körper verehren würde, wenn ich die Chance dazu hätte. Wie ich sie in die Tiefen der Hölle schleifen, ihr aber weismachen würde, dass sie im Himmel ist, und mit meiner Zunge wortlose Poesie auf ihr empfindliches, geschwollenes Fleisch schreiben würde.

Wie ich sie richtig behandeln würde, wenn ich *könnte*.

Wenn ich nicht so viel zu verlieren hätte.

Wenn ich glauben würde, dass ich sie wirklich lieben

könnte und sie nicht nur als Spielball in meinen verdrehten Spielen benutzen würde.

Stattdessen gebe ich mich mit dem zufrieden, was sicher ist, weil das im Moment wichtiger ist.

»Wir können die Logistik später besprechen«, sage ich, drehe mich zur Seite und gestikuliere in Richtung Ausgang, in der Hoffnung, dass sie nicht bemerkt, wie sich meine Nasenflügel bei ihrer Nähe aufblähen.

Sie kommt mir zu nahe, und plötzlich habe ich das Gefühl, das süßeste und tödlichste Gift zu mir genommen zu haben.

»Zuerst möchte ich dir etwas zeigen.«

KAPITEL
Acht

Elena

Bist du nicht mehr auf diese Weise an mir interessiert?

Ich versenke meine Fingernägel in das Fleisch meiner Oberschenkel und schimpfe mit mir selbst, weil mir die Frage so leicht über die Lippen kommt.

Mein Verstand war zu benebelt, zum einen von dem Orgasmus, den ich weniger als eine halbe Stunde zuvor gehabt hatte, und zum anderen, weil sich die Kabine langsam wie ein Sarg anfühlte, und plötzlich prallte die Frage von meiner Zunge ab und schleuderte in seine Richtung.

Als ob es das Wichtigste im Universum wäre, mit Kal Anderson zu schlafen.

Zugegeben, ich habe in den Wochen, seit er meine Jungfräulichkeit geraubt hat, an kaum etwas anderes gedacht, aber trotzdem. Angesichts des absoluten Chaos der letzten vierundzwanzig Stunden, der völligen Umwälzung des Lebens, wie ich es einmal kannte, sollte Sex das Letzte sein, worüber ich mir Sorgen mache.

Ich sollte froh sein, dass er das nicht von mir will. Ich sollte mich stark fühlen, als ob er mir das einzige Druckmittel, das ich je hatte, überlässt.

Und doch, als ich ihn von meinem Platz in der schwarzen Limousine aus ansehe, in die wir nach dem Aussteigen aus dem Jet geführt wurden, breitet sich dieser vertraute Schmerz von meiner Scheide nach außen aus und fließt durch meine Adern, als würde er dorthin gehören.

Und alles, was ich fühle, ist unerwünscht.

Er klebt praktisch an der Tür, seine Anzugjacke liegt gefaltet auf dem Sitz zwischen uns. Die Ärmel seines schwarzen Button-Down-Hemdes sind bis zur Mitte des Unterarms hochgekrempelt und enthüllen gestählte Muskeln und mehr gebräunte Haut, als ich je bei ihm gesehen habe.

Während er mit einer Daumenkuppe durch sein Handy scrollt, streicht er mit der anderen über die Unterseite seines stoppeligen Kiefers. Der Bildschirm wechselt so schnell, dass es mir schwerfällt, mir vorzustellen, dass er die Informationen überhaupt verarbeitet.

Mit zusammengekniffenen Lippen beuge ich mich hinunter und suche in meinem Rucksack nach meinem Handy, ohne Erfolg. Ich drehe den Kopf, streiche mir die Haare aus dem Gesicht und frage mit offenem Mund, wo er es hingelegt hat.

»Eine Verpflichtung«, sagt er, bevor ich überhaupt ein Wort gesagt habe, und ohne mich eines Blickes zu würdigen. »Wenn wir zu Hause sind, besorge ich dir ein neues Gerät.«

83

Zu Hause. Ich streiche mit den Händen über den weichen Stoff meiner Leggings und schaue aus dem getönten Fenster, während die grün-blaue Landschaft des Ortes, an dem wir gelandet sind, an mir vorbeifliegt. Der Ozean erstreckt sich gleich hinter dem baumbestandenen Horizont, obwohl ich mir nicht sicher bin, ob das bedeutet, dass wir uns noch auf dem Festland befinden.

»Wo genau ist unser Zuhause?«, frage ich.

»Aplana Island, obwohl die Einheimischen sie nur Aplana nennen. Sie liegt direkt vor den Boston Harbor Inseln.«

»Nie davon gehört«, sage ich und drücke mit dem Finger auf einen Knopf, der das Fenster herunterlässt.

Das Geräusch durchbricht die Stille um uns herum und ruft eine Ruhe in mir hervor, die ich nicht mehr gespürt habe, seit ich in Mateos Schlafzimmer gegangen bin. Auf und ab wiederhole ich die Bewegung und lasse mich von ihr hypnotisieren.

Aus dem Augenwinkel sehe ich, wie Kal in seinem Sitz hin und her rutscht, seine Beine übereinander schlägt, als ob er es sich nicht ganz bequem machen könnte. Seine linke Hand wandert nach unten und greift knapp oberhalb seines Knies. Er drückt zu, bis sich die Adern auf seiner Haut spannen, und seine Kehle zuckt wiederholt, während er immer wieder schluckt.

Ich frage mich, ob er Zweifel an all dem hat – mich zu heiraten, mich zu ficken, mich aus Boston zu stehlen. Ist es möglich, dass der böse Doktor nicht wusste, worauf er sich einlässt, als er sich als mein Ritter in einer nicht so glänzenden Rüstung vorstellte?

Bevor ich fragen kann, ob es für eine Annullierung zu spät ist, streckt Kal seine Hand aus und bedeckt meine, als salzige Luft in mein Gesicht strömt; er schiebt meinen Finger weg und stellt das Fenster wieder in seine ursprüngliche Position, während er mühsam aus der Brust atmet.

Als ich mein Kinn anhebe, bemerke ich die Enge um seine Augen und die Verkleinerung seiner Pupillen. Er sieht wild aus, wie ein zum Leben erwachtes Monster, das dringend sein

Pfund Fleisch benötigt, und das raubt mir für kurze Sekunden den Sauerstoff aus den Lungen.

Aber nicht, weil ich Angst habe.

Weil ich es *mag*.

Das Chaos in seinen Augen saugt mich an wie eine Unterströmung und zieht mich tiefer in seine gefährlichen Gewässer. Einen Moment lang würde ich lieber darin ertrinken, als wieder aufzutauchen.

Ein Kloß bildet sich in meiner Kehle, und ich schlucke ihn hinunter. Mein Herz hüpft in meiner Brust, und der Geruch von Zimt und Whiskey, den ich wochenlang versucht habe, zu vergessen, überfällt mich, während er sich über meinen Körper beugt. Sein Blick streift an den Rändern meines Gesichts entlang, Wahnsinn erhellt seine Züge und hält ihn auf Distanz.

Er hält sich am Türrahmen fest und stößt einen langen, tiefen Atemzug aus, bei dem sich sein Brustkorb stark hebt. Schnell blinzelnd scheint er in seinen normalen Zustand zurückzukehren, und seine dunkelbraunen Augen treffen auf meine, während sich die Pupillen korrigieren.

»Geht es dir gut?«, frage ich, meine Stimme kaum hörbar, unsicher, was gerade passiert ist, und nicht will ihn nicht wieder aufregen.

»Gut. Nur … kurbel dein Fenster nicht runter.«

Als er sich von mir losreißt und zurück in seinen Sitz gleitet wie ein Stück Metall, das von einem Magneten angezogen wird, runzle ich die Stirn. »Was, wird mich jemand, der schlimmer ist als du, anfassen oder so?«

Kal zupft am Kragen seines Hemdes und wirft mir einen strengen Blick zu. Einen, den ich bis in mein Innerstes spüre.

»Es gibt *viele* Dinge da draußen, die schlimmer sind als ich, Kleines. Und es ist nicht die Frage, *ob* sie dich holen, sondern wann.« Seine Stimme ist ruhig, unerschütterlich, und was auch immer er vor Sekunden erlebt hat, ist völlig vergessen, als sich seine Maske der Fassung wieder aufbaut. »Ich habe dich nicht geheiratet, damit du herumalbern und dich umbringen lassen kannst, also erwarte ich, dass du auf mich hörst, wenn ich dir sage, dass du etwas tun sollst. Lass mich nicht bedauern, dass ich dich beschützen wollte.«

»Du hast auch gesagt, dass du mich ausnutzt«, sage ich und schlage meine Knöchel übereinander, als der Fahrer langsam zum Stehen kommt. »Dass ich dir nichts nütze, wenn ich tot bin. Also, was ist es? Hast du mich geheiratet, um mich zu retten, oder um mich wie eine Waffe zu benutzen?«

Unser Fahrzeug schaltet in die Parkposition und fährt leicht nach vorne, als es sich abschaltet. Einen Moment später schwingt Kals Tür auf und ein uniformierter, grauhaariger Mann steht vor der Tür, mit einem stoischen Ausdruck auf seinem gealterten Gesicht. Kal greift nach mir, schnallt meinen Sicherheitsgurt ab, steigt aus und lässt mich ohne eine Antwort zurück.

Ich verdrehe die Augen und folge ihm in seine Richtung. Die Hitze der Sonne streift meine Haut, als ich aussteige und meinen Rucksack mit mir ziehe. Wir parken am Ende einer geschwungenen Einfahrt, und ich bin zu sehr damit beschäftigt, das massive schmiedeeiserne Tor anzustarren, um zu bemerken, wie sich Kals Finger um meinen Unterarm schlingen und mich zurückreißen, als ich versuche, hindurchzugehen.

»Du bist keine *Waffe*«, sagt er, und seine Berührung verbrennt mich von innen heraus. »Du bist ein Pfand. Dieser Ring an deinem Finger macht dich zu *meinem Pfand*. Vergiss das nicht.«

Groll kratzt an meinem Brustbein, Trotz bäumt sich wütend und schäumen auf meiner Haut auf. »Oder *was*, Kallum? Was hast du noch mit mir vor? Beabsichtigst du mich in deinem Haus einzusperren und den Schlüssel wegwerfen?«

Seine Nasenflügel blähen sich auf, seine Augen verweilen auf meinen, als könne er nicht anders, aber dann geht er weiter und zerrt mich hinter sich her.

Das Tor öffnet sich automatisch und gibt den Blick auf

einen perfekt gepflegten Rasen frei, der von hohen Hecken gesäumt wird und an dessen Ende man das Meer sehen kann. In der Mitte des Grundstücks steht ein massives Haus mit grauer Verkleidung, einer umlaufenden Veranda und drei Backsteinschornsteinen, das einzige frei stehende Gebäude, das zu sehen ist, sobald wir durch das Tor treten.

»Heilige Scheiße«, hauche ich und starre mit großen Augen zu dem Gebäude hinauf. »Hier *wohnst* du also?« »Technisch gesehen, ja. Obwohl ich zugeben muss, dass ich nicht viel Zeit hier verbringe.«

»Hm. Ziemlich geräumig für eine Person.«

»Das Asphodel war früher ein Hotel. Ich habe es vor einigen Jahren gekauft und zu einem Wohnhaus umgebaut.«

Das *Asphodel*. Wie seltsam passend.

Ich frage mich, ob er die Ironie spürt, dass sein Haus nach einem Teil der griechischen Unterwelt benannt ist.

Kal blickt mich an, als wir vor der Haustür anhalten, eine schwarze Haarsträhne fällt ihm über die Stirn, während er sein Kinn nach unten neigt. Meine Finger zucken, der Drang, das Schloss wegzupusten, lässt meinen Körper vibrieren, während ich mich dagegen auflehne, dankbar für die Zurückhaltung, die er mir auferlegt.

Meinen neuen Ehemann zu wollen, sollte mir nicht so einen tiefen Ekel in die Knochen treiben – unter normalen Umständen würde man das erwarten. Gerechtfertigt.

Doch als er mich mehrere Takte lang schweigend anstarrt, werde ich wieder einmal daran erinnert, dass nichts davon normal ist. Am allerwenigsten meine Reaktion darauf, in eine Ehe gezwungen zu werden, in der meinen Angehörigen Schaden droht.

Ich hätte beunruhigter sein müssen, als ich sah, wie das Leben meines Verlobten seinen Körper verließ.

Ich hätte mich mehr wehren müssen, als sein Mörder um meine Hand anhielt – nein, sie *nahm* -.

Ich hätte mich wehren sollen, so wie Papá es mir beigebracht hat, mit Kratzen und Treten.

So wie Kal es getan hätte, wenn die Situation umgekehrt gewesen wäre.

Ich räuspere mich, löse meinen Blick von seinem, und er lässt meinen Arm los, sobald unser Blick sich löst. Er greift in seine Hosentasche nach einem Schlüsselbund, zieht einen heraus und drückt ihn in den Messing-Türknauf, bis wir hören, wie das Schloss entriegelt wird.

Ein kleiner Schauer durchfährt mich, als seine Hand meinen unteren Rücken berührt, seine eisige Haut brennt irgendwie durch den Stoff meines Hemdes und macht mein Inneres ganz klamm. Ich verdränge das Gefühl und versuche, mich auf den offenen Eingang zu konzentrieren, den wir betreten.

Eine kaiserliche Treppe trennt die beiden Stockwerke, ein gewölbtes Portal teilt die beiden und führt in einen langen Flur. Die Böden sind aus tiefem Kirschholz, so poliert, dass ich mein Spiegelbild darin sehen kann, und die Möbel sehen alle aus, als wären sie direkt aus einem Pottery Barn Katalog bestellt worden.

Ein eleganter Kristall-Kronleuchter hängt von der Decke, und die cremefarbenen Wände sind spärlich, unterbrochen nur von gelegentlicher goldgerahmter Kunst in Hotelqualität.

Am Ende des Flurs sehe ich eine weiße Küche mit Marmorarbeitsflächen und den Blick auf das Meer durch ein Erkerfenster über der Spüle, das durch eine Rasenfläche und weitere Hecken abgegrenzt ist.

Kal, dessen Handfläche immer noch auf meinem Rücken liegt, führt mich zur linken Seite der Treppe und gibt mir ein Zeichen, die Stufen hinaufzugehen. Ich klammere mich so fest an das Geländer, dass meine Knöchel schmerzen, und gehe ein paar Schritte vor ihm, wobei ich versuche, die Art und Weise zu ignorieren, wie seine Berührung mich berauscht.

Ehrlich, Elena, reiß dich zusammen.

Wir erreichen das obere Ende der Treppe und seine Hand

verlässt mich, legt sich um meine Schulter und dreht mich nach links. Vorbei an einem Dutzend geschlossener Türen auf beiden Seiten des Flurs bleiben wir schließlich vor der letzten stehen, und er entfernt sich ganz von mir.

»Das ist ... unser Zimmer«, sagt er und stößt die Tür mit einer Handbewegung auf. »Unseres?«

Im Gegensatz zum Rest des Hauses sieht das Hauptschlafzimmer eindeutig nach *Kallum* aus – immer noch keine persönlichen Gegenstände in Sicht, komplett schwarze Möbel, die strategisch an verschiedenen Stellen im Raum platziert sind, und lange Vorhänge über den Fenstern, die jede Chance ausschließen, dass die Sonne hindurchscheint.

»Ja. Dachtest du, ich würde ein Zimmer speziell für dich einrichten?«

Achselzuckend presse ich meine Handflächen auf die Oberschenkel und rolle mich auf meinen Fersen zurück. »Ich weiß nicht, wie Scheinehen funktionieren. Ich schätze, ich bin einfach davon ausgegangen, dass unsere Wohnverhältnisse getrennt sind.«

Die Falten um seine Augen vertiefen sich, und zwischen seinen Brauen kräuselt sich ein grelles Licht. Er macht einen Schritt nach vorne, ein grelles Glitzern verflüssigt seine Iris, und ich weiche zurück, bis mein Hintern gegen eine Kommode stößt, die mich an Ort und Stelle festhält.

»Das ist nicht das erste Mal, dass du andeutest, dass unsere Verbindung nicht rechtmäßig ist«, brummt er und hält inne, als sich unsere Schuhspitzen berühren, wobei er seinen Körper nur um Haaresbreite von meinem entfernt hält. »Was zum Teufel glaubst du, was hier los ist?«

Ich schlucke, meine Nasenlöcher blähen sich auf, als ich an dem Duft ersticke, der mich einhüllt. »Ich habe keine *Ahnung*. Du hast mir nichts gesagt.«

»Lass uns eins klarstellen, Kleines.« Seine Hand ergreift meinen Hintern und drückt fest zu, bevor sie an meiner Seite hinauf und zu meinem Hals gleitet. Er wickelt seine Finger in einen Kragen um meine Kehle und drückt sie seitlich ein, sodass die Luft aus meinen Lungen entweicht, während er sich vorbeugt und seine Nase an meiner entlang zieht. »Wir sind *verheiratet*. Ehemann und Ehefrau vor dem lieben Gott selbst. Es ist so legitim, wie es deine Ehe mit Mateo gewesen wäre, nur vielleicht noch legitimer, da wir uns so gut *intim* kennen.«

Ich stelle mich auf die Zehenspitzen und versuche, mir Halt und Erleichterung zu verschaffen, während der Sauerstoffmangel in meiner Kehle brennt. Das raue Gefühl seiner Hände auf mir weckt Verlangen in meinem Bauch, und obwohl die Angst nicht weit entfernt ist, konzentriere ich mich darauf.

»Weißt du noch, wie ich mich in dir gefühlt habe?«, fragt Kal und bewegt sich so, dass er meinen Kiefer hochdrücken und zwischen seinen Zähnen einklemmen kann. Er beißt sich in meine Haut, und das Aufblitzen des Schmerzes jagt mir einen Schauer glühender Lust über den Rücken. »So wie ich dich mit meinem Schwanz gespalten habe und du mich angefleht hast, dir weh zu tun?«

Als er meinen Kiefer loslässt, gleitet er den Hang meines Halses hinunter und versenkt seine Zähne.

Ich stoße einen scharfen Atemzug aus, ein roter Schimmer trübt meine Sicht, als mein Fleisch für ihn bricht.

»Willst *du*?« Ich stöhne und drehe meine Hüften in einem langsamen Reiben gegen ihn, wobei sich eine Gänsehaut auf meinen Armen bildet, als ich mir seiner Erregung bewusst werde.

»Das ist das Thema jedes verdammten Albtraums«, zischt er, schiebt seine Erektion in meinen Bauch und fährt mit der Zunge über die empfindliche Stelle an meinem Hals.

Seine freie Hand findet meine linke Brust und zupft mit geisterhaften Strichen an der Brustwarze, sodass sich mein Rücken wölbt, während die Lust durch meine Adern fließt.

»Jedes Mal, wenn ich meine Augen schließe, sehe ich dich. Ausgebreitet und blutend unter mir, deine süße kleine Muschi *winselnd*, die nur darauf wartet, gefickt zu werden.« Er kneift in meine Brustwarze und seufzt, als ich ein leises Stöhnen ausstoße.

Ich starre auf die Lichter in der Decke und versuche, mich zu erden, während sie meine Sicht verzerren, aber Kals Berührung fordert meine Aufmerksamkeit.

Er richtet sich auf und lässt meine Brust los, um mit seinen Fingern über die Bisswunde an meinem Hals zu fahren, wobei sein Blick von großer Zufriedenheit geprägt ist.

»Würde dir das beweisen, dass diese Ehe echt ist?«, fragt er, während sein Daumen über mein geschundenes Fleisch hin- und herfährt. »Wenn ich dich wieder nehmen würde? War der erste Geschmack des Verderbens nicht genug für dich? Sehnst du dich immer noch nach meiner Dunkelheit, Kleines?«

Die Lust schnürt mir die Kehle zu, selbst als er mich loslässt und sich rückwärts bewegt. Meine Hand hebt sich und reibt über die nun wunde Stelle, und er grinst nur vor sich hin und rückt den Kragen seines Hemdes zurecht.

Ich schäme mich für die Tatsache, dass ich für diesen Mann kaum mehr als Wachs bin und dass er das auch zu wissen scheint.

Jeglicher Widerstand, den ich mir gegenüber meinem neuen Mann zugetraut habe, verschwindet in der Sekunde, in der er mich berührt, und das verursacht einen Krampf in meinem Magen, wie ein schlechtes Omen, das mich vor dem warnt, was kommen wird.

Er räuspert sich und geht durch die Tür zurück, wobei er den Türknauf mit denselben Fingern umklammert, die eben noch meine Luftröhre unter sich gedrückt haben.

»Abendessen gibt es um acht. Ich werde Marcelline bitten, dir ein neues Telefon zu bringen, und dann kannst du das Grundstück erkunden.« Er zögert für einen kurzen Moment, und ich frage mich, was er denkt.

Ob er mich so sehr will wie ich ihn, oder ob das alles nur ein Spiel für ihn ist. Ein Mittel zum Zweck, so wie ich es für Mateo war.

Ich weiß, dass er gesagt hat, er sei zu dieser Ehe erpresst worden, genau wie ich, aber ich werde das Gefühl nicht los, dass da noch etwas anderes im Spiel ist.

Mein Blick flackert zu den großen Fenstern auf der anderen Seite des Raumes, um die Wahrscheinlichkeit abzuschätzen, dass sie zugänglich sind. Ich frage mich, wie weit der Sturz von diesem Stockwerk ist, ob ich es aus dieser Ehe schaffen kann, bevor sie mich zerstört.

Mammas Stimme klingt in meinen Ohren und schreit mich an, dass ich raus muss, solange ich noch kann. Sie hat Sachen in meine Koffer gestopft und versucht, mich selbst über den Balkon zu schubsen, als sie erfuhr, wen ich anstelle von Mateo geheiratet hatte.

Ich wusste damals, dass dafür keine Zeit war, aber das hielt sie nicht davon ab, es zu versuchen. Es hinderte sie nicht, hielt sie nicht davon ab, mir die Idee in den Kopf zu setzen.

»Wenn du wegläufst«, sagte Kal, der irgendwie meine Gedanken las, mit einer kalten Note in seinem Ton, die in starkem Kontrast zu dem Mann stand, der gerade seine Hände überall an mir hatte, »werde ich dich finden. Und du wirst es bereuen.«

Damit zieht er die Tür zu und lässt mich gegen die Kommode sinken, um mich an diesem fremden, neuen Ort zu sammeln.

KAPITEL
Neun

Behandelst du alle deine Hausgäste wie Prostituierte oder nur die, von denen du etwas brauchst?«

Als meine Hand den Türknauf loslässt, drehe ich mich um und sehe Jonas, der am anderen Ende des Flurs an der Wand lehnt.

Sein dunkelbraunes Haar ist gewachsen, seit ich ihn das letzte Mal gesehen habe, die Spitzen kräuseln sich um seine Ohrläppchen und streifen sein bärtiges Kinn. Helle, violettfarbene Augen starren mich an, Missbilligung umspielt die außergewöhnliche Iris.

Er trägt eine schwarze Lederjacke mit dem Logo seiner Bar – ein feuerspeiender Minotaurus, der einen Streitwagen fährt – und eine dunkle Jeans, die an den Knien aufgerissen ist, und wirkt völlig deplatziert vor dem Hintergrund der modernen, unbenutzten Dekoration in meinem Haus.

Als meine Mutter und ich Aplana besuchten, wohnten wir im Asphodel Inn an der südlichen, abgelegeneren Grenze; der Strandabschnitt hinter dem Hotel war felsiger und hatte keinen richtigen Yachthafen, sodass die Touristen ihn eher mieden.

Jedes Jahr klaute und sparte meine Mutter jeden zusätzlichen Cent, den sie in einer Kindertagesstätte in Boston verdiente. Sie ging von unserer schäbigen Wohnung im Hyde Park zu Fuß, verzichtete auf das Abendessen, nachdem sie dafür gesorgt hatte, dass ich genug zu essen hatte, und nähte unsere eigene Kleidung auf einer elektrischen Nähmaschine, die sie in einer Gasse gefunden hatte, als ich noch ein Kleinkind war.

Um ehrlich zu sein, hätte ich wahrscheinlich lieber eine Mahlzeit gegessen, die nicht aus Bohnen bestand, nur ein *einziges Mal* einen Wochenendurlaub mitten im Winter, während ich aufwuchs – die einzige Zeit, in der sie sich von der Arbeit freimachen konnte –, aber es war Deidre Anderson wichtig, dass ihr einziger Sohn *etwas* Leben außerhalb von Boston kennenlernte.

Außerhalb der Armut, in die uns mein Samenspender getrieben hatte und die durch ihre Krebserkrankung noch verschlimmert werden würde.

Als ich Jahre nach dem Tod meiner Mutter das erste Mal auf die Insel zurückkehrte, war Jonas Wolfe so etwas wie ein bekannter Name. Er war einer der wenigen ganzjährig auf Aplana lebenden Menschen, seine Eltern waren aus London zugezogen, als er noch ein Kind war, und er wuchs am Nordende der Insel auf, wo die Geschäfte florierten und sich alle Menschen zu versammeln schienen.

Eines Sommers wurde er von einem Talentsucher für seine

Model-Agentur entdeckt, was ihn noch im Teenageralter zu Ruhm verhalf.

Da Aplana in erster Linie für seinen Krabbenexport und seine wilde Minze bekannt ist, verschaffte Jonas' Entdeckung der Insel einen Vorteil gegenüber den anderen Inseln, die in der Harbor's National Recreation Area liegen, und lange Zeit tat man alles, um Menschen an den Ort zu locken, an dem *America's Next Heartthrob* lebte.

Bis zu seinem einundzwanzigsten Geburtstag, als er verhaftet und angeklagt wurde, den Besitzer der Insel, Tom Primrose, ermordet zu haben. Nach einem kurzen Aufenthalt im Gefängnis, in dem er gestand, Verbindungen zu einer geheimen Organisation zu haben, wurde er von Aplana weitgehend gemieden, und es wurde eine einstweilige Verfügung erlassen, die es ihm verbot, sich auch nur in die Nähe des Primrose-Anwesens zu begeben.

Als die Nachricht von seiner Verhaftung bekannt wurde, erkannte ich mich in ihm wieder, und so engagierte ich einen Anwalt, erwirkte eine Strafminderung und begrüßte ihn, sobald er entlassen wurde. Während seiner Haft erwarb ich das Eigentum am Flaming Chariot, seiner Spelunke, die eindeutig als Fassade für die Bande oder Gesellschaft diente, der er treu war, und bot ihm eine Partnerschaft im Austausch gegen seine Dienste an.

Wie sich herausstellte, scheiterte er bei diesem Versuch nur an einer undichten Stelle.

Im kriminellen Untergrund der Ostküste war Jonas Wolfe offensichtlich für schnelle, spurlose Morde bekannt, und ich sorgte dafür, mich für ihn unentbehrlich zu machen. Schon damals wusste ich, dass meine Zeit bei den Riccis eines Tages zu Ende gehen würde, ich hatte nur nicht geahnt, wie schnell das sein würde.

Wie bei Elena spielt Jonas eine große Rolle für den Erfolg meiner Pläne, obwohl ich nicht erwartet hatte, dass er unangemeldet bei mir auftaucht. Seine Anwesenheit sorgt für Unbehagen in meinem Rückgrat, die sich wie eine Boa Constrictor um jeden Wirbel windet und zudrückt, bis mir die Sicht verblasst.

Ich lehne mich gegen die Schlafzimmertür, stopfe meine Hände in die Taschen und zwinge mich zu einer lässigen Haltung. »Willst du es herausfinden?«

Er grinst. »Scheint eine merkwürdige Art zu sein, seine Frau zu behandeln. *Willst* du, dass sie dich hasst?«

Ja. Ihr Hass wäre so viel leichter zu ertragen als die flüssige Hitze, die jedes Mal in ihrem Blick lodert, wenn sie mich verdammt noch mal ansieht. Es würde wahrscheinlich auch helfen, wenn ich nicht so scharf darauf wäre, sie bei jeder sich bietenden Gelegenheit an die Wand zu drücken.

»Sie kommt schon klar.«

»Sind die Fenster da drin noch zugemalt?«, fragt er.

Ich zucke mit den Schultern, schiebe die Tür beiseite und gehe die linke Treppe hinunter zu meinem Büro in der hinteren rechten Ecke des Hauses. Wir kommen an Marcelline vorbei, die in der Küche den Kühlschrank abstaubt, und sie wendet sofort den Blick ab, wahrscheinlich immer noch traumatisiert von den Dingen, zu denen ich sie gestern zur Komplizin gemacht habe.

Jonas folgt mir, dicht auf den Fersen, und seine Anwesenheit beunruhigt mich immer noch. »Bist du hierher gekommen, um über die Logistik meines Hauses zu sprechen, oder weil du mir etwas geben willst?«

»Wir sind verdammt gierig, was?« Er schüttelt den Kopf, geht an mir vorbei zur Bar hinter meinem Schreibtisch und holt zwei Becher und Zutaten für einen Cocktail heraus.

Ich mache es mir hinter meinem Schreibtisch bequem, rufe die Überwachungskamera des Hauses auf und finde sofort die im Hauptschlafzimmer installierte. Als ich in ihre Kamera klicke, überkommt mich ein Déjà-vu und erinnert mich daran, wie ich sie das letzte Mal so hinter demselben Bildschirm gesehen habe.

Wie sie ein paar neue blaue Flecken hatte, von denen ich wusste, dass ihr Verlobter sie verursacht hatte, und wie ich meinen verdammten Verstand verlor und auftauchte, um zu verlangen, dass sie mir sagt, was passiert ist.

Wie wir stattdessen gefickt haben.

Mein Schwanz erwacht in meiner Hose zum Leben, und ich reibe mit der Handfläche über den Reißverschluss und beobachte, wie sie auf der Kante des Kingsize-Bettes hockt und mit der Hand über das schwarze, gepolsterte Kopfteil streicht.

Gott, ich will mehr als alles andere wieder nach oben marschieren, sie auf die Matratze drehen, sie an den Bettpfosten fesseln und unsere gemeinsame Zeit an Weihnachten wiederholen.

Diesmal würde ich bleiben. Wenn sie am Morgen erwacht, blutig und wund von meinem Schwanz, meinen Fingern und meinem Messer, würde ich sie bearbeiten, bis sie um einen weiteren Ritt betteln würde. Mich anflehte, ihr noch einmal Schmerzen zu bereiten.

Und dann würde ich es verdammt noch mal tun.

»*Verflixt*«, sagt Jonas, der mit zwei dunkelrosa Getränke um den Tisch herumkommt und seinen Blick strategisch über meinen Kopf schweifen lässt. »Wenn du einen Moment mit ihr allein sein willst, brauchst du nur ein Wort zu sagen, und ich nehme meine Informationen und mache mich aus dem Staub.«

Ich verdrehe die Augen, rücke meinen Schoß besser unter den Schreibtisch und nehme den Becher, den er mir hinhält. Das Getränk ist erfrischend und spritzig, als ich es an meine Lippen führe, langsam nippe und darauf warte, dass er fortfährt.

Er schluckt seinen Wodka-Cranberry in fünf schnellen Schlucken hinunter und fährt sich mit dem Handrücken über den Mund, als er fertig ist. »Also gut. Nun zu dem Grund, warum ich hier bin. Wir versuchen nun schon seit drei Tagen, die Identität der Person herauszufinden, die dir das Sexvideo geschickt hat. Wir sind nicht weitergekommen als vor zweiundsiebzig Stunden, und Ivers sagt, es sei kein Ende in Sicht. Wer auch immer es auf den Stick geladen hat, wollte nicht gefunden werden.«

»Ivers International soll die beste Sicherheitsfirma der Welt sein, aber Sie wollen mir sagen, dass sie nicht einmal eine einfache Datei oder einen Computer finden können?«

»Sie nehmen das Laufwerk in die Mangel – das sind die Worte von Boyd Kelly, nicht meine -, aber offensichtlich ist es ein ziemlich aufwendiger Prozess. Er wollte dir nur mitteilen, dass er einen Aufschub braucht.«

Ich schlage die Hände zusammen und atme aus, weil meine Haut vor Irritation juckt. »Gut. Aber wenn ich selbst einen verdammten Fuß in King's Trace setzen muss, *wird* es keinen Ivers International geben, wenn ich gehe. Sorg dafür, dass er die Nachricht bekommt.«

Jonas zieht die Augenbrauen hoch, seine violettfarbenen Augen blicken neugierig drein. »Ist das nicht das Familienunternehmen deines Schützlings?«

Es stimmt, dass Kieran Ivers für mich eingesprungen ist, als ich meine Arbeit für die Ricci-Filialen in Maine reduziert habe. Der siebenundzwanzigjährige Einsiedler hat sich mit dem *Reparieren* genauso angefreundet wie ich mit Elena Ricci – so einfach, wie man ein- und ausatmet.

Obwohl er kaum mein *Schützling* ist. Alles, was ich weiß, habe ich ihm beigebracht, weil ich wusste, dass er es kann und ich ihn brauchte, um einzuspringen, nicht weil ich ein Mentor werden wollte.

Nur ein weiteres Rädchen in meiner Maschine.

Ich winke Jonas ab und signalisiere ihm, dass er weitermachen soll, während ich noch einen Schluck von meinem Getränk nehme. Er holt einen kleinen Notizblock aus der Innenseite seiner Jacke und blättert auf eine mittlere Seite.

Er zögert, dann seufzt er. »Violet lehnt deine Zahlungen immer noch ab.«

Mein Kiefer kribbelt, aber ich nicke trotzdem. »Das war zu

erwarten. Ich hätte ohnehin nicht gedacht, dass sie sich für die Idee erwärmen würde, bis sie Elena kennenlernt.«

Jonas runzelt die Stirn. »Hat die Mafia-Prinzessin eine besonders überzeugende Zunge?«

Seine Frage löst eine Welle der Begierde in mir aus, und ich grinse. »Keine, die sie bei meiner Schwester anwenden könnte, nein. Ich dachte, wenn Violet mich als Teil einer familiären Einheit sieht und nicht als irgendeinen Herumtreiber, der versucht, sie kennenzulernen und ihre Schulden zu bezahlen, wäre sie vielleicht empfänglicher für die Idee.«

»Richtig.« Er tippt mit dem Daumen auf die Seite des Notizblocks und schürzt seine Lippen. »Wegen der ganzen ... *Familiensache.*«

Ich setze mein Getränk ab und werfe ihm einen Blick zu. »Wenn es darum geht, dass ich sie wieder heiraten will, musst du es gut sein lassen. Was geschehen ist, ist geschehen, und ich werde es nicht mehr rückgängig machen. Sie braucht meinen Schutz vor demjenigen, der versucht, die Riccis zu erpressen, und ich brauche -«

»Eine Ehefrau«, beendet er und legt seinen Notizblock auf den Schreibtisch. Ich starre ihn nur an, verwirrt über meine Gedanken, und er zuckt mit den Schultern. »Ich kenne die Bedingungen deines Treuhandvertrags. Dein Anwalt redet viel, wenn er betrunken ist.«

Ich notiere mir im Hinterkopf, dass ich Miles Parker das nächste Mal, wenn ich in Boston bin, finden und ihm die Kehle aufschlitzen werde.

Jonas' Blick wandert zum Computer, wo Elena sich auf dem Bett in ihrem Zimmer zurücklehnt und die Arme über dem Kopf ausbreitet. Die Bewegung lässt ihr Tank-Top hochrutschen und entblößt die glatte Weite ihres straffen Bauches, was mir ein Kribbeln zwischen den Beinen verursacht.

Ich halte mich an der Tischkante fest und versuche, die heftige Reaktion meines Körpers auf sie in den Griff zu bekommen.

»Egal, darum geht es nicht.« Jonas zieht sein Handy aus der Jeanstasche, aktiviert das Display und hält es mir vor die Nase.

Mein Name wird in das Feld der Suchmaschine eingegeben, ein Dutzend Nachrichtenartikel werden angezeigt, einige mit Live-Updates, die unter meinem knappen Lebenslauf aus meiner Zeit als Assistenzarzt an der Boston University aufgeführt sind. Ärger läuft mir über den Rücken, während ich die Schlagzeilen überfliege. Meine Hand greift bereits nach meinem eigenen Telefon und wählt Rafes Nummer, bevor ich noch einmal Luft holen kann.

In Ungnade gefallener Arzt entführt amerikanisch-italienische Prominente; ursprünglicher Verlobter des Medienmoguls wird vermisst.

Wut kocht in mir hoch, rotglühend, während sie sich einen Weg durch mein Brustbein leckt und sich wie heiße Lava in meiner Brust ausbreitet. Als mein Anruf abgelehnt wird, spritzt Karmesin über mein Augenlicht, das Freizeichen lässt meinen Körper vor Gewalt vibrieren, und ich knalle das Telefon so hart auf meinen Schreibtisch, dass der Bildschirm zerspringt.

Ich stoße mich zurück, stehe auf, streiche mit den Händen über die Vorderseite meines Anzugs und atme tief und flach ein, während ich versuche, mich zu beherrschen.

Alles, was er tun musste, war sein verdammtes Wort zu halten, nur dieses eine Mal. Ich hätte es besser wissen müssen – das Einzige, wofür Rafael in diesen Tagen wirklich bekannt zu sein scheint, ist, dass er wie eine Schlange zubeißt, wenn man ihn in die Enge treibt.

Erst vor ein paar Tagen habe ich sein Leben aus den Angeln gehoben, ihm seinen wertvollsten Besitz genommen und obwohl mein Plan vorsah, meine nächsten Schritte sorgfältig und intelligent zu planen, ändert dieser kleine Trick die Dinge.

Wenn Rafe einen Krieg will, dann lege ich ihm die verdammte Schlacht zu Füßen.

Ich gehe zum Kleiderschrank in der hinteren Ecke meines Büros, reiße die Tür auf und ziehe ein frisches Paar schwarze

Lederhandschuhe heraus. Ich stülpe sie über meine Hände, genieße das vertraute Gefühl des Materials auf meiner Haut und bewundere das elegante Aussehen, wohl wissend, dass sie bald rot lackiert sein werden.

Und trotz der lauten, aufdringlichen Gedanken, die immer wieder in meinem Kopf auftauchen, während ich mit Jonas das Asphodel verlasse, war mein Nervensystem noch nie so entspannt.

KAPITEL
Zehn

Elena

»Hier foltert er ganz bestimmt Menschen.«

Die kleine Hütte starrt mich schweigend an, und die grünen Ranken, die sich durch die Steinverkleidung schlängeln und wachsen, scheinen mich zu verhöhnen, während ich mit mir selbst spreche. Es ist das einzige andere Gebäude auf dem Grundstück, das weit an der Seite steht, als ob es dadurch weniger auffällig wäre.

»Du machst niemandem etwas vor, Kal«, murmle ich und verenge meine Augen auf die Metallgitter, die das undurchsichtige Fenster einrahmen, und die Bretter, die an die Eingangstür genagelt sind und den Zutritt verhindern.

Wofür könnte das Gebäude *sonst noch* genutzt werden?

»Führst du Selbstgespräche?«, ruft Marcelline vom Fenster in der Küche, nah genug, um nicht schreien zu müssen.

»Ja, Marcelline, das tue ich. Du willst mir keine Führung geben, also denke ich mir alles selbst aus.«

In Wahrheit habe ich das Asphodel bereits dreimal ausgekundschaftet, seit Kal mich in unserem Zimmer zurückgelassen hat. Ich hatte eigentlich nicht vor, noch eine weitere Runde über das Gelände zu drehen, aber da das Internet hier bestenfalls sporadisch funktioniert und ich nicht wirklich daran interessiert bin, mein Studium an der Boston U fortzusetzen, dachte ich mir, warum nicht.

Marcelline weigert sich, obwohl sie ein fester Bestandteil des renovierten Hotels ist, mitzumachen.

Sie hat mir allerdings beim Auspacken der Sachen geholfen, die Kal auf die Insel geschickt hatte, obwohl ihr Gesicht beim Anblick der Dessous, die ich auf meiner Brautparty bekommen hatte, die Farbe ihrer Haare angenommen hat.

Ausatmend drehe ich mich mit den Händen in den Hüften um und begutachte den Rest des Gartens: die Betonmauer, die das Grundstück begrenzt, und die Hecken, die nicht gestutzt wurden, wahrscheinlich um Spanner abzuschrecken; die Steinterrasse mit spärlichen Möbeln, einem rostigen Holzkohlegrill und einem Whirlpool, der eine gründliche Reinigung braucht; der Teil des Gartens gegenüber den Küchenfenstern, der nur als Unkrautbeet zu dienen scheint.

Gleich hinter dem Zaun liegt ein Stück Strand, blaues Wasser, das den fernen Horizont küsst und in mir mehr als nur ein bisschen Heimweh weckt. Ich greife in meine Tasche und hole das Telefon heraus, das Marcelline für mich eingerichtet hat, und wähle einen der wenigen verfügbaren Kontakte aus.

Meine Schwester Ariana meldet sich nach dem vierten Klingeln, ihr Gesicht leuchtet auf dem Display, als sie einen Videoanruf tätigt. Sie trägt eine Avocado-Gesichtsmaske, und ihr Anblick versetzt mir einen Stich ins Herz – Gesichtsmasken und Pediküren waren in meiner Kindheit unsere Freitagabendbeschäftigung, und dass ich jetzt nicht da bin, um sie mit ihr zu genießen, ist mehr als nur ein bisschen ärgerlich.

Es ist noch nicht lange her, dass ich sie das letzte Mal gesehen habe, und doch fühlt es sich an, als lägen Äonen von Zeit zwischen uns.

»Da ist meine Lieblings-Neuvermählte«, singt Ariana und bewegt dabei kaum die Lippen, damit die Maske nicht zerbricht. »Wie geht es der allerersten *Mrs.* Kal Anderson der Welt?«

»Langsam wird sie wahnsinnig«, sage ich und werfe einen weiteren Blick auf das Nebengebäude. »Oh, Gott, was hast du gesehen?«

Ich runzle die Stirn. »Was ich gesehen habe?«

»Komm schon, du bist jetzt seit einer Woche bei Doktor Tod. Erzähl mir alles über seinen kleinen Horrorladen.«

Ich mache mich auf den Weg zurück zum Haus, schiebe die gläserne Terrassentür auf und trete in die Küche. Marcelline ist nicht da, also drehe ich die Kamera um und zeige den Raum mit den schwarzen Marmorarbeitsflächen und den Geräten aus Edelstahl.

Ein formelles Esszimmer befindet sich durch eine Tür auf der linken Seite, und ein versunkenes Familienzimmer mit einem riesigen Steinkamin und einer weißen Sitzgruppe mit goldenen Seiten ist der andere Ausgang der Küche.

Keine Gemälde oder Fotos schmücken die cremefarbenen Wände. Kein Staub, der den kleinen Flügel im ovalen Wohnzimmer neben dem Foyer oder die Bücherregale in der Bibliothek am Ende des Flurs beschmutzt. Es gibt keinen wirklichen Hinweis darauf, dass außer Marcelline noch jemand hier gewohnt hat, bevor ich eingezogen bin, und ich kann nicht umhin, mich zu fragen, warum Kal ein so großes Haus besitzt, wenn er nicht darin *wohnt*.

Wenn er hier ist, schließt er sich in seinem Büro ein und kommt nicht einmal raus, um mit mir zu Abend zu essen. Ich habe jede Mahlzeit am Esstisch in völliger Stille eingenommen und auf das Fenster mit Blick auf den üppigen Garten gestarrt und von all den Möglichkeiten geträumt, denen ich eines Tages entkommen könnte.

»Huch, das ist ja noch gruseliger, als ich erwartet habe.« Ich schalte die Kamera zurück, und Ariana zieht ihre perfekt gewölbten Brauen hoch. »Wo sind seine ganzen *Sachen?* Ich habe nicht einmal einen Fernseher gesehen!«

Ich setze mich an die rechteckige Insel, lege das Telefon auf eine Obstschale, drehe den Diamantring an meinem Finger und zucke mit den Schultern. »Ich weiß. Im Schlafzimmer steht einer, aber er ist nicht an eine Kabelbox oder gar an das Internet angeschlossen.«

»So seltsam. Hat er keine Hobbys?« »Ich weiß es nicht.«

»Du weißt es nicht?« Sie hält inne und runzelt die Brauen. Die orangefarbenen Flecken in ihren braunen Augen schimmern, als sie das Telefon weglegt, aus dem direkten Sonnenlicht auf ihrem Balkon und zurück in ihr Zimmer geht. »Das scheint mir eine wichtige Information über deinen Ehemann zu sein.«

Während ich auf meiner Lippe kaue, fahre ich mit der Daumenkuppe über die Bisswunde, die Kal mir neulich zugefügt hat, wobei sich der Concealer in den Rillen meines Fingerabdrucks verfängt.

»Er mag Poesie«, biete ich an, denn ich weiß, worauf das Gespräch hinauslaufen wird.

Sie schnalzt mit der Zunge. »Du auch. Nimm etwas weniger Langweiliges. Etwas, das wir noch nicht kennen.«

»Hobbys sind nicht wirklich etwas, das zur Sprache gekommen ist, das ist alles.«

Ihre Augen verengen sich zu Schlitzen. »Elena. Sag mir, dass du mehr über Kal wusstest als nur die Größe seines Schwanzes, bevor du ihn geheiratet hast.«

Ich stottere und lasse meine Hand von meinem Nacken fallen. »*Was?*«

»Komm schon, wir wissen doch alle, was an Weihnachten passiert ist. Papá hat uns von deiner *affare illecito* erzählt. So erwachsen und untypisch für seinen kleinen Stubenhocker.« Ich sträube mich gegen die herablassende Art, die aus ihren Worten spricht. »Ich bin *kein* Stubenhocker.«

»Das bist du aber sehr wohl. Keiner von uns macht dir einen Vorwurf; wir alle haben uns für die Abwehrmechanismen entschieden, die gegen Papá am besten funktionieren. Deiner war zufällig der Weg des geringsten Widerstandes.«

Spöttisch greife ich nach einer Pflaume, nehme sie aus der Schale und beiße in ihr lila Fruchtfleisch.

»Nun, Papá war nicht zufrieden damit, wie mein Hochzeitstag verlaufen ist, das steht fest.«

»Oh, *Gott*«, stöhnt sie und legt den Kopf zurück. »Er hat dich wirklich von Mateo weggeholt, genau wie Mamma gesagt hat. Was hat er gegen dich in der Hand und wie kann ich dir helfen, dich aus seinen Fängen zu befreien?«

»Mein Gott, Ari«, sage ich, während mir der Schweiß am Haaransatz entlang und den Rücken hinunterläuft. »Bei dir klingt er wie eine Art Superschurke.«

»Er *ist* einer! Tu nicht so, als hättest du plötzlich all die Gerüchte über ihn vergessen, oder den Klatsch, den wir immer von Mamma und ihren Schwestern gehört haben.«

Er taugt nicht zum Ehemann, sagte eine Zia, obwohl ich nie ganz verstand, warum. Wie konnte ein Mann mit dem Gesicht, dem Körper und dem Geist eines griechischen Gottes nicht heiratswürdig sein?

Ich nehme an, wenn dieser griechische Gott derjenige wäre, der über die Unterwelt herrscht, so wie Kal über jeden zu herrschen scheint, mit dem er in Kontakt kommt.

Aber selbst Hades nahm sich eine Frau.

Die Betonung liegt auf »*nahm*«.

Ich schlucke den Bissen Pflaume hinunter und schaue mich

noch einmal im Haus um, dessen absolute Leere um mich herum wie eine riesige, vom Menschen vernachlässigte Höhle wirkt. Manchmal habe ich das Gefühl, dass die Temperatur nachts sinkt, als ob seine Geister zum Spielen herauskommen, wenn wir eigentlich schlafen sollten.

Vielleicht ist es das, was sie meinten.

Die Männer in der Welt der Mafia werden alle von ihren Dämonen geplagt. Ich kann nicht umhin, mich zu fragen, was *genau* Kals Dämonen sein könnten, und ob ich hier bin, um als Puffer zwischen ihnen zu fungieren.

»Weißt du«, sage ich langsam und nehme noch einen Bissen vom Obst. »Ich erinnere mich, dass du auf der Weihnachtsfeier erwähnt hast, dir Kal zu angeln.«

Sie macht ein Gesicht. »Und? Jemanden zu ficken und ihn zu heiraten sind zwei verschiedene Dinge, E. Das wüsstest du, wenn du mit mehr als einer Person zusammen gewesen wärst.« Sie hält inne, ihre Augen werden für einen Moment glasig, als würde sie sich in Gedanken verlieren, um sich dann in der nächsten Sekunde wieder zu konzentrieren. »Ist es das, was passiert ist? Hat er dich verführt und dich süchtig nach seinem Schwanz gemacht?«

»Ariana.«

»Was? Es war dein erstes Mal, vorausgesetzt, was Papá über dich und Mateo beim Warten gesagt hat, stimmt. Da ist es nur logisch, dass du eine unnatürliche, tiefe Verbindung zu ihm empfindest.«

Ich kaue schweigend an der Pflaume und denke darüber nach. Es würde Sinn machen, aber es würde auch bedeuten, dass meine Motive, seinen erzwungenen Vorschlag anzunehmen, weniger altruistisch waren, als ich dachte, und ich will nicht darüber nachdenken, dass ich meine Familie wahrscheinlich den Wölfen vorgeworfen hätte, wenn nur der dunkelhaarige, scharfzüngige Soziopath gefragt hätte.

Anstatt die Erkenntnis also zu verdoppeln, schiebe ich sie in die Tiefen meines Gehirns und mache einen Rückzieher.

»Warte. Du hast gesagt, er hat mich *gestohlen*, genau wie Mamma gesagt hat. Was hast du damit gemeint?«

»Er hat es dir noch nicht gesagt? Papá und Mamma haben Bollente und ein paar anderen nationalen Nachrichtensendern in der Stadt einen Tipp gegeben, dass Kal Mateo die Kehle aufgeschlitzt und dich von deinem eigenen Balkon entführt hat. Sie haben eine *gigantische* Belohnung für Informationen über deinen Aufenthaltsort ausgesetzt.«

Ich beobachte, wie sie das Telefon auflegt und ihre Augenlider mit einem zarten Goldschatten bestäubt. Mein Kosmetiktäschchen liegt oben in meinem gepackten Koffer und ist wahrscheinlich schon verrottet – aber was bringt es mir, mich in den wenigen Stunden, in denen er zu Hause ist, für die zufällige Aufmerksamkeit eines Mannes zu schminken?

Vielleicht hatte Nonna recht, und meine Generation gibt wirklich früh in der Ehe auf.

Verwunderung verzieht mein Gesicht. »Sie *wissen*, wo ich mich aufhalte. Und selbst wenn sie es nicht wüssten, ich bin gerade im Videochat mit dir. Wie schwer wäre es, meinen Standort zu ermitteln?«

»Schwerer als du denkst. Warum sonst würde Papá sich die Mühe machen, die Aufmerksamkeit auf sich zu lenken?«

Ein unbehagliches Gefühl macht sich in meinem Bauch breit und verankert mich in meinen Ängsten. Irgendetwas fühlt sich hier nicht ganz richtig an.

Ich lege auf und versichere Ariana, dass es mir gut geht und ich nicht gerettet werden muss, als die Haustür aufschwingt und mit solcher Wucht gegen die Wand knallt, dass das Fenster des Waschbeckens klappert.

Es vergehen ein paar leise Schläge, und ich erwarte fast, dass Kal hereinkommt, obwohl es nicht zu seiner Nachmittagsroutine zu gehören scheint, mich aufzusuchen.

Wenn ich gewusst hätte, dass meine Ehe mit ihm so einsam sein würde …

»Du hast was, Elena?«, murmle ich vor mich hin und klopfe

mit den Fingernägeln auf den Tresen. Der Diamant an meinem Finger funkelt unter der Hängelampe und bricht die Schatten, die sich auf ihm spiegeln. »Er hat dir keine Wahl gelassen. Das hat nie jemand.«

Als weitere fünf Minuten vergehen, wird mir klar, dass er nicht nach mir sucht.

Ich rutsche vom Barhocker, werfe meinen Pflaumenkern in den Müll und gehe stattdessen zu ihm.

Auf Zehenspitzen schleiche ich den Flur entlang und versuche, nicht auf knarrende Dielen zu treten, als ich sein Büro erreiche, das ganz am Ende in einer Ecke versteckt ist. Licht fällt unter der Tür hindurch, und ich drehe vorsichtig den Knauf und schiebe sie mit der Spitze meines Zeigefingers auf.

Er trägt einen marineblauen Kittel und lehnt sich über einen großen Holzschreibtisch, eine Handfläche flach auf die Oberfläche gelegt, um sein Gewicht abzustützen, die andere um einen Kristallbecher geschlungen. Sein schwarzes Haar hängt in nassen Strähnen herab, tropft auf den Schreibtisch und durchnässt den Hals seines Hemdes, als käme er gerade aus der Dusche.

Beim Anblick seines Hinterns schnürt sich mir die Kehle zu, wie die Muskeln seines Bizeps gegen die Enge seiner Haut drücken, als würden sie darum betteln, auszubrechen.

Gott, wie muss dieser Mann nackt aussehen.

Ein roter Blitz sticht mir ins Auge, als er sich bewegt; er ist matt und auf die Vorderseite seiner Hosenbeine verspritzt, aber er ist da und verhöhnt mich.

Es erinnert mich daran, dass ich sehr wenig über den Mann weiß, mit dem ich mein Leben teile, und dass mich das erschrecken sollte.

Oder nach einem Weg zu suchen, zu entkommen.

»Geh, Elena.« Seine Stimme ist ein tiefes Grollen, das ich in meiner Brust spüre, befehlend und scharf, während es mich durchdringt. »Ich bin nicht in der Stimmung für Gesellschaft.«

Wahrscheinlich sollte ich zuhören und mir etwas anderes

suchen, was ich tun kann. *Irgendetwas* anderes, als dem Verlangen nachzugeben, das in meinem Inneren brodelt.

»Deine Frau ist kaum Gesellschaft«, sage ich und kneife mir mit zwei Fingern in den Oberschenkel, damit meine Stimme nicht ins Wanken gerät. »Und mir ist langweilig.«

Er stellt den Becher ab und hebt den Kopf, ohne sich zu mir umzudrehen. »Gelangweilt?«

»Ja«, sage ich und verlagere mein Gewicht von einem Fuß auf den anderen. »Du hast mich an diesem seltsamen Ort abgesetzt und mich dann völlig ignoriert.«

Ich schlucke die Mischung aus Verlangen und Nervosität hinunter, die sich in meiner Kehle festsetzt, und mache einen Schritt ins Büro, wobei ich mit dem Stoff meines Morgenmantels spiele. Er ist rosafarben und aus Satin, passend zu dem Pyjama, den ich darunter trage, und als ich näher komme, gleitet der seidige Stoff über meine Haut und kühlt mich dort, wo seine Gegenwart mich in Flammen setzt.

»Ich weiß, das Konzept der Unterhaltung ist dir vielleicht fremd«, sage ich. »Aber ich brauche *etwas*, um meine Aufmerksamkeit zu behalten. Und alle Bücher da oben kann ich auswendig aufsagen.« »Solltest du nicht lernen?«

»Nun ... ich habe mich von meinen Kursen abgemeldet.«

Er legt den Kopf zur Seite und zieht die Augenbrauen zusammen. »Warum solltest du das tun?«

»Ich weiß es nicht. Es erschien mir ... sinnlos. Ich bin nicht am Unterrichten interessiert, und ich kann mir nicht vorstellen, dass ich eine Karriere im Bildungswesen machen und gleichzeitig dein Gefangener sein könnte.«

Kal dreht sich langsam zu mir um und starrt mich schweigend an, wobei sein dunkler Blick zwischen meinen Augen hin und her flackert, als wolle er mich durchschauen.

Viel Glück dabei.

»Du bist nicht meine Gefangene«, murmelt er, und etwas Schweres legt sich in die Luft zwischen uns, lässt meine Knochen dicht erscheinen und macht mich unbeweglich. Elektrizität pulsiert in meinem Blut und überträgt sich auf den Rest meines Körpers, während mein Herz ins Stocken gerät und einen Schlag aussetzt, als er sich vorwärts bewegt.

»Oh«, hauche ich, mein Gehirn ist unfähig, ein weiteres Wort zu bilden.

»Aber wenn du dich nicht sofort umdrehst und gehst, wirst du dich vielleicht wie eine fühlen.«

KAPITEL

E lena's Augen flackern auf, Feuer lodert in ihrer
goldenen Iris, während sie mit ihrer frechen kleinen
Zunge über ihre prallen Lippen fährt.

»Ich kann damit umgehen«, säuselt sie praktisch, und ihre
Erregung überzieht ihre Worte, während sie über meine Haut
streichen.

Das dünne rosafarbene Kleid, das sie trägt, kann nicht
darüber hinwegtäuschen, dass sie erregt ist, und ihre Brustwarzen verhärten sich gegen den Satinstoff. Eine tiefe,
kochende Röte steigt ihren Hals hinauf und hebt den Fleck

hervor, den ich an seinem Ansatz hinterlassen habe, obwohl sie versucht hat, ihn mit Make-up zu überdecken.

Ich war nicht dramatisch, als ich sagte, ich sei nicht in der Stimmung für Gesellschaft. Tatsächlich war ich, bevor sie hereinkam, nur Sekunden davon entfernt, das schallisolierte Nebengebäude wieder zu betreten und mit der Arbeit fortzufahren, die ich begonnen hatte.

Leo »Knees« Morellis Blut befleckt immer noch meinen Kittel, und mein Bedürfnis, Elenas Vater eine Nachricht zu übermitteln, ist das einzige Ziel, das ich in den letzten Tagen im Auge hatte.

Da ich die Riccis in Boston nicht erreichen konnte und Elena nicht allein im Asphodel lassen wollte, für den Fall, dass es eine Verschwörung gibt, um sie mir zu entreißen, war ich so etwas wie eine leichte Beute, seit ich von den Schlagzeilen erfahren hatte.

Ich warte, beobachte, warte auf den richtigen Zeitpunkt.

Ich habe mich von meiner Frau ferngehalten und versucht, meine Wut auf ihren Vater von unserer kleinen Vereinbarung fernzuhalten.

Dann bemerkte Blue, einer von Jonas' Angestellten im Flaming Chariot, einen Auswärtigen, der wie aus dem Nichts aufgetaucht war. Er hatte keine Familie oder Freunde und kein Interesse an touristischen Aktivitäten. Er kam in die Bar, setzte sich in eine der hinteren Sitzecken und trank den ganzen Tag lang Bier, um dann nachts spurlos zu verschwinden.

Er hinkte, berichtete Blue Jonas, und hatte eine sehr deutliche Zickzack-Narbe, die von der Oberseite seiner Kniescheibe bis zur Rückseite seiner Ferse verlief. Niemandem wäre sie aufgefallen, wenn er sich nicht in seiner zweiten Nacht in der Stadt geprügelt hätte, als er einen Kellner niederschlug, weil er Wein auf seinen Tisch verschüttet hatte.

Ich *kenne* diese Narbe. Ich habe das Dermaplan-Werkzeug, das sie verursacht hat, selbst durch sein dünnes Fleisch gezogen.

Knees ist ein Cousin von Ricci, wenn auch ein mieser. Vor Jahren wurde er dabei erwischt, wie er bei einem von Riccis illegalen Glücksspielen die Bücher fälschte, und anstatt ihn auf den Grund von Charles zu schicken, wie es die Ältesten wollten, ließ Rafe mich ihm Angst vor *La Famiglia* einjagen und ihn dann aus der Stadt verbannen.

Soweit ich weiß, haben sie nicht mehr miteinander gesprochen, obwohl seine Anwesenheit in Aplana das Gegenteil beweist. Ich weiß nicht, was genau Rafe ihm aufgetragen hat, ich konnte ihn nicht dazu bringen, etwas zuzugeben, aber es wird nicht mehr passieren.

Jonas sollte seinen Kopf bald im Postamt am Nordende der Insel abliefern.

Elena macht einen kleinen Schritt auf mich zu und streicht mit ihren Fingernägeln über mein Kitteloberteil.

Ich habe seit *Monaten* nicht mehr geübt, aber sie waren das Einzige, was im Keller war, als ich vorhin ankam, und ich wollte nicht nach oben rennen und riskieren, dass Jonas sich vor mir auf Knees stürzt.

Sie krümmt ihre Finger unter dem Saum und zieht sich näher an mich heran, wobei sie gerade so viel Platz zwischen uns lässt, dass ich das leiseste Flüstern ihres Atems an meinem Hals spüren kann.

»Ich bin mir nicht sicher, ob das eine gute Idee ist«, sage ich und schlucke, als sie ihr Kinn anhebt und ihren süßen Blick mit ihren dichten Wimpern verdeckt.

Ich denke bereits an all die Möglichkeiten, wie ich sie erobern könnte, damit sie bereut, dass sie mich überhaupt kennengelernt oder sich mir angeboten hat.

Dinge, von denen ich mir geschworen habe, sie erst dann in Betracht zu ziehen, wenn sie lange genug hier ist, um sich einzuleben, und doch bin ich hier und erliege der Hysterie in ihren Augen.

Sie schüttelt den Kopf, ihr dunkles Haar weht über ihre

schlanken Schultern hin und her. »Ich *weiß*, dass es nicht so ist.«

Ohne ein weiteres Wort oder auch nur Zeit für einen weiteren bewussten Gedanken packt sie mein Hemd und zieht mich an sich. Sie stößt sich auf die Zehenspitzen, verschmilzt ihren Mund mit meinem und übernimmt die Kontrolle, bevor ich sie stoppen kann.

Es ist erst das zweite Mal, dass wir uns küssen, und doch fühlt es sich so an, als wäre es unser millionster und erster Kuss zugleich.

Verdammt, wenn sie nicht so verrucht schmecken würde wie zuvor, mit dem leichten Geschmack eines fruchtigen Snacks, der wie ein Film der Versuchung zurückbleibt. Er vermischt sich mit dem Duft ihres Granatapfelshampoos, und plötzlich will ich nie wieder eine Frucht essen, solange ich lebe.

Wenn Elena auch nur halb so göttlich ist wie die Frucht im Garten Eden, kann ich Evas Hingabe absolut verstehen.

Vielleicht ist sie einfach nur gelangweilt, und vielleicht überspringe ich wertvolle Schritte in meinem Plan, aber verdammt, wenn ich daran denke, wenn ihr Mund den meinen verschlingt.

Ein Brummen dringt zwischen unseren Lippen hindurch, obwohl ich mir nicht sicher bin, aus wessen Brust es kommt. Mein Schwanz schwillt an, als ich meine Arme um ihre Taille schlinge, mich an die weichen Kurven ihres Körpers schmiege und sie mit dem Rücken gegen den Schreibtisch stoße.

Sie stöhnt, als ihr Hintern gegen die Holzoberfläche knallt, schiebt ihre Hände auf meine Brust und legt sie um meinen Hals, wobei sie meinen Kopf mit ihren Fingern in die gewünschte Richtung manövriert.

Saugend und leckend entfacht sie einen Sturm, peitscht ihre Zunge gegen meine und kartographiert das Innere meines Mundes, als wäre es eine unerforschte Insel.

Eine meiner Hände fällt auf ihre rechte Arschbacke, die Finger graben sich in das üppige Fleisch, während die andere nach oben greift, um den Spitzenausschnitt ihres Mieders nach unten zu ziehen. Das blasse, runde Fleisch ihrer Brust springt frei und entblößt einen zartrosa Gipfel, und ich fahre mit dem Daumen darüber, genieße den Schauer, den meine Berührung auslöst.

Sie wölbt sich in mich hinein und stöhnt, und der gutturale Klang lässt unsere Lippen vibrieren.

»Mach das noch mal«, flüstert sie in meinen Mund und streicht mit ihrer Zunge über die Innenseite meiner Oberlippe.

Mein Schwanz zuckt bei ihrem schwülen Ton, der so weit entfernt ist von der zaghaften Jungfrau, die ich vor Wochen praktisch verstümmelt habe. Ich weiß nicht, was sich geändert hat, ob sie vielleicht gelogen hat, dass sie mit niemandem zusammen war, aber als ich meine Faust in ihrem Nacken verknote und sie zwinge, sich nach hinten zu beugen und ihre prallen Titten zu präsentieren, wird mir klar, dass es mir scheißegal ist.

In diesem Moment könnte sie mir sagen, dass sie sich ihren Weg durch ganz Boston gebahnt hat, und ich hätte immer noch das *Bedürfnis*, in ihr zu versinken.

Sie vergessen zu lassen, dass es jemals einen anderen vor mir gab.

Ich ziehe mich zurück und schaue in ihre großen Augen, die vor Lust verschwommen sind. »Wenn wir das erst einmal getan haben …«

Sie kratzt mit ihren Fingernägeln an meinem Nacken und schickt mir einen weißglühenden Stromstoß über die Wirbelsäule bis zu meinen Eiern. »Wenn wir das erst einmal getan haben?« »Werde ich nicht mehr aufhören können.«

»Wer bittet dich denn darum?«

Ich umschließe ihre Brustwarze mit meinen Lippen und sauge an ihrer Spitze, während ich meine freie Hand auf die Oberseite ihres Oberschenkels gleiten lasse. Ich gleite unter den Rand ihrer Shorts, suche mein Brandzeichen in ihrer Haut und stöhne auf, sobald ich mit dem Zeichen in Berührung komme.

Ein Wimmern entweicht ihrem Mundwinkel, als ich über die Narbe streiche und weiter ihr Bein hinaufwandere. Ich schiebe den Stoff ihrer Shorts beiseite und streiche mit den Fingerknöcheln über ihre klatschnasse Haut, fluche leise, als ich auf ungebetenes Fleisch stoße.

»Ich habe kein Höschen getragen, seit wir hier sind«, zischt sie und unterbricht ein Stöhnen, als ich ihren Kitzler mit meinem Daumen umkreise und drücke, bis sie sich in die Bewegung hineinsteigert.

»Nein?«, frage ich und erhebe mich, um erneut ihren Mund zu erobern, und übernehme das Kommando, als ihre Muskeln geschmeidiger werden. »Ist meine nuttige kleine Frau jeden Tag herumgelaufen und hat darauf gehofft, gefickt zu werden?«

»Gott, *ja* –«

Ein hartes, eindringliches Klopfen an der Haustür hallt durch den Flur, gerade als ich einen Finger in ihre warme, köstlich feuchte Muschi schiebe. Ihre Hände fallen von meinem Nacken und krallen sich in meinen Bizeps, Alarm überflutet ihre Züge, während sich ihre inneren Wände um mich herum zusammenziehen.

Ich erstarre, streiche leicht vorwärts und horche auf die Schritte meiner Haushälterin.

Stille.

»Marcelline?«, rufe ich und drehe den Kopf, um über die Schulter zu schauen, als ob mir das Aufschluss darüber geben könnte, wo sie sich aufhält.

»Ähm«, krächzt Elena und schubst mich an den Schultern. »Kannst du *nicht* den Namen einer anderen Frau sagen, während dein Finger in mir steckt?«

Ich sehe zu ihr hinunter und ziehe eine Augenbraue hoch. »Eifersüchtig?«

Ihre Augen verengen sich. »Nein, überhaupt nicht. Oh, *Mateo*, das fühlt sich so verdammt gut an. Lass das ...«

Ich lasse meinen Zeigefinger blitzschnell aus ihrer Muschi

gleiten, ziehe ihren Kopf zurück, stecke ihn in ihren Mund und unterbreche sie. »Ich kann ihn nicht zweimal töten, Elena. Bist du dir sicher, dass du diesen Weg einschlagen willst?«

Das Klopfen wird wieder lauter, und sie zieht die Wangen ein und wirbelt ihre Zunge über meinen Finger. Aus meinem Schwanz tropft ein Wulst von Sperma, als die Erinnerung an ihr Schlürfen an meiner Länge wieder auftaucht; sie lächelt um das Eindringen herum und lässt mich schließlich mit einem Knall los, als sie fertig ist.

»Ich weiß, dass du gerne einen sauberen Arbeitsplatz hast«, sagt sie. »*Werkzeuge* und alles.«

Ich will etwas sagen, aber das Klopfen hört nicht auf, das dumpfe Hämmern geht mir auf die Nerven wie Nägel, die über eine Kreidetafel geharkt werden.

Ich fahre mit den Fingern durch ihr Haar, als sich diese vertraute Irritation in meinem Bauch festsetzt und wie Unkraut bis in den kognitiven Teil meines Gehirns wächst, atme ich tief ein und lasse sie gleichzeitig los.

Sie blinzelt, ihre linke Brust hängt immer noch aus ihrem Hemd, rot und rau gerieben von meinen Lippen und Genick. »Du willst doch nicht etwa darauf antworten, oder?«

»Ich bekomme nicht viel Besuch. Ich glaube, ich muss es tun, oder?«

»Richtig, aber ... wir waren gerade mitten in der Arbeit. Kannst du dich mit ihnen nicht ein anderes Mal treffen?«

Normalerweise würde ich sagen, scheiß drauf, und das Klopfen ignorieren, aber wenn man den Verrat ihrer Eltern und meine Eliminierung eines niederen Ricci-*Soldaten* – aber trotzdem ein *Soldat* – hinzurechnet, bin ich geneigt zu glauben, dass jeder, der mein Haus besucht, in böser Absicht hier ist.

Niemand außer Jonas und Marcelline weiß, dass dieses Haus mir gehört. Sogar das Telefon, das ich für Elena eingerichtet habe, zeigt ihren Standort am Nordende der Insel an, eine spezielle Funktion, mit der die Jungs von Ivers International es ausgestattet haben.

Ich greife nach ihrem Kinn und zwinge sie, mich anzustarren. »Geh nach oben, zieh dich aus und klettere ins Bett. Warte dort auf mich, und ich werde diesen Besuch kurz machen.« Ihre Lippen biegen sich um die Ecken und sie nickt. Ich lächle und schnippe mit den Fingern gegen sie.

Als sie aus dem Büro schlüpft, bewundere ich ihren Hintern, wie er sich von mir entfernt, dann werfe ich schnell meinen Kittel in die Biotonne im Schrank und ziehe mir einen Flanellpyjama an.

Ich ziehe meine Pistole aus der Halterung unter meinem Schreibtisch, stecke sie in den Hosenbund und ziehe das Ende meines Hemdes über sie. Ich wische mir mit der Hand durch die Haare und atme mehrmals tief durch, um meinen Schwanz zu entspannen, bevor ich zur Haustür gehe.

Als ich durch das Guckloch schaue, sehe ich niemanden. Ich halte meine Waffe in der einen Hand und öffne langsam die Tür mit der anderen, während ich die Veranda nach Anzeichen für einen Eindringling absuche.

Stattdessen finde ich nur einen Briefumschlag, der über dem montierten Briefkasten klebt.

Ich reiße ihn von der Wand, schlüpfe schnell wieder hinein, verriegele die Tür und lehne mich an sie, während ich den Umschlag aufreiße. Mein Magen sinkt mir in den Hintern, als ich den Inhalt in die Finger bekomme, und ich kehre in mein Büro zurück, um meine Pistole wieder in Position zu bringen.

Und obwohl mein Bauchgefühl es bereits weiß, ziehe ich den USB-Stick heraus, stecke ihn in den USB-Anschluss meines Laptops und drücke auf Play, als sich das Medienfenster öffnet.

Ich sehe eine körnige Aufnahme eines privaten Moments zwischen Elena und mir, *Minuten*, bevor das Klopfen begann.

Ich schaue mich in meinem Büro um, und die Besorgnis leckt sich einen Weg durch mein Brustbein und macht es mir schwer, normal zu atmen, während ich nach Anzeichen für eine versteckte Kamera suche.

KAPITEL
Zwölf

Elena

Je länger ich nackt in Kals Bett liege und mit vor der Brust verschränkten Armen an die Decke starre, desto mehr schäme ich mich dafür, ihn unten zu zerfleischen.

Es ist noch nicht lange her, dass ich mit ansehen musste, wie er meinen Verlobten ermordete und mich dann zwang, ihn zu heiraten. Offensichtlich schaltet mein Gehirn in Stresssituationen, nachdem der erste Schock und die Wut abgeklungen sind, einen Gang zurück und überlässt meiner Vagina das Steuer.

Oder vielleicht ist es nur die Wirkung, die Kal auf mich hat.

Vielleicht hat mich die lebenslange Besessenheit von ihm an diesen Punkt gebracht, und jetzt bin ich frei, ihn zu erforschen, egal, wie beschissen die Situation ist.

Ich atme langsam aus, zupfe sanft an meinen Brustwarzen und versuche, das Gefühl nachzuempfinden, wenn Kal dasselbe tut. Gänsehaut breitet sich wie ein Ausschlag auf meinen Unterarmen aus, Hitze kriecht über meine Brust, während seine Worte von vorhin in meinem Kopf widerhallen.

Ist meine nuttige kleine Frau jeden Tag herumgelaufen und hat gehofft, gefickt zu werden?

Nicht bewusst, nein. Oder zumindest nicht mit der ausdrücklichen Absicht, dass Kal mich ohne Unterwäsche findet und den leichten Zugang ausnutzt. Aber da niemand sonst in der Nähe war und die Regeln meiner Eltern über Bescheidenheit und Reinheit keine Rolle mehr spielten, erschien es mir nur logisch, die Unterhosen wegzuwerfen.

Ein weiterer Sargnagel dafür, dass ich mir vom Lebensstil der Riccis vorschreiben ließ, wie ich meinen zu leben hatte.

Vielleicht habe ich mich deshalb kopfüber in unbekannte Gewässer gestürzt und mich Kal genähert, obwohl er blutüberströmt war und einen fast wilden Blick hatte.

Wenn sich mir die Möglichkeit bietet, eine Entscheidung zu treffen, scheine ich mich auf die Seite des Leichtsinns zu schlagen. Das war schon klar, als ich Kal bat, mich zu entjungfern, und jetzt ist es noch klarer.

Sicher, er hat das Leben der Menschen bedroht, die ich liebe. Er hat mich zu dieser Verbindung erpresst. Er hat mich aus dem einzigen Leben gerissen, das ich kenne, und mich an einem fremden Ort abgesetzt, allein und verwirrt.

Aber er war ein geschickter Liebhaber, und mein Körper beginnt sich an sein Talent zu erinnern.

Die Muskeln in meinem Bauch spannen sich an, als ich meine Hand über meine Brust gleiten lasse, durch die glühende Hitze, die er hinterlassen hat.

»Wer auch immer gesagt hat, dass Kal Anderson nicht zum

Ehemann taugt, hat offensichtlich nie seine Hand zwischen den Schenkeln gespürt«, murmle ich und verkneife mir ein Stöhnen bei der Erinnerung. »Ist das so?«

Obwohl ich ihn erwarte, erschreckt mich das plötzliche Eindringen von Kals tiefer Stimme;

Mein Arm schnellt zu meinen Brüsten, während meine Hand auf Autopilot meine Muschi bedeckt.

Als ich den Kopf hebe, sehe ich ihn in einem schwarzen Schlafanzug am anderen Ende des Zimmers stehen, an den Türrahmen gelehnt und mit einem seltsamen Blick in seinem hübschen Gesicht.

Es ist nicht ganz Erregung, nicht ganz Irritation. Irgendwie scheinen seine Gesichtszüge an einem Ort, zwischen den beiden eingefroren zu sein, sein dunkler Blick unerschütterlich in seinem Hunger und sein Mund fest in seiner Wut.

Er lässt seine Augen über mich gleiten, verweilt auf meiner geröteten Haut und streicht sich mit dem Daumenrücken über die Unterlippe. »Lass dich von mir nicht unterbrechen. Was hast du gesagt?« »Ich habe nur mit mir selbst geredet.«

»Hörst du viel Klatsch und Tratsch über mich?«

»Nicht *viel*«, sage ich, während mir die Hitze in die Wangen steigt. »Nur Sachen, die meine Mutter und ihre Schwestern manchmal sagen.«

»Ah, ja. Carmen und ihr verdammtes Großmaul.«

Die Feindseligkeit in seinem Ton überrascht mich; ich weiß, dass er und meine Eltern eine Beziehung haben, die seiner Zeit als Angestellter von Ricci Inc. vorausgeht, aber ich habe ihn immer so verstanden, dass er für die beiden wie ein Familienmitglied ist. Der entfernte, geheimnisvolle Verwandte, der nur in die Stadt kam, wenn er unbedingt musste, und jedes Mal einen Aufstand machte, aber dennoch Familie.

Kal atmet aus, als wolle er sich sammeln. »Nun. Was noch?« Ich blinzle und runzle die Stirn. »Was meinst du?«

»Was sagt man noch über mich?« Seine Augenbrauen heben sich, streifen fast seinen Haaransatz, und er streckt seine Handflächen zur Seite, als wolle er mir etwas anbieten.»Haben sie dich gegen mich aufgehetzt? Haben sie dir all die bösen Dinge erzählt, die ich getan habe?«

Meine Zunge fühlt sich zu dick für meinen Mund an.»Papá hat es immer vermieden, Einzelheiten zu nennen.«

»Aber du hast doch die Gerüchte gehört, oder? Du kannst in dieser verdammten Welt nicht existieren, ohne dass die Mühlen Überstunden machen, vor allem, wenn du deutlich machst, dass du nur in Ruhe gelassen werden willst.«

Ich stütze mich mit den Fersen auf der Matratze ab und drücke mich in eine sitzende Position, um mich etwas weniger verletzlich zu fühlen, während er mich anschaut. Meine Kleidung ist über die Liege am Fußende des Bettes drapiert, also greife ich nach den Baumwolllaken und ducke mich darunter.

»Was machst du da?«, fragt er.

Ich halte inne, meine Finger umklammern die Bettdecke, bis sich meine Knöchel verkrampfen.»Das fühlt sich an wie ein Gespräch, bei dem ich nicht nackt sein sollte.«

»Leg deine Finger wieder auf deine Muschi und zeig mir, was du von dem Scheiß hältst, den man über deinen Mann erzählt.« Kal leckt sich die Lippen und kniet sich mit einem Bein auf das Bett. Sein Arm holt aus, ergreift mein Handgelenk und löst jeden einzelnen Finger aus dem Laken.

»Ich *kenne* meinen Mann nicht einmal«, schnauze ich und versuche, mich aus seinem Griff zu befreien. Die Erregung, die ich noch vor wenigen *Minuten* verspürte, verflüchtigt sich, als sich seine Erregung in seinem scharfen Tonfall manifestiert, und an ihre Stelle tritt das Bedürfnis zu kämpfen.

Mit gefletschten Zähnen ziehe ich meine freie Hand zurück und schicke sie durch die Luft auf sein Gesicht zu. Dumm, wirklich. Kal fängt meine Hand auf, bevor sie ihn berührt; er reißt die Hand, die das Laken hinter meinem Rücken hält, zwischen uns ein und führt dann meine andere Hand an seine Lippen.

»Du weißt mehr, als du zugibst«, antwortet er, nimmt

meinen Zeige- und Mittelfinger und trennt sie vom Rest. Er saugt an den beiden Fingern und fährt mit seiner Zunge über sie, ohne den Blickkontakt zu unterbrechen, und das lässt mich erneut aufhorchen und meine Zehen sich wie von selbst krümmen.

Das Syndrom des Verrats am eigenen Körper, hat Mamma es einmal genannt. Wenn man der Lust hilflos ausgeliefert ist, obwohl der Verstand es besser weiß. Sie hatte versucht, mich vor meiner Hochzeit mit Mateo zu trösten, indem sie sagte, dass mein Körper lernen würde, es zu genießen, *solange er es mir gut ginge.*

Der Verstand, so meinte sie, sei ein ganz anderes Schlachtfeld, aber eines, von dem sie schwor, dass es eines Tages erobert werden könne, und verwies auf ihren eigenen Erfolg in dieser Sache.

Das Problem war, dass ich bereits wusste, wie es sich anfühlt, seinen Liebhaber zu *begehren,* und es gab keine Chance, dass Mateo jemals damit verglichen hätte.

Selbst jetzt, wo ich versuche, die Reaktion meines Körpers als biologisch abzutun, weiß ich, dass ihre Argumentation nicht ganz richtig ist. Mein Körper betrügt mich nicht; ich wünschte nur, er würde es tun.

Es würde das alles sicherlich erleichtern.

Er wickelt meine Finger in seine Faust und führt meine Hand zurück zum Scheitelpunkt meiner Oberschenkel, wo er sie über meinen Saum gleiten lässt. Meine Hüften zucken bei dieser Bewegung, und er grinst, während sich seine Nasenflügel aufblähen. »Und?«, spottet er, zieht eine Augenbraue hoch und zwingt meine Finger, sanft um meine Klitoris zu kreisen.

Mir stockt der Atem, und er beugt sich zu mir, sodass wir auf Augenhöhe sind. »Was weißt du noch über mich, Kleine?«

Mein Kopf wird in dieser Position schwer, Schmerzen durchzucken die Muskeln in meinem Nacken; ich lasse ihn zurückfallen, während die Lust in meinen Adern intensiver wird und meine Beine zum Zittern bringt.

»Du bist zweiunddreißig und hast an Halloween Geburtstag. Du liest gerne Gedichte und Memoiren, obwohl du gar nicht schreibst. Du hast dein Medizinstudium an der Tufts University absolviert und deine Facharztausbildung an der Johns Hopkins University gemacht.«

Er gibt einen Laut von sich, aber ich kann nicht sagen, ob er von meiner Rezitation seiner spärlichen Wikipedia-Seite beeindruckt oder gelangweilt ist. Abgesehen davon weiß ich eigentlich nicht viel über ihn, außer dass er eine Gefahr darstellt, der ich nie widerstehen konnte.

»Wusstest du, dass ich, kurz bevor du mich unten in meinem Büro getroffen hast, gerade einen Mann umgebracht habe?«, flüstert Kal, sein heißer Atem streift mein Gesicht. Ich kann mich jedoch kaum auf seine Worte konzentrieren, zu sehr bin ich in das Gefühl vertieft, wie er meine Finger führt und zwischen meinen Schenkeln Magie erzeugt.

»Deshalb war Blut auf meiner Kleidung. Ich weiß, dass du es bemerkt hast; ich habe das Aufblitzen von Verzweiflung in deinen verlockenden Augen gesehen und dann beobachtet, wie deine Besorgnis schwand, als du beschlossen hast, dass es dir wichtiger ist, zu kommen, als das, was ich in meiner Freizeit mache.«

Er lässt den hinter meinem Rücken verdrehten Arm los, berührt meine Schulter und drängt mich so, dass ich mit der Matratze bündig bin. Er spielt immer noch mit meinen Fingern und wechselt zu einer Drehung gegen den Uhrzeigersinn, bei der ich meine Lippen zwischen die Zähne presse, um nicht aufzuschreien.

»Du hast dich nie darum gekümmert, was die Leute von mir denken, oder?«, fragt er. »Die Seelen, die ich gestohlen habe, oder die Leben, die durch meine bloßen Hände ausgelöscht wurden, haben dich nicht interessiert.«

Ich spüre, wie seine Finger über die Narbe an meinem

Oberschenkel gleiten, dann wieder nach oben, um meinen Eingang zu umkreisen.

Die Spitze eines Fingers dringt nur leicht in mich ein und entlockt meiner Brust ein leises Keuchen.

Mein Magen dreht sich um, etwas Wildes keimt in mir auf, als die Wahrheit in seinen Worten in meine Haut eindringt und mein Verlangen nach Erlösung noch verstärkt.

Die Leben, die er ausgelöscht hat, sind mir egal. Das war schon immer mein Problem.

»Jemand beobachtet uns«, sagt er und löst damit rote Fahnen in meinem Kopf aus. Meine Augen weiten sich, suchen nach ihm, aber in der gleichen Sekunde schiebt er drei Finger in mich hinein und raubt mir die Worte von der Zunge.

Ich stöhne auf, als er sie gegen meine Innenwände presst, sie necken und massieren, während er mich ablenkt.

»Ich habe das Gefühl, dass es dein Vater sein könnte. Ich bin mir nur nicht ganz sicher, warum.«

Meine Hand will sich zurückziehen, als seine Worte in mein vernebeltes Gehirn eindringen, aber er schlägt mir auf die Innenseite meines Oberschenkels, und ich zucke zusammen, weil das empfindliche Fleisch dort so brutal behandelt wird.

»Ich habe nicht gesagt, du sollst aufhören.« Er beginnt, seine Finger schneller zu bewegen, flache Stöße, die mich dazu bringen, meine Hüften nach oben zu neigen und leise um mehr zu bitten. »Wenn er zusehen will, werden wir ihm eine Show bieten.«

Der Gedanke sollte mich innehalten lassen, oder mich vor Entsetzen zurückschrecken lassen, aber das tut er nicht. Ein unsichtbares Feuer entzündet sich in meinem Inneren, breitet sich wie ein Fieber in meinem Körper aus und setzt sich in meinen Knochen fest.

»Ich fürchte, deine Eltern – insbesondere deine Mutter – denken, dass sie dich vor mir retten können. Falls sie dir also diesen kleinen Floh ins Ohr gesetzt haben, lass mich ihn ein für alle Mal ausrotten.« Mein Orgasmus erreicht seinen Höhepunkt, als er sein Tempo erhöht, und ich reibe wütend meinen Kitzler, um mit seinem Tempo Schritt zu halten, wobei die sich duellierenden Empfindungen meine Sicht verschwimmen lassen.

»Du gehst nirgendwo hin, meine kleine Persephone. Ich habe dich nicht auf meine Insel gebracht, nur damit du gehen kannst, und ich nehme dir deine Strafe auch nicht ab. Du wirst sie an meiner gottverdammten Seite als Königin meiner kleinen Unterwelt absitzen, und deine Familie wird immer nur *zusehen* können.«

Meine Hand will sich zurückziehen, als seine Worte in mein vernebeltes Gehirn eindringen, aber er schlägt mir auf die Innenseite meines Oberschenkels, und ich zucke zusammen, weil das empfindliche Fleisch dort so brutal behandelt wird.

»Ich habe nicht gesagt, du sollst aufhören.« Er beginnt, seine Finger schneller zu bewegen, flache Stöße, die mich dazu bringen, meine Hüften nach oben zu neigen und leise um mehr zu bitten. »Wenn er zusehen will, werden wir ihm eine Show bieten.«

Der Gedanke sollte mich innehalten lassen, oder mich vor Entsetzen zurückschrecken lassen, aber das tut er nicht. Ein unsichtbares Feuer entzündet sich in meinem Inneren, breitet sich wie ein Fieber in meinem Körper aus und setzt sich in meinen Knochen fest.

»Ich fürchte, deine Eltern – insbesondere deine Mutter – denken, dass sie dich vor mir retten können. Falls sie dir also diesen kleinen Floh ins Ohr gesetzt haben, lass mich ihn ein für alle Mal ausrotten.« Mein Orgasmus erreicht seinen Höhepunkt, als er sein Tempo erhöht, und ich reibe wütend meinen Kitzler, um mit seinem Tempo Schritt zu halten, wobei die sich duellierenden Empfindungen meine Sicht verschwimmen lassen.

»Du gehst nirgendwo hin, meine kleine Persephone. Ich habe dich nicht auf meine Insel gebracht, nur damit du gehen kannst, und ich nehme dir deine Strafe auch nicht ab. Du wirst sie an meiner gottverdammten Seite als Königin meiner kleinen Unterwelt absitzen, und deine Familie wird immer nur zusehen können.«

Ich keuche, als er seinen Satz beendet, die Vorstellung, dass meine Eltern Kal dabei zusehen, wie er mich fickt, ist aus irgendeinem Grund köstlich, verboten und berauschend. Ein ultimativer Akt des Trotzes nehme ich an.

Ich wölbe meinen Rücken, und meine Erlösung bricht durch mich hindurch, zerbricht mich in eine Million zerklüfteter kleiner Stücke. Sie pulsiert so stark und voll durch mich, dass ich daran ersticke, meine glitschige Hand fällt auf meine Seite, während mein Kitzler heftig mit Nachbeben pocht.

»Du bist *göttlich*, wenn du kommst, Kleines.«

Kal zieht sich aus mir zurück, wischt mit den Fingern über meine Narbe und streicht mit dem Daumen über meinen Wangenknochen. Der Ausdruck auf seinem Gesicht lässt mich den Knoten in meinem Magen spüren, die Sanftheit, mit der er mich jetzt berührt, steht im Widerspruch zu dem, was er bisher jedes Mal getan hat.

»Wer war an der Tür?«, frage ich, während sich endlich ein zusammenhängender Gedanke seinen Weg durch mein Gehirn bahnt, die Erinnerung an das, was uns unterbrochen hat, bevor es das Glühen nach dem Orgasmus zerstört hat. »Und was meinst du damit, dass du glaubst, Papá beobachtet uns?«

»Mach dir darüber keine Sorgen.« Kal richtet sich auf, rutscht vom Bett und räuspert sich. »Ruh dich etwas aus, Elena.«

Und dann verschwindet er aus dem Zimmer.

KAPITEL
Dreizehn

Kal

»Was *ist* das für ein Ort?«

Ich schaue zu meiner Frau hinunter, und ein Anflug von Übelkeit kitzelt meine Speiseröhre – ob es nun am Alter oder an der Erziehung liegt, die Tatsache, dass wir gerade in einer Spelunke stehen und sie keine Ahnung hat, was das ist, beunruhigt mich.

Das Alter hat bei ihr nie eine Rolle gespielt – in Wahrheit habe ich sie nur ein paar Mal persönlich getroffen, als sie noch ein Kind war, und erst lange, nachdem sie achtzehn geworden war, habe ich mir erlaubt, sie in einem anderen Licht zu sehen als nur die Ricci-Tochter.

Sie hat einfach eine Ausstrahlung, bei der das Alter keine Rolle spielt. Außer in diesem Moment.

Ein Teil von mir sollte sich schlecht fühlen, dass ich das Leben des Mädchens ruiniere, bevor sie überhaupt die Chance hatte, es zu erleben, aber der andere, dunklere Teil von mir erinnert sich daran, wie mein Leben von ihren Eltern weggenommen wurde, und das löscht die Schuldgefühle aus.

Ich war viel jünger als sie.

»Eine Bar«, antworte ich und gestikuliere auf den Tresen zu unserer Linken. Einer von Jonas' Männern, Vincent, sitzt auf einem Hocker dahinter und stochert mit einer Plastikgabel in den Zähnen.

Sie verzieht das Gesicht, dann schaut sie sich um. »Wie bin ich reingekommen? Ich bin noch nicht einundzwanzig.«

»Du bist mit mir zusammen, und die Regeln, die für die Allgemeinheit gelten, gelten für mich seit Jahren nicht mehr.«

Ich lege meine Hand auf ihren unteren Rücken und versuche, nicht den weichen Baumwollstoff ihres kleinen roten Sommerkleides zu bewundern, das sie trägt. Der Ausschnitt fällt zwischen ihrem Dekolleté hindurch und verknotet sich unterhalb ihrer Brüste, und ich möchte ihn am liebsten aufschnüren und mich hier und jetzt an ihr laben.

In den Tagen, seit der USB-Stick auf meiner Veranda aufgetaucht ist, sind wir in eine Art Routine verfallen; ich mache Überstunden, um den Schuldigen zu finden – ohne jeden verdammten Erfolg – und sie verbringt ihre damit, mit meiner Kreditkarte irgendeinen Scheiß zu bestellen und herauszufinden, wie man sie benutzt.

Am ersten Tag ging es ums Angeln. Sie bestellte eine neonpinke Angelrute und eine passende Angelkiste und stand um vier Uhr morgens auf, um ihre Nachforschungen auf die Probe zu stellen.

Nach einer Stunde war sie wieder drinnen und ärgerte sich, dass ihr niemand gesagt hatte, dass Angeln so *langweilig* sei.

An einem anderen Tag beobachtete sie die Sterne, schlief aber ein, bevor die besten Konstellationen zu sehen waren.

Ich weiß das nur, weil ich seit ihrer Ankunft nicht mehr geschlafen habe und jeden Abend mit einer Flasche Scotch im Wohnzimmersessel sitze und versuche, den Mut aufzubringen, zu ihr ins Bett zu gehen.

Aber es gibt einen Grund, warum sie mich noch nicht nackt gesehen hat; den gleichen Grund, warum ich mich neben ihr nicht so verletzlich zeigen kann. Obwohl mein Körper durch jahrelanges hartes Training schlank und wohlgeformt ist, ist er mit vielen Makeln übersät.

Beweise für meine bösen Taten, die dauerhaft in meine Haut tätowiert sind.

All das hat jedoch nichts damit zu tun, warum ich sie noch nicht gefickt habe. Dafür gibt es wirklich keinen konkreten Grund, nur die Realität.

Wenn ich sie ficke, will ich es richtig machen, und ich will nicht riskieren, einen Ständer zu verlieren, weil ich zu sehr damit beschäftigt bin, an die Leute zu denken, die hinter uns her sind, oder daran, dass mein Plan scheitert, bevor ich ihn überhaupt ausgeführt habe.

Daher unsere Ankunft im Flaming Chariot. Mit seinen klapprigen Holzböden und den in die Fenster genagelten Brettern, die jegliches Sonnenlicht blockieren, bin ich überrascht, dass meine kleine Frau nicht umdreht und wegläuft.

Das ist sicher kein Ort, den sie von sich aus aufsuchen würde.

Und doch, in der Sekunde, in der meine Hand sie berührt, verschmilzt sie fast mit der Bewegung und lässt sich von mir durch den Raum führen. Meine Schultern spannen sich an, während wir gehen, und Irritation läuft mir über den Rücken, als sich Köpfe umdrehen und ihre Kurven mustern, als ob sie sie zur Schau stellen würden.

Sie dürfen mich in diesem Licht nicht erkennen.

Wir lassen uns an einem der hinteren Tische nieder – demselben, an dem Knees Morelli vor zwei Wochen saß. Gwen, eine Kellnerin mit stachelblondem Haar und einem Nasenpiercing, nimmt unsere Bestellung auf, und Elena zupft zaghaft eine Papierkarte aus dem Serviettenspender und schürzt die Lippen, während sie sie durchblättert.

»Ich esse nicht viel Meeresfrüchte«, sagt Elena und dreht die Speisekarte in ihren Händen um. Sie blickt zu Gwen auf. »Was würdest du empfehlen?«

»Nichts Festes«, brummt Gwen und tippt mit ihrem Stift auf das Ende ihres Notizblocks.

»Gwen«, murmle ich und lehne meinen Arm an die Rückwand des Standes, an dem Elena sitzt. »Manieren im Kundenservice, schon vergessen?«

Sie rollt mit den Augen und verlagert ihr Gewicht auf den anderen Fuß. »Ich versuche, sie vor einer definitiven Lebensmittelvergiftung zu bewahren. Vincent ist heute in der Küche, und *Jonas* isst nicht einmal sein Essen.« Sie sieht Elena an und weitet ihre braunen Augen. »Jonas isst *alles*. Nur nicht, wenn Vincent es angerührt hat.«

Seufzend reibe ich mit einem Fingerknöchel über die Stelle zwischen meinen Augenbrauen und versuche, den Schmerz zu vertreiben, den ich jedes Mal bekomme, wenn ich einen Fuß in dieses Lokal setze. Wenn es auf Aplana nicht so eine kultische Anhängerschaft hätte, würde ich es auf keinen Fall zulassen, dass es in dem Zustand weitergeführt wird, in dem es sich befindet, aber meine Mutter hat mir immer gesagt, ich solle nichts kaputt machen, was nicht repariert werden muss.

Also bleibt es, in all seiner beschissenen Pracht.

»Warum steht Vincent hinter der Bar, wenn er auch in der Küche sein sollte?«, frage ich.

Gwen zuckt mit den Schultern. »Wir sind unterbesetzt. Das neue Mädchen hat sich krankgemeldet, also hilft Blue beim Getränke machen.«

Das neue Mädchen hat sich krankgemeldet? So ein Mist. »Und wer ist an der Tür, wenn Blue hier drin ist?«

»Ähm …« Gwen dreht sich um und wirft einen kurzen Blick in den Raum, als ob sie nach dem zweihundertdreißigpfündigen Muskelpaket sucht, das ich eingestellt habe, um ein Auge auf unsere Gäste zu werfen. Da ich durch den Vordereingang gekommen bin, kenne ich die Antwort natürlich schon. »Keiner?«

Ich atme tief ein und versuche, die Wut zu unterdrücken, die wie ein Kessel in meinem Inneren brodelt. Sie brennt und droht mit Gewalt; Gwen tritt einen Schritt vom Tisch zurück, als könne sie eine bevorstehende Explosion spüren.

»Ich würde gerne die Muschellasagne probieren. Ich möchte so nah wie möglich an meinen italienischen Wurzeln bleiben, verstehst du?« sagt Elena plötzlich und schiebt die Speisekarte über den Tisch. »Und ich hätte gerne eine Cola Light.«

Gwen mustert Elena und hebt eine Augenbraue. Sie berührt die Speisekarte nicht, dann wendet sie ihren Blick wieder mir zu, als würde sie auf Zustimmung warten.

Elena strafft sich und streift mit den Schultern meinen Arm. »Ich brauche Kallums Erlaubnis nicht, um Essen zu bestellen.«

In den Augen der Kellnerin blitzt ein dumpfes Amüsement über die Verwendung meines vollen Namens auf. »Ich bin mir nur nicht sicher, ob Sie wissen, was für ein schlechter Koch Vinny ist …«

»Das werde ich beurteilen.« Elena reckt ihr Kinn nach oben und rutscht in der Kabine auf mich zu, bis sich unsere Schenkel berühren. Ihre Wärme ist wie ein Stromkabel in meiner Leiste, der süße Duft ihres Shampoos ist berauschend.

Ich bin mir nicht einmal sicher, ob sie sich ihrer Bewegung bewusst ist, und will mich gerade zurückziehen, um ihr Platz zu machen, als sich ihre Hand auf dem Tisch über meine senkt und der Diamant an ihrem Ringfinger im Licht der Bar glitzert. Leise schnaubend nickt Gwen, wischt über die Speisekarte und notiert sich etwas auf ihrem Notizblock, während sie sich abwendet.

Kaum ist sie durch die Küchentür verschwunden, reißt Elena ihre Hand zurück und schiebt sie sich unter den Oberschenkel, während sie sich entfernt. »Woher kennst du das Mädchen?«

»Ich bin ihr Chef. Na ja, stellvertretend. Technisch gesehen ist mein Partner Jonas ihr Chef, aber er arbeitet für mich, und mir gehört die Hälfte der Bar, also ...«

»Dir gehört eine Bar?« Sie blickt sich um und streicht sich die dunklen Haare hinters Ohr. »*Diese Bar?*«

Ich grinse und rutsche nach links, um den Abstand zwischen uns wieder zu verringern, denn aus irgendeinem Grund fühle ich mich durch ihre Abwesenheit beraubt.

»Du hast doch nicht gedacht, dass meine Arbeit für deinen Vater meine einzige Einnahmequelle ist, oder? Was glaubst du, wie ich mir mein Haus leisten kann? Meinen Jet? Meine Einsamkeit?« Sie runzelt die Stirn. »Ich schätze, ich dachte, Papá zahlt gut.«

Ich lache, aber es ist kurz und hohl. »Rafael zahlt nicht annähernd genug.«

Ich ziehe mein Handy aus der Tasche, klicke meine Nachrichten-App an und tippe eine schnelle Nachricht an Jonas.

Ich: Danke für die Vorwarnung, dass Violet heute nicht aufgetaucht ist.

Er antwortet innerhalb von Sekunden.

Jonas: Verdammt noch mal. Ich hatte keine Ahnung, dass sie nicht da sein würde. Ich konnte diese Woche noch nicht reinschauen.

Angst macht sich in meinem Magen breit, ein Sturm des Unbehagens braut sich zusammen. Ich presse mir die Zunge an die Wange und rufe den Text-Thread mit meiner Schwester auf. Die letzten sechs, die ich ihr geschickt habe, sind unbeantwortet geblieben.

Ich wusste, dass es weit hergeholt war, sie mit einem Job als

Barkeeper auf die Insel zu locken, aber es war die einzige Möglichkeit, die mir einfiel, um sie wieder in die Nähe eines Gesprächs zu bringen.

Mein letzter Versuch war nicht gut verlaufen, daher die einseitigen Nachrichten. Selbst als ich sie daran erinnerte, dass unsere Vereinigung *all* ihre finanziellen Probleme lösen würde, hielt sie sich weiterhin fern.

Obwohl wir die gleiche DNA haben, weiß meine lange verschollene Schwester zumindest einigermaßen, wie sie die Dinge vermeiden kann, die schlecht für sie sind.

Im Gegensatz zu meiner kleinen Frau, die Gwen von der anderen Seite der Bar aus mit dolchartigen Blicken anschaut.

»Vorsichtig, Kleines«, murmle ich und beuge mich hinunter, um gegen Elenas Ohrmuschel zu sprechen. »Die Leute könnten den Eindruck bekommen, dass du mich *magst*.«

Elena spottet und legt ihre Handflächen auf den Tisch. »Ich bin deine Frau, ich *sollte* dich mögen. Aber ich finde es einfach unhöflich, mit verheirateten Männern zu flirten.«

Ihre Bemerkung fühlt sich an wie ein Messerstich, der durch Knochen und Muskeln gleitet und direkt in mein Herz trifft. Ich reibe mir die Wunde in der Brust und nicke Gwen zu, als sie mit einer Cola Light für Elena und einem Bier für mich zurückkommt. Sie sagt, dass das Essen noch eine Minute dauern wird, und schlendert zu einem anderen Tisch, unbeeindruckt von dem Blick, den meine Frau ihr zuwirft.

»Wir bleiben nicht zum Essen«, sage ich ihr und öffne den GPS-Tracker auf meinem Handy, um Violets Standort abzurufen.

»Aber ich habe Lasagne bestellt.«

»Ich habe es schon einmal gesagt, und ich sage es noch einmal: Tot nützt du mir nichts, Elena. Iss das verdammte Essen nicht.«

Ich schiebe mich von ihr weg, erhebe mich aus der Kabine und errege Vinnys Aufmerksamkeit, als ich sie zurücklasse und mich der Bar nähere. Er streicht sich das dunkelblonde

Haar aus den haselnussbraunen Augen und lehnt sich gegen den Tresen.

»Sub, Boss?«

»Siehst du das Mädchen in der hinteren Ecke des Standes?« Er neigt den Kopf nach rechts und schaut an mir vorbei. In seinem Blick glänzt Anerkennung, und er nickt enthusiastisch. »Aber klar doch, verdammt. Wo hast du denn solch eine Sexbombe gefunden? Ich hätte nichts dagegen, mit ihr eine Runde auf der LL Vincent zu drehen, wenn du weißt, was ich meine. Sieht auf jeden Fall so aus, als könnte sie eine kleine Abkühlung gebrauchen.«

Meine Verärgerung darüber, wie sich dieser ganze Nachmittag abgespielt hat, wird immer größer und steigt in meiner Kehle hoch. Ich strecke meinen Arm aus, packe Vinny am Kragen seines Bowlinghemdes und schlinge meine Finger durch die Goldkette um seinen Hals.

Ich ziehe ihn fest an mich, sodass er ungünstig über die Bar gebeugt ist und sich an meiner Hand festkrallt. »Ich kann nicht … atmen«, röchelt er und sein Gesicht färbt sich knallrot.

»Gut. Erinnere dich an dieses Gefühl, wenn du das nächste Mal beschließt, über meine Frau zu reden, als wäre sie eine deiner kleinen Huren.« Ich stoße zurück und lasse ihn los, ohne die Enttäuschung zu bemerken, die durch meine Adern fließt, weil meine Drohung nicht endgültig ist. »Aber das nächste Mal schneide ich dir die Speiseröhre raus und sehe zu, wie du an deinem Blut erstickst. Verstanden?«

»*Herrgott*, Kal.« Er reibt sich den Hals und wirft mir einen bösen Blick zu. Ich reagiere nicht, sondern streiche mit meinen Händen über die Vorderseite meines Anzugs, und er richtet sich auf und lehnt sich gegen den Wasserhahn. »Verstehe. Ich wusste nicht einmal, dass du geheiratet hast.«

»Jetzt weißt du es.« Mein Handy vibriert, und meine Brust zieht sich zusammen, als ich den Namen auf dem Display aufleuchten sehe. »Behalte sie im Auge, pass auf, dass sie nicht abhaut und dass niemand sie zu lange ansieht. Ich weiß nur zu gut, dass sie zu verführerisch ist, als dass es gut für sie wäre.«

Vinny nickt. »Aye, aye, *Captain*.«

Ich entscheide mich, über sein freches Mundwerk hinwegzusehen, und gehe zur Haustür, das Kinn geradeaus gerichtet. Als ich die Bar verlasse, spüre ich Elenas Augen auf mir, die mir direkt in den Rücken brennen, und ich bin versucht, wieder hineinzugehen und mich stattdessen zu ihr zu setzen.

Aber ich habe noch etwas zu erledigen.

Das Sonnenlicht bildet einen hellen Kontrast zum dunklen Inneren der Bar, und ich bin zu sehr damit beschäftigt, mich anzupassen, um das Mädchen zu bemerken, das am Straßenrand steht und die Arme vor der Brust verschränkt hat.

Sie spottet, als sie mich sieht, und verzieht den Mund zu einer festen Linie. »Ich *wusste* es.«

KAPITEL
Vierzehn

Elena

Ich starre unsere Kellnerin immer noch an, als Kal das Gebäude verlässt und mich ohne ein einziges Wort des Abschieds allein im Inneren zurücklässt. Ich blinzle, als das Sonnenlicht schnell den Boden durchflutet und mir für einen Moment erlaubt, die Kunstwerke zum Thema Meer an den getäfelten Wänden und den riesigen sprechenden Bass über der Bar zu sehen.

Da ich noch nie in einem Bostoner Lokal war, kann ich das nicht genau beurteilen, aber ich bin bereit, mein Leben darauf zu verwetten, dass die Atmosphäre hier eine ganz andere ist als im dortigen Nachtleben.

Vielleicht bin ich nur sauer, weil Kals bester Trick darin zu bestehen scheint, mich im Stich zu lassen.

Gwen kommt mit einer Keramikschüssel in der Hand zurück und stellt sie vor mir auf dem Tisch ab. Dichter Dampf steigt von der Schüssel auf, und der Duft von Erbrochenem schlägt mir ins Gesicht. Ich rümpfe die Nase, schiebe ihn weg und nehme einen Schluck von meinem Getränk.

Gwen stemmt ihre Hand in die Hüfte und nickt, mit Blick auf die Lasagne. »Willst du nicht essen, was du bestellt hast?«

Ihr Tonfall zerrt an meinen Nerven und nagt an meiner Entschlossenheit. »Ich weiß es nicht. Willst du etwa nur dastehen und zusehen?«

»Wahrscheinlich nicht. Ich will nicht zusehen, wie du deine Eingeweide auskotzt.«

Augenrollend fische ich mein Handy aus der Handtasche und überprüfe meine ungelesenen Nachrichten. Es sind nicht viele, ein paar von Ariana, die mich nach meiner Meinung zu ihrer Garderobe fragt, eine von Stella, die sagt, dass sie mich als Puffer zwischen ihr und Aris Modewahl vermisst, und eine von Mamma, die sagt, dass ich nicht in Panik geraten soll, weil sie mich holen kommt.

Obwohl ich jetzt schon über eine Woche in Aplana bin und keine Notsignale nach Hause geschickt habe, behaupten meine Eltern immer noch, dass ich eine Art unfreiwilliges Opfer in dieser Ehe bin.

Ironisch, wenn man bedenkt, dass sie kein Problem damit hatten, mich mit einem anderen Mann an das gleiche Schicksal zu binden, obwohl ich vermute, dass meine Beziehung zu Mateo ihnen in einer Weise zugutekam, im Gegensatz zu meiner mit Kal.

Trotzdem ließen sie mir nie eine echte Wahl. Es war ihr Weg oder der sichere Tod durch die Hand der Väter.

Ich hätte mich für den Tod entscheiden sollen.

Letzten Endes habe ich das Gefühl, dass ich es getan habe.

Ich tippe eine schnelle Antwort an meine Schwestern, lasse die Nachricht meiner Mutter unbeantwortet, stecke mein Handy zurück in meine Tasche und verlasse die Kabine.

Gwen zieht eine blonde Braue hoch. »Du gehst, ohne zu bezahlen? Stilvoll.«

Ich werfe mir meine Handtasche über die Schulter und drücke sie fest an meine Seite, weil ich ihr nicht sagen will, dass ich, selbst wenn ich bezahlen wollte, nichts dabei hätte, womit ich es tun könnte. Nicht nur, dass mich mein überaus rücksichtsvoller Ehemann in der Stadt zurücklässt, er lässt mich auch ohne Geld und ohne zu wissen, wo ich mich aufhalte.

»Anscheinend gehört der Laden meinem Mann, also … schreib es auf seine Rechnung oder so.«

Ich drehe mich um und warte nicht auf ihre Antwort, sondern gehe auf die Vordertür zu. Meine Hand streift den Schiebebügel, als sich gleichzeitig jemandes Finger um meinen Ellbogen schlingen und mich nach hinten ziehen.

Mein Arm fuchtelt blindlings herum und stößt in die Richtung meines Angreifers; der Handrücken trifft seine Wange, ein befriedigendes Knacken hallt durch die Luft, als ich ihm eine Ohrfeige gebe.

»*Verdammt*«, sagt der Mann, reißt meine Hände nach hinten und zieht mich so, dass ich seine Brust berühre. Sein Atem ist heiß in meinem Ohr, und ich winde mich heftig, als ich versuche, mich zu befreien, und frage mich, warum die anderen Leute in der Bar mir nicht helfen.

»Hör auf zu *zappeln*, Schlampe«, grunzt er und schüttelt mich ein wenig.

»Lass mich *los* und ich werde es tun«, fauche ich, wobei mir Haarsträhnen im Gesicht kleben bleiben. Schweißperlen rinnen an meinem Haaransatz entlang, Angst bahnt sich ihren Weg in mein Herz, obwohl ich schon einmal in einer solchen Situation gewesen bin.

Bei Mateo wusste ich immer, wie es enden würde: mit blauen Flecken und ausgeschlagenen Zähnen. Als er siebzehn Jahre alt war, hatte Mateo bereits zwei Kieferoperationen und mindestens vier Verblendungen hinter sich.

Aber er ist ein Fremder, an einem fremden Ort, und ich kenne nicht unbedingt seine potenziellen Schwächen. In der Position, in der ich mich befinde, die Arme an die Seite geklemmt, auf dem Rücken liegend und mit ihm auf mir, sind meine normalen Verteidigungsmechanismen eingeschränkt.

Dennoch gelingt es mir, einen Arm zu befreien, die Hand zu einer Faust zu ballen und sie über meine Schulter zu schwingen; ich höre, wie sie auf den Knochen trifft, spüre, wie er sich unter der Wucht spaltet, und mein Angreifer lässt mich fallen, hält sich die Nase und zischt eine Reihe von Schimpfwörtern.

»*Scheiße*! Diese Schlampe hat mir gerade die Nase gebrochen«, stöhnt er und schlägt sich die Handflächen vor das Gesicht. Sein kinnlanges, dunkelblondes Haar fällt ihm über die Augen, während er sich bückt und versucht, wieder zu Atem zu kommen. »Wenn Dr. Anderson herausfindet, dass du sie eine Schlampe genannt hast, wird er garantiert mehr als nur das ruinieren«, sagt Gwen hinter der Bar und hält am Zapfhahn an, um ein Glas zu füllen.

Die wenigen anderen Gäste, die sich hier herumtreiben, haben das Handgemenge entweder nicht mitbekommen oder sind darauf trainiert, Aufruhr zu ignorieren, denn niemand zuckt auch nur mit der Wimper, als ich mich von meinem Angreifer entferne. Nachdem ich mich kurz gesammelt habe, erkenne ich ihn als den Mann, der hinter der Bar stand, als wir das Lokal zum ersten Mal betraten, und die Goldkette um seinen Hals erinnert an einen *Mafioso*.

Seine Bootsschuhe allerdings nicht.

»Er ist derjenige, der mich gebeten hat, ein Auge auf sie zu werfen«, brummt der Mann und kneift die Augen zusammen. »Ich hätte wissen müssen, dass er mich nur reinlegen will. Ich wette, er denkt, dass es meine Schuld ist, wenn Violet anruft.«

Gwen rollt mit den Augen. »So gern du auch das Opfer spielst, Vinny, ich bezweifle, dass er denkt, du hättest etwas damit zu tun, dass Violet nicht auftaucht. So ist das nun mal bei Saisonarbeitern. Er weiß das; man kann nicht die halbe Insel besitzen und nicht wissen, wie das Geschäft läuft.«

Kal gehört die halbe Insel?

Die Erkenntnis, dass ich diesen Mann eigentlich gar nicht kenne, macht sich schwer in meinen Knochen bemerkbar.

Der Mann, den ich seit meiner Kindheit aus der Ferne beobachtet und bewundert habe, der in mir die Liebe zur Poesie, zur Natur und zum *Leben* geweckt hat, obwohl er genau das Gegenteil verkörpert, scheint ein ganz anderer zu sein als der, der mich gezwungen hat, hierherzukommen.

Ich bin mir nicht ganz sicher, wie ich die beiden unter einen Hut bringen soll.

Schließlich richtet sich Vinny auf, lässt die Hände fallen und spitzt die Lippen in einer kreisenden Bewegung. Gerade als ich mich wieder zum Gehen wende, stellt er Augenkontakt zu mir her, und ein erstickter Laut entringt sich seiner Kehle.

»Ernsthaft … *Frau*. Du kannst nicht gehen. Kal wird mich bei lebendigem Leib häuten, wenn ich nicht wie versprochen ein Auge auf dich werfe.«

Ich ziehe die Augenbrauen hoch und nicke mit dem Kinn auf den blauen Fleck, der sich auf seinem Nasenrücken ausbreitet. »Wenn du noch einmal versuchst, mich anzufassen, werde ich dir die Haut *abziehen*. Kallum ist weder mein Boss, noch brauche ich einen Babysitter.«

»Was du brauchst, ist Bargeld«, murmelt Gwen und rutscht die Theke hinunter, um sich um einen Kunden mit einem großen, lila Sonnenhut zu kümmern.

Vinny seufzt und macht einen Schritt auf mich zu. »Bitte mach es nicht schwieriger, als es sein muss.«

Seine Hand gleitet in die Tasche seiner Cargoshorts, und ich denke kurz an die wiederkehrenden Albträume, die ich in den Wochen nach meiner »einen Nacht« mit Kal hatte – wie sie immer so zahm anfingen, mit mir, wie ich auf einer schönen Wiese las oder schrieb und mich mit der Erde auf die ursprünglichste Weise verband.

Mateos Anwesenheit schien sie immer zu ruinieren, und sie endeten damit, dass ich mit einem chemisch verseuchten Tuch bedrängt wurde, bis ich ohnmächtig wurde.

Das Bild prallt so schnell auf mein Gehirn, dass ich einen kurzen Ausbruch von weißem Licht sehe. Dann verändert es sich, wird von meiner Vorstellung zu etwas Konkretem, etwas Realem.

Eine *Erinnerung*, nicht nur ein Traum.

Kal nähert sich mir auf meinem Balkon zu Hause und holt eine Spritze aus seiner Manteltasche. Ich habe sofort nachgegeben, einfach weil ich mich nicht wehren wollte.

Was hätte das für einen Sinn, wenn er mich trotzdem finden würde?

Erst zum zweiten Mal, an das ich mich erinnern kann, wurde mir eine Wahl gelassen. Eine beschissene Wahl, aber dennoch eine Wahl: Kal zu heiraten oder zuzusehen, wie er meine Lieben abschlachtet. Und danach wahrscheinlich mich.

Ich wusste, er könnte es tun.

Schlimmer noch, ich wusste, er *würde* es tun.

Das ist das Problem, wenn man sich mit Männern wie ihm abgibt; die Art, die Macht ausstrahlt, die weiß, wie man sie ausübt, und die weiß, was man tun muss, um sie zu behalten. Solche, die einem ins Gesicht spucken und dann ein Taschentuch anbieten, um es abzuwischen, sodass man ihm stattdessen etwas schuldet.

Die Art, die sehr wenig zu verlieren hat.

Seit ich auf der Insel bin, hatte ich keinen dieser Albträume mehr. Vielleicht liegt das daran, dass sich der Albtraum manifestiert hat.

Was auch immer der Grund ist, als ich sehe, wie Vinny einen ähnlich geformten Gegenstand herauszieht und ihn mit seinem Daumen öffnet, schalten meine Instinkte zum ersten Mal, seit das alles angefangen hat, auf Hochtouren. »Äh ...«, sagt Gwen, geht zurück an die Bar und betrachtet die Nadel in Vinnys Hand. »Hat er dir gesagt, du sollst sie *betäuben*?«

Vinny spottet. »Er sagte, ich soll sie im Auge behalten. Das kann ich ja wohl kaum tun, wenn sie nicht hier ist, oder?«

»Das wird bestimmt nicht gut für dich ausgehen«, murmelt sie und schüttelt den Kopf. Aber sie hält ihn nicht auf.

Er stürzt sich auf mich wie ein Jäger, der seine Beute im Visier hat, seine Hände greifen nach meinem Hals, und ich beuge mich der Bewegung.

Er ist stämmig, aber in der Sekunde, in der ich seine Handgelenke packe, ist klar, dass es ihm nur um die Glamour-Muskeln geht; er verliert seinen Griff leicht, die Spritze fällt aus seiner Faust und klappert auf den Boden. Er bückt sich, um sie zu holen, und stößt mir seinen Ellbogen ins Gesicht. Er trifft mein Auge, und ich stolpere durch die plötzliche Wucht zurück, während der Schmerz meine Stirn durchzuckt.

Ich kann bereits den Bluterguss spüren, das Blut gerinnt unter der Oberfläche meiner Haut.

Befriedigung durchströmt mich wie ein dichter Nebel und setzt sich tief in meiner Seele fest, während ich mich auf den Schmerz konzentriere und ihn nutze, um mich zum Handeln anzutreiben.

Ich hebe mein Bein, trete nach oben und ziele auf seine Leiste.

Als mein Schienbein ihn berührt, stöhnt Vinny lang und kehlig, wie ein Mann mit plötzlichen Mandelproblemen. Er kippt um, verliert die Nadel wieder, und ich trete noch einmal zu, dann gehe ich um ihn herum, während er sich auf allen

Vieren windet, greife mit meinen Fingernägeln nach seinen Ohren und ramme mein Knie in seine Stirn.

Er streckt die Arme in die Höhe und senkt den Kopf, eine Hand fällt auf den Boden. Ich werfe einen Blick auf Gwen, die mit einem gelangweilten Gesichtsausdruck zusieht, als würde so etwas ständig passieren.

Angesichts des völligen Desinteresses der anderen Kunden ist das vielleicht auch so.

Ich schiebe meinen Handtaschengurt weiter nach oben, hebe meinen Fuß und lasse ihn auf Vinnys Finger fallen, wobei ich das Knirschen seiner Knochen unter meinem Gewicht genieße. Er quiekt wie ein ausgeweidetes Schwein, seine andere Hand streckt sich und zuckt, als würde er leiden.

Ich will mich gerade abwenden, um den Ausgang wieder im Auge zu behalten, als ich ein scharfes Kribbeln an der Rückseite meiner Wade spüre. Als ich nach unten schaue, sehe ich, dass Vinnys Hand die Nadel von vorhin umklammert, die er schnell von der Stelle zieht, an der sie gerade in meine Haut eingedrungen ist.

Panik durchflutet meine Brust, und ich sehe zu Gwen auf, die mich mit großen Augen und leicht geöffnetem Mund anstarrt.

»Vinny …«, sagt sie, wobei sich ein Hauch von Sorge in ihre Stimme schleicht.

Er rollt sich auf den Rücken, wirft die Nadel hinter die Bar und fasst sich in den Schritt.

»Wie auch immer. Sie hat es verdient.«

Meine Brust zieht sich zusammen, während die Sekunden vergehen, meine Füße scheinen wie festgefroren zu sein, während ich beobachte, wie Vinny sich auf dem Boden windet. Mein Herzschlag beschleunigt sich, pulsiert so schnell und laut, dass ich nichts anderes mehr zwischen meinen Ohren hören kann, und die Angst krallt sich in meine Kehle und macht mir das Atmen schwer.

Ich drehe mich um, unsicher, was ich tun soll, oder wie

lange es dauern wird, bis das, was er mir gerade injiziert hat, anfängt zu wirken.

Gwen kommt nicht hinter mir her, auch nicht, als meine Füße sich bewegen, um mich zur Tür zu bringen. Ich schiebe sie mit zitternden Händen auf, blinzle gegen das Sonnenlicht und ignoriere die kühle Seeluft, nehme mir einen Moment Zeit, um meine Augen an die drastische Veränderung der Atmosphäre zu gewöhnen.

Mit klopfendem Herzen schaue ich die Gasse auf und ab und stelle fest, dass ich irgendwie durch die falsche Tür hinausgegangen bin. Ohne zu wissen, wie ich mich verlaufen habe, greife ich nach der Klinke, um wieder hineinzukommen, und stelle fest, dass sie hinter mir verschlossen ist.

Schluckend schlurfe ich die Gasse hinunter, wobei meine Augen bei jedem Schritt pochen, bis ich wieder auf der Hauptstraße zum Stehen komme.

Kal ist nirgends zu sehen, und der Gedanke, dass ich tatsächlich verlassen worden bin, dreht mir den Magen um. Verwirrung macht sich in meiner Psyche breit, Ablehnung schleicht sich ein und lässt mich wie einen Idioten fühlen.

Nur weil er dir seine Kreditkarte und ein paar Orgasmen gibt, heißt das nicht, dass er an mehr interessiert ist.

Außerdem sollte ich gar nicht mehr wollen. Seit unserer erzwungenen Vereinigung ist kaum Zeit vergangen, also was genau habe ich gedacht, was passieren würde? Dass er die Besessenheit erwidern würde, die ich mein ganzes Leben lang für ihn empfunden habe, und dass wir irgendwie einen Weg finden würden, es trotz der äußeren Hindernisse, die uns unbedingt auseinanderhalten wollen, zu schaffen?

Nein, Elena. Das ist kein Disney-Film oder ein romantisches Gedicht.

Dummes, dummes Mädchen.

Meine Anziehungskraft widersetzt sich der Vernunft und hält mich in diesem Gebäude gefangen, ohne dass ich überhaupt versuche zu entkommen.

Ich werfe wieder einen Blick die Straße hinauf und hinunter und spitze die Lippen, um zu überlegen.

Ich atme tief ein, ignoriere das Unbehagen, das in mir aufsteigt, richte meine Wirbelsäule auf und richte den Saum meines Kleides mit einer Hand.

Und dann renne ich.

KAPITEL
Fünfzehn

K aum hat meine Schwester den Mund aufgemacht, um Gift zu spucken, werde ich von einer Welle der Nostalgie überrollt, die mich fast von den Füßen haut.

Für einen winzigen Augenblick bin ich wieder ein Kind und stehe auf der versunkenen Betonveranda eines kleinen Hauses in North Carolina, während der Regen meine Kleidung an meine Haut näht. Wassertropfen perlen an meiner Nasenspitze ab, während ich warte, in der Hoffnung, dass dieses Mal vielleicht der Mann, der mir das Leben geschenkt hat, die Tür öffnet.

Meine Faust krampft sich um den Zettel in der Tasche meines Trenchcoats, den Abschiedsgruß meiner Mutter, den ich schon so oft gelesen habe, dass ich die Worte auswendig kenne. Audens *Funeral Blues*, gekritzelt von krebsgebeutelten Händen, ein einziges Leerzeichen über der Adresse eines Mannes, von dem sie nie sprach. Ein Mann, der dreizehn Jahre zuvor eine dunkelhaarige, geheimnisvolle Frau in einem Nachtclub kennengelernt, sie mit nach Hause genommen und danach nie wieder Kontakt zu ihr aufgenommen hatte.

Erst als sie ihn mit Beweisen für ihr gemeinsames Stelldichein aufsuchte, erfuhr sie, dass er verheiratet war.

Seine Frau hatte gerade ihren ersten Sohn zur Welt gebracht.

Er hat mich nicht gewollt. Er sagte meiner Mutter, sie solle sich um das Problem kümmern und nicht mehr vorbeikommen.

Das tat sie nicht.

Das heißt, sie kümmerte sich um mich.

Und so verbrachte ich das erste Jahrzehnt meines Lebens, ohne zu wissen, dass ich ein Außenseiter war. Das Produkt einer schlechten Entscheidung, die zustande kam, weil meine Mutter praktisch eine Heilige war und niemanden für ihre Fehler bestrafen wollte.

Trotzdem hat das Universum sie nicht belohnt.

Deshalb fand ich mich auf der Türschwelle meines Samenspenders wieder und betete, dass dreizehn Jahre den Schlag, ein Kind außerhalb seiner Ehe zu bekommen, vielleicht gemildert hätten. Dass er vielleicht froh wäre, einen weiteren Sohn zu haben, wie einen zusätzlichen Freund für den einen, der kein Bastard war.

Mit zugeschnürter Kehle warte ich vor der Tür, so wie ich diese Woche schon viermal gewartet habe, die Knöchel rot vom vielen Klopfen. Der Regenguss löscht das Geräusch nicht aus meinem Kopf; in meinem Kopf hört das Klopfen nie auf, auch nicht, nachdem ich meine Hand fallen gelassen habe.

Ehrlich gesagt, weiß ich nicht, was ich erwarte. Meine Mutter ist noch nicht einmal einen Tag unter der Erde, und schon suche ich nach einem Aushängeschild, das sie ersetzt.

Vielleicht bin ich so böse und egoistisch, wie mein Großvater immer sagt.

In dem großen Erkerfenster an der Vorderseite des kleinen weißen Hauses flackert ein Licht auf, und eine Sekunde später öffnet sich knarrend die Tür. Die Hoffnung blüht in meiner Brust wie die Sonnenblumen zu meiner Rechten, hell und weit, bereit, jedes Gramm potenzieller Nahrung aufzunehmen, das ich bekommen kann.

Stattdessen erscheint ein kleines Mädchen mit onyxfarbenem Haar, das ihr über den Rücken fällt, und umklammert die Tür mit ihrer Hand. Sie blinzelt mich durch die Eingangstür an, ihre großen Rehaugen spiegeln eine Unschuld wider, die meine nie hatten.

Ihr blasses, mondförmiges Gesicht wendet sich nach oben und starrt mich mit einem tausendjährigen Blick an, der mich schweigend verarbeitet.

Jetzt, wo mich dasselbe kleine Mädchen als Erwachsene wieder anstarrt, kann ich nichts gegen den Schmerz tun, der sich einstellt, als ich in die Gegenwart zurückkehre. Als ich sie damals sah, rannte ich weg, und alles in mir will diese Szene wiederholen, um so weit wie möglich von meiner Schwester wegzukommen, bevor meine Existenz sie ruiniert.

Eines meiner Beine bewegt sich, als wolle ich fliehen, aber Violet bemerkt das und huscht vor mir her, um mir den Weg zu versperren. »Oh, nein. Du wirst nirgendwo hingehen. Du hast mich mit einem Job auf diese beschissene kleine Insel gelockt, von dem ich *wusste*, dass er zu gut war, um wahr zu sein, da kannst du dich wenigstens erklären.«

Ich räuspere mich und werfe einen Blick auf ihr schwarzes Outfit, das meinem so lächerlich ähnlich ist, dass ich fast lache. Natur gegen Erziehung, schätze ich.

Ich kämpfe mit den Nerven, die in meiner Brust flattern,

stecke die Hände in die Taschen und zucke mit den Schultern.
»Ich würde sagen, du weißt bereits, warum du hier bist, Violet.
Du löst keinen der Schecks ein, die ich dir schicke, und du hast
mir die Möglichkeit genommen, Geld auf dein Bankkonto zu
überweisen. Das war der nächste logische Schritt.«

Sie wölbt die Brauen. »Eigentlich wäre der nächste *logische*
Schritt, mich in Ruhe zu lassen, so wie ich dich schon
hundertmal darum gebeten habe.«

»Nimm das Geld, das ich dir zu geben versuche, und ich
lasse dich in Ruhe.«

»Ich *will* dein Geld nicht!«, schnauzt sie und dreht ein paar
Köpfe der Leute um, die auf dem Weg vom Dunkin' Donuts
die Straße hinunter vorbeikommen. »Ehrlich, Kal, das ist eine
nette Geste, aber … sie ist nicht gerechtfertigt.«

Ich presse meinen Kiefer zusammen und atme scharf aus.
»Du ertrinkst in Schulden, Violet. Lass mich dir helfen.«

»Gott, du *verstehst* es nicht, oder?« Kopfschüttelnd macht
sie auf dem Absatz kehrt und tastet den Bürgersteig ab, als ob
sie nach Lauscherinnen und Lauscher Ausschau hält. Als ob
sich irgendjemand in Aplana für die Geschehnisse der anderen
interessiert – deshalb besteht die Insel das ganze Jahr über
hauptsächlich aus Touristen. Die Leute kommen hierher, um zu
fliehen.

Oder, in meinem Fall, um sich zu verstecken.

Sie kommen bestimmt nicht wegen des Klatsches, und die
Einheimischen wissen besser, dass sie ihre Nase nicht in meine
Angelegenheiten stecken sollten, auch wenn sie nicht genau
wissen, *warum* sie es nicht tun sollten.

»Trink eine Tasse Kaffee mit mir und erkläre es«, biete ich
an und nicke in Richtung Dunkin'. Ein seltsames Franchise-
Unternehmen für diesen Teil der Stadt, wenn man bedenkt, wie
viele kleine Läden die Straßen übersäen, aber es läuft erstaunlich gut.

»Ich will keinen Kaffee mit dir trinken. Ich will nicht einmal
hier *sein*, auf dieser Insel. Aber ich bin gekommen, obwohl

meine beste Freundin mir sagte, dass etwas nicht stimmt. Ich dachte, das ist eine Insel mit weniger als hundert Einwohnern, was kann da schon passieren?« Sie schnaubt scharf und verengt ihre Augen. »Gerade als ich anfing, dich zu vergessen.«

Ihre Worte sind wie ein Widerhaken, der direkt auf mein Herz zielt; er bohrt sich in den Muskel, flammt auf, hält sich fest und weigert sich, seinen Griff aufzugeben. Ich reibe mich an dem Schmerz, den sie verursachen, trete einen Schritt zurück und überlege, ob ich nicht doch wieder hineingehen und sie in Ruhe lassen sollte.

»Das ist dein Problem, Kal. Du willst eine Beziehung erzwingen, indem du Probleme behebst, die du als solche empfindest. Ich habe dich nicht um Hilfe gebeten, und ich bin mir verdammt sicher, dass mein Vater das auch nicht getan hat.«

Ich beiße mir in stillem Protest auf die Innenseite meiner Wange. *Ihr Vater.*

Nicht *unserer.*

Ich erwidere nichts, lasse zu, dass das Gewicht ihrer Worte sie zwischen uns hinunterzieht und sie an dem Ort verankert, an dem ich einst stand.

Schließlich atmet sie aus, ahmt meine Rückwärtsbewegung nach und schirmt ihre Augen mit einer Hand vor der Sonne ab. »Hast du … hast du das Mädchen wirklich entführt?« »Behältst du mich im Auge, Schwester?«

Sie rümpft die Nase. »Du kannst nirgendwo hingehen, ohne davon zu hören. Sie ist eine Mafiaprinzessin, Kal. Was denkst du dir eigentlich?«

Ein Teil von mir lacht fast wieder über die Herablassung, die aus ihrem Tonfall heraussickert.

Als ob ich Angst vor der verdammten Mafia hätte.

»Ich weiß, wer sie ist, und ich habe niemanden *entführt.* Elena hat mich aus freien Stücken geheiratet. Wenn du die schmutzigen Details wissen willst, wie sie mich verfolgt hat, dann gebe ich sie dir, sobald du einen meiner Schecks eingelöst hast.«

»Wollte sie nicht jemand anderen heiraten? Einen Reporter oder einen Journalisten?« Violet legt den Kopf schief und mustert mich. »Du weißt, dass sie seine Leiche gefunden haben, oder?«

Verärgerung brennt heiß auf meiner Zunge. »Ich bin mir nicht sicher, warum mich das etwas angehen sollte.«

Sie presst die Lippen aufeinander und blickt auf die Birkenstocks an ihren Füßen hinunter. »Wahrscheinlich tut es das nicht, und das ist ein Teil unseres Problems.«

Ich lasse meine Hände aus den Taschen gleiten, greife nach oben, zupfe am Kragen meines Hemdes und schüttle den Kopf. »Eigentlich haben wir kein Problem. Eigentlich haben wir nicht einmal eine Beziehung, wie du gewünscht hast.« Ich gehe in die entgegengesetzte Richtung die Straße hinunter und halte einmal inne, um das Erstaunen zu sehen, das ihre Züge färbt.

»Ich war arm, verstehst du. Die meiste Zeit meines Lebens war das meine Identität. Es ist scheiße, und ich würde es niemandem wünschen. Nicht einmal dem Mann, der mich bis heute nicht als den Seinen anerkennt.« Violet blinzelt und erinnert mich so sehr an das kleine Mädchen, das vor all den Jahren auf der Türschwelle stand und mich anstarrte, als wäre ich ein Fremder.

Was ich wohl auch bin. Auch jetzt noch.

»Ich werde Jonas sagen, dass du nicht mehr daran interessiert bist, hier zu arbeiten«, sage ich und gehe zurück zur Eingangstür des Flaming Chariot. »Sieh zu, dass du bis Sonnenuntergang von meiner Insel verschwunden bist.«

Und damit gehe ich wieder hinein.

KAPITEL
Sechzehn

Elena

Ich komme nicht sehr weit, da ich keine Zeit hatte, die Insel außerhalb von Kals Haus zu erkunden, und daher nichts über den Grundriss weiß.

Ich renne, bis ich nur noch ein paar Blocks von der Bar entfernt bin und merke, wie der Wind den Rock meines Kleides jedes Mal aufwirbelt, wenn meine Füße auf Beton treffen. *Wenigstens habe ich heute Unterwäsche getragen.*

Am Ende einer Verbindungsstraße befindet sich eine Bushaltestelle, und sobald ich sie erreiche, ducke ich mich. Ich versuche, nicht gleich paranoid zu werden, weil es drinnen keine Menschen gibt.

Um ehrlich zu sein, scheint es auf dieser Insel ohnehin nicht viele Menschen zu geben.

Ich bin sicher, dass die meisten von ihnen zu Fuß oder mit dem Auto unterwegs sind.

Zumindest sage ich mir das, als ich mich dem Ticketschalter nähere und nach einem Lebenszeichen im Inneren Ausschau halte. Das Licht im Büro ist aus, die Computerbildschirme sind schwarz. Es sieht aus, als wäre seit Wochen niemand mehr hier gewesen.

Seufzend lehne ich meinen Kopf gegen den Schalter und prüfe meinen Körper auf Anzeichen der Droge, die Vinny mir gespritzt hat.

Es sind schon einige Minuten vergangen und ich fühle mich nicht anders, nur nervöser als je zuvor, während ich darauf warte, dass die Symptome einsetzen. Ausatmend gehe ich zu einer der Plastikbänke vor dem Fenster, lasse mich darauf fallen und hole mein Handy heraus.

Der Name meiner Schwester blinkt über das Display und bittet um einen Videoanruf, den ich ablehne, da die Erschöpfung mein Gehirn vernebelt. Das Telefon vibriert wieder, eine ungespeicherte Nummer, die ich auswendig kenne, taucht auf und lässt das Organ in meiner Brust wie eine geschlossene Faust zusammenballen, die sich gegen weitere Verletzungen wehrt.

Ich lehne auch diesen Anruf ab, lasse mich auf die Bank fallen und lege meinen Kopf auf die Lehne.

Ich klopfe mit den Fingern auf mein nacktes Knie und denke über meinen nächsten Schritt nach. Wahrscheinlich bleibt nicht mehr viel Zeit, denn Kal kennt Aplana und ich nicht, und wahrscheinlich überwacht er auch mein Telefon. Ich bin nur wenige Minuten von der Bar entfernt, und ich weiß, dass der erste Ort, an dem er nach mir suchen würde, eine offenbar verlassene Haltestelle wäre.

Weil er schlau ist. Ein Raubtier durch und durch, jederzeit wachsam und aufmerksam, wie ein Löwe, der sich vor einem Angriff im Gras versteckt.

Ich könnte mich in einem Badezimmer oder einem Abstellraum verstecken. Vielleicht versuche ich, eine Tür zu finden, die sich abschließen lässt, oder meinen Geruch mit der Erde einer der Topfpflanzen in der Nähe des Ausgangs zu verdecken.

Aber tief in meinem Herzen weiß ich, dass das sinnlos ist. Kal hat mich nicht ohne Grund zur Frau genommen, also gibt es keine Chance, dass er mich für etwas anderes aufgibt.

Mit einer Hand, die sich wie Blei anfühlt, drehe ich mein Telefon um und frage mich, ob Mamma recht hatte, mich aus diesem Leben zu retten.

Wenigstens wäre ich mit Mateo kein Gefangener der Gefühle in mir gewesen; sie sind unbeständige Wellen, die hin und her schwanken und mich wie ein Schiff hin und her schaukeln, während ich versuche, mich zwischen meiner Verliebtheit und meiner Angst zu entscheiden. In letzter Zeit hat Ersteres die Oberhand gewonnen, und mein sexhungriges Gehirn schaltet sich kurz, wenn irgendein Teil von mir mit meinem Mann in Berührung kommt.

Letzteres ist jedoch die Option, die Sinn ergibt. Ich sollte ihn fürchten. Ich sollte meine ganze Zeit damit verbringen, herauszufinden, wie ich so weit wie möglich von ihm wegkomme, anstatt jedes Mal, wenn er in der Nähe ist, zu einer bedürftigen Pfütze zu zerfließen.

Wäre ich nicht so offenherzig gewesen, hätte er mich vielleicht nicht in diese Bar mitgenommen, und ich wäre nicht angegriffen worden.

Wenn er dich nicht allein gelassen hätte, wärst du vielleicht nicht angegriffen worden.

Mein Telefon klingelt wieder, dieselbe Nummer taucht auf; wider besseres Wissen gehe ich ran und drücke mit meinem kleinen Finger auf den Lautsprecher, während der

Rest meines Körpers sich anfühlt, als würde er Wasser aufnehmen.

»Wo zum Teufel bist du?« Kals Stimme ist kalter, harter Stahl, der wie ein Blitz auf mich einprasselt.

Ein träges Lächeln umspielt meine Lippen. »Willst du das nicht wissen?«

»Ich habe nicht die Angewohnheit, Fragen zu stellen, auf die ich keine Antwort haben will«, sagt er düster. »Das weißt du doch besser, Elena.«

Ich mache ein Gesicht zum Fenster. »Du klingst wie mein Vater.«

Eine lange, bedeutungsvolle Pause erstreckt sich über die Linie zwischen uns, und Hitze zeichnet sich auf meinen Wangen ab.

»Ja?« Kal stutzt. »Dann komm wieder her, damit ich dich richtig disziplinieren kann. Ich lege dich übers Knie und zeige dir, was ich davon halte, wenn du vor mir wegläufst.«

Die Spannung breitet sich in meinem Inneren aus wie ein unentwirrbarer Faden, der sich wie ein Spinnennetz zwischen meinen Schenkeln verheddert. Ich beiße mir auf die Lippe und versuche, die Wut, die in meiner Brust brodelt, im Zaum zu halten, auch wenn sich Wärme von meinem heißen Inneren nach außen ausbreitet und mein Körper bei dem Bild, wie ich mich vor ihm beuge, dahinschmilzt.

»Ich bin nicht vor dir weggelaufen«, lüge ich und schlucke die Emotionen hinunter, die in meiner Kehle aufsteigen. »Du warst nicht in der Nähe, als ich gegangen bin. Übrigens, danke, dass du mich *wieder* sitzen gelassen hast. Und danke, dass du ein Monster angeheuert hast, um auf mich aufzupassen.«

Er seufzt, und ich kann mir vorstellen, wie er sich in den Nasenrücken kneift und versucht, die Fassung zu bewahren. »Mir war nicht klar, dass Vincent ein Problem sein würde. Ich werde mich um ihn kümmern.«

Tränen brennen in meinen Augen, und ich schniefe, während ich sie abwehre und meine Knie an meine Brust ziehe.

Ich lege meine Wange auf mein Knie und tippe auf das Telefon, um die Zeit zu überprüfen. »Ich hasse es hier.« »Sag mir, wo du bist, und ich hole dich ab.«

»Nein«, sage ich und schüttele den Kopf, obwohl ich weiß, dass er mich nicht sehen kann. Meine Augenlider hängen herunter und verdunkeln das Plexiglas vor mir, und es fällt mir leichter, sie ruhen zu lassen. »*Hier*. Die Insel Aplana. Ich bin einsam.«

Er sagt mehrere Augenblicke nichts – so lange, dass ich mir ziemlich sicher bin, dass ich träume, wenn er das nächste Mal etwas sagt. »Ja«, stimmt er zu, und mit dieser einen Silbe verschwindet das Eis aus seinem Tonfall, sodass ich mich frage, womit genau er einverstanden ist.

Vielleicht war Hades auch einsam, und er hat Persephone in sein Reich geholt, weil er wusste, dass sie das Licht mitbringt.

Irgendwo in der Ferne knallt eine Tür zu, und das Geräusch hallt in den Dachsparren wider. Stimmen driften wie eine Gewitterwolke in meine Richtung, rau und wütend, als sie näher kommen.

Kal flucht unter seinem Atem. »Elena. Wo bist du?«

Müdigkeit überrollt mich, langsam und gleichmäßig, während sie mein Gehirn einhüllt und es schwierig macht, sich zu konzentrieren. Die Stimmen kommen näher, werden wütender, und wenn ich ihnen mehr Aufmerksamkeit schenken könnte, hätte ich wahrscheinlich Angst. Aber mein Verstand fühlt sich an wie ein verlorenes Floß auf dem Meer, das langsam auf den Wellen treibt, die mich forttragen.

»Wo bist du hingegangen?«, frage ich stattdessen. Zumindest *glaube* ich, dass ich frage, obwohl ich meinen Mund plötzlich kaum noch spüre.

»Ich musste jemanden treffen.«

»Ein Mädchen?« Ich kann den Biss der Eifersucht nicht verbergen; er entschlüpft mir wie der Schwanz einer Schlange und peitscht schnell. »Ja. Aber nicht, was du glaubst.« Eine Pause, dann ein Seufzer. »Meine Schwester.«

»Du hast eine Schwester?«

»Ja. Mehr oder weniger. Es ist ... kompliziert.« Kal räuspert sich, und ich frage mich, was er in diesem Moment tut. Ob er über Vinnys liegendem Körper steht, eine Waffe an seinen Schädel gepresst, und darauf wartet, ob ich in Sicherheit bin, bevor er seine Strafe vollstreckt. »Aber das ist jetzt egal, Kleine. Sag mir, wo du bist.«

»Ich weiß es nicht«, gebe ich zu, meine Worte kommen langsamer. Das Geräusch hinter mir wird lauter, Schritte stampfen auf den Zementboden, aber ich öffne meine Augen immer noch nicht. »Irgendein Busbahnhof.«

»*Busbahnhof*?« Eine weitere lange Pause, und dann flucht Kal wieder, etwas schlurft über die Leitung. »Du musst da raus, und zwar sofort.«

»Ich kann nicht«, sage ich, während die Wärme von vorhin durch meine Adern fließt und sich mein Inneres wie Gelee anfühlt. »Zu müde.«

»*Elena.*« Ich merke, dass er mit zusammengebissenen Zähnen spricht. »Die Droge, die Vincent dir gegeben hat, war eine verdünnte Version einer sehr starken Straßendroge, und sie wirkt wahrscheinlich gerade jetzt. Du musst dagegen ankämpfen und von dort verschwinden, wo man dich sehen kann.«

Lachen umgibt mich, Schatten werfen sich auf die Bank, auf der ich liege; ich sehe sie hinter meinen Augenlidern, aber ich bin zu müde, um sie zu öffnen und zu sehen, was los ist. Vielleicht ist das Personal von der Mittagspause zurückgekommen.

»Na, na«, sagt eine Stimme mit einem Akzent, den ich nicht ganz zuordnen kann, »was haben wir denn hier, Jungs?«

Und dann wird alles dunkel.

KAPITEL
Siebzehn

Kal

Ich bin kein Mann, der oft die Nerven verliert.

Wenn es um meine beiden Berufe geht, ist Angst ein Luxus, den ich mir nie leisten konnte.

Aber wenn die Leitung, die mich mit Elena verbindet, knistert und verstummt, sinkt die Sorge in den Kern meines Wesens, gräbt sich ein und schlägt Wurzeln. Ich blinzle die Wand in Jonas' Büro an und warte länger als nötig, um zu sehen, ob sich der Anruf von selbst wieder einstellt, bevor ich mit dem vergewaltigenden Wählton konfrontiert werde.

Es plärrt eine ganze Minute lang und verursacht einen

Krampf in dem Muskel unter meinem Auge, der meine Sicht leicht verdunkelt. Der Ton hallt noch lange nach, nachdem er verstummt und ich lege mein Telefon langsam auf Jonas' Metalltisch und drehe mich um.

Vincent sitzt mit Klebeband an einen Plastikstuhl gefesselt, eine von Jonas' schmutzigen Sportsocken in den Mund gesteckt, um sein jämmerliches Wimmern zu unterdrücken. Ich habe ihn kaum berührt, und schon hat er sich zweimal vollgepisst.

Ich hocke auf der Schreibtischkante, verschränke meine Finger ineinander und beobachte, wie er sich gegen seine Fesseln wehrt. Seine Angst würde so süß riechen, wäre da nicht die unausgesprochene Gewalt in seinem Blick, die mir sagt, dass es ihm nicht im Geringsten leid tut.

Das macht mir meine Entscheidung verdammt viel leichter.

Einen Moment später vibriert mein Handy, und eine eingehende SMS von Jonas blinkt über das Display.

Jonas: Station Dreizehn, an der Ecke Fifth und Poplar. Bin schon auf dem Weg.

Obwohl er in dieser Woche noch nicht in der Bar war, war Jonas immer noch in der Nähe und überwachte den Export eines Craft-Biers, an dem er in seiner Freizeit arbeitete. Ich hatte ihn in den Anruf einbezogen, als ich Elena anrief, für den Fall, dass er näher dran war und schneller zu ihr gelangen konnte.

Als ich die Bar betrat, lag er zu einem Ball zusammengerollt auf dem Boden, während Gwen versuchte, seine Hand zu verbinden, von der sie dachte, sie sei gebrochen, nachdem sie mir die Kurzzusammenfassung über den Vorfall gegeben hatte.

Als ich die weggeworfene Nadel auf der anderen Seite des Raumes bemerkte, ein Detail, das Gwen in ihrem Bericht nicht erwähnte, lächelte ich Vincent an und stampfte auf seine bereits verstümmelte Hand, wobei ich mich an dem verstümmelten Schrei erfreute, der aus seiner Brust drang.

Wenn sie vorher nicht gebrochen war, dann ist sie es jetzt.

Ich zerrte ihn mit Hilfe von Blue, der endlich von einer ausgedehnten Mittagspause zurückkkam, in Jonas' Büro und schlug ihm mit dem Handballen auf die geschwollene Nase, um sicherzustellen, dass auch der Knorpel aufbrach. Während ich mich säuberte und Elena anrief, ließ ich Blue Vincent an den Stuhl fesseln und knebeln und wartete darauf, von meiner Frau zu hören, bevor ich weitermachte.

Zu seinem Pech ist das Ende dieses Anrufs wahrscheinlich nicht das, was Vincent sich erhofft hat. Blue schaut aus der Ecke des Raumes zu, wo er auf einem alten Ledersofa sitzt, die Hand um den Hals einer Bierflasche geschlungen. Er trägt seinen Spitznamen wegen des ozeanähnlichen Blicks, den er auf mich gerichtet hält, schweigend und auf weitere Befehle wartend.

Ich nehme meine Anzugjacke vom Garderobenständer neben der Tür, schüttle sie aus und streife sie mir über die Schultern, während ich Blues ruhiges Verhalten betrachte. Er ist von seiner Pause zurückgekommen und hat sofort losgelegt, ohne Fragen zu stellen.

Das ist die Art von Qualität, die man bei einem Angestellten sucht. Ein Soldat.

Ohne viel über seinen tatsächlichen Hintergrund zu wissen, verraten mir der kantige, gepflegte Schnitt seines dunklen Haars und die Ankertätowierung, die unter seinem Hemdärmel hervorlugt, dass er wahrscheinlich eine gewisse militärische Erfahrung hat, was bedeutet, dass er etwas von Loyalität versteht.

Dass er hier als Türsteher arbeitet, macht mich weniger sauer auf Jonas und seine beschissenen Einstellungsqualitäten.

Ein bisschen.

"Du willst ihn einfach hier lassen?", fragt Blue, als ich auf die Tür zusteuere, und zieht eine dicke Augenbraue hoch.

Ich halte inne. "Hast du ein Problem damit?"

Er hält seine freie Hand hoch und schüttelt den Kopf.

"Nein. Ich wollte nur sicherstellen, dass wir auf derselben Seite stehen."

"Ich komme wieder und hole ihn. Lass ihn nicht aus den Augen, und lass niemanden herein, während ich weg bin."

Ich schließe die Tür hinter mir mit mehr Kraft als nötig und überprüfe schnell den Boden der Bar, um sicherzustellen, dass alle Gäste den Weg nach draußen gefunden haben. Nachdem ich Gwens dürren Arsch auf den Bordstein geworfen hatte, verkündete ich den wenigen Kunden, dass wir früher schließen würden, und verriegelte die Türen, damit niemand mehr hineinkam.

Ich schiebe die Hintertür zur Seite, schließe ab und gehe die Gasse hinunter zu meiner wartenden Limousine, wo ich dem Fahrer - der hier so oft wechselt, dass ich mir nicht die Mühe mache, seinen Namen zu lernen - unser Ziel mitteile. Er lenkt den Wagen durch die Straßen, die um diese Jahreszeit praktisch leer sind, bis er schließlich in die Fifth einbiegt und vor der Station Dreizehn anhält. Es ist kein aktiver Busbahnhof, schon seit Jahren nicht mehr. Die Primroses, die Mehrheitseigentümer der Insel, haben vor Jahren die Kosten für den öffentlichen Nahverkehr gesenkt, mit dem Argument, dass wir im Sommer nicht genug Touristen haben, um die Kosten auszugleichen.

Also wurden die wenigen Haltestellen, die wir hatten, entweder abgerissen und in etwas Rentableres umgewandelt, oder - auf der Südseite der Insel - wurden sie zu Brutstätten krimineller Aktivitäten. Vor allem diese hier ist für ihre zwielichtigen Machenschaften bekannt, aber das kann Elena nicht wissen, denn ich habe sie mitten in meiner Welt abgesetzt und absolut keine Erklärung abgegeben.

Ich habe sie aus einem Käfig genommen und in einen anderen gesteckt, möglicherweise umsonst, je nachdem, was ich dort finde.

Wenn sie ihr auch nur ein Haar gekrümmt haben, bin ich mir nicht sicher, was ich tun werde. Es ist lange her, dass mein

Blut nach einem Massaker geschrien hat, doch als ich aus dem Auto steige und auf die Glastür zusteuere, taucht genau dieses Bild in meinem Kopf auf.

Es wäre auch alles meine Schuld.

Dieses Wissen ist wie ein vergiftetes Messer in meinem Bauch, das einen schnellen und schmerzhaften Tod herbeiführen will. All das Gerede darüber, dass sie mir tot nichts nützt, und doch habe ich sie dem Tod direkt in den Weg gestellt.

Jonas kommt mir kurz vor der Tür entgegen, ein Plastikzahnstocher ragt aus seinem Mundwinkel. Er öffnet den Reißverschluss seiner Lederjacke und geht mit mir im Gleichschritt, während wir die Umgebung nach Anzeichen von Not oder Kampf absuchen.

Zunächst sehe ich keine; er geht wortlos zu den Toiletten und überlässt es mir, mich zu fragen, ob ich mir die Geräusche und Stimmen, die ich am anderen Ende des Telefons gehört hatte, nur eingebildet hatte.

Im vorderen Teil der Lobby fällt mir ein dunkler Haarschopf ins Auge, und ich erkenne die Gestalt auf den ersten Blick nicht wieder.

Elena liegt auf einer Plastikbank, der Saum ihres Kleides ist über ihre Oberschenkel geschoben, ihr Haar ist schweißverfilzt und ...

"Verdammte Scheiße", murmle ich, und die Wut gräbt sich in meine Knochen, verschmilzt mit dem Mark. Ich bleibe wie erstarrt stehen, mein Blick schweift über ihre bewusstlose Gestalt, mein Puls beschleunigt sich, während meine Wut ansteigt.

Das K, das in die Innenseite ihres Oberschenkels geritzt ist, ist so sichtbar, wie ihr Kleid sitzt, und teilweise wieder aufgeplatzt; Blutschlieren ziehen sich über ihre Haut, lang und breit, als hätte ihr Angreifer seine Finger über sie gezogen.

Er hat angefasst, was verdammt noch mal zu mir gehört.

Ich höre Jonas' Schritte, als er die Toiletten verlässt, und ich höre, wie er scharf einatmet, als er die Folgen der Tat in sich aufsaugt.

"Verdammte Scheiße", sagt er und fährt sich mit der Hand durch die Locken. "Ist das ..."

Ich schlucke den Ekel hinunter, der sich in meiner Kehle festsetzt, und nicke. "Sieht so aus."

"Wie ist das überhaupt möglich?", fragt er und zieht die Augenbrauen hoch. "Du hast vor kaum zehn Minuten mit ihr telefoniert, und schon wird sie zum zweiten Mal an diesem Nachmittag überfallen?"

Der Drang, die Männer, die ihr das angetan haben, zu verstümmeln, ist von überwältigender Intensität; sie dort liegen zu sehen, wehrlos und benutzt, löst in mir eine völlig intuitive Reaktion aus und setzt meine Seele in Flammen.

Jonas blickt mich an. "Glaubst du, sie ..."

Zähneknirschend unterbreche ich ihn mit einem kurzen Kopfschütteln, da ich nicht gewillt bin, mich mit diesem Gedanken zu befassen, obwohl es sicherlich nicht vielversprechend aussieht. "Bringen wir sie an einen sicheren Ort, und dann kümmere ich mich um eine vollständige Untersuchung."

"Sollte sie nicht in ein Krankenhaus gehen?"

Mein Kopf schnellt in seine Richtung und meine Nasenflügel blähen sich bei der halblauten Andeutung. "Meinst du, die finden etwas, was ich nicht finden kann? Etwas, das ich nicht behandeln kann?" "Nein, ich denke nur, dass sie vielleicht eine Verschnaufpause braucht. Du weißt schon, für den Fall, dass sie aufwacht und alles, woran sie sich erinnern kann, ist ihr Angriff und die Tatsache, dass du sie in einer seltsamen, offen gesagt schäbigen Bar allein gelassen hast."

Ich gehe um die Bank herum und notiere jede einzelne Schürfwunde, um sie für die Zukunft zu katalogisieren. Ein lila Striemen umklammert ihr Auge, und ihr Hals ist aufgerieben, als hätte jemand seine Hände darum gelegt. Ich lege meine Jacke ab, ziehe ihr das Kleid über die Oberschenkel und lege es über sie, so dass es ihren Körper umschließt.

"Glaubst du, dieser Ort hat ein Sicherheitssystem? Kamera, Audio?"

Jonas schaut sich um und runzelt die Stirn. "Ich kann mir nicht vorstellen, dass sie in einem größtenteils verlassenen Gebäude ihre Zeit damit verschwenden würden. Du weißt, dass die Kriminalität hier nicht so hoch ist wie in der Stadt. Es ist nicht ... organisiert."

Ich schiebe meine Arme unter Elenas Körper, stütze mich mit den Knien ab und hebe sie von der Bank, wobei ich darauf achte, dass die Jacke jede Unanständigkeit verdeckt. Ich wiege sie an meiner Brust, ignoriere den Gestank der Körperflüssigkeiten in ihrem Haar und trage sie zur Tür.

Meine Brust pocht, während ich gehe, Schuldgefühle blühen in mir wie ein Feld giftiger Blumen; eine einzige Nachgiebigkeit, und ich bin erledigt. Ein Sklave der Aggression und des Schmerzes, die ich sonst in Schach halte.

Jeder, der sie berührt hat, wird sterben.

"Anderson", sagt Jonas, als ich die Tür erreiche. Ich werfe einen Blick über die Schulter und sehe ihn vor dem Ticketschalter stehen, wo er eine Art Zettel mit dem Ricci-Symbol hochhält. Er zieht eine Augenbraue hoch.

Schwer atmend konzentriere ich mich auf das schwarze Blatt Papier und verlagere Elenas Gewicht, damit sie nicht zusammensackt. Mein Verstand rast und versucht, sich auf eine einzige Handlungsweise zu einigen, während das Blut in meinen Adern mit Elektrizität zum Leben erwacht und singend in einem Rausch durch mich pulsiert.

Die Notizkarte verhöhnt mich, ein Beweis dafür, dass Rafael und Carmen immer noch versuchen, die Behauptung aufrechtzuerhalten, dass ich ihre Tochter gestohlen habe, anstatt fair und anständig mit ihr zu verhandeln. Ich bin sicher, dass dies ein weiterer Trick war, um meine böse Existenz hochzuspielen. Wer auch immer Elena angegriffen hat, hat wahrscheinlich die Beweise mitgenommen, um mich schlechter aussehen zu lassen.

Aber woher wussten sie, dass sie hier sein würde? In meinem Kopf kribbelt es, um herauszufinden, ob Vincent etwas damit zu tun hatte oder ob es eine einzige Glückssträhne war, aber dann erinnere ich mich an die gebrochene Göttin, die in meinen Armen liegt. Im Moment ist es wichtiger, Elena medizinisch zu versorgen, also verlasse ich das Gebäude und lege sie auf den Rücksitz meines Autos. Als Jonas einen Moment später nachkommt, überlässt er mir die Fahrt, bevor er in eine andere Richtung fährt.

KAPITEL
Achtzehn

Elena

Als ich ein Kind war, versuchte meine Mutter, eines meiner blauen Augen mit einer warmen Kompresse zu behandeln. Sie schwor, dass sich das Blut durch die Wärme ablösen und ausdehnen würde und dass ich am nächsten Tag in die Schule gehen könnte, ohne mich zu schämen, weil ich mich *wieder* geprügelt hatte.

Es funktionierte nicht; stattdessen schwoll meine Haut durch die Hitze an, sodass ich zwei Tage lang auf diesem Auge nichts mehr sehen konnte. Ich trug in der Schule eine Augenklappe und schämte mich, als die anderen Mädchen tuschelten und auf mich zeigten, als ob blaue Augen in einer katholischen Privatschule für Mädchen nichts Besonderes wären.

Wir alle hatten mehr aufgestaute Wut, als unsere winzigen Körper verkraften konnten, eine Folge des Lebens, in das wir hineingeboren worden waren und das uns zwang, alles zu verdrängen, und es manifestierte sich oft in den Pausen in Form von fliegenden Fäusten und weggeworfenen Stiefeln.

Meine Eltern fragten nie, was passiert war, wenn ich mit einer neuen Schnittwunde oder einem blauen Fleck nach Hause kam, aber es gab immer ein kleines Glitzern in Papás Augen, das meine Brust mit einer zarten Wärme erfüllte. Ein Glitzern, das mir leise sagte, dass er stolz auf mich war, weil ich gekämpft hatte, auch wenn er die Umstände nicht kannte.

Das spielte keine Rolle, denn als Ricci liegt mir das Kämpfen im Blut. Es wird erwartet.

Ermutigt, in angemessenem Rahmen.

Als ich also meine Augen aufreiße und mich der harte, verärgerte Blick meines Mannes trifft, bin ich kurzzeitig verblüfft. Vor allem, weil ich nicht weiß, warum er mich so anschaut.

Ich blinzle mir den Schlaf aus den Augen und schaue mich im Zimmer um, wobei mir die schwarzen Möbel und die Vorhänge auffallen, die die Fenster unseres Schlafzimmers verdecken. Wäre da nicht der schwache Schein der Nachttischlampe, würden wir in völliger Dunkelheit sitzen.

»Hi«, krächze ich, wobei das eine Wort wie Feuer in meiner Speiseröhre kratzt.

»Trink«, sagt Kal tonlos und hält mir einen Styroporbecher mit Strohhalm hin. So geradeheraus und auf den Punkt, völlig emotionslos, als er meinen Blick erwidert.

Nicht einmal ein Anflug von Erleichterung.

Das sind schlechte Manieren am Krankenbett. Ich habe immer gehört, dass Dr. Anderson effizient, aber eiskalt im Umgang mit Patienten ist, aber bis jetzt habe ich das noch nie in Aktion gesehen.

Es ist … mächtig, sein Ton lässt keinen Raum für Argumente. Ein krasser Gegensatz zu dem ruhigen, aber leidenschaftlichen Mann, den ich kennengelernt habe, obwohl ich annehme, dass in einem medizinischen Umfeld nur wenig Platz für Leidenschaft ist.

Ich nehme das Getränk, nippe behutsam daran und versuche, einen kühlen Kopf zu bewahren, auch wenn die Flüssigkeit meine raue Kehle durchbrennt.

Ich schließe meine Lippen um den Strohhalm und betrachte ihn, während sein Blick auf mein Kinn fällt. Er trägt den Anzug, in dem ich ihn zuletzt gesehen habe, allerdings ist er jetzt zerknittert und weist verschiedene Flecken auf, und sein Haar ist völlig zerzaust und steht in seltsamen Winkeln ab, als würde er ständig mit den Händen durchfahren.

Ich frage mich, ob er sich schlecht fühlt, weil er dich verlassen hat.

Wahrscheinlich nicht, denke ich im Stillen und konzentriere mich auf die Schmerzen, die meinen Körper zieren.

Mein Auge hat einen Puls, stelle ich fest, und jeder meiner Muskeln fühlt sich zerfetzt und zerrissen an, als wäre ich gerade einen Marathon gelaufen, ohne vorher richtig zu trainieren.

Ich stelle die Tasse auf dem Nachttisch ab und strecke die Arme über den Kopf, als mich ein stechendes Gefühl durchfährt und meinen Körper erschaudern lässt. Ich lasse sie fallen, greife nach oben und fahre mir mit der Hand durch die Haare, halte inne, als ich auf harten Widerstand stoße.

»Was …« beginne ich und ziehe es an meinem Kinn vorbei, um die Sache zu untersuchen. Eine klare Substanz verfilzt die Strähnen, und ich rümpfe die Nase, um den Geruch einzuordnen.

»Das willst du gar nicht wissen«, knirscht Kal und faltet seine Hände zusammen.

Entgeistert ziehe ich die Augenbrauen hoch. »*Was ist passiert?*«

»Einige Männer haben dich am Busbahnhof gefunden«, sagt er mit tiefer, gefährlicher Stimme, die gegen meine Haut peitscht. »Ich weiß nicht, wer sie sind, oder ob sie mit etwas Größerem verbunden sind, aber das ist wohl auch egal. Der Schaden ist angerichtet.«

Übelkeit durchfährt mich, sprudelt in meiner Kehle hoch. Ich kneife die Augen zusammen und versuche, mich an die Ereignisse nach meiner Bewusstlosigkeit zu erinnern, aber alles ist verschwommen. Ein verschwommener Film ohne Ton, nur mit dem Gefühl, gefangen zu sein.

Ein Gefühl, dem ich mein ganzes Leben lang zu entkommen versucht habe, nur um mich immer wieder in seine Arme zu begeben.

»Was haben sie mit mir gemacht?«

Sein Kiefer zuckt, ein Muskel pocht gegen seine Haut. »Ich weiß es nicht. Ich habe darauf gewartet, dass du aufwachst, damit wir es herausfinden können.«

Wieder brennen mir Tränen in den Augen, und ich lasse mein Haar fallen, bereit, sie mir von den Wangen zu streichen, wenn sie überschwappen.

Aber das tun sie nie. Ich spüre, wie sie aufsteigen und meine Augen mit ihrer Anwesenheit versengen, aber es fallen keine. Die Scham rollt wie eine wütende Flutwelle durch mich hindurch, lässt mich heftig zittern, und ich balle meine Hände zu Fäusten und versuche, die Angst und die Verwirrung abzuwehren.

Eine Erinnerung drängt sich in den Vordergrund meines Gehirns: Ich habe mich gegen den Barkeeper gewehrt, den Kal gebeten hatte, sich um mich zu kümmern, und er hat mir seinen Ellbogen ins Gesicht gestoßen und dann mit einer Nadel zugestochen.

Als ich diesen Moment wieder erlebe, kommt alles andere zurück. Ich erinnere mich, wie ich rannte.

An Stimmen.

Kals Beharren darauf, dass ich zu ihm zurückkomme.

Und dann ... *nichts.*

»Ich erinnere mich an nichts nach unserem Telefonat«, sage ich ihm und blinzle die anderen Erinnerungen weg.

Sein Blick wird härter, die Augen werden dunkler, bis sie pechschwarz sind. Fast böse. »Du bist ohnmächtig geworden, bevor wir auflegen konnten. Die GHB-Dosis, die Vincent dir gegeben hat, war nicht stark genug, um eine unmittelbare Wirkung zu erzielen, aber ich merkte, dass es bei dir anschlug, je länger wir miteinander sprachen.«

»Er hat mich betäubt?«

»Ja.« Kal lehnt sich im Sessel zurück und drückt seine Knie fest an sich, so dass der Verband um seine Finger aufspringt und blutige, gebrochene Knöchel zum Vorschein kommen.

Die Farbe stimmt fast mit dem Farbton der Flecken auf seinem Hemd überein.

Ich starre auf das zerfetzte Fleisch, und in meinem Magen kribbelt es und in meiner Kehle schnürt es mir die Luft ab. Kal steht auf, geht zum Bett hinüber, setzt sich auf den Rand der Matratze und fasst mit seiner unverletzten Hand an mein Kinn.

»Hast du ihn umgebracht?«, frage ich und lehne mich in seine Berührung, auch wenn es weh tut. Bei ihm ist Schmerz eine Selbstverständlichkeit.

»Nein«, sagt er leise und dreht meinen Kopf langsam, wobei seine Augen jeden Zentimeter abtasten, um den Schaden zu begutachten. Ich runzle die Stirn und öffne den Mund, um zu protestieren, aber er schüttelt den Kopf und dreht mich nach vorne, sodass ich gezwungen bin, seinem Blick zu begegnen. »Willst du nicht zusehen?«

Ich wusste es.

Kal bricht das Schloss des Nebengebäudes mit einem Bolzenschneider auf, stößt das Scheunentor mit einer Hand auf und deutet mir mit der anderen, hineinzugehen. Meine nackten Füße treffen auf losen Schmutz, und die raue Kälte in der Luft veranlasst mich, die Arme um mich zu schlingen, trotz des dicken Bademantels, den Marcelline mir gegeben hat, als ich das Schlafzimmer verließ.

Nach einer kurzen, leicht invasiven Untersuchung, die sicherstellt, dass ich nicht *sexuell* missbraucht worden bin, gehen wir nach unten. Marcelline gab mir ein paar Schmerztabletten und wir verließen das Haus durch die Hintertür. Als wir um das Haus herumfuhren und die kleine Hütte in Sichtweite kam, fühlte ich mich bestätigt.

»Weißt du«, sage ich, als wir hineingehen, und versuche, über das nervöse Hämmern in meinen Ohren hinweg zu sprechen. »Dieser Ort ist ganz und gar nicht diskret. Das habe ich schon an meinem ersten Tag hier gemerkt.«

Kal blickt zu mir hinunter und schaltet ein Licht ein, das einen kurzen Flur erhellt. »Ich versuche nicht, es geheim zu halten.«

»Wirklich nicht?«

»Vor den Leuten auf der Insel? Wohl kaum.«

»Weil dir die Hälfte gehört?« Wir erreichen das Ende des Flurs und bleiben vor einer geschlossenen Tür stehen.

»Mir gehört nicht die Hälfte der Insel«, sagt er und entfernt einen Fussel von meinem Bademantel. »Ich bin ein Investor in vielen ihrer profitabelsten Unternehmen und habe mehrere Gewerbeimmobilien geerbt. Außerdem habe ich unheimlich viele Stunden ehrenamtlicher Arbeit in der einzigen Klinik der Gegend geleistet und spende regelmäßig für ihre Forschungsprogramme und andere Dinge, für die sie Mittel benötigen.«

»Also ... gehören dir die *Leute*.« Das würde wohl auch erklären, warum sich vorhin in der Bar niemand eingemischt hat. Wer will sich schon in die Angelegenheiten des Teufels einmischen?

»Du wärst überrascht, was die Leute bereit sind zu übersehen, wenn ihre Bedürfnisse befriedigt werden, und dann noch etwas mehr.«

Mit diesen Worten stößt er die Tür auf und gibt den Blick frei auf einen großen Raum mit Zementwänden, die mit Schränken gesäumt sind, und Vincent, der in der Mitte des Raumes ausgestellt ist, entkleidet, auf eine Trage geschnallt und mit einem schmutzigen Lappen geknebelt.

Unbehagen kräuselt sich in Form einer Gänsehaut auf meiner Haut, als ich die zentimetergroßen Wunden auf seinem Bauch und die blutgetränkte Gaze um seine linke Hand betrachte. Neben der Trage steht ein kleiner Wagen mit Rädern, auf dem verschiedene Werkzeuge liegen, daneben ein Tablett mit Fingernägeln.

Und nicht nur die abgeschnittenen Nägel.

Kal geht zu einem Handwaschbecken auf der anderen Seite des Raumes und spült sich die Hände unter dem Wasserstrahl ab. Er sieht mich an, während er sich abtrocknet, mit einem unleserlichen Ausdruck im Gesicht.

Ich schlucke den Knoten in meinem Hals hinunter, gehe hinein und lasse die Tür hinter mir zufallen. Vincent stöhnt, seine Augen weiten sich, als er mich sieht, und er beginnt, sich auf dem Tisch zu winden.

Er stemmt sich gegen seine Fesseln und schüttelt sich so heftig, dass die Liege hin und her rollt.

»Was wirst du mit ihm machen?«, frage ich und beobachte, wie er sich der Bahre nähert, und eine Ampulle und eine Nadel vom Beistelltisch holt.

Er blinzelt, dreht das Fläschchen um, sticht die Nadel in den Deckel und zieht die Flüssigkeit heraus. Er stellt die Glasflasche wieder auf und sieht zu mir auf, während er die Nadel in Vincents Hals sticht und den Applikator nach unten drückt.

Vincents Schreie werden immer lauter und intensiver, als ob sie mit Gewalt aus seinem Brustkorb entfernt würden.

Mein Herzschlag beschleunigt sich, je länger ich ihm dabei zusehe, wie er sich im Todeskampf windet, und ich frage mich, wie stark die Dosis ist, die Kal ihm gerade gegeben hat. Ob er ohnmächtig wird, bevor er das gute Zeug bekommt.

»Wir haben nicht viel Zeit«, sagt Kal und streift sich ein Paar Latexhandschuhe über. Er hebt eine Kreissäge vom Boden auf und steckt das Kabel in eine in der Nähe befindliche Steckdose.

Meine Lippen spalten sich. »Du benutzt *das*?«

Er blickt auf die Säge und nickt einmal. »Ich mache bei diesen Dingen keine halben Sachen, Elena. Männer, die mir in die Quere kommen, bekommen keine Gnade.«

Es geht nicht so schnell, wie ich erwartet habe, aber in der Sekunde, in der er die Klinge auf Vincents Brust ansetzt, kann ich nicht anders, als ihn anzustarren, hingerissen davon, wie sich Haut und Knochen für ihn aufspalten und sich Kals Präzision und Kraft beugen.

Wie Seelen, die sich für ihren Sensenmann beugen.

Während ich ihm bei der Arbeit zuschaue, steigt Hitze in meinem Inneren auf und erfüllt mich mit einem Unbehagen, das weniger mit dem Blut vor mir zu tun hat als mit der Tatsache, dass ich mich anscheinend überhaupt nicht davor ekele.

Ich warte darauf, dass sich der Schock legt, dass die Taubheit meinen Körper überflutet, während mein Gehirn versucht, das Trauma zu verdrängen, aber das passiert nicht. Ein kleines Feuer brennt in meiner Brust, als Kal das von Vincent öffnet, und ich presse meine Oberschenkel zusammen, um mich zu erleichtern.

Vielleicht liegt es daran, dass ich als Mafiaprinzessin aufgewachsen bin; der Tod ist mir definitiv nicht fremd.

Vielleicht liegt es aber auch daran, dass die Gewalt ein Tribut an mich ist und in meinem Namen auf eine Weise ausgeübt wird, wie es noch nie jemand für mich getan hat.

Wenn man in der Welt von *La Famiglia* aufwächst, lernt man, den Missbrauch zu ertragen. Man muss sich wehren, wenn man kann, aber im Großen und Ganzen wird von einem erwartet, dass man sich damit abfindet, vor allem, wenn Männer beteiligt sind.

Deshalb wollte ich Mateo de Luca trotzdem heiraten.

Deshalb dachte ich, ich könnte mit ihm umgehen.

Als Kal einige Minuten später fertig ist, sich mit dem Unterarm über das Gesicht streicht und Blut über seine Wange schmiert, überkommt mich eine berauschende, seltsame Welle der Erregung. Ich protestiere nicht einmal, zu sehr bin ich dem Sturm ausgeliefert, der in mir tobt und alles in seinem Regen zu ertränken droht.

Er führt mich durch unser Schlafzimmer in das Badezimmer und stellt mich vor die gläserne Dusche, um den Wasserhahn aufzudrehen. Seine Hände sind mit Vincents Blut verschmiert, seine Kleidung ist ruiniert, aber das scheint ihn nicht zu stören, als er nach mir greift.

Die Luft wird dick von Dampf und Lust und drückt schwer, je länger wir schweigend dastehen.

Er schiebt mir den Bademantel von den Schultern und lässt seine Augen auf den meinen ruhen, als hätte er Angst, den Blick abzuwenden, um den ätherischen Moment, der zwischen uns herrscht, zu zerstören.

Er lässt seine Finger unter den Saum meines Kleides gleiten, das gleiche rote Kleid, das ich seit gestern trage, und beginnt, langsam meine Oberschenkel hinaufzusteigen, und hält inne, als er meine Hüften erreicht.

Seine Kehle wippt, während die kühle Luft mein Spitzenhöschen streift und sich eine Gänsehaut auf meinen Oberschenkeln bildet. Er streicht mit dem Daumen über die Narbe an der Innenseite des linken Schenkels und runzelt die Stirn, als ich zusammenzucke und mir auf die Zunge beiße, weil der Schmerz von der Stelle ausgeht.

Mein Herz klopft unregelmäßig und schlägt gegen meine Rippen wie ein Monster im Käfig, das unbedingt befreit werden will. Das Selbstbewusstsein erhebt sein hässliches Haupt und ich frage mich, ob er es auch hören kann; wie peinlich es für meinen Mann wäre, wenn er wüsste, wie er auf mich wirkt.

Kal zieht mein Kleid weiter hoch, entblößt meinen Bauch

und hält erneut inne, als er zu meinen Brüsten kommt. In seinem Blick liegt eine gefährliche Hitze, die mein Inneres zum Schmelzen bringt, sich formt und für seine Berührung auf meiner Haut *brennt*.

Er bewegt sich noch weiter nach oben, seine Daumen streifen meine Brustwarzen und lassen sie erröten, während eine Röte über meine Brust kriecht. Mit einer schnellen Bewegung reißt er mir die Kleidung über den Kopf und wirft sie auf den Boden, dann tritt er einen Schritt zurück und nickt der Dusche zu.

»Brauchst du Hilfe?«, fragt er und reißt seinen Blick von meinem, der mich glühend zurücklässt.

Ich lecke mir über die Lippen, schüttle den Kopf und wende mich ab, um unter die heiße Brause zu treten, die den Dreck von mir abwäscht. Ich nehme das Stück Seife aus einem der eingebauten Regale und schrubbe mich ein, um alle Spuren der letzten vierundzwanzig Stunden von meiner Haut zu entfernen.

Mit dem Gesicht zur Wand, während ich mit den Händen über meinen Körper fahre, um nach weiteren Schäden zu suchen, höre ich die Tür knarren. Ich sehe, wie Kal an mir vorbei nach der Flasche Granatapfelshampoo greift, die ich von zu Hause mitgebracht habe, und beobachte, wie er sie großzügig in seine Handfläche gießt und dann seine Hände aneinander reibt. Sekunden später spüre ich, wie sie in mein nasses Haar eindringen und das Shampoo in meine Kopfhaut einarbeiten, massieren und kneten. Als ich einen Schnitt an der Innenseite meines Oberschenkels entdecke, knicken meine Knie ein und meine Hand rutscht zwischen meine Beine und streift meinen mit Spitze bedeckten Kitzler, während ich versuche, mein Gleichgewicht zu halten.

Die plötzliche Berührung vermischt sich mit der Sanftheit seiner Berührungen und ich unterdrücke ein Stöhnen, bevor es meinen Lippen entweicht.

Die Hitze knistert und brutzelt unter meiner Haut und

bringt mein Blut auf eine Weise zum Kochen, die mich nach mehr verlangen lässt.

Mit ihm will ich immer mehr.

Er bewegt mich so, dass mein Kopf direkt unter dem Wasser ist, und spült mich mit vorsichtigen Fingern ab.

»Das hast du gut gemacht, Kleines«, murmelt er, seine Stimme ist so sanft, dass ich zuerst gar nicht weiß, ob er überhaupt etwas sagt.

Meine Hände kommen hoch und stützen sich an der schwarzen Kachelwand ab. »Was?«

»Vincent abzuwehren. Nicht jedem an deiner Stelle wäre es so gut ergangen. Das hast du gut gemacht.«

Meine Kehle schnürt sich durch die Wärme seiner Worte zusammen, sie werden fester, während sie wie Honig über meine Haut streicheln. Schwerfällige Atemzüge stoßen aus meiner Brust, und es fühlt sich an, als würde ich hyperventilieren, während ich diesem Gefühl nachjage, weil ich es brauche, um die üblen Erinnerungen zu verbrennen.

Ich drehe mich langsam um und halte absichtlich den Atem an, da ich nicht weiß, wie er auf die Veränderung seiner Position reagieren wird. Er ist nah dran, knapp außerhalb der Gischt, lehnt sich halb vor, um zu helfen.

Er runzelt die Stirn, als ich mein Kinn anhebe, und öffnet den Mund, um etwas zu sagen, aber die Worte scheinen ihm auf der Zunge zu liegen, als meine Hände sich gegen die harten Flächen seiner Brust legen und um den Kragen seines Hemdes herum nach oben gleiten.

Mit einem langen und langsamen Ausatmen bewege ich mich nach vorne, stürze mich in seine Arme und ziehe ihn herunter, während ich ihn zum dritten Mal in unserer kurzen Ehe küsse.

KAPITEL
Neunzehn

Ich habe in meinem Leben weniger als eine Handvoll Frauen geküsst.

Ich habe weitaus mehr gefickt als das.

Küssen ist einfach nichts, was ich jemals besonders mochte.

Es ist zu intim. Zu verletzlich. Wenn deine Lippen mit denen eines anderen verschlossen sind, gibt es zu viele Variablen, die für einen Angriff offen sind, und ich habe mein Leben in höchster Alarmbereitschaft verbracht, immer in Erwartung eines Angriffs.

Aber als Elena sich an mich schmiegt, ihre Arme um

meinen Hals schlingt und meine Lippen auf ihre zieht, lasse ich sie gewähren. Es ist eine viel unschuldigere Geste als die Szenarien, die sich in meinem Kopf abspielen – Gedanken daran, sie gegen die Wand zu drücken und sie auf meinen Schwanz aufzuspießen, als ob das Trauma der letzten vierundzwanzig Stunden nicht schon genug wäre.

Ich sollte dem Ganzen nicht auch noch meinen eigenen Stempel aufdrücken wollen.

Ich weiß nicht, wie, aber jedes Mal, wenn sich unsere Lippen treffen, schmeckt sie verdammt göttlich; wie eine heilige Schrift, die geschrieben wurde, um mich von meinen Sünden freizusprechen, etwas Süßes und Saftiges und vollkommen zu rein für ihr eigenes Wohl.

Andererseits hätte mich eine völlig reine Seele wahrscheinlich nicht so angesehen, wie sie es tat, nachdem ich Vincent getötet hatte. Wahrscheinlich würde sie mich nicht küssen, während ich noch mit seinem Blut und seinen Eingeweiden bedeckt bin.

Vielleicht ist sie dunkler, als einer von uns beiden weiß.

Ihre Brüste pressen sich an mich, ihre Brustwarzen brennen auf meiner Haut, und ich steige in die Dusche, in *sie* hinein, da ich ohnehin durchnässt werde. Ich drücke sie nach hinten, sodass sie zwischen der Wand und mir eingeklemmt ist, greife nach unten und packe ihre Hüften, bis sie unter meiner Berührung wimmert.

Mein Atem ist heiß, wenn er über ihr Gesicht streicht, und ich muss mich dabei fast bewusst anstrengen, weil ich mich von dem geschmeidigen Gefühl ihres Mundes, der mit meinem kämpft, mitreißen lasse. Sie ist hektisch, auf einer Mission, sich zu nehmen, was sie von mir will, und ich stöhne auf, als sie an meiner Unterlippe knabbert, meine Entschlossenheit bröckelt durch den leichten Stich, mein Schwanz versteift sich hinter meinem Reißverschluss.

Ich lasse meine Hände von ihren Hüften gleiten, umfasse die festen Rundungen ihrer Arschbacken und schiebe mein

Becken nach vorne, um sie anzuheben. Sie steigt in die Bewegung ein, ohne unseren Kuss zu unterbrechen, und wir schreien beide auf, als sie ihre Beine um meine Taille schlingt und ich sie mit dem Rücken gegen die Kachelwand stoße.

»Ich will dich«, murmelt sie in meinen Mund und seufzt leise, als ich eine Hand hochnehme und den kleinen Granatapfel auf ihrer Haut nachzeichne, bevor ich mit dem Daumen über eine der steifen Brustwarzen streiche.

Das Wasser ergießt sich über uns, ihr Kopf ist gerade noch aus der Fontaine heraus zu sehen, und sie blinzelt mich mit diesen goldenen Augen an, die vor *Verlangen* erröten.

Ich weiß, dass sie mich will – das war schon immer Teil des Problems.

Aber jetzt, wo sie ihren herrlichen Körper zur Schau stellt, ihre schweren Brüste, die sich mit jedem ihrer stotternden Atemzüge heben und senken, ihre Muschi, die dort pulsiert, wo sie auf meinen Bauch trifft, das Wasser, das über jeden Zentimeter Haut streichelt, über den ich mit meiner Zunge fahren möchte – da kann ich mich an nichts anderes erinnern als an die Tatsache, dass sie *mir* gehört.

Unabhängig von der Situation, die uns an diesen Punkt gebracht hat, oder dem Mangel an Liebe oder Realität, zwischen uns bleibt dieser Vorbehalt bestehen.

»Bist du dir sicher?« Ich kann nicht anders, als zu fragen, denn ich brauche eine verbale Bestätigung, nachdem ich sie vorhin untersucht habe.

Sie nickt. »Mach mich zu deinem.«

Ich reiße mich von unserem Kuss los, neige meinen Kopf und schiebe ihren Hintern nach oben, bis ich eine Brustwarze in den Mund nehmen kann; ich strecke meine Zunge in schnellen, kurzen Stößen aus, und ihr ganzer Körper erschauert. »Oh, meine kleine Persephone«, sage ich und ziehe langsam Kreise um die zartrosa Spitze, wobei ich Augenkontakt halte, während ich mich über sie hermache. »Das bist du bereits.«

Trotz des violettfarbenen Blutergusses um ein Auge kneift

sie beide zu, als ich meine Lippen über ihr schließe und an ihr sauge und herumfahre, bis sie eine keuchende, sich windende, katastrophale Schönheit ist. Ihre Finger kämmen sich durch mein nasses Haar und ziehen, was sie zu noch mehr ermutigt, und sie reißt ihre Hüften nach vorne, während sie darum bettelt.

Ich ziehe mich zurück, lasse ihre Titte mit einem feuchten Knall los und wiederhole mein Vorgehen an der anderen; ich lege meine Zungenspitze auf die Unterseite und fahre nach oben, ersetze die Wassertropfen durch meine DNA und verschlinge sie, als ich die Brustwarze erreiche.

Meine Finger graben sich in das Fleisch ihres Hinterns, was definitiv blaue Flecken hinterlässt, aber das ist mir in diesem Moment völlig egal.

Ich will sie mit meinen Spuren bedecken. Verschmiert von meinen Fingerspitzen, die Lippen rot und rau von meinen eigenen, die Muschi geschwollen und mein Sperma triefend.

Gebrochenes und blutendes Fleisch für *mich*.

Nach dieser Nacht will ich, dass es keine Verwechslung mehr gibt, in wessen Bett sie nachts liegt. Wessen Schwanz sie nimmt, egal, wie ich ihn gebe. Wessen Blut für ihres schreit.

Meine Körpertemperatur steigt bei dieser Vorstellung in die Höhe, und der Drang, sie so schnell wie möglich zu brandmarken, beherrscht mein Handeln. Ich streiche einmal sanft mit den Zähnen über sie und teste ihre Reaktion; sie krümmt sich darin, als würde sie stumm um mehr betteln. Ich nehme ihre Brustwarze zwischen die Zähne und beiße zu, beobachte, wie ihr Kinn hochschnellt und ihre Augen aufspringen.

»*Verdammt*«, haucht sie und ihre Finger krallen sich in mein Haar. »Gefällt dir das?«, murmle ich und verstärke den Druck. Ihre Kehle zieht sich zusammen und sie nickt.

Grinsend kneife ich erneut zu, lasse sie fallen, während ich tiefer gleite; ich schiebe meine Arme um ihre Schenkel, sodass ich sie über meine Schultern legen kann, und lasse mich auf die Knie auf dem Duschboden fallen. Ihr hellrosa Höschen ist durchnässt, was nichts daran ändert, dass die Umrisse ihres geschwollenen Geschlechts meinem hungrigen Blick entgehen.

Ich lecke mir über die Lippen und schaue zu ihr hoch, während meine Hände an ihren Schenkeln hinaufgleiten und einen Daumen unter den Stoff an ihren Hüften schieben. Da ihr Höschen aus Spitze ist, reiße ich es mühelos auf und werfe es beiseite, um einen Moment lang das seidige Fleisch zwischen den Schenkeln meiner Frau zu bewundern.

Eine ihrer Hände wandert zu ihrer Brust und knetet sie sanft. Bei jeder Bewegung, die ich mache, beobachtet sie mich mit leuchtenden Augen. Ich bewege mich vorwärts, fahre mit meinen Lippen an ihrem Oberschenkel entlang, und sie wendet ihren Blick nicht ab.

Ich halte inne und sehe den neuen Schnitt von demjenigen, der sie an der Haltestelle belästigt hat; ein Schlitz, der von einem Amateurmesser in ihre Haut geschnitten und am Ende des K eingeritzt wurde, das ich dort angebracht habe.

Elena blinzelt mich an, und in ihren Augen spiegeln sich Emotionen wider, als würde mein Zögern jede schlechte Erinnerung wieder aufleben lassen. Ich beiße kurz die Zähne zusammen und stoße mit den Zähnen in die Wunde, um sie wieder zu öffnen.

Sofort perlt Blut in der Wunde, und ich bedecke die Stelle mit meinem Mund und lasse meine Zunge langsam über die kupferfarbene Flüssigkeit gleiten.

Ich wirble hin und her, lasse sie meine Geschmacksknospen tränken und erfreue mich an ihrem mangelnden Widerstand.

In dem ehrfürchtigen Blick, der in ihrem Gesicht glänzt.

Sie zittert und krallt sich in meine Kopfhaut, während ich an der Stelle sauge, verzweifelt, um mir den Geschmack einzuprägen, aber sie unterbricht ihren Blick nicht. Als wäre ich der Schauspieler in einem Theaterstück, das zu ihrem eigenen Vergnügen aufgeführt wird, und sie kann es nicht ertragen, den Blick abzuwenden, weil sie sonst etwas Wichtiges verpasst.

Sie will eine Show, ich werde ihr ein Feuerwerk bieten.

Ich gleite an der Wunde vorbei, lasse mich nach innen treiben, verschmiere ihr Blut und genieße die Art und Weise, wie das Purpurrot ihre cremefarbene Haut ergänzt, wie ein Feld aus roten und weißen Mohnblumen.

Mein Inneres verkrampft sich, als ich ihre glitzernde Muschi erreiche, mit meiner Nase über ihre Lippen streiche und den Geruch ihrer Erregung einatme. Ich schlinge meine Arme um ihre Schenkel und drücke sie gegen die Wand. Langsam tauche ich ein, spalte sie mit meiner Zunge und schnippe mit der Spitze an ihrem Kitzler.

Bei der ersten Berührung ihres empfindlichen Fleisches schreit sie auf, ihre Beine zittern bereits an meinen Ohren, als hätte sie genau auf diesen Moment gewartet.

Das spornt mich an, schickt eine Schockwelle über meine Wirbelsäule, und ich verdopple meine Anstrengungen, verschmelze meinen Mund mit ihrem triefenden Kern, lecke und wirble und necke sie, bis *ich* in ihr stöhne, berauscht von ihrem süßen Geschmack.

Vor der Nacht, die wir zusammen verbracht haben, war ich seit Jahren mit niemandem mehr zusammen. Nach einer etwas chaotischen Phase nach einem Liebeskummer stürzte ich mich in die Arbeit und versuchte, eine Beziehung zu meiner Schwester aufzubauen, wobei ich mir die grundlegenden fleischlichen Freuden des Lebens versagte.

Bis letztes Weihnachten hatte ich nicht gemerkt, dass mir etwas fehlte.

Mir war nicht klar, dass ich praktisch ohne eines meiner Glieder lebte und versuchte, das Leben zu meistern, als ob nichts geschehen wäre.

Ich war verzweifelt, wollte unbedingt in ihr versinken, nachdem ich sie so lange aus der Ferne begehrt hatte. Sie war genauso wild, passte sich meiner Energie bei jedem Stoß an, war begierig, jedem meiner Befehle zu gehorchen, und unsere Zeit war kurz gewesen. Ein Funke, der schnell aufflammte und erlosch, bevor er sich voll entfalten konnte.

Ich habe nicht die Absicht, dass das jetzt der Fall ist.

»*Kallum* ...«, würgt sie hervor, stemmt ihre Hüften in die Höhe und drückt sich fester an mich. »Bitte.« Ihre Klitoris pulsiert unter meiner Zunge, und ich sauge gierig an ihrem pochenden Inneren, als wäre sie das Gegengift für ein Leben voller Elend. Ihre Bewegungen lassen Elektrizität durch meine Adern fließen, und ich stoße schneller und heftiger zu, um mehr Reibung an ihr zu erzeugen.

»Bitte was?«, frage ich, ohne mich von ihrer Muschi zu entfernen; die Worte vibrieren auf ihrer Haut, und sie zittert heftig, am Rande der Erlösung.

Ich verlagere meine Bemühungen, wende meine Zunge leicht und wechsle zu Bewegungen gegen den Uhrzeigersinn, ich verlangsame das Tempo, bis sie ihren Kopf zurückwirft und die Bewegungen mitmacht.

Halte inne, als ich keine Worte von ihr höre, hebe eine Augenbraue und ziehe mich zurück. Sie ächzt, reißt an meinen Haaren und versucht, mich dazu zu bringen, wieder hineinzugehen.

»Bitte was, Elena?«, wiederhole ich, meine Stimme ist rau.

Sie runzelt die Stirn, ihre Augenbrauen ziehen sich zusammen. »Du weißt schon, *was*.« »Ich will hören, wie du es sagst.«

Sie lässt die Spannung auf meiner Kopfhaut los, ihre Finger werden schlaff, und sie blickt auf mich herab.

»Du machst Witze, oder?«

»Ich würde nie scherzen, wenn es darum geht, dich kommen zu lassen.« Mein Schwanz ist steinhart, wenn ich nur daran denke.

»Warum *tust* du es dann nicht einfach?«

»Das werde ich«, verspreche ich und betone das Wort mit einem Lufthauch auf ihrer Klitoris. Sie zuckt zusammen, ihre Finger verankern sich wieder in meinem Ansatz, ihre Kehle arbeitet an einem Schluck. »Sobald du mich darum bittest.«

Zähneknirschend bläht sie ihre Nasenlöcher auf, denn ihr Gehirn hat wahrscheinlich Schwierigkeiten zu verarbeiten, was genau ich ihr sage, was sie tun soll. In jeder anderen Situation hätte sie es wahrscheinlich schon getan, aber in diesem exotischen Schwebezustand, in dem die Erlösung zum Greifen nahe ist, ist Gehorsam das Letzte, was ihr in den Sinn kommt.

Dennoch wimmert sie nach einem Schlag frustriert. »*Bitte* lass mich kommen, Kallum. Ich *flehe* dich an.«

Noch bevor sie den Satz zu Ende gesprochen hat, dringe ich wieder in sie ein, spreize sie mit meiner Zunge, bevor ich wieder hochfahre und mich an ihrer Klitoris ergötze. Sie schwillt unter meinen Berührungen an, pulsiert im Takt meines Herzschlags, und als ich schließlich Achten über die sensible Oberfläche ziehe, bricht sie zusammen.

Ihr Mund öffnet sich zu einem stummen Schrei und ihre Schenkel ziehen sich um meine Ohren zusammen. Sie zerrt an meinen Haaren, bis der Schmerz über meine Kopfhaut schießt, so stark, dass er ihr den Atem zu rauben scheint.

Ich schlürfe ihre Säfte, die sich mit dem Wasser der Dusche vermischen, und explodiere fast selbst, als sie mein Gesicht tränkt.

Als eine Welle nach der anderen der Lust durch sie rollt, wie ein Tsunami nach einem Unterwasser-Erdbeben, krümmt und wölbt sie ihren Rücken, als ob sie versuchen würde, die Empfindungen zu verlängern.

Schließlich sackt sie gegen die Wand, und ich ziehe mich zurück, lecke sie ein letztes Mal entlang ihrer Naht, bevor ich meinen Mund an der Innenseite ihres Oberschenkels abwische und ihre Beine sanft aus dem Griff um meinen Hals löse.

Sie keucht atemlos, während ich mich aufrichte, mein Schwanz ist so hart, dass ich kaum noch geradeaus sehen kann. Sie blickt auf ihn hinunter, während er gegen meine Hose drückt, und lächelt, während sie mit einer zittrigen Hand über seine Länge streicht.

Ich zucke bei ihrer Bewegung zusammen und bin wahrscheinlich nur eine Sekunde davon entfernt, zu platzen. Ihr nackter Körper scheint fast zu glühen, als sie vorwärts tritt und sich noch einmal an mich schmiegt, eine Einladung in ihren goldenen Augen.

»Bist du dran?«, fragt sie, aber ich schüttle den Kopf und greife nach unten, um sie erneut in meine Arme zu ziehen. Ihre Beine schließen sich sofort um mich, und ich drehe mich so, dass wir gegen die Glastür der Dusche gelehnt sind, und halte sie mit meinen Hüften hoch, während ich mit meinem Reißverschluss herumfummle.

»In deinem Mund wird es nicht lange dauern«, stoße ich hervor, und meine Hände haben Mühe, mit dem rasenden Verlangen Schritt zu halten, das mich durchströmt. Ich halte inne, lasse meinen Blick über die feuchten Kurven ihres Körpers gleiten, bin beeindruckt von den weichen Flächen, den zarten Wölbungen, den Fingerabdrücken, die ich bereits hinterlassen habe. »Ich muss noch einmal in dieser süßen Muschi kommen.«

»Ja«, zischt sie und greift zwischen uns, um mir zu helfen, mich auszuziehen.

Ihr Atem stockt, als mein Schwanz frei wird, eine glitzernde Perle blubbert an der Spitze, ein Beweis dafür, wie sehr ich sie will. Sie beißt sich auf die Lippe, sieht mich unter ihren verdeckten Wimpern an und legt ihre Finger um meinen Schaft, wobei sich die Spitze nicht ganz berühren, und zieht sie langsam auf und ab.

Ich stöhne, lasse meine Nase in ihr Haar gleiten und atme tief ein. Ihre Bewegungen lassen Funken durch mich sprühen, die meine Eier bis zu dem Punkt ergreifen, an dem sie schmerzen, weil ich sie loslassen will.

»Herrgott«, krächze ich und umklammere ihre Oberschenkel, bis ich spüre, wie die Haut bricht, »ich kann nicht, Elena. Du fühlst dich zu gut an, und ich komme nicht beim ersten Mal in deiner Hand.«

»Technisch gesehen ist es das vierte Mal«, sagt sie, beschleunigt ihr Pumpen und zieht ihren Griff fester an, bis meine Sicht verschwimmt. »Komm für mich, *Kallum*.«

Wieder schüttle ich den Kopf, stoße ihre Hand weg und drücke ihren Hintern gegen das Glas dahinter.

»Das werde ich, verdammt noch mal, Kleines.« Ich nehme meinen Schwanz in die Hand, pumpe einmal und positioniere mich an ihrem Eingang. »Und du wirst dir wünschen, du hättest die Tür nicht geöffnet. Wenn ich mit dir fertig bin, werde ich dich so vollgepumpt haben, dass es aus deinen Poren sickern wird. Du wirst mich *ausschwitzen*, und niemand sonst wird dich je wieder anfassen.«

Mit meiner freien Hand umfasse ich ihr Kinn, erzwinge den Blickkontakt und dringe dann in sie ein, wobei ich langsam die gesamte Länge in ihrer feuchten Hitze versenke.

Sie umarmt meinen Hinterkopf und zieht mich in einen heißen Kuss mit offenem Mund, und wir stöhnen gemeinsam auf, als sich unsere Körper vereinen, was unsere Ehe legitimiert und meine Besessenheit ein für alle Mal festigt.

KAPITEL
Zwanzig

Elena

Ich fühle mich erfüllt.

Das ist der einzige Gedanke, der mir durch den Kopf geht, während Kal mich auf seinem Schwanz aufspießt und die Spitze praktisch meine Gebärmutter kitzelt, während er in den Griff stößt. Die Erregung staut sich in meiner Kehle und blüht in meiner Brust auf wie eine Blume nach einer anstrengenden Nacht; ein Blütenblatt nach dem anderen entfaltet sich, bis die Knospe sich ganz streckt und bereit ist, das Sonnenlicht aufzusaugen.

Er bewegt sich langsam, *schmerzhaft* langsam, unsere

Münder verflechten sich zu einem Kuss, den ich bis in die Zehen spüre. Er stützt sich mit den Oberseiten seiner Oberschenkel auf mir ab und krallt sich in meine Pobacken, um mich auf und ab zu ziehen, als wolle er mich an die Bewegung gewöhnen.

Sicher, es ist Wochen her, seit ich ihn das letzte Mal in mir hatte, aber ich benötige keine Aufwärmphase. *Will* keine; meine Muschi krampft sich bei jedem Stoß zusammen und versucht, ihn an Ort und Stelle zu halten, und mein Körper rast auf eine weitere Erlösung zu, wenn er diesen süßen Punkt erreicht.

Aber dann zieht er sich zurück, zieht ihn heraus, nur um ihn wieder hineinzustoßen, und das Fehlen einer unmittelbaren Erfüllung lässt mich meine Fingernägel in seinen Nacken graben und versuchen, ihm näherzukommen.

Als er seinen Mund von meinem löst, stößt er einen zittrigen Atemzug aus, blickt zwischen uns hin und her und beobachtet mit glasigen Augen, wie er in mir verschwindet.

Tropfen aus der Dusche regnen auf seine Haut, haften an den nassen Strähnen seines pechschwarzen Haares und durchnässen seine Kleidung. Letzteres scheint ihn jedoch nicht zu stören, er konzentriert sich stattdessen auf die Nacktheit vor ihm.

Die Lust, die sein Gesicht erröten lässt, lässt meinen Magen sich köstlich drehen, aber es ist immer noch nicht genug.

»*Kallum*«, schreie ich und weiß nicht mehr, wie oft ich seinen Namen schon gesagt habe. Er stemmt seine Hüften nach vorn, sodass unsere Haut aneinander schmilzt, und ich schmiege mich verzweifelt an ihn.

In seinen Augen blitzt etwas Unheimliches auf, als er zu mir aufsieht und eine Augenbraue hochzieht.

»Stimmt etwas nicht?«, fragt er und setzt seine sinnliche Attacke fort.

An seinem Mundwinkel sammelt sich noch eine Perle meines Blutes, und ich beuge mich vor, lecke sie mit der

Zungenspitze ab, genieße den metallischen Geschmack, und mein Körper erglüht wie am vierten Juli, als ich mich daran erinnere, wie es sich anfühlte, als er es aus mir herausgesaugt hat.

Der leichte Schmerz wird von dem verrückten Glitzern in seinem dunklen Blick übertönt, während er saugt und leckt, als wäre es der Saft eines Granatapfels und *er* würde in der Unterwelt verhungern.

Ich nehme seine Unterlippe zwischen die Zähne und ziehe kräftig daran, weil ich es genieße, wie diese Geste ihn dazu veranlasst, noch fester in mich zu stoßen. Ich schnappe nach Luft und versuche, mir das Gefühl zu vergegenwärtigen, ihn ganz in mir zu haben, und dann zieht er sich auftragend zurück.

»Was ist los? Ist mein Schwanz nicht genug für meine nuttige kleine Frau?« Er unterstreicht jedes Wort mit einem scharfen Stoß seiner Hüften, seine Spitze stößt gegen meinen G-Punkt, sodass mir schwindelig wird.

»Mehr«, krächze ich, bewege meine Hüften und versuche, die Bewegungen selbst zu steuern.

Er kneift mir in den Hintern und drückt mit der flachen Hand auf eine Wange. »Ich versuche, es langsam.«

»Ich *brauche* es nicht langsam«, sage ich.

Mit einem finsteren Kichern zieht er sich zurück, bis er kaum noch in mir ist und meine Muschi sich um die Luft krampft. »Ich habe es nicht für dich getan, Kleines.«

Kal stemmt seine Hüften und fickt mich auf einmal so hart, dass die Glastür in den Angeln klappert. Meine Handflächen klatschen gegen das Material, rutschen mit der Kraft jedes brutalen Stoßes ab, die Spannung in meinem Bauch krampft sich zusammen und droht, sich jeden Moment zu lösen.

»Gute kleine Ehefrauen brauchen gute Ficks«, sagt Kal und presst seine Lippen auf meine Schläfe. »Und ich habe dich vernachlässigt, nicht wahr?«

»Gott, *ja*«, jammere ich, meine Stimme tief und rau, als wäre sie über Kohlen geharkt und knusprig gebrannt worden. Mein Kopf stößt gegen die Tür, während er mich fickt, und ich schlinge meine Arme um seinen Hals, um nicht zu fallen. »*Ja, verdammt, bitte. Genau da.*«

»Hier gibt es keine Erlöser«, sagt er und seine Zähne streifen meine Stirn. »Nur ich, dein Mann, der dich mit in die Hölle schleppt.«

Wenn das die Hölle ist, sperr mich ein und wirf den Schlüssel weg.

Die Spannung in meinem Inneren beginnt sich auszudehnen, wie ein Feuerball, der nach außen geblasen wird und alles auf seinem Weg verbrennt. Ich pulsiere um ihn herum, klammere mich an den Beginn eines Orgasmus, versuche, ihn über mich zu ziehen, aber es gelingt mir nicht.

»Ich bin … fast soweit«, wimmere ich, ohne mich darum zu kümmern, wie verzweifelt ich in diesem Moment klinge.

Ich bin verzweifelt. Verzweifelt, gequält und erbärmlich wegen jeder Sekunde, die ich nicht mit diesem Mann in mir verbracht habe, der mich mit seiner Dunkelheit erfüllt und nicht einmal aufhört, Fragen über meine eigene zu stellen.

»Zur Hölle, ich auch«, sagt er und steigert die Kraft jedes Stoßes, als wolle er mich aufbrechen. »Du fühlst dich verdammt unglaublich an.«

Seine Hand kommt nach oben, um meine Kehle mit seinen langen Fingern zu umschließen, und dann drückt er zu und stiehlt mir die Luft aus den Lungen, so wie er es zuvor getan hat.

Nur hört das Zusammendrücken nicht dort auf, wo es einmal war; der Druck lastet auf den Seiten meines Halses, mein Puls rast, während es fast unmöglich wird, zu atmen. Ich schaue ihm in die Augen, weit und unsicher, aber die Befriedigung, die in seinen Augen liegt, bringt mein Blut zum Rasen.

Es ist ein seltsames Gefühl, sich freiwillig den Sauerstoff wegnehmen zu lassen, aber das erstickende Gefühl scheint in etwas Größerem, etwas *Besserem* zu kulminieren, wobei sich Lust mit Angst mischt.

»Das ist es«, zischt er und lässt mich vor Lust zittern, »nimm meinen Schwanz, Kleine. Einfach so.« Als er seine Hüften an meine drückt und ein leises Stöhnen aus seiner Kehle ertönt, verdunkelt sich meine Sicht und ich löse mich von ihm, meine Brust wird eng, während mein Gehirn weiterfährt.

Ich verkrampfe mich um ihn herum und schreie auf, als die Erlösung mich durchflutet, meine inneren Wände reizen und melken ihn trocken. Er stößt ein zufriedenes Stöhnen aus, als er uns gegen die Glastür presst, seine Hand fällt von meiner Kehle auf meinen Brustkorb.

»Verdammte Scheiße.« Seine Atemzüge treffen hart auf mein nasses Haar, und mit der freien Hand greift er hinter sich und dreht den Wasserhahn ab.

Mehrere Minuten lang bewegt sich keiner von uns beiden. Wir sprechen nicht, gefangen in der Sicherheit des Schweigens, nicht gewillt, der Erste zu sein, der es durchbricht.

Ein kalter Schauer läuft mir über die Arme, lässt mich frösteln, und er lächelt und zieht sich schließlich aus mir zurück. Ich zucke bei dem plötzlichen Verlust zusammen und versuche, dem Abgrund, den seine Abwesenheit in mir hinterlässt, keine große Beachtung zu schenken, denn ich frage mich, wie ähnlich es dem letzten Mal sein wird, als wir Sex hatten.

»Geht es dir gut?«, fragt er, stellt mich auf die Beine und tritt einen Schritt zurück. Sein Blick schweift über mich, der Arztmodus ist in vollem Gange, während er meinen Körper auf Anzeichen von Leid untersucht. Ein Finger streicht über die Narbe an meinem Oberschenkel, und er runzelt die Stirn, ein finsterer Blick vernebelt seine Züge. »Ich hätte das nicht machen sollen.«

Ich blinzle und schaue auf die Stelle, an der er mich berührt hat, um etwas Blut von meiner Haut zu wischen. »Es hat mir gefallen.«

Eine Augenbraue wölbt sich, und er schluckt. »Ja?«

Es ist eine einzige Silbe, gesprochen am Ende eines Ausatmens, voller Unsicherheit. Ich kann sie *spüren*, die Unsicherheit, und es überrascht mich einen Moment lang, dass ein so tödlicher und mächtiger Mann wie Kal sich jemals verletzlich fühlen könnte.

Nickend bedecke ich seine Hand mit meiner eigenen und führe sie dorthin, wo ich seine Flüssigkeit zwischen meinen Schenkeln spüren kann. »Ich mag alles, was du mit mir machst«, flüstere ich und versuche, mit meinem Eingeständnis das Spielfeld zu ebnen, auch wenn es mir körperlich weh tut, nachsichtig zu sein.

Doch wenn Kal Anderson mich bitten würde, mir mein blutendes Herz aus der Brust zu reißen und es ihm auf einem Silbertablett zu servieren, würde ich es tun, ohne Fragen zu stellen. Ich würde ihn wahrscheinlich bitten, die Operation zu überwachen, um sicherzustellen, dass ich es richtig mache.

Ich glaube nur nicht, dass er die Gefühle erwidert.

»Du nimmst keine Verhütungsmittel«, sagt er tonlos. Es ist keine Frage, sondern eine Feststellung, und die Autorität, mit der er das sagt, lässt mich innehalten.

»Nein«, sage ich und streiche mir eine Haarsträhne von der Schulter. »Papá hat mich noch nicht einmal an Sex *denken* lassen, geschweige denn Methoden erforschen lassen, um Komplikationen zu vermeiden.«

Er sagt mehrere Sekunden lang nichts, während derer sich mein Herzschlag beschleunigt und in meinen Ohren pocht. Ich fühle mich schwach, erschöpft und aus irgendeinem Grund verächtlich.

»Ich werde einen Termin mit einem Freund von mir vereinbaren, und ich werde dich begleiten.«

Er geht an mir vorbei, stößt die Tür auf und geht durch den Raum zum Waschbecken, wo er ein weißes Handtuch von einem Haken an der Wand zieht. Seine Kleidung tropft auf den

Boden, als er zurückkommt und mir das Handtuch hinhält, und ich steige langsam hinein, um seine Worte zu verarbeiten.

»Darf ich mitbestimmen, ob ich gehe oder nicht?«

Er wickelt das Handtuch um mich, klemmt die Ecke unter meiner Achselhöhle ein und dreht mich so, dass ich ihn ansehe. »Ich bin nicht so alt, dass ich keine körperliche Autonomie mehr anerkennen würde«, sagt er und streichelt meinen Kiefer. »Ich dachte nur, es wäre einfacher.«

Ich schaue auf die Vertiefung in seinem Hals und studiere sie, während ich seine Worte in meinem Kopf überdenke. »Wenn ich dich bitten würde, Kondome zu benutzen, würdest du es tun?«

Kals Gesicht verzieht sich. »Natürlich. Ich würde zwar auf den *herrlichen* Anblick meines Spermas verzichten, das aus deiner süßen kleinen Muschi tropft, aber ich bin ja kein Unmensch. So legitim diese Ehe auch ist, ich wäre wahnsinnig, Kinder in die Ehe zu bringen.«

Etwas zwickt in meiner Brust, aber ich ignoriere es und nicke stattdessen. »Okay. Ich ... wäre bereit, es zu versuchen, denke ich.«

»Wenn es nicht funktioniert, werden wir uns etwas anderes einfallen lassen.« Er nimmt meine beiden Wangen in seine Hände und beugt sich hinunter, um mir einen federleichten Kuss auf die Lippen zu drücken; der Akt ist weitaus sanfter, als ich es ihm je zugetraut hätte, und er weckt etwas Lustvolles in meinem Bauch.

Er führt mich zum Waschbecken, wir putzen uns schnell die Zähne, und ich kann nicht umhin, ihn im Spiegel anzustarren, weil ich weiß, dass die Häuslichkeit, die mir zuteil wird, nur das Ergebnis meines Angriffs ist, und nichts weiter.

Es hat nichts zu bedeuten, Elena.

Als ich kurz darauf ins Bett klettere, weil mich die Erschöpfung übermannt hat, ziehe ich die Decke bis zum Kinn hoch, drehe mich auf die Seite und beobachte, wie er einen Schlafanzug aus der Kommode holt, ins Bad geht und Minuten später völlig umgezogen zurückkommt.

Er trocknet sich mit dem Handtuch die Haare, wirft das Frotteetuch in einen nahe gelegenen Wäschekorb und geht mit einem Erste-Hilfe-Kasten aus Plastik in der Hand zu meiner Seite des Bettes. Er klappt den Deckel auf und holt vorsichtig eine Packung mit antibakterieller Salbe und ein breites Pflaster heraus.

»Oh«, sage ich und wackle mit den Augenbrauen, während mein Körper gegen den Schlaf ankämpft. »Spielen wir jetzt Doktor?«

Er ignoriert mich, schiebt seine Hand unter die Decke, findet die Wunde an meinem Oberschenkel und reißt die Salbenpackung mit den Zähnen auf. Er spritzt sich eine erbsengroße Menge auf die Fingerspitze und streicht mit der anderen Hand das kühle Gel auf die Wunde.

Ich atme durch die Zähne ein und beobachte, wie sich sein Kiefer zusammenpresst.

Geräuschlos löst er das Plastikpflaster und klebt es auf die Wunde, wobei er mit dem Daumen die Umrisse des K nachzeichnet.

Er stellt den Erste-Hilfe-Kasten auf den Nachttisch, steht auf, umrundet das Bett und zieht die Decke zurück, damit er darunter klettern kann.

Mein Atem stockt, die Intimität seiner Nähe lässt mich erschauern, und mein Herz pocht wie eine Sirene in meiner Brust.

Er sagt jedoch nichts weiter, sondern nimmt nur ein in Leder gebundenes Exemplar von Witter Bynners Gesamtwerk in die Hand und lässt sich darauf nieder.

Ich drehe mich wieder um, stütze meine Wange auf das Kissen und beobachte ihn, während er sich eine schwarz gerahmte Brille aufsetzt und zu lesen beginnt, wobei seine Augen langsam und hypnotisierend über die Seite huschen.

Ich nehme den klaren Verlauf seines scharfen Kiefers und

das winzige Grübchen in seiner Wange in mich auf, das sich auftut, wenn er sich konzentriert, und gebe mein Bestes, um mir das alles einzuprägen, für den Fall, dass dies ein Zufall war und ich morgen aufwache und er mich wieder ignoriert.

Das Grauen, das in meinem Magen herumwirbelt, verspricht, dass es so ist.

Nichts Gutes kann von Dauer sein.

Aus irgendeinem Grund ist das die Angst, die mich davon abhält, sofort in den Schlummer zu fallen. Nicht die Tatsache, dass jemand *eindeutig* hinter mir her ist, genau wie Kal es gesagt hat, oder dass meine Welt in Boston wahrscheinlich in sich zusammenfällt.

Sondern die Vorstellung, dass der Stein, der heute Nacht umgedreht wurde, sei es durch ein Trauma oder durch die natürliche Entwicklung des Aufgebens, vergänglich ist.

Dass ich in einer lieblosen Ehe festsitze, in einem Gefängnis, wie ich es immer befürchtet habe.

»Wie kommt es, dass ich dich noch nie nackt gesehen habe?«, platze ich heraus und versuche, die Angst mit Konversation zu vertreiben.

Kals Augenbrauen heben sich über seine Brille, und er sieht mich an. »Ich kann dir versichern, dass er genauso groß ist, wenn du das ganze Bild siehst.«

Mir wird heiß in den Wangen, als ich an die Größe seines Schwanzes denke, und ich bewege meine Schenkel abwesend und rücke näher, ohne es zu wollen. »Nein, ich … du hast mich nackt gesehen. Ich bin sogar jetzt nackt.«

»Da kann ich mich nicht beschweren.«

Eine seiner Hände gleitet über meine Taille, und als ich den Mund öffne, um mehr zu sagen, reißt er mich an sich und zieht mich an seine Seite.

Mein Kitzler pocht dort, wo er ihn berührt, und verlangt bereits nach einem weiteren Schlag, aber es ist klar, dass Kal die Vorstellung von Sex benutzt, um mich abzulenken, und so gebe ich auf zu fragen und versuche, mich mit dem zufrieden-zugeben, *was* ich über ihn weiß.

Im Moment weiß ich, dass er bereit ist, alles zu tun, was nötig ist, um mich zu beschützen, und trotz unserer Situation und allem, was sie verkompliziert, fühlt sich das wie eine große Heldentat an.

Es nimmt mir den Schmerz, zu wissen, dass er mehr Blut an seinen Händen hat als nur mein eigenes.

Ich lege mich eine Weile an ihn, starre die Wand gegenüber an und lausche, während er ab und zu eine Seite umblättert und der gleichmäßige Rhythmus seines Atems mich in den Schlummer wiegt.

»Du warst der Frühling, und ich der Rand einer Klippe, und ein glänzender Wasserfall rauschte über mich hinweg«, rezitiert er leise, und ich kann die Zeile gerade noch in meinem Kopf registrieren, bevor mich der Schlaf wieder einholt.

KAPITEL
Einundzwanzig

Kal

»Du siehst seltsam ausgeruht aus.«

Ich nehme einen Bissen von meinem Crois-sant und schaue über den Schreibtisch hinweg zu Jonas, der eine Augenbraue hochzieht.

»Seltsam?«

Er wischt sich mit der Hand über den Bart, zuckt mit den Schultern und blättert in den vorliegenden Unterlagen. »In all den Jahren, in denen ich dich kenne, hatte ich die immer mit einem Zombie verglichen. Nur ein bisschen interessant, das ist alles.«

»Interessant«, wiederhole ich und schlucke den letzten Bissen Gebäck herunter. »Das ist ein schickes Wort für langweilig.«

»Ah, Ablenkung. Es *hat* also doch etwas mit einem gewissen Mädchen zu tun.« Er lehnt sich in seinem Stuhl zurück und faltet die Hände. »Habt ihr eure Ehe endlich vollzogen?« »Darüber rede ich nicht mit dir.«

»Betrachte es als – wie heißt der Begriff im American Football? Running Interference?« Er zieht ein Päckchen aus seinem Papierstapel; es ist der Vertrag, den ich vor Jahren, kurz vor dem Tod meines Großvaters, unterschrieben habe und der mir Zugang zu einem Multimillionen-Dollar-Treuhandfonds verschafft, den der alte Bastard auf meinen Namen eingerichtet hatte.

Er hatte mir bereits die Eigentumsrechte an einem halben Dutzend Geschäften auf Aplana sowie Aktien und Anteile an verschiedenen Unternehmen überschrieben, aber ich nehme an, er hat nie aufgehört zu versuchen, dafür zu büßen, dass er erst von mir erfahren hat, als es schon zu spät war, um meine Seele zu retten.

Eine Bedingung für den Treuhandfonds war, dass ich mindestens fünfundzwanzig Jahre alt sein musste, bevor mir das Geld zur Verfügung stand. Und ich musste *sauber* sein, was bedeutete, dass ich aus dem kriminellen Leben, in das ich gefallen war, aussteigen musste.

Ein viel schwierigeres Unterfangen, als Außenstehende zu glauben scheinen.

Wenn man einmal Teil der Mafia ist, dann ist es für *immer*. Sie lassen ihre Leute nicht kampflos gehen; offen gesagt, als ich Rafe vor Monaten mitteilte, dass ich aussteigen will, hatte ich mehr Widerstand erwartet, als ich bekam.

Um ehrlich zu sein, habe ich mit dem Schlimmsten gerechnet.

Eine weitere Bedingung war, dass ich *verheiratet* sein musste, und *zwar* auf legitime Weise.

Da ich im Laufe der Jahre mein eigenes Vermögen angehäuft hatte, hatte ich natürlich kein Interesse daran, mich den Bedingungen zu beugen, nur um das Schuldgeld meines Großvaters väterlicherseits zu bekommen.

Aber dann versuchte ich, wieder Kontakt zu meiner Schwester aufzunehmen; sie und unsere beiden Brüder waren strategisch aus dem Testament, dem Erbe und dem Treuhandfonds herausgenommen worden.

Tatsächlich sollten sie nie auch nur einen Penny davon sehen, weshalb ich Violets Schecks von meinen eigenen Ersparnissen ausgestellt hatte, mit der Absicht, das Treuhandgeld auf ein Offshore-Konto zu überweisen und ihr die persönlichen Bankdaten zu hinterlassen.

Aber sie lehnte meine Schecks immer wieder ab, und als das Verfallsdatum für den Zugriff auf das Treuhandvermögen immer näher rückte, wusste ich, dass drastische Maßnahmen ergriffen werden mussten.

Ich wusste, dass Miles, der Nachlassverwalter meines Großvaters, irgendwann vorbeikommen würde, um den Beweis zu holen. Ich hatte es nur in letzter Zeit auf die lange Bank geschoben, da alle anderen Dinge in meinem Leben Vorrang hatten.

»Niemand würde einen Football-Begriff verwenden, um Einmischung zu beschreiben«, sage ich, fege Krümel von meinem Schreibtisch in einen Mülleimer und nehme ihm den Vertrag ab. Ich blättere durch die sauber gedruckten Seiten und beachte das Gekritzel meiner Unterschrift und die saubere Kursivschrift meines Großvaters am unteren Rand jeder Seite.

»Auf jeden Fall läuft dein Vertrag bald ab. Wie willst du Miles beweisen, dass es dir mit Elena ernst ist?«

Ich tippe mit dem Finger auf die Seite über der Heiratsklausel und atme aus. Unter normalen Umständen würde die Existenz einer Hochzeit meine Loyalität beweisen, aber in einer Welt, in der Ehen immer wieder aus genau diesem Grund geschlossen werden, kann ich es meinem Großvater wohl nicht verübeln, dass er sein Erbe sichern will.

Und es ist nicht so, dass meine Ehe dort echt ist, wo sie zählt – in unseren Seelen. In unseren Herzen.

Nur auf dem Papier, und in unserem Bett.

Ich wische mir mit der Hand über die Seite meines Gesichts und seufze. »Nun, ich werde ihnen ganz sicher keine blutige, jungfräuliche Bettwäsche geben.«

»Die würde sie jetzt ohnehin nicht mehr haben.«

Ich kneife die Augen zusammen, und er rutscht in seinem Sitz hin und her und spielt mit dem Kragen seiner Lederjacke.

»Geburtenkontrolle«, sage ich schließlich und erinnere mich an das Gespräch, das ich mit Elena geführt habe, nachdem ich sie unter der Dusche durchgevögelt hatte.

Jonas zieht eine Augenbraue hoch. »Bitte sag mir, dass du sie benutzt.«

Ich verziehe das Gesicht und setze mich nach vorne, um einen Browser auf meinem Computer aufzurufen. »Ich mache ihr einen Termin bei Dr. Martin, und sie wird es nehmen. Ich werde das Rezept an Miles weitergeben.«

»Meinst du, das wird ihn zufriedenstellen? Sie könnte das Medikament eigentlich aus jedem Grund nehmen.«

Ich tippe in den Online-Terminplaner, füge meiner Anfrage einen Vermerk über die Identität hinzu und drücke dann auf Absenden.

»Das wird reichen.«

Das muss es auch.

Nachdem wir uns über mögliche Nachfolger für die drei Flaming Chariot-Mitarbeiter, die wir verloren haben, informiert und ein Informationstreffen mit dem Team von Ivers International anberaumt haben, verlässt Jonas das Büro, und mein Telefon vibriert fast vom Schreibtisch.

Auf dem hölzernen Aktenschrank in der Ecke des Raums sitzt ein Tischpendel, das hin und her schwingt und sofort meine negative Aufmerksamkeit auf sich zieht, als ich den Hörer abnehme.

Irritation durchflutet mein Wesen, als ich den Bildschirm

überfliege und auf Annehmen drücke, bevor ich es mir ausreden kann.

»Carmen«, sage ich und erwarte, dass die schrille Stimme meiner ehemaligen Geliebten den Lautsprecher erfüllt, aber stattdessen ertönt eine tiefe Stimme.

»Anderson.« Rafes Stimme ist schneidend, wie ich es noch nie von ihm gehört habe. »Ich dachte schon, ich müsste dir hinterherlaufen, um mit dir zu sprechen, aber anscheinend bist du genauso begierig darauf, mit meiner Frau zu plaudern, wie du es immer warst.«

»Glaube mir«, sage ich, lehne mich an meinen Schreibtisch und schiebe einen Slipper über den anderen, »ich bin nicht erpicht darauf, irgendetwas mit dieser Teufelin zu unternehmen.«

Er gibt ein Ächzen von sich. »Jedenfalls habe ich nicht angerufen, um über Carmen zu sprechen.«

Natürlich nicht, denn jedes Gespräch über sie endet unweigerlich mit dem Eingeständnis einer Niederlage, wenn es um sie geht. Sie ist ein hoffnungsloser Fall, der auf das Meer hinausdriftet, während alle nur zuschauen.

»Wie geht es meiner Tochter?«

Ein Lachen kitzelt mich in der Kehle, aber ich schlucke es hinunter, weil ich weiß, dass ich das, was er sagen will, vorsichtig steuern muss. »Du meinst, nachdem du sie absichtlich hast angreifen lassen? Es geht ihr so gut, wie man es erwarten kann.«

Es liegt mir auf der Zunge, die enge Wärme zu erwähnen, in der ich mich seit gestern zweimal vergraben habe, aber ich unterdrücke den Drang, die Flammen nicht noch weiter anzufachen. »Ich kann dir versichern, dass ich keine Ahnung habe, wovon du sprichst«, antwortet Rafe, und ich stelle mir vor, wie er mit dem Finger an der Kante seines massiven Daumenrings herumfingert und auf dasselbe Abzeichen starrt, das in die Karte an der Bushaltestelle geätzt war. »Es ist nur schon eine Weile her, dass sie auf die SMS ihrer Mutter geantwortet hat, und wir haben uns langsam Sorgen gemacht.«

»Vielleicht solltest du keine Lügen darüber verbreiten, wie ihre Ehe begonnen hat, dann wäre sie eher bereit, mit dir zu sprechen.«

»Was genau waren das für Lügen, Kal?« Er hält inne, als würde er auf meine Antwort warten, aber er fährt fort, bevor ich etwas sagen kann. »Hast du nicht ihren Verlobten ermordet, während er sich für seine Hochzeit anzog? Mich gezwungen, der Zeremonie beizuwohnen, bei der du meinem kleinen Mädchen die Hand gestohlen hast, nachdem du bereits ihre Tugend gestohlen hast?«

»Ich habe dich zu nichts *gezwungen*. Ich habe dir die Situation dargelegt und dir ermöglicht, eine Entscheidung zu treffen. Du hast dich für die Sicherheit entschieden und nicht für den Vertrag, den sie mit diesen Mediengeiern hatte.« Er schnieft, und ich blinzle in das leere Büro. *Weint* er etwa? »Tatsache ist, Dr. Anderson, dass wir unsere Elena nach Hause bringen wollen. Es ist mir egal, was wir machen müssen, um sie zurückzubekommen, aber bitte, hör auf, sie gefangenzuhalten. Sie ist meine … *bambina*.«

Seine Stimme bricht bei den letzten beiden Worten, das Italienische ist dramatisch eingefügt, und ein Gedanke setzt sich in meinem Gehirn fest, der mich in eine stehende Position drängt, während die Wut in meinem Bauch wächst.

»Was *tust* du, Rafe?«, frage ich langsam und starre auf das einzige gerahmte Bild, das ich besitze. Es zeigt mich als Sechzehnjährigen, eingeklemmt zwischen Rafe und Carmen während ihrer Hochzeitstagsfeier. Carmens Arm ist fest um meine Taille geschlungen und hält mich dicht an ihrer Seite, wo ich jahrelang bleiben würde wie ein Idiot.

Rafe starrt ungerührt weiter. So, wie wir ihn brauchten.

Und dann, eines Tages, war er es nicht mehr.

Die Dinge waren nie mehr so wie früher.

Ich vermute, das ist der Grund, warum er sich jetzt so

verschlossen verhält – es sieht ganz nach einem abgekarteten Spiel aus, und der Gedanke, dass er versucht, mich in eine Art Falle zu locken, bringt mein Blut in Wallung.

Vor allem, weil er mich nicht gebeten hat, einen einzigen Job für ihn zu erledigen, seit ich unser kleines Arrangement ins Leben gerufen habe, und während ich anfing zu denken, dass das bedeutet, dass er meinen Ruhestand akzeptiert, wird mir jetzt klar, dass sein Plan vielleicht von Anfang an darin bestand, mich auf eine kreativere Weise auszuschalten.

Neben dem Bilderrahmen tickt die Pendelskulptur weiter und lässt bei jedem Schwung den Muskel unter meinem Auge zucken.

Nach einem Moment räuspert sich Rafe, und als er wieder spricht, ist die Traurigkeit völlig verschwunden. »Ich will Geld. Du hast mich bei diesem Bollente-Deal verarscht, und ich musste einen schönen Teil der Ricci-Geschäfte abtreten, nur um da rauszukommen.«

»Ich war nicht derjenige, der dir gesagt hat, dass du deine Tochter verkaufen sollst«, sage ich. »Oder der sie gebeten hat, in mein Bett zu kommen.«

»Genauso wenig wie du Carmen gefragt hast, stimmt's?«, spuckt er und wird von Sekunde zu Sekunde gereizter.

Ich bin nie zu Carmen gegangen, will ich sagen. Es war immer sie, die zu mir kam.

Aber ich tue es nicht.

Ich atme tief ein und stähle mich gegen die Wut, die sich wie Wasser hinter einem Damm aufbaut und mich in ihrer Heftigkeit zu ertränken droht. Ich konzentriere mich auf das sanfte Schwingen des Pendels und blende alles aus, bis ich nur noch das Ticken höre.

Tick.

Tick.

Tick.

Ein Juckreiz kriecht tief unter die Oberfläche meiner Haut, und ich gehe um den Schreibtisch herum, während Rafe die

Pistole aus der Schublade holt. Ich lege sie an, die Nerven zerren an der Festigkeit meines Griffs, entsichere sie, drücke ab und sehe zu, wie die Kugel durch den Raum sprüht.

Sie durchschlägt den Bilderrahmen, wobei das Glas explosionsartig zerspringt, und bleibt in der Wand dahinterstecken; Glasscherben fliegen vom Rahmen, die Wucht bringt das Pendel aus dem Gleichgewicht, und ich beobachte, wie es zu Boden kracht, wobei ein Arm abbricht und schließlich verstummt.

»Hörst du mich, Anderson?«, fragt Rafe. »Du hast zwei Möglichkeiten: Geld oder deine geschworene Loyalität in Form von Dienstleistungen. Ansonsten bist du tot.«

Ich nehme das Telefon vom Ohr, stecke meine Waffe zurück in die Schublade und lege auf.

Wenig später finde ich Elena im Hinterhof, wo sie Säcke mit Erde aus einem Karton holt und sie über das Gras zu einem behelfsmäßigen Arbeitsplatz an den Hecken schleppt.

Marcelline steht ein paar Meter weiter und lässt einen Teebeutel in einer blauen Keramiktasse ziehen, während sie zusieht.

Elena streicht sich eine verschwitzte Haarsträhne aus dem Gesicht, dreht sich um und stützt die Hände in die Hüften, um unseren Garten zu betrachten. Das lavendelfarbene Kleid, das sie trägt, betont perfekt die starke Wölbung ihres Hinterns, und als ich mich ihr nähere, überflutet mich die Erinnerung daran, wie ich ihn ergriffen habe, während sie sich auf meinen Schwanz zog.

Für einen Moment kann ich die anderen Dinge vergessen und mich in ihrer Gegenwart verlieren. Sie ist wie ein gemütlicher Frühlingsnachmittag, frische Blüten und frische Seeluft, die von einer Brise getragen wird, die mich umhüllt und die hässliche Realität von allem anderen ausblendet.

Ich war noch nie ein Mann, der vor Schwierigkeiten davonläuft, aber als ich so dastehe und die Frau vor mir anstarre, die ich in meinen Schlamassel hineingezogen habe, ertappe ich mich bei dem Wunsch, dass ich das könnte. Ich wünschte, dies könnte das Leben sein, das jemand wie Elena verdient.

»Sei nicht böse«, sagt sie, noch bevor ich sie erreicht habe, und dreht sich zu mir um. Über ihre zarten Züge legt sich ein Ausdruck der Freude, eine Sanftheit, die tief sitzende Starrheit auslöscht. Ein Nachglühen, das ich mir nur als Nachwirkung des atemberaubenden Sex erklären kann.

»Warum sollte ich böse sein?«, frage ich und strecke meine Hand aus, um ihre Wange mit meiner Handfläche zu umrahmen. Mein Daumen streicht über die Unterseite des Blutergusses um ihr Auge und stellt fest, dass die Schwellung und die Rötung seit gestern Abend deutlich zurückgegangen sind.

»Ich bin dabei, deinen Garten zu versauen«, sagt sie und deutet auf die Säcke mit Erde. »Und ich habe keine Ahnung, was ich da tue. Marcelline sollte eigentlich die Wikipedia-Seite lesen, aber …«

Sie rollt mit den Augen und sieht meine Haushälterin an, die mit den Schultern zuckt und an ihrem Tee nippt. »Aber Gartenarbeit gehört nicht zu meiner Aufgabenbeschreibung.«

Elena schnaubt. »Genauso wenig, wie Kal dabei zu helfen, mich zu entführen, nicht wahr?«

Mir läuft das Wasser im Munde zusammen, weil sie das Wort so leichtfertig benutzt, und ich frage mich, was ihre Schwestern ihr darüber erzählt haben, was in den Nachrichten zu Hause steht. Ob es ihre Sichtweise auf all das verändert hat.

Ich räuspere mich, lasse meine Hand fallen und stecke sie in meine Anzugtasche. »Ich habe in den nächsten Tagen ein paar Termine, aber am Wochenende könnte ich dir vielleicht helfen.

»Wirklich?« Ihre Augenbrauen heben sich, und sie nickt zu dem Rechteck, das sie mit Treibholz abgesteckt hat. »Kennst du dich mit dem Pflanzen von Blumen aus?«

»Ich habe während meiner Assistenzzeit bei einem erfolgreichen dreifachen Bypass assistiert und mehr offene Wunden genäht, als du je in deinem Leben sehen wirst. Ich bin sicher, ich kann mit Pflanzen umgehen.« Ich lasse die beiden draußen und kehre zum Asphodel zurück, kauere mich in der Bibliothek zusammen und versuche, das seltsame Gefühl loszuwerden, das sich in meinem Magen zusammenbraut. Es ist nicht wirklich schmerzhaft – fast wie eine Ekel erregende Welle, die immer wieder gegen das Ufer prallt, ohne jemals ganz zurückzugehen.

Ich schraube eine Flasche fünfzig Jahre alten Scotch auf, gieße drei Finger breit in einen Becher, nehme das erste Buch, auf dem meine Hand landet, und lasse mich in einen der beiden Ledersessel vor dem erloschenen Kamin nieder.

Ich schlage das Buch auf und balanciere es auf meinem Knie, meine Augen kleben an der Seite, ohne dass ich wirklich lese. Mein Herz schlägt schnell, angewidert von der Art und Weise, wie mein Magen vor Bewusstsein brennt, und ich versuche, die Tatsache zu ignorieren, dass die Riccis wieder einmal mit mir gespielt haben.

Denn darauf läuft es hinaus: Ohne die freundliche Führung und das Versprechen von Luxus, das Rafael mir bei unserem ersten Treffen gegeben hat, wäre mein Leben wahrscheinlich ganz anders verlaufen.

Ich hätte vielleicht eine Chance auf eine Beziehung mit meiner Schwester.

Ich wäre vielleicht aus *Liebe* verheiratet und nicht, weil ich eine Königin auf meiner Seite des Brettes bräuchte. Ich könnte immer noch die medizinische Karriere machen, die meine Mutter für mich wollte, ohne jemals das Gefühl zu haben, dass ich sie aufgeben müsste, um all die Leben wiedergutzumachen, die ich beendet habe.

Minuten später knarrt die Tür der Bibliothek auf und Elena schlüpft hinein. Sie schließt uns zusammen ein und stellt sich auf Zehenspitzen direkt vor mich.

»Geht es dir gut? Du schienst … angespannt zu sein, draußen.« Sie wirft einen Blick auf den Rücken meines Buches und erschrickt. »Oh-oh, Dorian Gray? Ich weiß, dass du schon ein paar Jahre auf dem Buckel hast, aber ganz ehrlich, zweiunddreißig ist heutzutage noch jung. Der weltweit älteste Mann ist hundertfünfzehn, weißt du? Du hast noch Zeit.«

Ich schließe das Buch mit einem Schnalzen, werfe es auf den Beistelltisch und greife mit einer Hand nach ihrem Handgelenk und ziehe sie mit mir auf den Stuhl. Sie kreischt und richtet sich so auf, dass sie auf den Knien über mir rittlings sitzt, ihre Muschi sitzt schön auf meinem Schwanz.

Er verhärtet sich sofort unter ihr, bereit für seine nächste Füllung.

»Ist der weltweit älteste Mann wirklich so alt?«, frage ich und streiche mit meiner Nase an ihrem Kinn entlang.

Zitternd zuckt sie mit den Schultern, schlingt ihre Arme um meinen Hals und drückt sich an mich. »Ich habe keine Ahnung, aber es hat dich von deinem Trübsinn abgelenkt, stimmt's?«

Ich ziehe mich gerade so weit zurück, dass ich ihr tief in die Augen blicken kann, atme aus und schüttle leicht den Kopf.

»*Du* hast mich abgelenkt. Du scheinst ein Naturtalent dafür zu haben.«

»Oh.« Grinsend beugt sich Elena vor und fährt mit ihrer Zungenspitze über meine Ohrmuschel, und knabbert dann an meinem Ohrläppchen. »Nun, lass mich das wieder gutmachen.«

Ihre Hand zieht sich von meinem Hals zurück, gleitet an meiner Brust hinunter und taucht dann in den Bund meiner Hose ein; sie krümmt ihren Ellbogen, wickelt ihre Finger so fest wie möglich um meine wachsende Erektion und streicht mit dem Daumenballen über die glänzende Spitze.

Ich lehne meinen Kopf zurück und atme tief durch, mein Stress verwandelt sich in eine bevorstehende Erlösung, während ich mich hingebe.

»Jemand ist bereit für mich«, flüstert sie und streichelt mein erhitztes Fleisch. Sie greift nach unten, öffnet den Hosenschlitz, zieht ihn heraus und erhebt sich.

»Immer«, antworte ich und schiebe ihr Kleid bis zu den Oberschenkeln, wobei ich den Stoff mit einer Faust festhalte, damit er an seinem Platz bleibt. Ich stoße ein kehliges Stöhnen aus, als sich ihre Muschi vor mir entblößt und glitzert wie ein taufeuchtes Rosenblatt. »Mein Gott, Kleine. Trägst du jemals ein Höschen?«

Sie grinst, nimmt meinen Schwanz in die Hand und stellt ihn auf. »Nein, und jetzt werde ich es definitiv nie tun.«

Langsam sinkt sie und nimmt mich Zentimeter für Zentimeter, bis ihr Hintern auf meinen Oberschenkeln ruht.

Sie keucht scharf, als ich den Boden unter den Füßen habe, und schluckt, wobei ihre Hand nach oben fliegt, um sich in meinem Haar zu verlieren.

Sie dreht ihre Hüften und gleitet vorsichtig auf und ab, als wäre sie sich nicht ganz sicher, was sie tun soll, und es trifft mich wieder in den Magen, dass sie völlig unerfahren ist, was mir eine ganze Reihe anderer Probleme bereitet.

Aber es ist so schwer, sich Sorgen zu machen, wenn sie sich wie der Himmel auf Erden anfühlt. Wie eine Göttin, die herabgestiegen ist, um meine erbärmliche Seele vor der Verdammnis zu retten.

»Es tut mir leid«, murmelt sie und eine leichte Röte kriecht über ihre hübschen Wangen.

»Mein Gott, wofür entschuldigst du dich?« Ich kann die Worte kaum herausbringen, weil ihre Muschi mich so fest umklammert, dass ich Sterne sehe. Meine Hände klammern sich an ihre Hüften, um auf den Ritt aufzuspringen.

»Ich … das ist alles neu für mich, und ich will es nicht vermasseln.«

»Das kannst du nicht«, sage ich und beiße mir auf die Lippe, als sie anfängt, fester zuzudrücken, offenbar hat sie den Punkt gefunden, der ihren Körper zum Singen bringt. »Wenn du so weitermachst, spritze ich in dich, bevor ich überhaupt bereit bin.«

»Oh, Scheiße«, wimmert sie, wölbt ihren Rücken und ihre Innenwände flattern. »Du sagst das ... als ob es etwas Schlimmes wäre, aber für mich klingt es ... wirklich gut.«

»Meine nuttige kleine Frau mag es, wenn ich die Kontrolle verliere, hm?«

Sie nickt, ihre Hand findet eine meiner Hände, zieht sie hoch und schließt sie um ihren Hals, der Wirbel ihrer Hüften gegen den Uhrzeigersinn zieht Strom in meine Eier. Sie verkrampfen sich, mein Orgasmus schießt durch mich hindurch, und ich drücke ihren Hals, während ihre Muschi gleichzeitig zuckt, unfähig, sich länger zu wehren.

Weiße Flecken blitzen in meinem Blickfeld auf, als ich mich so tief in ihr entlade, wie ich nur kann, und der Puls ihrer Muschi mich aussaugt. Sie senkt ihren Kopf in meinen Nacken, versenkt ihre Zähne mit einem Stöhnen in die Haut und beißt zu, bis sie die Barriere durchbricht.

Sie leckt mit ihrer Zunge an meinem Hals entlang, zieht sich zurück und verschließt ihre Lippen mit meinen in einem Kuss, der mich an den Rand der Erlösung bringt, bevor sie ihn mir wieder wegnimmt. Ich schmecke Kupfer an ihren Zähnen und komme fast wieder, ohne zusätzliche Stimulation.

Später, als sie sich schlaff an mich schmiegt und ihren Kopf auf meine Brust legt, während sie darauf wartet, dass das Gefühl in ihre Beine zurückkehrt, spüre ich das vertraute Gefühl der Vorahnung von früher, obwohl es jetzt ein ganz neues Ziel hat.

KAPITEL
Zweiundzwanzig

»Ich sage dir, die Frau verliert den Verstand.«

Ich rolle mit den Augen und betrachte den gepflügten Boden draußen und ärgere mich, als ich wieder einmal kein nennenswertes Wachstum in dem Garten sehe, den ich letzten Monat angelegt habe. Die Stängel beginnen zu sprießen und ragen aus der Erde, aber keine einzige Blume hat sich entwickelt. Nicht einmal die Taglilien, obwohl sie angeblich eine kurze Blütezeit haben.

Ein Teil von mir beginnt sich zu fragen, ob die Todesluft,

die das Haus umgibt, die Blumen vielleicht unter der Erde hält, wo sie sicher sind.

Wenn Kal beim Unkrautjäten und bei der Vorbereitung des Bodens helfen würde, hätte er der Gegend nicht das Leben ausgesaugt.

Ich starre auf den Blumenkasten über der Spüle, wo die Minze, die Marcelline gepflanzt hat, aus ihrem Behälter herauswächst und im Sonnenlicht gedeiht.

Über den Lautsprecher meines Telefons schwafelt meine Schwester Ariana, wie sehr Mamma mich vermisst.

»Ich meine, sie sitzt jeden Abend auf deinem Balkon und starrt hinaus, als wärst du tot oder so.«

Traurigkeit bahnt sich ihren Weg in meine Seele, und der Gedanke, die Quelle des Herzschmerzes meiner Eltern zu sein, ist nichts, worüber ich gerne nachdenke. Auch wenn ihre eigenen Motive nicht unbedingt immer die selbstlosesten sind, war es mein Schicksal, nicht zum Unglück in unserer Welt beizutragen.

Das war etwas, womit ich mich schon als Kind geplagt habe, indem ich alles getan habe, um so zu sein, wie meine Eltern es wollten. Die perfekte kleine Mafia-Prinzessin, fügsam und unterwürfig, bereit, alles zu tun, um sie stolz zu machen.

Alles für eine Chance, den Schimmer von Stolz in den dunklen Augen meines Vaters zu sehen, oder dafür, dass meine Mutter mich nicht wie eine jüngere, schlechtere Version von sich selbst ansieht, die sie überleben könnte.

Dennoch bin ich da, wo ich bin, *wer* ich bin, und zwar wegen ihnen und ihren Entscheidungen. Das Mindeste, was meine Mutter tun kann, ist, mir ein wenig Nachsicht zu gewähren, und doch versucht sie immer noch, mir Schuldgefühle einzureden und mich zu kontrollieren, obwohl wir nicht einmal dasselbe Land teilen.

»In den Staaten ziehen die meisten Leute, die erwachsen werden und heiraten, aus dem Haus ihrer Eltern aus«, sage ich zu Ariana, während ich in einem toten Stück Minze herumstochere und es in den Mülleimer werfe. »Eigentlich ist es ein bisschen peinlich, dass ich nicht früher ausgezogen bin.«

»Nicht, dass du irgendwohin hättest gehen dürfen«, sagt sie, und als ich den Hörer abnehme und den Videochat neu lade, sehe ich ihre großen braunen Augen, während sie sich in die Kamera beugt und eine dünne Schicht Make-up auf ihre Wasserlinie aufträgt. »Du hast Glück, dass Kal dich rechtzeitig rausgeholt hat.«

Ich ziehe meine Augenbrauen hoch. »Das klingt ominös. Was verschweigst du mir?«

Sie setzt ihr kleines, schiefes Grinsen auf und zwirbelt eine Strähne ihres kastanienfarbenen Haars um einen manikürten Finger. »Nichts, wirklich. Nur ... die Dinge haben sich ein bisschen verändert, als du weggegangen bist.« »Was zum Beispiel?«

»Ich weiß es nicht. Alle sind sehr wortkarg geworden; Papá kommt kaum noch aus dem Arbeitszimmer, und wenn, dann hat er diesen seltsamen Ausdruck in den Augen, als ob ...«

Sie bricht ab, und ich klammere mich an die Kante des Marmortresens, während ich darauf warte, dass sie fortfährt.

»Wie *was*?«

»Als wäre er ein wandelnder Toter.« Ariana blickt an der Kamera vorbei auf irgendetwas und weitet ihre Augen leicht in einer genervten Geste, die sie schon seit unserer Kindheit macht. »Wie auch immer ... wie ist das Eheleben? Hast du schon herausgefunden, wo du dich befindest? Ich weiß, dass Mamma immer noch wild entschlossen ist, dich zu finden.«

Ich fühle mich unwohl, weil das letzte Thema so schnell abgehakt wurde, aber ich beschließe, es zu ignorieren und mit ihr weiterzumachen; meine Schwestern sind nicht die Art von Menschen, die etwas verschweigen, schon gar nicht etwas, das sie in Gefahr bringen könnte.

Zumindest rede ich mir das ein, als ich den Flur zur Bibliothek hinuntergehe und mich dort verkrieche, während Kal in einer weiteren Besprechung ist.

In den letzten Wochen sind wir uns auf jeden Fall ein bisschen näher gekommen – zumindest körperlich. Der Mann ist wie eine Statue aus Stein, und jedes Mal, wenn er mich fickt, bröckelt ein kleines Stück des Äußeren ab. Aber die Fragmente sind so klein, dass es sich nie so anfühlt, als würde ich tatsächlich Fortschritte machen.

Er ist angespannter als die Kurbel einer alten Großvateruhr, und jedes Mal, wenn wir ficken, ist es offensichtlich, dass er versucht, seine Frustrationen direkt in den Akt zu leiten.

Nicht, dass ich den Ritt nicht genieße; mein Körper schmerzt ständig an Stellen, von denen ich nicht einmal wusste, dass es sie gibt, und mein Geist wird jede Nacht von einer Flutwelle der Ekstase fortgerissen. Es ist nur so, dass die Fahrt eher einer Achterbahn gleicht, und der Parkwächter lässt mich nicht aussteigen.

Und das Problem ist, dass ich will, dass er sich mir öffnet. Seit der Nacht meines Angriffs habe ich es aufgegeben, meine Anziehungskraft geheim zu halten, und nehme sie stattdessen bei jeder sich bietenden Gelegenheit wahr.

Manchmal treibe ich mich in seinem Büro herum, hocke auf der Kante seines Schreibtisches, während er Immobilienverträge und Arzthaftungsklagen durchgeht – nicht seine, irgendwie; stattdessen hält er sich gern über die großen Fälle auf dem Laufenden, die die medizinische Welt erschüttern, 'nur für den Fall' – und spreizt langsam meine Beine, bis er sieht, was ich ihm biete, und seine Arbeit liegen lässt, um es mit mir zu treiben.

Manchmal muss ich ihn mit einer Million Fragen löchern, angefangen mit unwichtigen Fragen, bis er gereizt genug ist, um das zu beantworten, was ich wirklich wissen will.

Zum Beispiel, dass er seinen Vater nie kennengelernt hat und dass er erst nach dem Tod seiner Mutter erfuhr, dass er Geschwister hat.

Oder dass er in ärmlichen Verhältnissen aufgewachsen ist

und erst durch die Hilfe meines Vaters aus diesen Verhältnissen herausgeholt wurde.

Wie dem auch sei, ich arbeite daran, sein eisiges Herz aufzutauen, und jeden Tag wächst meine Zuneigung zu ihm um das Zehnfache. Das wäre kein Problem, wäre da nicht der krasse Gegensatz zu dem, was ich zu Beginn unserer Beziehung empfunden habe, und es deckt sich nur zu gut mit dem, was Mamma gesagt hat.

'Du wirst lernen, ihn zu lieben', hatte sie gesagt, und obwohl der Kontext – und der Ehemann – völlig anders waren, kann ich das Aufflackern der Rebellion nicht verhindern, das entsteht, wenn sie damit recht hat.

Ich erzähle Ariana natürlich nichts davon. Soweit sie weiß, ist meine Beziehung zu Kal echt und tiefgründig, trotz der Boshaftigkeit, mit der meine Eltern versuchen, uns zu beschimpfen. Ich versichere ihr jedes Mal, dass sie nur dramatisch sind, wenn sie die Tatsache anspricht, dass ganz Boston zu glauben scheint, ich sei entführt worden, und da sie weiß, wie sie es mit Erzählungen halten, stimmt sie normalerweise zu und fährt fort.

Und technisch gesehen, wurde ich entführt. Da haben sie nicht viel falsch gemacht. Aber sie haben auch nicht die ganze Geschichte.

»Jedes Mal, wenn du anrufst, reden wir nur über mich«, sage ich jetzt und versuche, das Gespräch umzulenken, damit meine ängstlichen Gedanken aufhören. »Ich habe genug von mir. Was gibt es Neues bei dir und Stella?«

»Bei ihr gibt es nie etwas Neues«, sagt Ari und schnaubt. »Allerdings habe ich in ein paar Wochen einen Auftritt.«

Mein Herz fällt mir in den Magen. »Scheiße, das hast du, oder?«

»Jep.« Sie spitzt die Lippen beim letzten »p« und lässt mich wie ein Arschloch dastehen. »Der Nussknacker, für das *Weihnachtsfest im Frühling* an unserer Schule. Eine seltsame Zeit, um

Weihnachten zu feiern, wenn du mich fragst, aber ich schätze, so ist es einfacher zu thematisieren.«

Schuldgefühle durchzucken meine Brust und lassen mich an all die anderen Aufführungen denken, bei denen ich war. Seit sie ihren ersten Turnanzug bekommen hat, habe ich keine einzige verpasst. »Ich werde da sein.«

Ariana blinzelt einmal. Zweimal. »Mach keine Versprechungen, die du nicht halten kannst.«

Ich weiß nicht, woher diese Einstellung kommt, und frage mich, was zu Hause vor sich geht, wovon man mir nichts erzählt. Und obwohl ich das gleiche Versprechen noch einmal von ganzem Herzen gebe, merke ich erst später, wie schwierig es sein kann, es einzuhalten.

Marcelline lässt mich kurz nach dem Ende meines Telefonats mit Ariana von einem Fahrer zum Flaming Chariot bringen, und wir legen auf, sobald Mamma den Raum betritt und beim Anblick meines Gesichts in Tränen ausbricht.

Als ich aus der Limousine steige und dem Fahrer zunicke, dass er ohne mich losfahren kann, bleibe ich einen Moment auf dem Bordstein der Bar stehen und halte meine Handtasche fest an meine Seite, während die Erinnerung an das letzte Mal, als ich hier war, wieder auftaucht.

Die Nadel, die meine Haut durchstach, die Art, wie Vincent mich ansah, als wäre ich irgendwie unter seiner Würde, der Angriff, der danach kam.

Meine Kehle schwillt an und schnürt mir die Luft ab, als ich die Erinnerungen wieder aufleben lasse. Auf meinen Armen bildet sich eine Gänsehaut, die mir einen Schauer über den Rücken jagt.

Ein normaler Mensch hätte sich wahrscheinlich an Kals Art, das Problem zu lösen, gestört, aber in Wahrheit habe ich nicht ein einziges Mal darüber nachgedacht. Das könnte damit zu tun haben, dass wir seitdem jeden Tag an strengen Aktivitäten teilgenommen haben, und vielleicht bin ich zu erschöpft, um wirklich darüber nachzudenken, aber trotzdem.

Ich mag die Art und Weise, wie er sich darum gekümmert hat.

Bis jetzt habe ich es in die Tiefen meines Gehirns verdrängt, aber jetzt, wo ich wieder in der Bar sitze und in das Gesicht meiner Albträume starre, überkommt mich der Drang zu rennen.

Ein leises Lachen neben mir lenkt meine Aufmerksamkeit vorübergehend von dem Gebäude ab, und ich drehe langsam den Kopf, während sich die Angst durch alle meine Muskeln zieht. Ein Mädchen mit schwarzen Haaren, die zu zwei französischen Zöpfen geflochten sind, steht ein paar Meter entfernt und ahmt genau meine Haltung nach, die Arme vor der Brust verschränkt, während sie auf die Bar starrt.

Ich rümpfe die Nase, wende den Blick von ihr ab und versuche, die Nerven zu beruhigen, die wie eine rasende Stromschnelle durch meine Adern fließen.

Wie lange muss man nach einem traumatischen Ereignis warten, bis man sich seinen Dämonen stellen kann?

»Sechzehn.«

Mit geweiteten Augen blicke ich wieder zu dem Mädchen neben mir hinüber. Sie zupft am Saum ihrer schwarzen Bluse, schüttelt den Kopf, und ich frage mich für eine kurze Sekunde, ob ich laut gesprochen habe.

Sie wirft mir einen Seitenblick zu und lässt ihre Hände fallen. »Ich bin in den letzten Wochen sechzehn Mal an diesem Ort vorbeigekommen, aber ich konnte mich nie dazu durchringen, tatsächlich hineinzugehen.

Erleichterung macht sich in mir breit, ich atme kurz aus und mustere sie genauer. Sie ist ganz in Schwarz gekleidet, ihre Jeans sind bis zu den Knöcheln hochgekrempelt, der einzige Kontrast ist ein Sonnenblumenanhänger aus Harz, der um ihren Hals hängt.

Sogar ihre Augen, warm, aber dunkel und zurückhaltend, spiegeln die Morbidität ihrer Outfitwahl wider, und ich kann Arianas Urteil über die fade Mode praktisch hören.

'Menschen, die ständig Schwarz tragen, sind nicht normal', würde meine Schwester sagen. 'Entweder beten sie den Satan an oder sie hassen sich selbst. Es gibt zu viele Farben auf dieser grünen Erde, als dass man sich eine aussuchen könnte, die überhaupt nicht vorhanden ist.'

Und Mamma fragt sich immer, warum sie keinen anständigen Freund behalten kann.

Wenn man das Outfit mit der blassen Haut und der schlanken Statur des Mädchens kombiniert, könnte sie leicht als Vampir durchgehen. Vielleicht ist das der Grund, *warum* sie nicht reingehen kann.

»Hast du Angst vor dem, was da drin ist?«, frage ich schließlich, als das Schweigen zwischen uns unangenehm wird.

Sie schürzt ihre Lippen. »So ähnlich.«

Noch mehr Schweigen bricht zwischen uns aus, und ich streiche mir die Haare hinter die Ohren und zucke mit den Schultern. »Wir könnten zusammen hineingehen. Ich kenne den Besitzer, ich glaube nicht, dass er zulässt, dass etwas passiert, während er drinnen ist.«

Jedenfalls nicht noch einmal.

Kal scheint mir nicht die Art von Mensch zu sein, der denselben Fehler zweimal macht.

Das Mädchen neigt den Kopf zur Seite und mustert mich; ich schiebe meine Füße zusammen, weil ich mich bei ihrer Betrachtung unwohl fühle, und bereue gerade meine Entscheidung, keine Unterwäsche unter diesem marineblauen Etuikleid zu tragen. Ich kann *alles* spüren, auch das Gewicht ihres Blicks.

»Kennst du Kal?«

Ich halte meine linke Hand hoch, bewege den Diamanten dort, so dass er im Sonnenlicht glitzert, und lasse den leichten Stich der Eifersucht, dass sie seinen Namen kennt, durch meine Brust fahren.

Ich nehme an, es ist besser, sie zu umarmen, als sie zu unterdrücken.

Sie bläst die Backen auf, gibt einen leisen Pfiff von sich und wippt auf ihren Fersen zurück. »Oh, du *kennst* ihn also. Du musst Elena sein.«

Sie schiebt ihre Hand zwischen uns und schenkt mir ein halbes Lächeln, während sie wartet. Ich blinzle in ihre Handfläche, nehme sie zaghaft und drücke sie zweimal, wie Papá es mir beigebracht hat.

Als ich nichts weitersage, lässt sie mich los und presst die Lippen aufeinander. »Übrigens, ich bin Violet.«

»Ah«, sage ich und lasse meinen Blick wieder über ihre Gesichtszüge schweifen, um herauszufinden, ob ich sie schon einmal getroffen und vergessen habe. In Wahrheit habe ich nicht viel von Aplana erkundet, seit ich hier bin, außer ein paar Mal mit Kal den Bauernmarkt zu besuchen und mit Marcelline Muffins aus einer Bäckerei am Nordende zu holen.

Da mein letzter Ausflug in die Öffentlichkeit nicht so gut ausgegangen ist, habe ich mich sozusagen zu Hause verkrochen und mich mit einem Einsiedlerleben abgefunden, so wie ich es als Mrs. De Luca wahrscheinlich sowieso getan hätte. Wenigstens bin ich als Kals Braut nicht gezwungen, an gesellschaftlichen Veranstaltungen teilzunehmen oder sie zu veranstalten; tatsächlich hält er sich die meiste Zeit über fast völlig von gesellschaftlichen Kontakten fern und begnügt sich damit, sich im Asphodel einzuschließen und seine Zeit wegzuficken.

»Du hast keine Ahnung, wer ich bin, oder?«, sagt sie und lacht wieder ein wenig, aber diesmal ist ein Hauch von Irritation dabei.

»Es tut mir leid«, sage ich hastig. »Ich bin neu auf der Insel und ...«

Sie hält eine Handfläche hoch und schüttelt den Kopf, und ich bemerke, dass sich ein grüner Farbton auf ihrem Daumen ausbreitet; er hat sich in ihre Fingerabdrücke eingebrannt, fast so, als würde die Farbe unter ihre Haut gehören.

»Ehrlich gesagt, ist es in Ordnung. Ich erzähle niemandem von ihm, warum sollte er dir von mir erzählen?«

Ich ziehe verwirrt die Augenbrauen zusammen, und die Eifersucht brennt mir im Hals, obwohl ich nicht genau weiß, warum. »Woher kennst du ihn?«

Sie sieht mich mehrere Minuten lang schweigend an; so lange, dass die Eifersucht woanders hinwandert und meine Nervenenden in Flammen aufgehen lässt, und ein Teil von mir möchte nachgeben und entsprechend um sich schlagen, aber ich unterdrücke die Reaktion und kanalisiere die weiterentwickelten Gedanken, dass Kal eine Vergangenheit hat, die nichts mit mir zu tun hat.

Vieles davon ist ohnehin schon passiert, bevor irgendetwas zwischen uns hätte passieren können, ungeachtet der Langlebigkeit meiner eigenen Gefühle. Sie wurden sicherlich nie erwidert, und jetzt, wo sie komplizierter sind als je zuvor, kann ich nicht sagen, wo er in diesen Fragen überhaupt steht.

Wahrscheinlich steht er an der gleichen Stelle auf der Landkarte wie immer und benutzt mich, wie er am Anfang sagte.

Aber wenn es sich so anfühlt, von Hades benutzt zu werden, dann werde ich meinen Aufenthalt in der Unterwelt verlängern.

Violet leckt sich über die Lippen und spielt mit dem Ende eines Zopfes, als ein Paar vorbeigeht, das sich an den Händen hält und über einen Strandbesuch spricht. Ihre dunklen Augen haben einen seltsamen Ausdruck, etwas Verlorenes und Vertrautes, also stelle ich meine Frage noch einmal und versuche, sie auf das eigentliche Thema zurückzubringen.

»Woher kennst du Kal?«

Sie wendet ihren Blick zu mir und lächelt traurig. »Ich kenne ihn nicht.«

KAPITEL
Dreiundzwanzig

Kal

Die Tür zu Jonas' Büro fliegt plötzlich auf und knallt mit solcher Wucht gegen die Wand, dass der Knauf den Putz durchschlägt. Elena steht da, die Wut entlädt sich so deutlich in ihr, dass sie die goldenen Iris zum Glühen bringt und sie vor dem Hintergrund der Bar hinter ihr erstrahlen lässt.

»Wenn du eine andere vögelst, will ich das jetzt wissen.«

Ich lehne mich in meinem Stuhl zurück, falte die Hände in meinem Schoß und betrachte sie. Ihr Haar fällt ihr in windgepeitschten Wellen über den Rücken, während das kleine blaue

Kleid, das sie trägt, absolut nichts tut, um ihre Figur vor mir zu verbergen.

Kurven, nach denen ich süchtig geworden bin, die Droge meiner Wahl.

Zu meiner Rechten stößt Jonas von seinem Schreibtisch zurück und schiebt den Ordner mit den Türsteher-Bewerbungen in ihre Mappe, macht aber keine Anstalten, den Raum zu verlassen.

Ich *sollte* überrascht sein, sie hier zu sehen, aber ich bin es nicht. Abgesehen von der Tatsache, dass ich nach ihrem Angriff ihr Telefon so aufgerüstet habe, dass ich ihren Standort jederzeit verfolgen kann, gibt es einfach gewisse Dinge, die man an einem Menschen nicht ändern kann.

Wenn Elena einmal den Geschmack der Freiheit verspürt, wird sie sich nicht kampflos zurückziehen.

Ehrlich gesagt, bin ich überrascht, dass es so lange gedauert hat, bis sie sich von unserem Grundstück weg gewagt hat. Man kann nur eine bestimmte Anzahl von Tagen damit verbringen, auf ein Stück Erde zu starren und darauf zu warten, dass der Frühling kommt.

»Elena«, sage ich und zwinge meine Stimme, gleichmäßig zu bleiben, obwohl ich mich ärgere. Nicht auf sie, sondern auf alles andere in meinem Leben. »Ich bin gerade mitten in einer Sache. Kann das nicht warten?«

»Ich *weiß* nicht, Kal, denn wir haben nie über Geschlechtskrankheiten gesprochen, und ich hatte gerade das interessanteste Gespräch mit einem Mädchen, das dich *kennt*.« Ihre Lippen verziehen sich zu einem Spott. »Du bist der Einzige, mit dem ich zusammen war, also *bist du*, was das angeht, in Ordnung, aber bin ich es? Wer weiß das schon, denn anscheinend bin ich wirklich der klischeehafte Archetyp der Jungfrau, und ich vertraue einfach darauf, dass ein Mann mit so viel mehr Lebenserfahrung als ich – ein verdammter Arzt sogar – es besser weiß.«

»Mist.« Ich fahre mir mit einer Hand über das Gesicht und

reibe mir den Schmerz im Kiefer. Ich sehe Jonas an und nicke in Richtung Tür. »Du kannst dich selbst hinausbegleiten.«

»Ich hätte nichts dagegen, für die Show zu bleiben.«

Ich werfe ihm einen Blick zu, und er schnaubt, steht aber trotzdem auf, wobei seine Kampfstiefel härter als sonst auf den Boden knallen. Als er die Tür erreicht, weicht Elena leicht zur Seite, um ihm den Weg freizugeben, ohne ihren Blick von mir zu nehmen.

»Sei vorsichtig mit ihm, ja, Liebes?«, sagt Jonas, und ich muss mich an den Plastikarmlehnen meines Stuhls festhalten, um mich nicht auf ihn zu stürzen und ihm die Eingeweide aus dem Arschloch zu reißen, weil er sie überhaupt angeschaut hat, nach allem, was passiert ist.

Sie dreht sich um, blinzelt und ist offensichtlich verblüfft, obwohl ich nicht genau sagen kann, ob es an seinem Akzent liegt oder an der Tatsache, dass er überhaupt mit ihr spricht. Die Art und Weise, wie seine Aufmerksamkeit ihr Feuer löscht, ist augenblicklich, wie Finger, die eine Flamme kneifen, bis sie nicht mehr existiert.

»Wer sind Sie?«, fragt sie und verengt die Augen, nimmt die Lederjacke auf den breiten Schultern wahr, den unge- pflegten Bart, das allgemeine Gefühl der Gefahr, das ihn wie eine Gewitterwolke verfolgt.

Ihr Fuß bewegt sich ganz leicht nach hinten; Jonas scheint es nicht zu bemerken, aber ich fange ihn auf, und der Rückzug dreht mir den Magen um.

»Jonas Wolfe, freut mich, dich kennenzulernen«, sagt er und neigt anerkennend sein Kinn nach unten. »Kein Wunder, dass du das nicht wusstest. Der da drüben ist verdammt schlecht im Vorstellen.«

Er deutet mit dem Daumen in meine Richtung, und ich spüre, wie die Grenze zwischen meiner Geduld und meiner Ungeduld schwindet, je länger er hier steht und mir offen die Stirn bietet.

»Wie wäre es, wenn ich dir das Innere eines Sarges zeige?«,

sage ich, löse meine Pistole von dem Gurt an meiner Hüfte, spanne sie und lade ein Magazin in die Kammer.

Ich richte sie direkt auf Jonas' Kniescheibe, lasse meinen Zeigefinger über den Abzug gleiten und zähle in meinem Kopf ab, wie lange er braucht, um sich zu bewegen.

Er ignoriert mich und schenkt Elena ein verschwörerisches Lächeln. »Nicht gerade der höflichste Kerl, was?«

»Nicht wirklich«, stimmt sie leise zu und schaut mir in die Augen; die Hitze von vorhin verwandelt sich langsam in etwas Dumpferes, etwas Bedürftiges.

In ihrer Tiefe verbirgt sich ein Unbehagen, und ich brauche eine Sekunde, um zu erkennen, wie sie sich fühlen könnte, wenn sie nach dem Angriff wieder hierher kommt.

Auch wenn es schon Wochen her ist, muss sie sich vielleicht erst wieder daran gewöhnen, und indem sie hier hereinstürmt, um mich zu konfrontieren, hat sie vielleicht ein paar wichtige Schritte der Genesung übersprungen.

Selbst das stärkste Glas zerbricht unter genügend Druck.

»*Auf Wiedersehen*, Jonas«, schnauze ich und kneife ein Auge zu, um besser zielen zu können. Gerade als ich den Abzug zurückziehen will, ohne darauf zu achten, dass draußen Kunden stehen, reißt er die Tür auf.

»Alles klar«, sagt er, winkt mit der Mappe in meine Richtung und nickt Elena zu. »Nochmals: Schön, dich endlich kennenzulernen, Miss Elena. Ich bin sicher, wir sehen uns bald wieder.«

Sie nickt, ohne meinen Blick zu unterbrechen, und dann schlüpft er ohne ein weiteres Wort aus dem Zimmer und zieht die Tür hinter sich zu.

»Schließ die Tür ab und komm langsam zu mir«, befehle ich und hebe meinen Zeigefinger in einer 'Komm her'-Geste.

Es dauert einen Moment, bis sie einen Atemzug lang zögert, aber dann dreht sie sich um und gehorcht mit zittrigen Händen. Ihre Kehle kräuselt sich bei einem Schluck, als sie auf mich zugeht und ihre Handflächen in den Bauch presst, sittsamer und unterwürfiger als ich sie je zuvor gesehen habe.

Der Kontrast ist fast verblüffend, das Mädchen, das vor wenigen Minuten in das Büro gestürmt ist, ist nicht einmal mit dem zu vergleichen, das vor mir steht.

»Jetzt«, sage ich, lege die Waffe auf den Schreibtisch, setze mich aufrecht hin und streiche mit den Händen über meine Oberschenkel. »Setz dich.«

Ihre Augenbrauen ziehen sich nach innen, und sie blickt sich um und stellt fest, dass der einzige andere Stuhl im Büro der ist, der an Jonas' Schreibtisch steht. Langsam gleitet ihr Blick wieder zu mir, und diese süße, vertraute Röte kriecht ihren Hals hinauf.

»Ist das angemessen? Dein Freund könnte wieder reinkommen.«

»Wenn die Tür verschlossen ist? Das bezweifle ich.« Ich klopfe mir auf den Schoß und ziehe erwartungsvoll die Brauen hoch, während ich beobachte, wie sie mit ihrer Unsicherheit ringt. »Du kannst dich hinsetzen, wo immer du willst, Kleines, wenn du dich wirklich nicht wohl fühlst. Auf dem Schreibtisch, auf dem Boden. Du kannst auch stehen bleiben. Aber wie auch immer, ich möchte, dass du mit mir kommunizierst, angefangen mit dem, was du von dir gegeben hast, als du hier hereingestürmt bist.«

Sie ballt und lockert ihre Fäuste, und ihre Augen wandern durch den Raum, während sie nach den Worten zu suchen scheint. Schließlich nickt sie wieder, dann schließt sie den Abstand zwischen uns und lässt sich auf meinen Schoß fallen.

Das Kleid, das sie trägt, sitzt hoch an den Oberschenkeln, und ich ziehe es herunter, als sie sich niederlässt, weil ich sie unbedingt wieder so fühlen möchte, aber mir auch bewusst ist, dass sie eindeutig etwas durchmacht. Und im Moment braucht sie mehr als nur einen schnellen, harten Fick.

»Also«, fordere ich sie auf, fahre ihr mit den Fingern durch die Haare im Nacken und neige ihren Kopf leicht nach hinten. »Du hast draußen ein Mädchen getroffen.«

Sie schluckt, ihre Kehle arbeitet bei dieser Bewegung. Ihre Augen sind in dieser Position weit aufgerissen, verletzlich, da sie gezwungen ist, mich anzustarren, und das setzt meine ganze verdammte Seele in Brand.

»Und du hast automatisch angenommen, dass sie jemand ist, mit dem ich in der Vergangenheit intim gewesen bin? Oder mit der ich gerade intim bin, wenn deine Anschuldigung von vorhin zutrifft.« »Sie sagte, dass sie dich *kennt*.«

Ich ziehe ihren Kopf noch weiter zurück, streiche mit meiner Nase über die glatte Fläche ihres Halses und atme tief ein. Meine Lippen spalten sich, und meine oberste Zahnreihe streicht sanft über den schorfigen Bluterguss, der das Tal zwischen ihrem Hals und ihrer Schulter ziert.

Ich habe in meinem Leben schon viele Kunstwerke gesehen, alle möglichen Varianten des Begriffs, aber noch nie eines, das so atemberaubend war wie dieses. Die blasse Leinwand ihres geschmeidigen Fleisches, bemalt mit den Spuren unserer Sünden.

»Ich kenne eine Menge Leute, Elena. Ich schlafe sicher nicht mit jedem, den ich treffe.« Ich beiße meine Zähne in den dicken Muskel, der an ihrer Kehle entlangläuft, und ziehe sie in mich hinein, während sie unter dem Ansturm des Schmerzes zusammenzuckt.

»Sie kannte mich auch«, flüstert Elena, deren Finger sich in den Kragen meines Hemdes krallen. »Sie schien ziemlich überrascht, dass ich die Gefühle nicht erwidern konnte. Und da wurde mir klar ...«

Als sie nicht weiterkommt, ziehe ich mich zurück, bis unsere Nasen einander streifen, und warte auf mehr.

»Was?«

»Ich kenne *dich* kaum«, sagt sie, und obwohl sie es so sanft sagt, wie sie nur kann, entgeht mir die Andeutung nicht, die sich unter der Oberfläche verbirgt. Die Anschuldigung ist immer noch in ihrem Tonfall zu hören, als ob sie an mich glauben *möchte*, sich aber nicht dazu durchringen kann.

Der nächste Atemzug fühlt sich an, als würde ich heiße Kohlen schlucken, und ich atme ihn langsam durch die Nase aus und konzentriere mich auf das gleichmäßige Pochen ihres Pulses, der an ihrem Hals schlägt.

Meine Zunge ist schwer, wenn ich spreche, ein Hindernis, um das ich herumreden muss. »Was willst du wissen?«

Noch bevor sie ihren Mund öffnet, weiß ich, dass ihre Antwort *alles* sein wird.

KAPITEL
Vierundzwanzig

Elena

Irgendwie weiß ich schon, bevor er überhaupt etwas sagt, dass er mir nicht wirklich *alles* sagen wird.

Warum sollte man alle Spielzüge verraten, wenn das Spiel noch lange nicht vorbei ist?

Kal schiebt mich auf seinen Schoß und manövriert mich so, dass mein Hintern von seinem Unterarm gestützt wird, der teilweise auf dem Stuhl ruht, und ich irgendwie auf ihn hinunterschaue. Es fühlt sich an wie ein stilles Einverständnis, als ob er weiß, dass er mir nicht alle seine Geheimnisse anvertrauen kann, aber er kann mir wenigstens etwas von seiner Macht geben.

Er schiebt seine linke Hand zwischen meine Schenkel, und für eine Sekunde denke ich, dass er versuchen wird, mich abzulenken, indem er unter mein Kleid gleitet, aber er tut es nicht. Seine Finger drücken einmal, dann werden sie zu einem festen Griff, und er sieht mich an, als würde er darauf warten, dass ich weitermache.

Ich falte meine Hände und zucke mit den Schultern. »Um ehrlich zu sein, weiß ich nicht, wo ich anfangen soll.«

»Wir müssen ja nicht an einem Nachmittag ein ganzes Leben lang Probleme durchgehen. Warum fängst du nicht mit dem an, was dich am meisten stört, dem Nichtwissen?«

Er ist so logisch, so besonnen, dass ich mir fast dumm vorkomme, weil ich überhaupt hierher gekommen bin. Auch wenn es offensichtlich ist, dass meine kleine Panikattacke eine Erweiterung von etwas Größerem war, zumindest für mich, webt die Verlegenheit einen unangenehmen Strick in meiner Brust, den ich nicht ignorieren kann.

Ich knabbere an der Innenseite meiner Wange und zerbreche mir den Kopf. »*Schläfst* du mit jemand anderem?«

»Würde es dich stören, wenn ich es täte?«, fragt er und blickt auf die Stelle, an der seine Hand liegt. »Aus anderen Gründen als dem Risiko für deine Gesundheit?«

Ich lasse meinen Blick auf sein Schlüsselbein fallen, das dort hervorschaut, wo ich sein Hemd heruntergezogen habe, und wäge die Konsequenzen ab, wenn ich die Wahrheit zugebe. Mich für einen Mann zu öffnen, von dem ich bereits weiß, dass er mich niemals lieben kann, und wie es sich anfühlen könnte, einmal auszubluten, ohne dass er die Schweinerei wegwischt.

Aber ich habe den Schmerz immer gemocht.

»Ja«, murmle ich, wobei meine Zunge noch immer nicht ganz mit meinem Herzen an Bord ist.

Seine Finger biegen sich, das Metall seines Eherings drückt sich eisig in mich. Ein harter Blick geht über sein Gesicht, seine

Pupillen weiten sich, aber der Rest von ihm bleibt vollkommen ruhig. »Nein, das tue ich nicht.«

Ich atme stoßweise, die Erleichterung entweicht aus meinen Lungen, und ich will schon zur nächsten Frage übergehen, als die Hand auf meinem Oberschenkel sich festklammert und einen scharfen Schmerzfunken durch mein Bein schickt.

Die Stelle läuft knallrot an, und er lockert seinen Griff, als ich ihn wegschieben will, und streicht mit den Fingerkuppen über die Stelle.

»*Aua*«, sage ich, und in meiner Magengrube steigt die Verärgerung auf.

»Ich glaube, die bessere Frage ist, warum du glaubst, dass ich mit einer anderen Frau schlafe.« Jetzt wandert seine Hand tatsächlich nach oben, die Spitze seines Mittelfingers verschwindet unter dem Saum meines Kleides und verharrt dort. »Habe ich mich unklar ausgedrückt, dass unsere Ehe echt ist?«

Ich schüttele den Kopf. »Nein, es ist nur ...«

»Nur was? Verunsicherung? Eifersucht?« Ein weiterer Zentimeter rutscht vorbei, und mein Atem stockt, als er das vernarbte K streift. »Ich gebe zu, deine Eifersucht ist verdammt köstlich, Kleine. Allein der Gedanke daran macht mich hart wie ein verdammter Stein.«

Wie auf ein Stichwort hin spüre ich, wie sich seine Erektion unter mir versteift und gegen den Stoff seiner Anzughose drückt. Feuchtigkeit sammelt sich zwischen meinen Beinen und lässt meinen Körper vor Verlangen erröten.

Mit hochgezogenen Augenbrauen reiße ich mich davon los, seinen Aufstieg zu beobachten, und eine Gänsehaut breitet sich auf meiner Haut aus. »Denken die meisten Menschen nicht, dass Eifersucht schlecht ist?«

»Weniger entwickelte Leute als ich vielleicht. Oder mehr, je nachdem, wie man es betrachtet.« Ich schnappe nach Luft, als er mit der Spitze eines Fingers über meinen Kern streicht, kurz und federleicht, als ob er nur das Wasser testen wollte.

»Aber bei *uns* sagt es mir, dass du genauso verrückt bist wie ich.«

Ich blinzle, mein Herz bleibt tatsächlich in meiner Brust stehen. »Was?«

»Der Gedanke, dass du auch nur einen anderen ansiehst, erfüllt mich mit einem unbeschreiblichen *Schmerz*«, sagt er und unterstreicht das letzte Wort, indem er einen Finger in mein Geschlecht stößt und Platz schafft, wo vorher keiner war. »Ein Schmerz, auf den ich kein Recht habe, ihn zu fühlen, kein Recht, ihm nachzugeben, aber Gott, manchmal kann ich nicht anders. Wenn jemand in deine Richtung blickt, bin ich versucht, ihm das verdammte Herz herauszureißen. Ich freue mich, dass du das auch spürst.«

Er schmiegt sich an mich und streichelt mich langsam, wahnsinnig, und mein Kopf fällt auf meine Schultern zurück, und mein Nacken bricht durch das plötzliche Gewicht fast entzwei.

Die Brust hebt und senkt sich im Takt der Bewegung seiner Finger, und er beobachtet mich mit gespaltenen Lippen und geschlossenen Lidern, als würde er mit jedem stotternden Atemzug, der aus meinen Lungen entweicht, erregter werden.

»Verstehst du es, Kleines?«, sagt er und schiebt zwei weitere Finger in mich hinein, spreizt sie, sodass ich mich um ihn herum ausdehne, verzweifelt darauf bedacht, gefüllt zu werden. »Niemand erweckt dieses Gefühl in mir, wie könnte ich mich also jemals zu einem anderen Bett hingezogen fühlen? Du gibst mir das Gefühl ...«

Mein leises Keuchen lenkt ihn ab, mein Orgasmus sammelt sich an der Basis meiner Wirbelsäule und zieht sich so fest zusammen, dass sich mein Körper nach innen beugt. Die schmatzenden Geräusche, die von der Stelle kommen, an der er in mich hinein- und wieder herausstößt, hallen von den Wänden des Büros wider, so laut, dass ich mich frage, ob sie nicht durch den Putz dringen und die Ohren der Kunden draußen erreichen werden.

Irgendwie, ohne seine Finger aus meinem Inneren zu nehmen, hebt Kal mich hoch, sodass wir gegen die Tür gelehnt sind, und fährt mit seiner freien Hand an meinem Körper entlang; er zieht den Ausschnitt meines Kleides unter meine Brüste und streichelt eine harte Brustwarze, bevor er sich auf die Knie fallen lässt.

»Verdammt, hörst du das? Wie feucht dich meine Stimme und meine Finger machen? Spürst du, wie sehr deine süße kleine Muschi versucht, mich aufzusaugen?«

Es fällt mir wirklich schwer, mich auf die Worte aus seinem Mund zu konzentrieren, geschweige denn auf die widerwärtige Art, wie sich mein Körper für ihn öffnet.

Er schiebt mein Kleid bis zur Taille und schaut zu mir hoch, der dunkle Blick in seinen Augen lässt die Muskeln in meiner Brust zusammenziehen. »Lass das nicht fallen«, sagt er, nimmt eine meiner Hände und umklammert den Stoff an meiner Hüfte, beugt sich vor, sodass sein heißer Atem über meine Muschi streicht.

»Kal, da sind Leute …«

Er lächelt, teuflisch, hungrig und *fremd*. Ich habe ihn noch nie, niemals, *lächeln* sehen.

Er hebt seinen Unterarm und drückt damit meine Hüften gegen die Tür, um mich zwischen seinen Lippen und dem Holz einzuklemmen. Ich schlucke, und die Wildheit in seinen Augen schnürt meinen Magen zu einem riesigen Knoten zusammen.

»Ich *will*, dass sie es hören, Kleines. Sie sollen wissen, was ich mit dir mache, was *nur ich kann*.« Ein Lecken, das direkt in meine Naht eindringt, während er seine Finger noch schneller einführt, und schon stehe ich an der Schwelle zu einer verdammten Offenbarung. »Wenn du eifersüchtig bist, bin ich ein gottverdammter Psychopath.«

Als er seinen Mund an meine Klitoris presst, entlockt er meiner Speiseröhre ein Stöhnen, das meine Eingeweide versengt, während es an meinen Lippen vorbeiströmt. Mit schnellen, kurzen Bewegungen peitscht seine Zunge gegen mich und lässt Stromstöße durch meine Nervenenden jagen.

»Sieh mich an, Elena«, sagt er und wirbelt, wobei sein Mund gegen meine Lippen vibriert und ein köstliches Gefühl erzeugt, das sich mit seinen Liebkosungen duelliert. »Sieh dir deinen Mann an, wenn du für ihn kommst.«

»Oh, *Gott*.« Mein Kopf knallt gegen die Tür, die Augen flattern zu.

»Ich bezweifle, dass ER dich so zum Orgasmus bringen kann«, sagt Kal, während er mit den Zähnen in meinen zweiten Puls beißt und mich zur Aufmerksamkeit zwingt. »Augen auf mich.«

Sein Befehl lässt keinen Raum für Protest, sein Blick zieht mich an und lässt mich nicht mehr los. Er verschließt seine Lippen um mich, saugt meine Klitoris in seinen Mund und presst seine flache Zunge auf ihre Spitze.

»Was?«, krächze ich, als ich mich an sein unvollendetes Geständnis erinnere, und meine Hüften heben sich, um der vollen Bewegung zu folgen, auf der Suche nach süßer Erlösung. »Was fühlst du bei mir?«

Lust flackert in seinen Augen auf, verdunkelt sie, bis sie so schwarz sind wie sein Haar, und er lässt mich gerade genug los, um seine Zunge für eine Sekunde freizugeben und mich wollüstig und leer zurückzulassen.

»*Lebendig*«, zischt er und taucht wieder ein, um sich die Mahlzeit zu holen, für die er auf die Knie gefallen ist. Während er mich mit seinen Fingern bearbeitet und mit seiner Zunge massiert, bebt meine Muschi und droht zu explodieren. »Bist du bereit? Komm für mich, *Frau*. Zeig mir, wie verrückt ich dich mache.«

Ich nicke verzweifelt und bin kaum in der Lage, den Blickkontakt zu halten, als die euphorische Welle sich aufbäumt und mit solcher Wucht über mich hereinbricht, dass sich meine Sicht teilt und in zwei Hälften zerbricht, während mein Körper zuckt. Er stürzt sich auf mich, röchelt und stöhnt, als wäre ich die befriedigendste Delikatesse, die er je gekostet hat, und seine Laute spornen mich an, so dass ich einen Schock nach dem anderen erlebe, während mein Orgasmus durch mich hindurch pocht.

Mein Körper driftet langsam wieder in die Erdumlaufbahn zurück, als er sich von mir löst und meine Säfte seinen Mund benetzen. Er wischt mit seinen Lippen und Fingern über die Narbe an meinem Oberschenkel, als wäre es eine Art Ritual nach dem Essen.

Er steht auf, streicht sich mit den Händen über die Brust und streift meinen Rock zurecht, sodass meine Brüste frei liegen. Ich bemerke den Umriss seines Schwanzes, der kaum von seiner Hose eingeengt wird, als er innehält, um das Heben und Senken meiner Brust zu bewundern.

»So schöne Haut«, sagt er, und sein Blick bleibt auf der Stelle haften, an der er jedes Mal, wenn wir ficken, gerne zieht.

»Markiere es«, sage ich, meine Stimme ist kaum ein Flüstern.

Seine Augen richten sich auf meine, lodernd vor unverhohlenem Verlangen. Er schluckt heftig, sein Adamsapfel hüpft, und kommt einen Schritt näher. »Ja? Würde dir das gefallen?«

Ich nicke, lecke mir über die Lippen und lasse meinen Blick wieder zwischen uns schweifen. Obwohl ich gerade erst gekommen bin, erwacht mein Körper beim Anblick seiner Erregung zum Leben, meine Muschi krampft sich zusammen, als wäre ich ausgehungert.

Er streckt seine Hand aus, umfasst meine Brüste, drückt die Unterseiten in seinen Handflächen und streicht dann mit seinen Daumen über die spitzen Brustwarzen. »Dann auf die Knie.«

Das ist nicht gerade das, was ich im Sinn hatte, denke ich, und lasse mich trotzdem dazu herab, den Gefallen zu erwidern. Ich bin bereit, alles zu tun, was nötig ist, damit dieser Mann mich weiter ansieht, als hätte ich die Sterne mit bloßen Händen an den Himmel gehängt.

Für einen Mann, der so sehr an die Dunkelheit der Nacht gewöhnt ist, war es vielleicht genau das, was ich getan habe.

Er schnallt seine Hose auf und zieht langsam den Reißverschluss einen Zahn nach dem anderen herunter. Flache Atemzüge entweichen meiner Brust, während ich zu ihm hinaufblinzle, den Mund auf Höhe seines Schwanzes, der sich frei bewegt und sich leicht nach oben in Richtung seines Bauches wölbt.

Beim Anblick seiner dicken, geäderten Erektion läuft mir das Wasser im Mund zusammen, und sofort beuge ich mich vor, um die lila Krone zu küssen. Ich habe ihm noch nicht oft einen geblasen, denn er scheint sich dagegen zu sträuben, aber das Zischen, das mir jedes Mal entweicht, wenn mein Mund ihn berührt, gibt mir das Gefühl, dass ich etwas richtig mache.

Kal fährt mit seinen Fingern durch das Haar über meinen Ohren und hält mich mit seiner Eichel an meinen Lippen fest.

»Ich möchte dir alles über mich erzählen«, sagt er, bewegt meinen Kopf von einer Seite zur anderen und benetzt mein Fleisch mit den feuchten Perlen des Spermas, das von seiner Spitze tropft. »Du bringst mich dazu, dir jedes Geheimnis zu verraten, das ich je hatte, Elena. So etwas passiert nicht ... nun ja, niemals. Nicht bei mir.«

Ich antworte nicht verbal, sondern öffne meinen Mund und nehme ihn stattdessen zwischen meine Lippen, um ihm zu zeigen, wie ich mich bei seinem Eintritt fühle. Und obwohl ich nicht das Gefühl habe, dass ich heute Antworten auf irgendetwas anderes bekomme, macht das Versprechen, das in seinen Worten steckt, das irgendwie wieder wett.

Ich ziehe ihn weiter in meinen Mund, lasse meine Zunge über seinen Schaft gleiten und ziehe die Wangen ein, als ich so weit wie möglich komme. Seine Finger in meinem Haar sind warm, sanft, trotz der Dringlichkeit seines Atems und des verzweifelten Tons seiner Worte.

»Es wundert mich nicht, dass meine kleine Schlampe ein solch dreckiges Maul hat«, stöhnt er, seine Hüften zucken, als ich über den Schlitz an seiner Spitze lecke und mich dann wieder auf sein Glied stürze. »Du bist wie für mich gemacht, nicht wahr? Gemacht, um meinen Schwanz zu nehmen. Gemacht, um meine kleine Schwanzhure zu sein.«

Ich summe zustimmend, sein schmutziger Mund weckt eine Begierde in meinem Bauch, das Bedürfnis, dies *phänomenal* zu machen, löscht alles andere in meinem Gehirn aus.

Meine Fingernägel krallen sich in seine Hose, graben sich in seine Oberschenkel, während ich versuche, näher heranzukommen und im Takt meines zweiten Pulses auf und ab zu wippen.

»Berühre dich selbst«, sagt er düster, und der Befehl jagt mir einen Schauer über den Rücken.

Ich ziehe mich mit einem Ruck zurück, mein Geschlecht krampft sich in Erwartung zusammen.

»Ich will nicht wund sein«, sage ich. »Ich kann nicht.«

»Du wirst«, antwortet er, eine Herausforderung auf seiner Stirn. Er verstärkt seinen Griff um meine Kopfhaut und zieht mich zu seinem sabbernden Schwanz, den er mir ein-, zweimal auf die Wange klatscht, bevor er wieder in mich eindringt. »Entspann deine Kehle und spiel mit deiner Muschi. Kannst du das für mich tun?«

Ich zögere wieder, meine Finger zucken, aber schließlich nicke ich leicht. Er atmet aus und schiebt mir seinen Schwanz in den Rachen; ich lege meine Zunge in letzter Sekunde flach, weil ich seine Anweisung, mich zu entspannen, gerade noch so registriert habe, dass ich sie befolge, und versuche, mich nicht zu übergeben.

Seine Augen verlassen meine nicht, selbst als er mich an sich drückt und meine Nase sein Schambein kitzelt. Als klar wird, dass er mich nicht eher aufstehen lässt, bis ich mich selbst berühre, wandern meine Finger zum Scheitelpunkt meiner Schenkel und streichen durch meine triefenden Falten.

Sobald ich mich berühre, zucke ich zusammen, immer noch empfindlich von dem Orgasmus, den er mir beschert hat. Hitze überflutet mein Gesicht und meine Sicht verschwimmt, und Kal zieht mich weg, stotternd und hustend, als Sauerstoff in meine Nasenlöcher eindringt.

Speichel benetzt meine Lippen, tropft mein Kinn hinunter, eine dünne Schicht, die mich mit ihm verbindet, und ich spüre den vertrauten Druck, der sich in mir aufbaut und den Schmerz verdrängt.

Ich kreise mit zwei Fingern über meiner Klitoris, arbeite wie wild, während mich die Ekstase durchströmt, und er lächelt, schiebt sich an meinen Lippen vorbei und wiederholt die gleiche, in der Luft pochende Bewegung.

Eine Welle von etwas, das verdreht aussieht und zwischen Schmerz und Vergnügen schwankt, überspült sein Gesicht, und als er meinen Mund wieder entfernt, seufzt er.

»Ich werde kommen, Kleines. Ich werde dich markieren, wie du es verlangt hast. Und du wirst es hier draußen tragen, wie eine gute kleine Schlampe.« Er streicht mit seinem Daumen über meinen geschwollenen Mund, und ich reibe mich schneller, versuche, dorthin zu kommen, wo er ist. »Okay?«

Ich nicke und strecke meine Zunge heraus, um zuzustimmen.

Als er wieder in mich eindringt, stößt sein Schaft in meine Kehle und fährt mehrere Male ein und aus, als ob er sich auf ein Finale vorbereitet. Mein Kitzler schwillt so stark an, dass es sich anfühlt, als könnte er platzen, Funken fliegen, wo meine Finger arbeiten, und dann stößt er bis zum Anschlag zu und hält mich an Ort und Stelle.

Ich konzentriere mich darauf, mich in seinem Griff zu entspannen, den salzigen Geschmack seiner Erregung aufzusaugen und zu beobachten, wie sich sein Unterleib bei seinem bevorstehenden Höhepunkt kräuselt. Meine Finger fliegen, reiben und kneten, meine Brust wird leicht, während es immer schwieriger wird, zu atmen.

Ich fühle es, mein Bewusstsein, das an meinen Fingerspitzen vorbeischwebt, knapp außerhalb der Reichweite, und damit meine Erlösung.

»Ich will es hören«, sagt er und tippt mir auf die Nase. »Wenn du mit meinem Schwanz in deinem Hals kommst, will ich es verdammt noch mal hören.«

Es beginnt, noch bevor er zu Ende gesprochen hat, und bricht aus wie ein Vulkan, während sich meine Augenwinkel verdunkeln. Meine Klitoris pocht unter dem Druck meiner Finger, und als Kal sich gerade weit genug zurückzieht, um wieder hineinzustoßen, schreie ich auf, als sich Schock und Hochgefühl in meinem Bauch mischen und jeden Nerv meines Körpers durchdringen.

»Das war's.« Kal stöhnt, das Geräusch ist weich und ursprünglich, und ich schwöre, dass ich spüre, wie er in meinem Mund anschwillt und Ströme von heißem Sperma herausschießt, als er kommt.

Er zieht sich aus mir zurück, während der Strom weiter spritzt, zieht seinen Schlitz über meine Lippen und zeigt dann nach unten auf meine Brüste, um sie mit seinem Samen zu bedecken.

Er lässt sich gegen die Tür sinken, atmet tief ein und wischt sich den Schweiß von der Stirn, wo er versickert. »Mein Gott. Ich glaube, eines Tages wirst du mich umbringen.«

Ich schnappe auf dem Boden nach Luft und brauche eine Minute, um mich zu sammeln. Schmunzelnd stehe ich auf wackeligen Beinen auf und sehe mich nach einem Taschentuch um, mit dem ich mich abtrockne. Ich gehe zum Schreibtisch und ziehe eines aus der Schachtel, aber er schnalzt missbilligend mit der Zunge.

»Was machst du da?« Er kommt zu mir und nimmt mir das Taschentuch aus den Fingern. »Dachtest du, ich mache Witze darüber, dass du hier mit meiner Wichse verschmiert weggehst?«

Meine Wangen glühen. »Ich dachte nur, es wäre eine Art Hitze des Gefechts.«

»Bei dir ist es immer die Hitze des Gefechts«, sagt er und hat sein seltsames Grinsen wieder aufgesetzt, während er meine Arme zurück in mein Kleid manövriert und den Ausschnitt über meine Brüste hochzieht. Sein Sperma ist kühl auf dem weichen Stoff, darunter versteckt, aber ich kann es riechen.

Ich weiß, dass es da ist, wie ein Geheimnis, das wir beide teilen, und der Gedanke daran lässt mich ... *lebendig* fühlen.

KAPITEL
Fünfundzwanzig

Ich werde den blick in den Augen des ersten Mannes, den ich getötet habe, nie vergessen.

Mit sechzehn Jahren stand ich bereits drei Jahre lang unter der Obhut der Riccis. Ich lernte Rafael kennen, als meine Mutter das Dana Farber Krebs-Institut besuchte, um ein Medikament zu testen, dass das Wachstum ihrer Krebszellen stoppen *könnte*.

Rafael saß in der Lobby und wartete auf die Nachricht, ob seine Großmutter in Remission war oder nicht. Er saß aufrecht in seinem knackigen marineblauen Anzug und drehte Rosenkranzperlen um seine Finger, wie ein Mann, der nicht ganz an ihre Kraft glaubte.

Ich erinnere mich, wie ich auf dem Weg zur Cafeteria an ihm vorbeiging und das goldene Metall seines Daumenrings in der Neonbeleuchtung glänzte.

In meiner kurzen Zeit auf der Erde hatte ich noch nie etwas oder jemanden gesehen, der von Natur aus so *verschwenderisch* war. Der Mann strahlte Luxus und Autorität aus, und er wusste es. Er ließ es in der Luft um sich herum stehen und forderte jemanden heraus, der etwas anderes behaupten wollte.

Ich lernte ihn offiziell erst an unserem letzten Tag in Boston kennen. Ich stand draußen, beobachtete, wie mein Atem in der kalten Novemberluft auftauchte und wieder verschwand, und versuchte, die Enttäuschung auf meinem Gesicht zu verbergen, als die Krankenschwester meine Mutter herausbrachte.

Rafael trat in einem weiteren dunklen Anzug nach draußen, zog eine Zigarre aus seiner Brusttasche und zündete sie sich an, während er sich an eine Betonwand lehnte, an der ein RAUCHVERBOTSCHILD hing. Er schaute mich an und nickte, als hätte er eine unausgesprochene Bitte verstanden.

»Nur du und deine Mutter, Kleiner?«

Ich schluckte, nickte und wusste, dass ich nicht mit Fremden reden sollte. Aber ein offensichtlich *reicher* Fremder, der sich in einem Krankenhaus herumtrieb? Wie schlimm konnte er schon sein?

Er saugte am Ende seiner Zigarre – Cohiba Behike, eine Marke, die ich irgendwann in- und auswendig kennenlernen würde – und neigte sein Kinn. »Wie heißt du?«

Ich kniff die Augen zusammen.

Er grinste über meinen Gesichtsausdruck und lachte, als würden wir einen Insider-Witz teilen.

Wenige Augenblicke später gesellte sich eine langbeinige Brünette zu ihm, die in einen dunkelvioletten Pelzmantel gehüllt war und ein Baby an ihrer Brust trug. Sie machten sich auf den Weg zu einem abgedunkelten Cadillac, der auf dem Pannenstreifen wartete, aber nicht bevor er mir auf die Schulter klopfte und eine Karte zu Boden fallen ließ, auf dem das Wappen der Ricci Inc. Insignien zu sehen war.

Es war ein einfaches Wappen, ein Löwe, der eine Krone aus Totenköpfen trug, aber trotzdem hat es sich an diesem Tag in mein Gehirn eingebrannt, als ob es schon immer da gewesen wäre.

Aber es war die Frau, die ich nicht aufhören konnte anzustarren, und als ihr dunkler, fesselnder Blick den meinen traf, kurz bevor sie in ihr Fahrzeug stieg, war ich hin und weg.

Nachdem meine Mutter gestorben war und mein leiblicher Vater mich *wieder* zurückgewiesen hatte, suchte ich die Riccis auf, ohne zu ahnen, dass ihre Anwesenheit mein Schicksal für immer verändern würde.

Es hatte ganz harmlos angefangen, als ich Tickets für eines der illegalen Glücksspiele besorgte, die Rafe von der Rückseite eines Feinkostladens in Roxbury aus betrieb. Aber als er anfing, mich im Kämpfen und *Verteidigen* auszubilden, wusste ich, dass sich die Dinge ändern würden.

Und als ich meinen ersten Schlag ausführte, tat ich das mitten in der Nacht, in einer schmutzigen Gasse, während der Mann, der beschuldigt wurde, Rafes Vater verraten zu haben, sich vollpisste.

Als ich ihm die Kugel zwischen die Zähne jagte, das Blut über die weiße Bluse seiner Frau spritzte und Hirnmasse gegen mein Gesicht spritzte, konnte ich nur den entsetzten Blick in seinen Augen sehen. Der reine Schrecken, der für immer in der Zeit eingefroren war, als er zu mir aufblickte und um Gnade flehte.

In den Jahren danach habe ich diesen Blick nie vergessen, allerdings nicht, weil ich betroffen war.

Denn ich habe *nichts* gefühlt.

Wenn ich heute mein Skalpell über die Brust eines von Elenas Angreifern ziehe, ist es dieses Gefühl, auf das ich versuche, mich zu konzentrieren. Ich schiebe das, was von meinem moralischen Urteil übrig geblieben ist, in die Tiefen meines Gehirns und nutze diesen Abgrund, der in mir existiert, um die Dinge abzuwehren, die ein normaler Mensch fühlen würde.

Schuldgefühle. Besorgnis. Übelkeit, als sich das Fleisch des Mannes für mich öffnet. Mit weit aufgerissenen Augen starrt er mich an, schreit um seinen Knebel herum und fleht wahrscheinlich um Gnade.

Einen Moment lang bin ich versucht, ihm zuzuhören. Die Rolle zu spielen, die mein Großvater von mir verlangte, die Rolle, von der meine Schwester mehr erfahren würde.

Aber dann sehe ich den Ring an seiner rechten Hand, der zu dem passt, den Rafael trägt, und ich werde daran erinnert, warum ich das jetzt noch nicht tun kann.

Tony hatte ein paar Nachmittage, nachdem ich Jonas aus dem Büro der Bar verjagt hatte, am Hafen verbracht und Jonas hatte ihn zufällig auf einem Bild erkannt, das er vor ein paar Wochen im Internet gesehen hatte, auf dem Rafe und Carmen versuchten, wie trauernde Eltern auszusehen.

Er lockte ihn in einen gefälschten Koks-Deal, packte ihn, knebelte ihn und setzte ihn vor meiner Tür ab.

Und obwohl ich mich sowohl in der Medizin als auch in *offiziellen* Angelegenheiten mit dem Vorruhestand abgefunden hatte, konnte ich nicht wegsehen, als er auftauchte.

Ich musste Rafael die Nachricht über seine Tochter überbringen: dass sie zu mir gehört.

Mein Schnitt ist nicht tief genug, um Tonys Haut beim ersten Durchgang vollständig zu durchdringen, aber es reicht, um ihn bluten zu lassen, als meine Klinge seinen Bauchnabel erreicht.

Ich greife nach vorne und ziehe ihm mit einer blutigen, behandschuhten Hand den Knebel aus dem Mund. Schweiß rinnt ihm die Stirn hinunter und beschmiert seinen dunklen Bürstenhaarschnitt, und er saugt einen großen Schluck Luft ein, kurz vor dem Hyperventilieren.

»Bist du bereit, mir zu sagen, warum der Don dich geschickt hat, um meine Frau zu verprügeln?«

Er nickt, hustet und öffnet den Mund zum Sprechen. Aber alles, was herauskommt, ist ein ohrenbetäubender Schrei, und ich stopfe ihm den Knebel wieder in den Mund, während der Muskel unter meinem Auge zuckt. Ich bin versucht, den Knebel zurückzudrücken, bis er daran erstickt und nicht einmal mehr atmen kann, aber ich schließe die Augen und versuche, mich mit ein paar Atemzügen zu beruhigen.

»Ich werde dir den Knebel noch einmal aus dem Mund nehmen«, sage ich schließlich und atme langsam aus. »Und das einzige Geräusch, das ich von dir hören will, ist die Antwort auf meine Frage. Verstanden?«

Er nickt erneut und beginnt zu stöhnen, offensichtlich versucht er zu sprechen. Ich befreie ihn vom Knebel und lasse ein Ende des Stoffes in seinen trockenen Lippen hängen, nur für den Fall.

»Geld«, verschluckt er sich, und seine Stimme kommt aus dem ausgetrockneten Mund. »Der Don sagte, er brauche Geld, und du wärst eher bereit, es ihm zu geben, wenn er etwas bedrohen würde, das dir etwas bedeutet.«

Mein Magen dreht sich um, die Irritation wächst zu einer leisen Wut. »Seine eigene Tochter?«

»Er steckt in Schwierigkeiten«, knirscht Tony, kneift die Augen zusammen und zischt, als ich einen Finger gegen eine gebrochene Rippe drücke. »*Leck mich*! Ich beantworte deine Fragen.«

»Zu gut, fürchte ich.« Ich ramme meine Handfläche in seine Rippen, verlagere mein Gewicht, bis sie weiter brechen, und er schreit auf. »Es klingt einstudiert. Als hätte Rafael gewusst, dass ich dich finden würde.«

Durch den Schmerz keuchend, strampelt Tony auf dem Tisch und zerrt an den Gurten, die ihn am Boden halten. »Natürlich wusste er das! Deshalb hat er ja auch Vincent benutzt, um es einfacher zu machen. Bist du nicht dafür bekannt, dass du jeden finden kannst?«

»Ich bin für viele Dinge bekannt«, sage ich, wickle meine Finger um mein Skalpell und streife mit der scharfen Kante eine rote Brustwarze, nicht überrascht, dass Vincent ein Pfand war. »Vor allem dafür, Autopsien an Lebenden durchzuführen.«

»Oh, Gott, nein. Komm schon, ich werde dir alles sagen, was du wissen willst.«

Ich halte inne, die Spitze der Klinge ruht in der Nähe der linearen Wunde auf seiner Brust. »Warum hat er die Geschichte mit der Entführung so aufgebauscht?«

Tony schüttelt den Kopf. »Nicht er, Carmen. Sie hat es sofort an die Presse weitergegeben. Sie sagte, du wärst gefeuert worden und hättest dich gerächt, indem du ihr die Erstgeborene genommen hättest.«

Spöttisch rolle ich innerlich mit den Augen. Natürlich hat sie das getan. Eifersüchtiges Miststück.

»Was noch?«

Tony atmet aus und blickt sich im Raum um, während er sich den Kopf zerbricht. »Er will dich tot sehen. Selbst wenn du zahlst, wird er dich umbringen.«

Schmunzelnd versuche ich, Überraschung vorzutäuschen. Als ob ich nicht gewusst hätte, dass das sein Plan sein würde, als ich mich entschied, mich der Mafia zu entziehen.

Man *verlässt* diese Welt nicht wirklich. Entweder ist man bis zum Tag des Todes dabei, oder man lebt am Rande des Wahnsinns und weiß, dass die Schläge nicht vergehen. Du wartest darauf, dass sie dich holen kommen.

»Ich schätze, ich werde ihm nur einen Besuch *abstatten*«, sage ich zu Tony, ohne zu wissen, warum ich das tun muss, wenn er die Nachricht nicht übermitteln kann. Ich lasse das Skalpell auf den Tisch fallen, greife auf den Boden, hole meine Kreissäge heraus und richte die Haube, die mein Haar schützt. »Ich werde ihn auf jeden Fall von dir grüßen.«

Später, nachdem das Echo seiner Schreie in meinem Gehirn aufgehört hat zu hämmern und ich den Boden von Blut und anderen Rückständen gesäubert habe, trenne ich sein Herz aus seiner Brusthöhle und lege es zusammen mit seinem Daumen, an dem noch ein Ring befestigt ist, in einen Plastikbeutel für biologische Abfälle.

Nachdem ich den Inhalt vakuumversiegelt habe, stecke ich ihn in einen Seesack und lege ihn neben die Tür des Nebengebäudes, damit Jonas ihn nach Boston schicken kann.

»DAS IST LÄCHERLICH.«

Einen Moment lang schlägt mein Herz schneller, weil ich mich frage, ob Elena die Schlagzeile auf der Titelseite der Sonntagszeitung von Aplana gesehen hat: SOCIALITE IMMER NOCH IN BOSTON VERMISST; ELTERN SAGEN, SIE KÖNNTE IN GEFAHR SEIN.

Es überrascht mich nicht wirklich, dass sie dort abgedruckt ist; jedes Mal, wenn ich eine von Rafes Nachrichten ablehne, kann ich fast spüren, wie er immer verzweifelter wird, und verzweifelte Menschen tun alles, um zu überleben.

Ich kann mir nur vorstellen, wie viel Geld meine Ehe mit Elena von seinem Bankkonto abgezogen hat. Für einen Mann, dessen Geld ohnehin schon knapp war, gerät er ohne meinen Rückhalt sicher in Panik.

Oder vielleicht ist es das Herz und der Finger, die ich ihm geschickt habe, die klare Botschaft: Es ist mir scheißegal, ob sein Königreich brennt oder nicht.

Als ich jedoch aufschaue, steht Elena über den Garten gebeugt, die Hände in die Hüften gestemmt, und blinzelt auf die Erde hinunter.

»Ich verstehe nicht, warum noch keine *einzige* dieser Blumen geblüht hat. Es ist doch fast Sommer!«

Ich falte das Papier und lege es auf den gläsernen Terrassentisch, während ich meinen Knöchel über mein Knie stütze.

»Vielleicht hast du eine schlechte Charge Samen bekommen.«

Sie schüttelt den Kopf. »Das ist nicht der Fall, Kallum.«

Mein Name, der ihr so leicht über die Lippen kommt, lässt meine Brust zusammenkneifen, und ich stehe auf und gehe zu dem Dreckhaufen hinüber. Sie hat nicht Unrecht; keine der Blumen ist auch nur durchgesprungen, die Erde ist noch genauso braun und ordentlich, wie sie war, als wir sie angelegt haben.

»Das ist keine große Sache«, sage ich und streiche ihr eine Haarsträhne hinters Ohr. »Wenn man bei einer Sache keinen Erfolg hat, wirft man nicht das Handtuch und hört auf, es zu versuchen. Man geht zur nächsten Sache über, bis man das findet, worin man gut ist.«

Sie macht ein Gesicht. »Ich weiß schon, was ich gut kann, aber danke für den Vertrauensbeweis.«

Sie zieht sich zurück, bückt sich und wühlt mit den Fingern im Dreck, als würde sie nach einem einzigen Lebenszeichen suchen. Ich verschränke die Arme vor der Brust und beobachte sie.

»Warum ist dieser Garten dann so wichtig für dich?«

Sie hält inne und blickt über ihre Schulter nach oben, während ihre Hände in der Erde wühlen. »Ich wollte im Asphodel etwas haben, das sich wie *meines* anfühlt. Mein Balkon zu Hause war mit allen möglichen Pflanzen bewachsen, und ich ging hinaus, um zu lesen, umgeben von frischen Blumen, und fühlte mich einfach wohl. Ich dachte ... wenn ich versuchen würde, dieses Gefühl nachzubilden, wäre ich hier vielleicht nicht so einsam.«

Wieder spüre ich dieses Stechen in der Brust, wie Dornen, die sich in meine Muskeln bohren und mich vergiften. Sie schaut weg, wischt sich mit dem Zeigefinger über ihr rechtes Auge, und ich werde an meine Aufgabe hier erinnert.

Dass sie eine Schachfigur im großen Plan der Dinge ist. Eine unfreiwillige Teilnehmerin in einem Spiel, das viel größer ist, als sie es selbst versteht. Ein Mittel zum Zweck.

Das hält mich jedoch nicht davon ab, ihr zu sagen, dass sie mir folgen soll, während ich mit schnellen Schritten durch den Hinterhof gleite und den Abstand zum verschlossenen Tor am Strand verkürze. Sie steht nach mir auf, die Neugierde ist stärker als das Selbstmitleid, und sie bleibt dicht an meiner Seite.

Als ich das alte Tor aufstoße, teilt ein langer Streifen abgenutzter schwarzer Steine den goldenen Sand in zwei Hälften und führt einen Weg hinunter zum verfallenen Steg. Vor dem Sand, genau dort, wo er auf das Gras trifft, blühen die leuchtendsten wilden Strandrosen, die die Gegend in wunderschöne Rosa- und Violett-Töne tauchen.

»Betrachte dies als dein ... Elysium, meine kleine Persephone.«

Elena strahlt und lässt ihren Blick über die Blumen schweifen, ein echtes Lächeln umspielt ihre Lippen.

»Es ist wunderschön.«

Mein Blick fällt auf sie, während ich die Aussicht genieße. »Ja«, sage ich, und als sie aufblickt, wird ihr Lächeln schwächer, und ihre Wangen passen sich den Blumen an.

Sie blickt auf das blaue Wasser, dann nimmt sie den Saum ihres T-Shirts zwischen die Finger.

»Wie viel von diesem Strand ist abgelegen?«

»Es gibt meilenweit kein anderes Haus.« Das ist der einzige Grund, warum ich sie gerne über das Grundstück hinausgehen lasse, das ich vom Haus aus sehen kann.

Mit einem dramatischen Schmollmund wirft Elena ihr Hemd über den Kopf und entblößt so ihre nackten Brüste und das kleine Granatapfeltattoo. Sofort erregt sich mein Schwanz, und meine Zunge fährt begierig über die Zeilen, die ich inzwischen praktisch auswendig gelernt habe.

»So ein Quatsch«, sagt sie, hakt ihre Daumen in den elastischen Bund ihrer weißen Baumwollshorts ein und schiebt sie über ihre Hüften. Sie löst ihr Haar aus dem lockeren Dutt und schüttelt die dunklen Locken frei, während sie sich völlig nackt von mir abwendet. »Schätze, wir müssen einen anderen Weg finden, um es interessanter zu machen.«

Ich schlucke, und versuche den Knoten in meinem Mund loszuwerden. »Was interessanter zu machen?« »Nacktbaden.«

Sie dreht sich auf den Fersen und stürzt sich ins Wasser, völlig unbefangen in der Art, wie die Seeluft auf jede Fläche und jede Spalte ihres Körpers prallt.

Ich stehe am Ufer und beobachte, wie sie bis zu den Knien hineinwatet und sich dreht, um mich anzuschauen.

»Und? Kommst du nicht mit?«

Sie wackelt mit den Augenbrauen, und ich schlucke erneut, wobei sich ein Knoten in meiner Kehle festsetzt.

Keiner hat mich je nackt gesehen.

Ich mag nicht einmal einen flüchtigen Blick auf die vernarbte Topographie meines Körpers werfen, eine lebhafte Erinnerung an ein Leben, das mir aufgezwungen wurde, bevor ich wusste, worauf ich mich eingelassen hatte.

Je länger Elena im Wasser steht und geduldig wartet, desto unangenehmer empfinde ich ihre Betrachtung. Schon jetzt bin ich viel zu sehr damit beschäftigt, wie sie mich ansieht, und in meinem Hinterkopf nagt der Gedanke, dass es vielleicht genau das sein wird, was sie von mir abbringt.

Vielleicht erkennt sie endlich, dass ich das Monster bin, vor dem sie immer gewarnt wurde.

»Ich beiße nicht«, ruft sie, lässt sich weiter zurück ins Wasser treiben, legt die Hände über ihre Brüste und vertieft ihr Dekolleté. »Ich schon, aber du magst es.«

Unwillkürlich schnaubend schüttle ich leicht den Kopf, und mein Schwanz drückt gegen die Enge meiner Hose. Er pocht, weil er sich verzweifelt danach sehnt, wieder mit ihr in Kontakt zu kommen, und schließlich atme ich aus und erinnere mich daran, wie sie sagte, sie sei einsam.

In der ganzen Zeit, die wir auf Aplana verbracht haben, ist

dies das erste Mal, dass ich sie etwas anderes als unglücklich sehe, abgesehen von sexuellen Aktivitäten.

Und obwohl es sich anfühlt, als würde ich mich bei lebendigem Leib häuten, während ich die Knöpfe meines Hemdes öffne, tue ich es trotzdem.

KAPITEL
Sechsundzwanzig

E r sagt mir, ich solle die Augen schließen, was ich nicht gerne tue, da ich gerade den Punkt im Ozean hinter mir habe, an dem meine Füße den Boden berühren können. Aber ich tue es, weil er anfängt, ein bisschen grün zu werden, und ich will es nicht noch schlimmer machen.

Ich weiß nicht, *warum*, aber der Mann hat eine Art Komplex, was seinen Körper angeht. Und obwohl ich sicher bin, dass ich nicht neugierig sein sollte, weiß ich einfach nicht, wie oft ich noch mit einem vollständig bekleideten Mann Sex haben kann, ohne mich wie eine Prostituierte zu fühlen.

Das Wasser kräuselt sich, pulsiert auf meiner Haut, und ich höre, wie Kal eintritt und zischt, als sei es kühler, als er erwartet hat.

»Was?«, sage ich, während sich meine Sicht hinter geschlossenen Lidern verdunkelt. »Kann der Gott der Unterwelt nicht mit ein bisschen Kälte umgehen?«

Ich kreische vor Überraschung, als seine Arme um meine Taille gleiten, und reiße die Augen auf, während meine Hände nach etwas suchen, mit dem sie meine obere Körperhälfte stützen können. Meine Finger umklammern seine Schultern, genießen die dicken Muskeln unter seiner Haut, und dann halte ich inne und spüre Stellen von einzigartig rauem, aber weichem Fleisch.

Die gleichen Stellen streifen meinen Bauch, als ich mich an ihn drücke, und mein Herz sinkt tief in meine Brust, pocht hart zwischen uns.

Ich begegne seinem Blick, während meine Finger ihre Erkundung fortsetzen, und tue mein Bestes, nicht nach unten zu schauen, weil ich sicher bin, dass das, was ich dort finde, ihn vermenschlichen wird. Dass ich der Gebrochenheit nicht widerstehen kann und meine Anziehungskraft sich in etwas Reales verwandeln wird.

Etwas, das mich verletzen kann.

Traurigkeit brennt in meiner Kehle, als ich die runzlige Haut erkenne und acht Stellen auf seiner rechten Schulter zähle, dann fünf auf der linken. Ich lasse meine Handflächen in seinen Nacken gleiten, um die Kraft seines Schluckens zu absorbieren.

Seine Augen verraten nichts – keine Verletzlichkeit, kein Bewusstsein, keine Scham. Sie starren mich ausdruckslos an, eine geübte Ambivalenz, die sich in ihnen widerspiegelt, obwohl ich an der Art und Weise, wie sich die Sehnen in seinem Hals verkrampfen, erkennen kann, dass ihm das alles nicht gefällt.

»Ich bin kein Gott«, sagt er schließlich und stößt einen

gestillten Atem aus. Seine Finger graben sich in meinen Hintern, halten mich aufrecht, und ich spüre, wie sein Schwanz gegen mich wippt und Einlass sucht, ohne dass er ihn führt. »Nur eine unglückliche Seele, die es irgendwie geschafft hat, den Tod mehr als hundertmal zu überlisten.«

Ich riskiere es, lasse mein Kinn sinken und lasse meinen Blick über seine glatte, sonnengetränkte Haut gleiten. Größtenteils ist sie glatt und gebräunt, der Farbton scheint natürlich zu sein, da er eine Vorliebe für Innenräume hat.

Aber die größeren Flächen sind verunstaltet, verziert mit glänzenden Vertiefungen, die im Licht schimmern, das vom Wasser reflektiert wird. Manche sind kleiner als andere, manche lang und breit und an verschiedenen Stellen über den gesamten Oberkörper verteilt.

Eine besonders lange zieht sich über seinen Brustkorb, und ich lege zögernd meine Hand auf die Stelle und streiche mit dem Daumen darüber. Es ist knorrig, zerfetzt und etwas weniger rosa als die anderen, es blubbert über die Oberfläche seiner Haut hinaus.

Er atmet tief durch die Zähne ein, und ich erstarre, die Augen weiten sich. »Oh, Scheiße, das tut mir so leid. Hat das weh getan?«

Kal passt seinen Griff um meinen Hintern an, lächelt und zieht mich noch höher auf seine Hüfte. Meine Muschi pulsiert an der Stelle, wo sich unsere Haut berührt, und der Ansturm der unmittelbaren Empfindungen macht mich schwindelig.

»Das ist kein angenehmes Gefühl«, sagt er, sein Mund so nah an meinem, dass er mich ablenkt. »Nicht wirklich schmerzhaft, aber Narben neigen dazu, viel empfindlicher als normale Haut zu sein.« Er bewegt sich und lässt eine Hand auf meine Arschritze sinken, während die andere unter meinen Oberschenkel wandert und dort über das K streicht. »Die Nervenenden regenerieren sich, und Keloidnarben wie diese sind wegen des zusätzlichen Kollagens am schlimmsten.«

Langsam lasse ich meine Hand über die Stelle gleiten und

beobachte sein Gesicht auf Anzeichen von Verzweiflung. »Was ist passiert?«

Er grinst. »Welches Mal? Auftragskiller kommen nicht immer ungeschoren davon, weißt du.«

Ich halte einen Moment lang den Atem an und versuche, mir das Gefühl der rauen Kanten in meiner Handfläche einzuprägen und sie mit der stoischen Gestalt, die mich hält, in Einklang zu bringen. »Mit dem hier?«

Etwas Kaltes streicht über sein Gesicht, lässt mich erschaudern, und er beginnt, sich tiefer im Wasser zu bewegen; ich bin nicht sicher, wie lange es dauert, bis er den Halt verliert, aber es fühlt sich an, als kämen wir uns hier gefährlich nahe.

Eine Metapher, wenn es je eine gab.

»Ich wurde betrogen«, sagt er leise, seine rechte Hand kommt hoch und greift in mein Haar. »Und ich habe mir geschworen, nie wieder jemanden so nah an mich heranzulassen, der mich so verletzen könnte.«

Es fühlt sich wie ein Eingeständnis an, obwohl ich mir nicht ganz sicher bin, was es ist. Eine Art Versprechen, die Art, die gegen die Haut geflüstert wird, die zu deiner Seele spricht. Sie dringt in meine ein, unsicher, wie sie die Oberfläche streift, und ich beuge mich vor und lasse meine Lippen über seine gleiten, als ich spreche.

»Du bist kein Pechvogel«, flüstere ich, weil ich Angst habe, die Seifenblase zu zerstören, die sich um uns gebildet hat, und mein Herz so schnell schlägt, dass mir schlecht wird.

Er verschränkt seine Finger in meinem Haaransatz und atmet aus, wobei der kühle Minzgeruch seines Atems an meinem Kinn herunterläuft. »Ich fühle mich im Moment nicht so.«

Wahnsinn.

Das muss es sein, was mich dazu bringt, zum Flaming

Chariot zurückzukehren, als ob ich dort nicht schon genug Probleme hätte.

Aber die Neugier ist ein rasendes Miststück, wenn es um mich geht, und ich bin auf einer Mission, das Mädchen von neulich zu finden und herauszufinden, wer sie für Kal ist. Wenn sie diejenige ist, die ihn verraten hat.

Der Türsteher draußen wirft mir einen Blick zu, als ich mich vom Rücksitz von Kals Stadtauto erhebe und er seine massigen Arme vor der Brust verschränkt. Die untere Hälfte eines Ankertattoos lugt unter seinem Hemdsärmel hervor, und seine Augen sind das kristallklarste Blau, das ich je gesehen habe.

Eine Sekunde lang stehe ich dumm da und verliere mich in ihrer Transparenz.

Er räuspert sich und wedelt mit einer Handfläche vor meinem Gesicht herum. »Tut mir leid, Minderjährige sind nicht erlaubt.

Zum Dunkin' geht es da lang.«

Verwirrt schaue ich hinter meine Schulter, um zu sehen, ob jemand hinter mir aufgetaucht ist. Eine Frau in einem geblümten Maxikleid geht vorbei und plaudert auf ihrem Handy über irgendeinen Hollywood-Skandal, aber sonst ist auf diesem Teil des Gehwegs niemand zu sehen.

Ich schaue zurück zum Türsteher und streiche mir die Haare von der Schulter. »Ähm, nein, ich suche nicht nach Dunkin'. Ich hatte gehofft, ich könnte drinnen an der Bar warten? Ich … versuche jemanden zu finden, und ich hoffe, dass diese Person auftaucht, wenn ich den Laden lange genug überwache.«

»Das ist Herumlungern, und das ist streng verboten.«

Sein knapper, abweisender Ton lässt mich stutzen. »Eigentlich ist es kein Herumlungern, denn ich habe Ihnen gerade gesagt, warum ich mich hier aufhalten will.«

Der Mann sieht mich an und zuckt mit den Schultern.

»Wenn du die Bar betrittst, ohne ein Getränk zu bestellen, ist das laut Geschäftspolitik Herumlungern.«

»Okay, dann bestelle ich ein Getränk.«

Er schnaubt, aber irgendwie bleibt sein Gesicht ruhig. »Süße, wenn du glaubst, dass ich dir abnehme, dass du über einundzwanzig bist, bist du viel dümmer, als dein kurzes Kleidchen dich aussehen lässt.«

Feuer blutet in meine Seele, als er seine Beleidigung ausstößt, und ich greife nach oben und binde mein Haar zu einem tiefen Knoten am Hinterkopf zusammen. »Das Kleid bleibt kurz, damit ich freie Hand habe, das zu tun.«

Mein Bein hebt sich, mein Körper schießt erst, stellt dann Fragen und zielt auf seinen Schritt. Aber dann packt mich jemand am Bizeps und reißt mich weg, sodass ich mich zur Straße drehe. Ich erstarre, als er mich packt, und die Angst schießt so plötzlich durch meine Eingeweide, dass ich fast umkippe.

»Whoa, whoa, was zum Teufel ist hier los?«, fragt er mit einem vage vertrauten britischen Akzent, und seine Hände verlassen meinen Bizeps fast so schnell, wie sie aufgetaucht sind, als würde ihn die Berührung mit mir verbrennen. Ich blicke auf, erkenne den dunklen Vollbart und die Lederjacke und atme erleichtert auf, als ich erkenne, dass es der Mann ist, der neulich im Büro war.

Wolfe irgendwas. Kals Freund oder Vertrauter, der Miteigentümer der Bar.

Ich schrecke vor seiner Berührung zurück, verschränke die Arme vor der Brust und lehne mich zur Seite, um dem Türsteher einen scharfen Blick zuzuwerfen. »Was hier los ist, ist, dass ich von Ihrem Angestellten beleidigt werde, der sich weigert, mich hineinzulassen, weil er denkt, ich sei schlecht fürs Geschäft.«

»Wir haben schon genug Probleme, das Gesindel fernzuhalten«, sagt der Türsteher zu seinem Chef und zuckt mit den

Schultern. »Ich versuche nur, eine ordentliche Bar aufrechtzuerhalten, solange wir noch unterbesetzt sind.«

Kals Freund runzelt die Stirn und dreht seinen Kopf so, dass ihm der Schopf aus dunkelbraunen Locken aus den Augen fällt. »Blue, hast du die Angewohnheit, potenziell zahlende Kunden zu belästigen?«

Jonas Wolfe, das war sein Name.

»Ich habe sie nicht belästigt, ich habe …«

Jonas wischt sich mit der Hand über das Gesicht, seufzt und blickt mich an. »Vielleicht solltest du ein bisschen mehr darauf achten, wen du von der Bar fernhältst, bevor du ihre Intelligenz beleidigst. Weißt du, was Dr. Anderson tun würde, wenn er wüsste, dass du seine Frau dumm nennst und andeutest, dass sie eine Hure ist?«

Der Türsteher – Blue, wie es scheint – mustert mich und mustert meine Gestalt nun genauer. Er verweilt ein wenig zu lange auf meinen Beinen, aber er erwidert meinen Blick, bevor ich die Chance habe, mich zu gruseln.

Ich empfange keine beunruhigenden Schwingungen dieses Kerls – kein Teil meiner mädchenhaften Intuition sagt mir, dass ich weglaufen oder mich von ihm fernhalten soll, wie es bei Vincent der Fall war. Blue scheint einfach ein Arschloch zu sein.

»Seine Frau?«, Jonas nickt, und Blue bläst die Backen auf und lässt einen langsamen Atemzug los. »Sie ist ein bisschen zu jung für ihn, findest du nicht?«

»Niemand hat dich gefragt, was *du* denkst«, schnauze ich, aber Jonas hält die Hand hoch, als wolle er mich zum Schweigen bringen.

Diese Geste macht mich nur noch wütender.

»Ich werde euch beide umbringen«, sage ich mit leiser Stimme und grummele vor mich hin, während ich mir ein blutiges Ende für die beiden vorstelle.

Das Bild schießt mir durch den Kopf, bevor ich Zeit habe, es zu Ende zu denken: Gewalt, ein mit Purpur überzogener

Raum, ihre verstümmelten Körper, die wahllos herumliegen und darauf warten, dass jemand kommt, um sie zu beseitigen.

Ich blinzle und lege eine Hand auf meinen Bauch, um die Hitze zu ignorieren, die sich dort aufbaut.

Ich *kenne* diese Männer nicht einmal, und doch stelle ich mir vor, ihr Henker zu sein?

Jonas lacht, das Geräusch ist ungestüm und verblüffend im Vergleich zu der ruhigen, zurückhaltenden Art meines Mannes. »Du solltest Meuchelmördern nicht drohen, Liebes. Die nehmen das sehr ernst.«

Von Sekunde zu Sekunde gereizter stemmte ich die Hände in die Hüften und zog eine Augenbraue in Richtung der beiden Männer. »Nun, wir haben festgestellt, dass ich hierher gehöre. Kann ich jetzt reingehen?«

»Leider nein, obwohl das sicher nichts mit deiner Garderobe zu tun hat.« Im Gegensatz zu seinem Angestellten schaut Jonas nicht einmal auf mein Outfit, sondern konzentriert sich auf einen Punkt hinter meinem Kopf, als würde er jemanden suchen. »Dir steht das Unglück ins Gesicht geschrieben.«

»Das stimmt nicht!«

Er nickt, ignoriert mich, packt mich am Ellbogen und geht die Straße entlang, weg von der Bar. »Doch, tut es. Es ist diese … Reinheit in deiner Gegenwart; das Unglück strömt nur so zu dir, nicht wahr, Liebes?«

»Hör auf, mich so zu nennen.«

»Du hast recht, Anderson würde das wahrscheinlich auch nicht besonders mögen.« Seine langen Beine fressen den Bürgersteig auf, und obwohl ich nach den meisten Maßstäben nicht *klein* bin, muss ich praktisch sprinten, um Schritt zu halten. »Er hat dich ziemlich gern, hm? Es ist, als hättest du es endlich geschafft, den Stock in seinem Arsch zu beseitigen.«

Ich rümpfe die Nase, mein Körper weist das Gefühl zurück. »Ich habe nichts getan.«

»Das musst du wohl auch nicht. Der Junge ist schon seit Ewigkeiten regelrecht besessen von dir.« Er blickt auf mich herab, als wir um die Ecke biegen und am Ende der Straße ein Dunkin' Donuts in Sicht kommt. »Na ja, nicht seit Ewigkeiten. Es ist eine ziemlich neue Entwicklung, aber Junge, Junge, das hat ihn schwer getroffen.«

Jonas' Worte lassen mein Gesicht heiß werden, und als wir kurz vor der Tür des Donut-Shops anhalten, lässt er meinen Arm los und dreht sich zu mir um.

»Ich weiß nicht, wovon du sprichst«, sage ich und zucke mit den Schultern, weil ich ihm nicht zeigen will, wie sehr seine Behauptung mir die Kehle zuschnürt. Ich verschränke die Arme vor der Brust, für den Fall, dass mein Herz so heftig klopft, dass er es sehen kann.

»Technisch gesehen hätte er jede heiraten können«, sagt er. »Aber er hat sich für dich entschieden.« »Er wurde dazu erpresst. Das waren wir beide.«

Ein Ausdruck dunkler Belustigung geht über Jonas' Gesicht, und er lächelt, wobei er zwei Reihen heller, unnatürlich weißer Zähne zeigt. Er erinnert mich an seinen Namensvetter und starrt auf mich herab wie ein Wolf, der gerade sein Abendessen gefangen hat und nie gelernt hat, vorher nicht mit seinem Essen zu spielen.

»Stimmt. Das habe ich vergessen.« Er räuspert sich, schiebt die Hände in die Jackentaschen und presst die Lippen aufeinander. »Trotzdem, Elena. Denk doch mal nach. Ist so ein Mann jemals leicht zu erpressen?«

Meine Nerven liegen blank, mischen sich wild durcheinander und verbreiten sich wie Gift in meinem Bauch.

»Ich weiß es nicht …«

In Wahrheit ist es derselbe Gedanke, den ich hatte, als er zum ersten Mal auf mich zukam und um meine Hand anhielt. Nachdem er bereits Mateo ausgeschaltet hatte und mir damit die Wahl genommen hatte.

Nicht, dass ich Mateo *vermisse*.

Aber es fühlte sich ein wenig verdächtig an.

Ich verenge meine Augen bei Kals britischem Freund und

trete einen Schritt zurück, und er lacht wieder, und der Klang ist so voll und ansteckend, dass ich einen Stich ins Heimweh bekomme.

Ich habe seit Wochen niemanden mehr lachen hören.

»Ich sage nicht, dass er nicht gezwungen wurde, es zu tun«, sagt Jonas schließlich und hebt die Schultern. »Ich sage nur ... vielleicht ist das nicht die ganze Geschichte. Vielleicht solltest du dir beide Seiten erzählen lassen.«

Und als er sich umdreht und mich vor dem Dunkin' stehen lässt, um zurück zur Bar zu gehen, stehe ich einige Minuten lang da und frage mich, was ich mit den Informationen anfangen soll, die er mir gerade gegeben hat.

Ich sollte Kal fragen, wovon er redet, oder meinen Auftrag, Violet zu finden, zu Ende bringen.

Stattdessen gehe ich hinein, bestelle einen Long John und setze mich an einen der Metalltische auf der Terrasse und schiebe alle Probleme beiseite, bis ich fertig gegessen habe.

KAPITEL
Siebenundzwanzig

Kal

Ich stütze meinen Kopf in die Hände und stoße mit den Handballen in meine Augenhöhlen, so dass sich Kaleidoskope von Farbflecken in meiner Sicht bilden.

Eine Vene in meiner Schläfe pocht schmerzhaft, wie verrückt, während ich die Liste möglicher IP-Adressen des Flash-Drive-Täters durchsehe und mich immer mehr über die Unfähigkeit von Ivers International aufrege, die Person zu finden.

Heute Morgen tauchte ein drittes Flash-Laufwerk auf, dasselbe körnige Filmmaterial, das nicht meinem hochmodernen Sicherheitssystem zuzuschreiben ist, sondern von einer fremden Kamera gefilmt wurde.

Marcelline brachte ihn mit der Post, und als ich ihn an meinen Schreibtisch anschloss, sah ich den Schwarzweiß-Beweis, wie ich mich meiner Frau gegenüber entblößte, wir beide splitternackt im Meer.

Irgendwie fühlte sich dieses Bild intimer an als die anderen, die uns bei unseren lasziven Handlungen zeigten. Entblößter.

Gezielter.

Ich kann mir einfach nicht erklären, warum sie überhaupt auftauchen.

Wenn es darum ginge, mich vor der Presse bloßzustellen, wegen irgendeines der Verbrechen, die ich im Laufe der Jahre aus meinem Strafregister streichen ließ, wären sie wahrscheinlich schon durchgesickert. Wenn es um Rafe ginge, kann ich mir nur schwer vorstellen, warum er zustimmen sollte, mir Elena auszuliefern, was seinen Vertrag mit Bollente Media beenden und das mittelmäßige kriminelle Imperium, das er aufgebaut hat, zunichte machen würde.

Auch wenn sein Name in Boston nicht mehr so viel Gewicht hat wie früher, kann ich mir nicht vorstellen, dass er sich selbst sabotiert und dann auch noch versucht, mich zu erpressen. Ich lehne mich in meinem Schreibtischstuhl zurück, starre an die gewölbte Decke und bin für einige Minuten in Gedanken versunken. Das Haus ist heute Abend still, denn Elena ist mit einem neuen Exemplar von Virginia Woolfs *A Room of One's Own* nach Hause gekommen, das sie in der einzigen Buchhandlung auf der Insel gekauft hat.

Zum ersten Mal seit langer Zeit greife ich unter meine Kommode, streiche mit der Hand an der Pistole vorbei, die knapp über meinem Oberschenkel befestigt ist, und reiße das Polaroid ab, das auf der Unterseite klebt.

Im Gegensatz zu dem zerknitterten, abgenutzten Foto, das ich von Violet aufbewahre, wurde dieses so selten in die Hand genommen, da es immer noch wie neu ist; die Ränder sind gerade, die Farben im Bild selbst sind durch die Zeit leicht verblasst. Ansonsten ist es so, als wäre das Foto gerade aus der Kamera gekommen.

Meine Mutter sitzt in einem Krankenhausbett, ein rosafarbenes Kopftuch fest über den Kopf gezogen, denn sie hatte gerade begonnen, ihre Haare zu verlieren, nachdem die Chemotherapie wieder begonnen hatte.

Sie löffelt Schokoladenpudding aus einem Plastikbecher und starrt denjenigen an, der hinter der Kamera steht, aber ihr Lächeln zeigt auf mich. Selbst als sie so dasitzt, während ihr Körper sich von innen nach außen verzehrt, versucht sie mir zu versichern, dass alles in Ordnung ist.

Dass alles in Ordnung *sein* wird.

»Das ist die Liebe einer Mutter«, sagten die Krankenschwestern manchmal, denn bei guter Laune zu bleiben, während man versucht, eine unheilbare Krankheit zu bekämpfen, ist nicht etwas, das jeder Jahr für Jahr, Tag für Tag tun kann. Und doch legte sie Wert darauf und versuchte immer, mich dazu zu bringen, die positiven Seiten der Dinge zu sehen.

Ihr breites Grinsen weckt einen Schmerz in mir, den ich mir seit Jahren nicht mehr erlaubt habe, und eine neue Dosis Scham schießt mir in die Adern, weil ich nicht aufhören kann, daran zu denken, wie enttäuscht sie darüber wäre, wie mein Leben verlaufen ist.

»Du siehst aus, als hättest du einen Geist gesehen.«

Elenas Stimme reißt mich aus meiner Selbstbetrachtung, und ich schrecke hoch und richte meine Wirbelsäule auf, als sie das Büro betritt. Sie kommt zu mir herüber und setzt sich auf meinen Schoß, bevor ich sie überhaupt darum bitten kann.

Als wüsste sie, dass sie dort hingehört.

Sie schaut auf das Foto, dann wieder zu mir, als würde sie abwarten, ob ich weiterspreche. »Meine Mutter«, biete ich an und lächle sanft. »Sie starb, als ich dreizehn war.«

Ein Arm legt sich um meinen Hals und meine Schultern, und Elena drückt ihren Kopf an meinen. »Krebs?«

»Invasives lobuläres Karzinom«, sage ich mit einem leichten Nicken. Bei dem Begriff schießt mir der Schmerz durch das Herz und zersägt das Organ in zwei Hälften. »Als sie zum ersten Mal diagnostiziert wurde, nannten sie es einfach eine abnorme Wucherung in ihrer linken Brust. Ich glaube, sie wollten nicht zugeben, dass es sich um diese spezielle Form von Krebs handelt, weil sie noch so jung war.«

Wie vom Blitz getroffen, durchfährt ein plötzlicher, scharfer Schmerz meine Brust und erschüttert mich bis ins Mark.

Zweiunddreißig. Meine Mutter war zweiunddreißig, als sie starb.

Die Erkenntnis, dass ich bald länger auf diesem Planeten sein werde als sie, schneidet tief ein und stößt an eine schorfige Wunde, von der ich einst glaubte, sie sei verheilt. Doch die Art und Weise, wie sie pocht und abbricht und neues, frisches Blut nach sich zieht, lässt das Gegenteil vermuten.

»Sie ist wunderschön«, sagt Elena leise und reißt mich sanft aus der Talfahrt meiner Gedanken, ohne es unbedingt zu wollen. Sie starrt das Bild mit einem sanften Gesichtsausdruck an, nichts ahnend von der existenziellen Krise, die sich in meinem Hinterkopf zusammenbraut, zufrieden damit, dass ich wieder einmal eine der geheimen Facetten meines Lebens teile.

Wenn es jemand anderes wäre, würde ich mir das nicht trauen. Ich hätte sie nicht einmal zu mir nach Hause geholt, um dort zu leben, geschweige denn, mein Herz auszuschütten.

Normalerweise bin ich kein Spieler. Ich lege mein Leben nicht gern in die Hände des Schicksals. Aber etwas an dieser Frau bringt mich dazu, alles zu riskieren.

»Sie ist der Grund, warum ich als Kind mit Poesie angefangen habe. Sie las immer Shakespeare und zitierte Chaucer wie eine heilige Schrift. Sie hätte dich geliebt.«

Ich streiche ihr ein paar Haare von der blassen Schulter und lasse meinen nächsten Gedanken unausgesprochen, verborgen in den Tiefen meiner Seele, wo er hingehört. *Hätte sie mich geliebt?*

»Das ist wahr. Ich bin sehr liebenswert«, kichert Elena, und das Geräusch durchdringt meine Brust wie ein stumpfes Messer, das durch Fleisch und Knochen gestoßen wird und auf der anderen Seite wieder herauskommt.

Ich bewege mich nach vorne und greife in meine Hosentasche, um das Foto herauszuholen, das ich dort aufbewahre. Es ist eine kleine Kopie, die ich von ihrer Highschool-Abschlussfeier gestohlen habe und die ich über die Jahre aufbewahrte, um sie daran zu erinnern, dass es da draußen jemanden gibt, der eine Beziehung mit mir haben könnte, auch wenn ihr Vater nicht interessiert war.

Wie sich herausstellt, will sie auch keine haben.

Elenas Wirbelsäule erstarrt, und sie beugt sich vor, um das Bild anzuschauen. »Wer ist das?«

Ihr Ton ist schroff, deutlich weniger verspielt als noch vor drei Sekunden, und ich schmunzle, drücke ihren Schenkel und sauge ihre Eifersucht förmlich auf. »Meine Schwester.«

»Deine Schwester?« Sie blinzelt und runzelt die Stirn. »Das ist … das Mädchen, das ich vor dem Flaming Chariot getroffen habe.« »Du hast Violet getroffen?«

»Sie stand draußen auf dem Bordstein und sagte, sie hätte mehrmals versucht, hineinzugehen, aber sie konnte sich nicht dazu durchringen.« Sie neigt ihren Kopf zur Seite und studiert das Bild weiter, scheinbar in Gedanken versunken. »Ich glaube, jetzt verstehe ich, warum sie so beleidigt war, dass ich nicht wusste, wer sie war. Was für eine Frau erkennt ihre eigene Schwägerin nicht?«

»Die Art, die nicht weiß, wie sie aussieht?«

Sie schürzt die Lippen, lehnt sich an mich und lässt ihren Arm von meinen Schultern in ihren Schoß fallen. »Hast du noch andere geheime Familienmitglieder, von denen ich nichts weiß?«

Ich zögere, das Wort *Großvater* liegt mir auf der Zunge, bevor ich es hinunterschlucke, weil ich nicht bereit bin, diese Büchse der Pandora zu öffnen. Sie bemerkt meine Pause, verengt die Augen, und ich grinse wieder und versuche, das Schweigen als Ablenkung durch sie auszulegen.

Ich fasse ihre Rippen an und lasse meine Hand nach oben gleiten, wobei mein Daumen die Unterseite ihrer rechten Brust durch den hellblauen Seidenpyjama streift, den sie anhat. »Violet hat zwei Brüder, aber ich kenne sie nicht.«

Ihre Kehle schnürt sich zu, als ich sie berühre, und ihr Blick fällt auf die Stelle, an der meine Finger ihren Aufstieg fortsetzen, indem sie ihre gesamte Brust in meine Hand nehmen und zudrücken, bis sie keucht.

»Ich weiß, was du tust.«

»Genießt du es, meine Frau?«, sage ich, lasse das Foto auf den Schreibtisch fallen, senke meinen Kopf in ihre Halsbeuge und entblöße meine Zähne auf ihrer Haut.

Sie lehnt sich gegen meinen Biss, schließt aber nicht die Augen. »Violet sagte, du sprichst nie über sie.«

»Tue ich auch nicht.« Elena spannt sich in meinem Schoß an, ihre Wirbelsäule wird steif, und ich seufze, ziehe mich zurück und lasse meine Hand fallen. »Der Mann, der mich erschaffen hat, wenn du ihn so nennen willst, hatte gerade seinen erstgeborenen Sohn nach Hause gebracht, als er eine Affäre mit meiner Mutter hatte. Er war verheiratet und hatte nichts mit mir zu tun. Ich dachte, wenn Violet älter ist, wäre es vielleicht einfacher, mit dem Rest der Familie in Kontakt zu kommen, wenn ich zuerst mit ihr in Verbindung trete. Aber sie will mich nicht in ihrer Nähe haben.«

Nicht, dass mich das davon abgehalten hätte, es zu versuchen.

»Oh, Kal ...«

Etwas in ihrem Tonfall kitzelt meine ohnehin schon glühenden Nerven, und ich atme scharf aus und greife mit meinen Händen nach ihrem Hals. Ihr Atem stockt, bleibt unter meiner Handfläche stecken, und mein Schwanz sträubt sich hinter meiner Jeans bei dem berauschenden Gefühl, den Puls von jemandem zu spüren, dem ich ausgeliefert bin.

»Kein Mitleid, Kleine. Komm mir nicht damit.« Sie bewegt sich, reibt über meinen pochenden Schwanz, und selbst durch die Schichten der Kleidung hindurch kann ich spüren, wie heiß sie ist. »Wenn du mir etwas geben willst, wenn du willst, dass ich mich besser fühle, dann gib mir diese süße kleine Muschi.«

Elenas Blick wird glasig, aber ich kann nicht sagen, ob es Traurigkeit oder Verlangen ist, das sich darin sammelt. Sie blinzelt den Schimmer weg und neigt ihr Kinn nach unten, um mich durch ihre Wimpern anzustarren.

»Okay«, sagt sie und dreht sich um, sodass sie sich auf mir spreizt und sich an meiner wachsenden Erektion reibt. »Was immer du brauchst, Kallum. Nimm es von mir.«

Später, nachdem ich sie vollgespritzt habe, liegt sie auf dem Rücken auf meinem Schreibtisch, fummelt an dem zerrissenen Träger ihres Pyjamatops herum und starrt zur Decke hinauf.

»Woran denkst du?«, frage ich und fahre mit meinen Fingern über ihr empfindliches Fleisch, wobei ich mein Sperma auf ihre Haut schmiere. Ich bin dankbar, dass sie jetzt verhütet, sodass ich sie bei jeder Gelegenheit markieren kann.

Ich stehe über ihr, mein Schwanz hängt ausgelaugt zwischen meinen Schenkeln, und keiner von uns beiden ist besonders erpicht darauf, die Stille des Raumes zu verlassen.

Sie sieht mich an, mit einem nachdenklichen Ausdruck im Gesicht. »Ich habe gerade über Ariana und Stella nachgedacht. Wie viel Glück ich habe, dass ich in der Nähe meiner Geschwister aufgewachsen bin.«

Auch wenn ich mir sicher bin, dass sie es nicht so meint, durchschneidet ihre Bemerkung die Fäden, die mich gerade noch zusammenhalten, reißt die Nähte auf und bricht meinen Schmerz wieder auf.

»Du vermisst sie«, stelle ich fest und lasse meine Hand auf meine Seite fallen.

Sie nickt. »Immer. Ari hat bald eine Aufführung, und es bringt mich um, dass ich sie verpassen werde.« Sie wirft mir einen Seitenblick zu, als wolle sie meine Reaktion abwarten.

Ich versuche, bestenfalls milde zu reagieren. »Nicht, dass ich Aplana nicht genießen würde. Ehrlich gesagt war es auf eine seltsame Art und Weise so erfrischend, auch wenn ich jetzt als Gefangener lebe.«

»Du bist nicht …«

Kichernd zieht sie die Beine an und schüttelt den Kopf. Die Geste wirkt unecht. Gezwungen. Und sie macht mich unruhig.

»Ist schon okay, ich habe mich schon ziemlich an mein Stockholm-Syndrom gewöhnt. Ich vermisse nur mein altes Leben auch ein wenig.«

Zähneknirschend starre ich auf den Platz auf dem Beistelltisch, wo früher das Bild von ihren Eltern und mir stand, und frage mich, ob ich wirklich sagen werde, was mein Gehirn von mir will. Die Worte formulieren sich auf meiner Zunge, ignorieren alle Warnsignale und schießen aus meinem Mund, bevor ich eine Chance habe, sie zu stoppen.

»Dann lass uns nach Boston fahren.«

KAPITEL
Achtundzwanzig

Wenn ich meine Schwestern erwähne, erwarte ich sicher nicht, dass Kal anbietet, mich zu ihnen zu bringen.

Ich habe das Gefühl, dass das gegen die Regeln des Kidnappings verstößt, nämlich die Gefangene zu den Leuten zu bringen, die sie nach Hause bringen wollen.

Andererseits war ich noch nie in einer solchen Situation, also was weiß ich schon?

Marcelline hilft mir beim Packen, nimmt leise die Kleider aus meiner Kommode und legt sie in meinen offenen Koffer.

Ich sehe sie an, während sie sich bewegt, und spiele mit dem Tagebuch in meinen Händen, um zu überlegen, ob ich es mitnehmen soll.

Bevor ich auf die Insel kam, war das Schreiben für mich so selbstverständlich wie das Atmen. Darin sammelte ich die Inspiration aus den Gedichten und Büchern, die ich las, und notierte zufällige Gedanken oder fiktive Anekdoten aus meinem Leben.

Seit meiner Ankunft habe ich das Tagebuch nicht mehr angerührt, denn trotz der Ruhe im Haus war die Inspiration rar gesät. Technisch gesehen ist Asphodel der perfekte Ort für einen Rückzugsort für Schriftsteller, obwohl es sich seltsam anfühlt, an einem Ort zu schreiben, der so sehr von Tod und Dunkelheit geplagt ist.

Vielleicht habe ich es deshalb noch nicht versucht.

»Was denkst du, Marcelline?« Ich halte das Tagebuch hoch und drehe es so, dass sie den rosa Ledereinband sehen kann. »Soll ich ein altes Hobby wieder aufgreifen?«

Sie schürzt die Lippen und zwirbelt eine Strähne ihres erdbeerblonden Haares. Der größte Teil unserer Beziehung bestand bisher darin, dass ich wahllos mit Worten um mich warf und sie jeder Kugel auswich und meine Kommentare und Fragen ignorierte, wenn Kal nicht in der Nähe war.

»Was ist dein Hobby?«, fragt sie, ihre Stimme ist rau, als wäre sie durch mangelnden Gebrauch rau geworden.

»Ähm, schreiben.« Ich hocke auf der Bettkante und blättere durch die Seiten, wobei meine saubere Handschrift bei jedem Umblättern mitschwingt.

»Wie, Geschichten? Gedichte?«

Hitze brennt in meinem Gesicht, Flammen der Verlegenheit lecken an meinen Wangen. »Beides, sozusagen. Früher habe ich das ständig gemacht, aber um ehrlich zu sein, habe ich es irgendwie vergessen, seit ich nach Aplana gekommen bin.«

Sie nickt und reißt ihre blauen Augen auf. »Ja, die Insel hat diesen Effekt auf die Menschen. Wenn man hierherkommt, löst sich die frühere Identität irgendwie ... in Luft auf. Manche Einheimische nennen es den Neuengland-Bermuda-Effekt. Ich hatte eine Tante, die sagte, dass Aplana von einem uralten, überlieferten Zauber erfüllt ist, der die Natur eines Menschen durch die der Insel ersetzt.«

»Glaubst *du* das?«

»Nein, ich glaube nur, dass man leicht alles vergisst, sobald die Füße den Sand berühren.« Marcelline zuckt mit den Schultern und deutet auf mein Tagebuch. »Umso mehr, wenn man damit beschäftigt ist, sich zu verlieben.«

Die Hitze breitet sich in meinem Gesicht aus, bahnt sich einen Weg über mein Brustbein und setzt sich schließlich in meinem Bauch fest. Ich beuge mich vor, schiebe das Tagebuch in die Vordertasche meines Koffers und versuche, mich gegen ihre Bemerkung zu wappnen, auch wenn mein Puls so laut und schnell schlägt, dass ich glaube, er könnte mir aus der Kehle schießen.

»Auf jeden Fall der Sand«, sage ich schnell, während die Galle meine Speiseröhre reizt.

Marcelline verzieht den Mund zu einem schmalen Strich, dann nickt sie und wirft ein letztes T-Shirt in den Koffer. »Ja«, stimmt sie zu und schweigt, wie jedes Mal, wenn ich versuche, ein Gespräch zu beginnen. »Du hast wahrscheinlich recht.«

Ich sehe sie nicht wieder, bevor wir das Haus verlassen, und bevor wir ins Auto steigen, gehe ich nach draußen in den Garten und spreche in leisen, beruhigenden Tönen zu dem Garten, der noch immer nicht geblüht hat.

Ich starre auf die weite Erde und seufze, weil ich nicht genau weiß, was ich sagen soll. »In allen Gartenblogs wird empfohlen, mit den Pflanzen zu sprechen. Sie schwören darauf, dass es einen Unterschied macht, auch wenn es dafür keine wissenschaftlichen Belege gibt. Also, hier bin ich. Vorübergehend. Wir werden gleich für eine Weile nach Boston fahren, aber wenn ich zurückkomme, erwarte ich einen blühenden Garten, okay?«

Wenn Mamma mich jetzt sehen könnte. Sie würde mich wahrscheinlich der Hexerei beschuldigen und auf dem Scheiterhaufen verbrennen.

»Ich verstehe«, sage ich und hoffe, dass die Zwiebeln unter der Erde hören können. »Ihr habt Angst vor dem, was euch auf der anderen Seite des Bodens erwartet. Wo ihr jetzt seid, habt ihr es warm und bequem. Sicher, sogar. Es ist beängstigend, den Mut zu finden, einen Vertrauensvorschuss zu bekommen, aber man kann sich nicht ewig verstecken. Letztendlich muss man die Chancen ergreifen, die sich einem bieten, und darauf vertrauen, dass das Universum weiß, was es tut.«

Die Hoffnung platzt wie ein verstopftes Rohr in meiner Brust, aber ich stopfe sie wieder dahin zurück, wo sie hingehört, weil ich diesen Gedanken nicht erwägen will.

»Der April ist der grausamste Monat«, füge ich hinzu und zitiere The Waste Land, als würden die Blumen das zu schätzen wissen. »Flieder aus dem toten Land, mischt Erinnerung und Sehnsucht, rührt stumpfe Wurzeln mit Frühlingsregen. Es ist an der Zeit.«

Als ich mich umdrehe, sehe ich Kal, der am hinteren Tor steht und mich mit einem unleserlichen Blick beobachtet. Ich gehe langsam auf ihn zu, die Scham lastet schwer auf meiner Brust.

»Ist dein Garten ein großer T. S. Eliot-Fan?«, fragt er und sein Gesicht verwandelt sich in ein leises Amüsement.

»Lach nicht«, sage ich und blicke zum Himmel hinauf, um die dicken Wolken zu sehen, die sich über dem Meer zusammenziehen. »Liebe ist der größte Akt der Regeneration, und ich denke, dass Poesie der beste Weg ist, um das zu vermitteln.«

Er sagt nichts, als ich um ihn herumgehe und ihm den Weg zur Vorderseite des Hauses zeige, wo unser Auto steht und Marcelline bereits auf dem Beifahrersitz sitzt.

Es regnet, als wir abheben, was meine Nerven nicht gerade beruhigt, sobald wir in Kals Jet einsteigen. Sobald wir aufstehen und uns bewegen können, schnalle ich mich von meinem Sitz ab und gehe ins Schlafzimmer, wo ich unter die luxuriösen Decken klettere und versuche, Marcellines Worte von vorhin nicht in meine Seele eindringen zu lassen.

»Sie kennt mich nicht«, flüstere ich dem Kissen und mir zu. »Sie kann nicht entscheiden, ob ich mich verliebe.« Ich halte inne und überlege. *Ab wann wird aus einer Besessenheit mehr?*

Wahrscheinlich, wenn man das Gefühl hat, dass sie erwidert wird.

Wenn du eifersüchtig bist, bin ich ein verdammter Psychopath.

Spöttisch schiebe ich die Erinnerung daran, dass er das zu mir gesagt hat, in die dunklen Tiefen meines Gehirns, wo ich alles andere hinschiebe, mit dem ich mich nicht beschäftigen will. »Außerdem wäre das doch verrückt, oder?«

Eine Kehle räuspert sich in der Tür, und mein ganzer Körper verkrampft sich, Angst läuft mir über den Rücken. Ich stütze mich auf meinen Ellbogen auf und sehe Kal an, der an der Tür lehnt, ein Martiniglas mit einer roten Flüssigkeit in der Hand.

Allein der Anblick seines teuflisch gut aussehenden Gesichts lässt meinen Magen flattern, und ich schlucke den Klumpen hinunter, der sich bildet und jeden kohärenten Gedanken blockiert.

»Führst du wieder Selbstgespräche?«, fragt er, als er den Raum betritt und das Glas auf dem Regal über dem Bett abstellt. Mehrere Sekunden lang macht er keine Anstalten, zu mir ins Bett zu steigen, und ich frage mich, wie viel er gehört hat.

»Ich bin eine tolle Gesellschaft«, sage ich und hebe eine Schulter, sodass sie außerhalb der Decken liegt.

»Da kann man nicht widersprechen.« Er greift wieder nach dem Getränk und hält es mir hin. »Ich habe ihn von Marcelline machen lassen. Ich dachte, es könnte gegen deine Angst vor Flugzeugen helfen. Frag nicht, was da drin ist, denn ich habe keine Ahnung, aber ich habe ihr gesagt, sie soll Granatapfel-sirup nehmen.«

Ich beobachte das Getränk und ziehe eine Augenbraue hoch. »Du hast Granatapfelsirup in deinem Jet?«

»Jetzt schon.« Sein Blick weicht nicht von meinem; er ist stark, kühn, verwegen. Alles, was ich mir immer gewünscht habe, verkörpert er, ohne sich auch nur ansatzweise darum zu bemühen.

»Du weißt, dass ich noch nicht einundzwanzig bin, oder?«, scherze ich, während zwischen uns eine dicke Spannung in der Luft liegt.

»*Alter, ich trotze dir*«, sagt er und Shakespeare rollt von seiner Zunge, während er mir mit einer Geste das Glas über-reicht. Ich bin mir nicht einmal sicher, ob ihm bewusst ist, dass er das getan hat, oder ob er überhaupt bemerkt, wie es die Atmosphäre verändert und die Codierung meiner DNA umschreibt.

Vielleicht ist er einfach so daran gewöhnt, mir Gedichte zu zitieren, dass es nicht mehr anders schmeckt, wenn es von seinen Lippen kommt. Vielleicht meint er es gar nicht ernst.

Das Herz in meiner Kehle pulsiert, bis ich nichts anderes mehr spüre, ich nehme das Getränk aus seiner Hand und nippe daran. Als die kühle, süße Flüssigkeit hinuntergleitet und mich dort kühlt, wo sein Blick mich wärmt, weiß ich es.

In meiner Magengrube, im Gewebe meiner Seele *weiß* ich es.

Ich bin in meinen Mann verliebt.

Als wir in Boston landen, erwarte ich nicht, dass jede Nachrichtenkamera der Stadt am Flughafen wartet, um einen exklusiven ersten Blick auf das von Doktor Tod entführte Mädchen zu erhaschen.

Ich weiß nicht, warum - vielleicht, weil die Leute in Aplana sich nicht für die Geschichte zu interessieren schienen oder sie nicht glaubten -, aber es wäre mir nie in den Sinn gekommen, dass die Leute darauf brennen würden, meine Seite der Geschichte zu hören.

Kal folgt mir die Flugzeugtreppe hinunter und bleibt dicht an meiner Seite, als wir sofort von einem Sicherheitsteam begrüßt werden. Der vordere, mit einem Hals so dick wie ein Baumstamm und olivfarbener Haut, nickt Kal zu, als wir näherkommen.

Hinter den Glasfenstern blitzen Kameras auf, sodass mir ein wenig schwindelig wird, auch wenn ich meinen Blick auf meine Schuhe richte. Zum ersten Mal, seit ich Boston verlassen habe, trage ich rosafarbene Louboutins, gepaart mit einem schwarzen Minikleid von Givenchy aus Spitze und Samt, das ich mich unter dem Dach meiner Eltern nie getraut hätte, zu tragen.

Oder mit Mateo, wenn man bedenkt, dass das Oberteil durchsichtig ist und der Rock kaum die Mitte des Oberschenkels streift. Er hätte das als eine Einladung angesehen.

Ich hatte halb damit gerechnet, dass Kal sich gegen die Kleidung sträuben oder zumindest versuchen würde, darunter zu schlüpfen, aber als ich aus dem Jet-Bad kam, hatte er die Veränderung kaum bemerkt.

»Das Beste ist, sie einfach durchzuschleusen«, sagt der Sicherheitsbeamte. »Auf dem Parkplatz wartet ein Geländewagen auf Sie, der Sie direkt zur Heimatfront der Riccis bringen soll.«

Ich blinzle zu Kal hoch. »Wir fahren zuerst zu meinen Eltern?«

Er sieht mich verwundert an. »Ja, natürlich. Das ist der einzige Grund, warum wir hergeflogen sind.«

Schmetterlinge machen sich in meinem Bauch breit, ein Schwarm fliegt auf einmal los. Ich schlinge meine Arme um ihn und versuche, das Gefühl zu ignorieren.

Kals Gesichtszüge verhärten sich, und er bittet um einen

Moment Ruhe. »Elena. Was ist los?«

Das Grauen pulsiert in einem rauen Strom meine Wirbelsäule hinauf und hinunter, meine Haut brennt unter dem Gewicht des Urteils meiner Eltern. Jetzt, wo wir wieder in der Stadt sind, spüre ich bereits, wie meine Seele nach ihrer Anerkennung schreit, obwohl keiner von ihnen sie verdient.

»Es ist nichts«, sage ich und schüttle ein wenig den Kopf.

Die Falten an seinen Lippen vertiefen sich, je mehr sich sein Stirnrunzeln nach unten wölbt, und dann tritt er auf mich zu, greift nach oben und fasst mir an den Hinterkopf, kippt mein Kinn nach oben, sodass ich gezwungen bin, Augenkontakt zu halten. »Lüg mich nicht an, Kleines. Schließe mich nicht aus, wenn ich das nicht mit dir gemacht habe.«

Das stimmt nicht ganz, betone ich im Stillen, obwohl er mir mehr gegeben hat, als ich je erwartet hätte. Vielleicht sollte ich lernen, mit dem zufrieden zu sein, was ich habe.

»Ich wusste nur nicht, dass ich sie so bald wiedersehen würde.«

»Willst du denn nicht? Soweit ich weiß, leben deine Schwestern noch dort ...«

»Nein, es ist okay. Wirklich.« Ich klimpere mit den Wimpern, weil ich das Thema unbedingt loswerden will. »Ich glaube, ich hatte nur gehofft, dass wir vorher etwas Zeit allein verbringen würden.«

»Wir waren auf dem Flug allein.«

Ich verdrehe die Augen und werfe einen Blick auf die Menschenmenge um uns herum; sie wuseln herum, ohne uns zu beachten, und wir stehen mit dem Gesicht zu den Fenstern. »Ich meinte diese Art von Alleinsein«, sage ich und senke meine Stimme zusammen mit meiner Hand, die ihn durch den Stoff seiner Anzughose hindurch umschließt.

Seine Finger verkrampfen sich, ziehen an meinen Wurzeln, und er stöhnt. »Sei vorsichtig, was du dir wünschst, Kleines. Ich könnte dich über den Treppenwagen beugen und dich vor der ganzen Stadt ficken.«

Der Gedanke daran lässt ein köstliches Kribbeln über meinen Rücken rasen, das sich in meinem Inneren erwärmt. »Warum tust du es dann nicht?«

Kal kommt noch näher, so dass meine Hand zwischen unseren Hüften eingeklemmt ist, und grinst verrucht. Er verrenkt sich den Hals und presst seine Lippen auf meine Ohrmuschel, was mich erschauern lässt. »Willst du, dass sie zusehen, während ich dich ficke? Ihnen zeigen, wie falsch sie mit dem bösen Doktor und seiner kleinen Gefangenen lagen? Dass du nicht nur ein williger Teilnehmer an all dem bist, sondern eine verzweifelte, bedürftige kleine Schwanzhure, die jede Nacht nach meinem Sperma bettelt?«

Ob ich das will? Dass die Leute Zeuge werden, wenn er in mir ist, mich beansprucht, mich als sein Eigentum markiert?

»Alle Männer wären so verdammt wütend auf mich, weil ich mit dir zusammen sein darf.« Seine Stimme bricht, als würde er sich in der Fantasie verlieren. »Und die Frauen auch, wütend, dass du erreicht hast, was keine von ihnen je erreichen konnte. Und sie könnten nur noch zusehen.«

»Verdammt«, hauche ich, das Wort rutscht mir heraus, bevor ich es stoppen kann, und mein Puls schlägt zwischen meinen Schenkeln. Aber diese eine Silbe ist die Bestätigung und alles, was er anscheinend wissen muss. Stöhnend zieht er sich zurück, und ich bleibe kalt und unbefriedigt zurück und ersticke daran, wie sehr ich ihn will. Sein Grinsen wird breiter und enthüllt die perfekten Zähne, die sich so oft in mein Fleisch bohren, und er wischt mir den Mundwinkel ab, aus dem ein wenig Speichel ausgelaufen ist.

»Wir werden eine Show abziehen«, verspricht er und drückt mir den Nacken. »Nur jetzt noch nicht. Erst müssen wir noch etwas erledigen.«

Ich nicke und lasse mich von ihm zurück zum Sicherheitsteam führen, versunken in die Gedanken, die in meinem Kopf herumschwirren und sich zu einem festen Bild verdichten, wie sehr ich auf diesen Schurken stehe.

KAPITEL
Neunundzwanzig

S o sehr ich Elena auch auf dem Rücksitz des gemieteten Geländewagens ausbreiten möchte, denke ich mir, dass es vielleicht nicht die beste Idee ist, so kurz vor dem Besuch ihrer Eltern.

Sie scheint sich etwas mehr zu beruhigen, nachdem wir die Schar von Paparazzi und Nachrichtensendern überstanden haben, die alle darauf bedacht sind, die Geschichte ihrer Rückkehr als Erste zu verkaufen. Sie machen sich über sie lustig und rufen ihr zu, scheinbar ohne zu wissen, dass *ich* an ihrer Seite bin, ihr geistesgestörter Entführer, versteckt unter einem dicken Schal, einer Strickmütze und einer Ray-Bans Sonnenbrille.

Obwohl wir im Flugzeug kurz besprochen hatten, was wir sagen würden, wenn sie eine der Fragen der Presse aufschnappen würde – am besten gar nichts und »kein Kommentar«, wenn sie unbedingt antworten müsste -, ich war übermäßig beunruhigt, als wir aus Logan hinausgingen und darauf warteten, dass sie ausrastete.

Darauf, dass sie sich den Kameraleuten zuwendet und in die Geschichte einsteigt, dass ich sie nicht nur entführt, sondern auch gezwungen habe, mich zu heiraten und ihren Ex-Verlobten ermordet habe.

Alles wahr, technisch gesehen, aber trotzdem. Aus irgendeinem Grund ist sie die Einzige, die mir das alles nicht übel nimmt.

Und für die Außenwelt würde es keine Rolle spielen, dass ich ein missbräuchliches Arschloch ermordet habe, das wahrscheinlich versucht hätte, sie zu töten, sobald ihre Ehe endgültig gewesen wäre, besonders nachdem er herausgefunden hatte, dass sie keine Jungfrau mehr war. Es würde auch keine Rolle spielen, dass ich versucht habe, sie zu schützen und mich selbst aus dieser Welt zu entfernen.

Wenn die Öffentlichkeit mit den Knochen eines Monsters konfrontiert wird, glaubt sie die Geschichte, die ihnen erzählt wird, ohne weiter nachzuforschen.

Sie werden mit Lügen gefüttert, und da sie in der Regel zu dumm sind, um selbst zu denken, stellt niemand die Frage, warum ihre Suppe wie Gift schmeckt.

»Ariana sagt, dass Mamma immer noch unbedingt will, dass ich nach Hause komme«, sagt Elena nach langem Schweigen und rutscht auf ihrem Sitz hin und her.

Ich werfe einen Blick auf den rosa BH, der zu den Absätzen passt, die ich jetzt so gerne um meine Taille gewickelt hätte, und der durch das Spitzenoberteil ihres Kleides zu sehen ist, und mache ein unverständliches Geräusch mit dem Mund, um zu verbergen, wie sehr ich ihre Mutter verachte.

Zu diesem Zeitpunkt ist zu viel zwischen uns passiert, als dass ich ihr jemals diesen Teil meiner Vergangenheit vergeben könnte. Meine Geschichte mit Carmen Ricci wird für immer in dem Grab weiterleben, in das sie sie geworfen hat, und ich werde weiterleben und bedauern, dass es überhaupt dazu gekommen ist.

Aber wie alle Tode ist auch der Tod einer Beziehung endgültig. Das Ende aller Enden.

Endgültigkeit in ihrer reinsten Form.

Ich kann nur hoffen, dass sie es dabei bewenden lässt.

»Würdest du jemals in Betracht ziehen ... nach Boston zu ziehen?«

Meine Augen treffen auf die von Elena, die mich mit großen Augen und neugierig anstarrt. Ich reibe mit dem Daumen über mein Knie und neige den Kopf, als würde ich darüber nachdenken. »Vollzeit?«

»Ja, du weißt schon. Ein Bostoner werden. *Pake un hir habbe*, und all diese lustigen Sachen.« Sie lächelt, kichert über die Übertreibung ihres Akzents, und in ihrem Blick schimmert etwas auf, das sehr nach Hoffnung aussieht.

»Hast du ein Problem mit Aplana?«

Ihr Gesicht verzieht sich, ihr Lächeln erstarrt. »Kein *Problem*, aber«

»Dann will ich nicht hören, wie gerne du gehen würdest«, schnauze ich, ohne die Worte zu verarbeiten, bevor sie mir über die Lippen kommen und mit einem dumpfen Aufprall auf dem Sitz zwischen uns landen.

Ich reiße meinen Kopf nach vorne, kneife mir in den Nasenrücken und atme aus. Meine andere Hand schlängelt sich über das Leder nach ihrer, aber sie schreckt zurück und faltet sie in ihrem Schoß. »Mist, ich wusste, dass es eine schlechte Idee war, zurückzukommen. Schau, ich bin nicht ...«

»Nein, nein. Ich habe dich gehört, laut und deutlich. Ich werde das Wort ‚umziehen‘ nicht noch einmal erwähnen.«

Als ich wieder zu ihr hinübersehe, sehe ich, wie sie ihre Nase höher in die Luft streckt und abweisend wegschaut.

»Elena«, sage ich, meine Geduld ist erschöpft. Der Geländewagen rollt zu einem letzten Halt und parkt auf der Straße vor dem Haus der Riccis, dessen roter Backstein durch die jahrelange Sonneneinstrahlung stumpf geworden ist. »Ich habe es nicht so gemeint.«

»Wirklich? Der große Kallum *irgendwas* Anderson, der ohne nachzudenken spricht? Ich dachte, du tust so etwas nicht.«

Ich kneife die Augen zusammen, unterdrücke ein Lachen, als sie wütend wird, und wünsche mir, dass ich sie nicht noch mehr ficken möchte. »Etwas?«

Ihre Augen verengen sich zu Schlitzen. »Ich kenne deinen zweiten Vornamen nicht. Denn eigentlich habe ich immer noch das Gefühl, dass ich nichts über dich weiß. Und trotzdem willst du, dass ich mit dir auf deiner kleinen Insel bleibe und nie Fragen stelle, wie eine Art Sklave.«

Du bist die Einzige, die etwas über mich weiß.

»Asher«, sage ich schnell und klappe meinen Kiefer auf und zu. Ich löse meinen Sicherheitsgurt, gleite zu ihr hinüber und greife nach ihrem Gurtschloss, bevor sie es öffnen kann. Ich halte sie zwischen der Tür und mir fest und beuge mich vor, fahre mit meiner Hand ihren Oberschenkel hinauf und bewundere das glatte Gefühl ihrer unversehrten Haut unter meinen Schwielen. »Mein zweiter Vorname ist Asher.«

»Kallum Asher Anderson«, haucht sie, wobei sich ihr Brustkorb schnell hebt und senkt, als könne sie nicht so viel Sauerstoff aufnehmen, wie sie ausstößt. Sie senkt ihren Blick auf meinen Mund, wodurch sich mein Schwanz leicht verlängert.

»Mein Name klingt wie ein Gebet aus diesen hübschen rosa Lippen«, murmle ich, fahre mit meiner Hand an ihrer Seite entlang, schiebe meinen Daumen nach oben und drücke ihn in ihren Mund. »Eines, das ich gerne erhören würde.«

Ihre Zungenspitze wirbelt über meine Daumenkuppe, ihre Augen leuchten mit flüssigem Feuer. Erregung regt sich in meiner Brust, breitet sich wie Efeu aus, und ich bin machtlos gegen das leise Stöhnen, das von mir ausgeht.

»Ich kann dir nicht böse sein, wenn du mich so ansiehst«, sagt sie, während sie um meinen Daumen herum spricht und eine wütende Röte ihren Hals hinaufkriecht. »Das ist nicht fair.«

»Wenn ich dich wie ansehe?« Ich denke nach, lasse die Hand auf ihrem Schenkel wandern, bis sie die weiche, seidige Hitze an ihrem Scheitelpunkt erreicht, wobei meine Fingerknöchel gegen ihren Kitzler streifen. Kein Höschen, nicht einmal im verdammten Boston.

Carmen wird ausrasten.

Ein zittriges Keuchen entweicht ihr und lässt ihre Wimpern flattern, als ich einen Finger in die Nässe tauche, die sich auf ihrem Fleisch sammelt, und ihn nach oben ziehe, um Kreise auf ihren empfindlichen Nerven zu ziehen. Sie umklammert meinen Bizeps, krallt sich bis zum Schmerz in mich und schluckt hörbar.

»Als ob es dir leidtäte.«

Der Satz klingt wie eine Anschuldigung, etwas, das man einem anderen während eines hitzigen Streits als Beweis für ein Fehlverhalten entgegenschleudert. Aber es *fühlt* sich nach etwas Schlimmerem an.

Etwas, dessen sie sich bewusst ist, ich aber nicht.

Unser Fahrer reißt in der nächsten Sekunde die hintere Tür auf meiner Seite des Fahrzeugs auf, und ich springe nach vorne, um sicherzustellen, dass sie vollständig bedeckt ist, und fluche leise vor mich hin, als ich das schockierte, kollektive Aufstöhnen einer Menschenmenge höre.

Mein Kopf beginnt zu pochen, noch bevor ich ihre Stimme höre, und heftige Wut wallt so abrupt durch meine Adern, dass ich mich von Elena losreiße, weil ich Angst habe, es könnte sich auf sie übertragen.

»*Dio mio!* Noch nicht einmal ein paar Stunden zurück, und schon verdirbst du sie öffentlich.

Eine tolle Art, deine Unschuld zu beweisen, Kallum.«

Elena versteift sich, als ihre Mutter meinen vollen Namen ausspricht, und zieht den Saum ihres Kleides nach unten, während sie die Tür aufstößt. Sie schnallt sich ab, klettert aus dem Auto und wird von einem Jubelschrei begrüßt, der anscheinend vom gesamten Louisburg Square ausgeht.

Ich nehme mir einen Moment Zeit, um mich zu sammeln, fahre mir mit den Händen über das Gesicht und versuche, meinen flachen Atem zu kontrollieren. Als ich den Kopf drehe, ist Elena von der Menge verschlungen worden und innerhalb von Sekunden aus meinem Blickfeld verschwunden.

Aber Carmen steht an der Tür und beobachtet *mich*.

KAPITEL

Dreißig

Elena

»Dio mio, du musst zehn Pfund zugenommen haben, seit du weg bist.«

Mammas Kommentar schießt durch die Luft unseres Wohnzimmers, prallt an den weißen Wänden und den dazu passenden Möbeln ab und setzt sich in meinem Schädel fest, wo ihre Kritik normalerweise zu Hause ist.

Nun, da die Nachbarn und Freunde aus der Kindheit für den Abend ausgeflogen sind, haben sie jede Sekunde seit meiner Ankunft damit verbracht, sich zu freuen, mich lebendig zu sehen und mich über das Leben als Gefangener auszufragen, obwohl ich mich immer wieder vehement gegen diesen Begriff wehrte.

Wenn der Glanz meiner Rückkehr verblasst war und sie mit ihren Fragen über die Insel fertig waren, verschwanden alle, genauso interessiert an meinem Leben, wie sie es waren, bevor ich Boston überhaupt verlassen hatte.

Es fühlte sich nicht unbedingt *gut* an, zu sehen, wie Leute, die ich seit Jahren kannte, von der Wahrheit hinter meinem Verschwinden sichtlich gelangweilt waren, aber zumindest sieht es so aus, als würde Kal weniger wahrscheinlich einen Massenmord begehen, jetzt wo das Haus still ist.

Oder, *war* still.

Mamma stürmt in den Raum, ein langes rotes Seidengewand auf dem Boden hinter sich herschleifend und ein Glas Weißwein in einer Hand. Sie steht neben dem weißen Steinkamin und hält Abstand, während wir darauf warten, dass Papá mit Ariana und Stella kommt, die offenbar anderweitig beschäftigt waren.

»Du hättest wenigstens *versuchen* können, dich wie eine Ricci zu kleiden«, bemerkt sie und schürzt ihre Lippen, während sie

über mein Outfit streicht. »Anstatt Kallums billigen Geschmack des Monats.«

Ich antworte nicht, weil ich weiß, dass sie irgendwann genug von den Beleidigungen hat. Ihr Spiel war immer erst die Kritik, dann die Höflichkeiten, und es ging immer nur darum, sie auszuhalten.

Während sie langsam nippt, lässt Mamma ihren dunklen Blick auf Kal und mich gerichtet, und die Hitze ihres Blicks bringt mich fast dazu, aufzustehen und mich auf einen anderen Stuhl zu setzen.

Meine Finger zucken in meinem Schoß, die Nerven fressen jeden Trost auf, den die Nähe meines Mannes bietet. *Annehmlichkeiten wären jetzt genau das Richtige.*

Aber Kal scheint völlig unbeeindruckt, lehnt sich zurück und legt seinen Arm auf das Sofa. Seine Finger spielen mit meinen Haarspitzen und bringen meine Nervenenden in Aufruhr, mein Körper ist bereit für mehr.

Ich bin immer bereit für mehr, wenn es um diesen Mann geht.

Ein paar Minuten, nachdem wir es uns gemütlich gemacht haben, taumelt Nonna ins Zimmer. Sie trägt einen königsblauen Hosenanzug und schimpft darüber, dass sie bei ihrem Bridgespiel betrogen wurde. Als sie mich bemerkt, verzieht sich ihr faltiges Gesicht zu einem Lächeln, und sie geht hinüber, beugt sich hinunter und umarmt fest meinen Oberkörper.

»*Nipotina!*«, sagt sie, so herzlich wie noch nie zu mir. Der leichte Hauch von Alkohol, gemischt mit abgestandenem Parfüm, verrät mir, warum. »So wie deine Mutter hier in den vergangenen Monaten geschmollt hat, dachte ich schon, du wärst gestorben und ich hätte die Beerdigung verpasst.«

Ich schüttele ein Lachen aus, aber es klingt nicht normal. »Nein, nur verheiratet.«

»Irgendwie das Gleiche, was?«, sagt sie und lallt die Worte aus einem Mundwinkel, dann gleitet ihr Blick zu Kal neben mir. »Nichts für ungut, natürlich, Schätzchen. Es ist nur so, dass ich die Männer in der Welt meines Sohnes kenne. Zum Teufel, mein Mann hat das Familienunternehmen hier gegründet. Ich weiß, wie anstrengend das für eine Ehe sein kann.«

»Vielleicht solltest du nicht virtuelle Fremde mit den beschissenen Männern in deinem Leben vergleichen.« Seine Augen verlassen die ihren und huschen schnell durch den Raum und wieder zurück – so schnell, dass ich keine Chance habe zu sehen, was er angeschaut hat. »Ich kann dir versprechen, dass wir völlig anders sind.«

Mamma schnaubt in ihr Weinglas.

Nonna blinzelt ihn an und schiebt ihre Handtasche weiter nach oben auf die Schulter. »Du wärst überrascht, wie oft ich das höre.« Sie gähnt, schiebt sich die weißen Ponyfransen aus dem Gesicht und tätschelt mir die Wange, während sie sich aufrichtet. »Ich gehe ins Bett, bevor dein Vater kommt, aber ich bin sicher, wir sehen uns bei der Aufführung.«

Ich nicke und sehe zu, wie sie den Flur hinuntergeht, an der Treppe vorbei und in Richtung der Gästewohnung im hinteren Teil des Hauses schlendert.

Meine Haut kribbelt, weil ich Mammas Blicke spüre, und ich will mich aufrichten, aber Kal verheddert seine Finger in meinem Haar und dreht sie, bis sie meinen Nacken berühren. Ich blicke ihn aus dem Augenwinkel an und ziehe sanft daran, damit Mamma nicht merkt, was er tut.

»Sie versucht, dir unter die Haut zu gehen«, sagt er mit leiser Stimme, gerade laut genug, dass ich es hören kann. »Lass ihr nicht diese Macht über dich.«

»Sie *starrt* nur«, zische ich mit ebenso leiser Stimme zurück.

»Eifersucht, Kleines. Das ist nicht bei jedem so attraktiv wie bei dir.«

Ich stoße einen kleinen, verärgerten Laut aus. »Ich weiß nicht einmal, *worauf* sie eifersüchtig ist.«

Er verzieht den Mund, als wolle er antworten, aber in der nächsten Sekunde fliegt die Haustür auf, Papá und meine Schwestern eilen herein, das Wasser tropft von ihren Regenmänteln auf den trockenen Boden.

»*Grazie a Dio*, Rafael!«, schnauzt Mamma und verspritzt ihren Wein, während sie in Richtung Foyer deutet. »Du hinterlässt überall Schlamm.«

Papá murmelt etwas auf Italienisch vor sich hin, als er ins Wohnzimmer kommt und aussieht, als sei er auf einen Streit vorbereitet. Er bleibt stehen, als er Kal und mich auf dem Sofa sieht, und ihm fallen fast die Augen aus dem Kopf.

»Elena«, sagt er und blinzelt, als würde er nicht glauben, dass es mich wirklich gibt. »Du bist hier.«

Ich stehe auf, als ich spüre, wie Kal seinen Griff um mein Haar lockert, obwohl die Art und Weise, wie er seine Finger durch die Strähnen kämmen lässt, den Eindruck erweckt, dass er etwas zögerlich ist. Ich schlinge meine Arme um Papá und küsse sein fassungsloses, rötliches Gesicht auf beide Wangen, wobei die Erinnerungen an das letzte Mal, als ich ihn sah, in dem Moment verschwinden, in dem ich in seine warme Umarmung eintauche.

Für einen Moment kann ich fast vergessen, dass er meine Sicherheit riskiert hat, indem er mich aus persönlichem Interesse zu einer Heirat gezwungen hat. Zweimal.

Ich kann fast vergessen, dass er über jahrelange Misshandlungen hinweggesehen hat, nur weil er unbedingt seine Macht in Boston erhalten wollte und dazu die Allianz mit Bollente brauchte.

Ich *kann* das alles vergessen.

Aber ... ich tue es nicht.

Als ich mich aus seiner Umarmung befreie, läuft mir ein kühles Gefühl über die Haut, eine Vorahnung, die mich ein wenig unruhig macht. Als würde ich etwas jagen, das es nicht verdient, gefangen zu werden.

Kal steht lautlos auf und stellt sich direkt hinter mich; seine großen Handflächen legen sich auf meine Schultern und ziehen mich zu sich heran, und dann hält er Papá die Hand hin, eine Maske des Stoizismus auf seinen Zügen.

Ariana und Stella stehen unter dem Torbogen, der das Wohnzimmer mit dem Foyer verbindet, als würden sie abwarten, was als Nächstes passiert, bevor sie ins Haus stürmen.

»Rafe«, sagt Kal und nickt anerkennend, auch wenn die Geste ein wenig passiv-aggressiv wirkt.

Papá streckt die Hand nicht aus, er ignoriert Kals Angebot völlig, seine Augen sind auf mich gerichtet. Sie werden härter, je länger das Schweigen andauert, aber dann beschließen meine Schwestern, dass es zu lange dauert, denn sie stürmen kichernd und kreischend ins Wohnzimmer und ziehen mich von Kal weg und in ihre Arme.

Soweit ich das beurteilen kann, hat sich in den Wochen

meiner Abwesenheit nicht viel an ihnen verändert; Arianas kastanienbraunes Haar scheint ein wenig heller zu sein als früher, die Sommersprossen in ihrem Gesicht sind jetzt, da es Frühling ist, noch deutlicher zu sehen, und Stella trägt dieselbe dickrandige Brille, und der vertraute, fade Ausdruck ist für immer in ihr rundes Gesicht eingebrannt.

»Okay, offiziell haben wir dich schon *viel* zu lange nicht mehr gesehen«, sagt Ariana. Sie stößt sich zurück, packt meinen Oberarm und mustert mich von oben bis unten. »Obwohl, wir müssen darüber reden, dass du so *verdammt gut* aussiehst, E! Du musst eine gesunde Dosis Vitamin *D* bekommen.«

Sie wackelt mit den Augenbrauen, und ich rolle mit den Augen und schiebe sie weg. Mamma wird stutzig und rückt vom Kamin weg, um uns von einem näheren Standpunkt aus anzustarren.

»Ariana, ehrlich.« Sie nippt, dann blickt sie mich an. »Ist das eine angemessene Art, mit deiner Schwester zu reden?«

»Darf ich mich nicht freuen, dass sie etwas bekommt?«

Papá gibt einen erstickten Laut von sich. »*Che palle*, Ariana. Hüte deine Zunge.«

Sie lacht leise und dreht sich wieder zu mir um und spielt mit meinen Haarspitzen.

»Sie sind irgendwie noch steifer geworden, nachdem du gegangen bist«, flüstert Stella und schiebt sich die Brille auf den Nasenrücken.

»Wie sonst sollten zwei emotionslose Roboter die Rolle der trauernden Eltern richtig spielen?«, sagt Ariana und kann ihre Stimme gerade noch unterdrücken.

»Sind sie wirklich so schlimm gewesen?«, frage ich und werfe einen Blick über Stellas Schulter auf Papá, der zu einer Anrichte in der Nähe der Tür geht, eine Zigarre herauszieht und sie anzündet. Das habe ich ihn außerhalb seines Büros noch nie machen sehen.

»Es war ziemlich schlimm«, sagt Ari und reibt sich mit den Handflächen über die Arme. »Papá ist selten zu Hause.

Stella glaubt, er hat eine Geliebte.«

Stella stottert, schüttelt wild den Kopf und löst ein paar der hellbraunen Haare aus ihrem niedrigen Dutt. »*Das* habe ich nicht gesagt. Ich habe gesagt, dass es mich überraschen würde, wenn er keine hätte, was nicht dasselbe ist wie eine Anschuldigung.«

»Wie auch immer«, sagt Ari. »Ich bin sicher, er hat eine. Du weißt doch, dass Mamma sich nicht mehr outet. Nicht seit ihrer Affäre.«

Mein Herz fällt mir fast aus der Brust, dieser eine Satz ist eine Bombe, die mein ganzes Weltbild zerstört. Ich wende meinen Blick zu ihr, dann wieder zu meinen Schwestern und versuche zu verarbeiten, was sie gerade gesagt haben.

»Entschuldigung«, sage ich und blinzle. »Ihr *was*?«

Ariana und Stella blicken sich unsicher an, als ob sie nicht wüssten, was sie mir alles sagen sollen. Stella blickt nach unten und bemerkt zum ersten Mal den Diamanten an meinem linken Ringfinger, der ihre Aufmerksamkeit völlig in Anspruch nimmt und alles unterbricht, was sie sagen wollten.

»Jesus, Maria und Josef«, sagt sie und zieht meine Hand näher an ihr Gesicht. »Der ist verdammt groß.«

»Ich wette, das ist nicht das Einzige, was riesig ist ...«

»Genug!« Papá schnappt sich Arianas Handgelenk und dreht es nach hinten, während er sie von mir wegzieht.

Mein Blick flackert zu Kal, der schweigend zurückbleibt, die Hände tief in die Taschen seines Anzugs gesteckt. Der Muskel unter seinem Auge zuckt unregelmäßig, das einzige Anzeichen dafür, dass ihn das alles überhaupt stört.

Vielleicht stört ihn aber auch gar nicht so sehr das Verhalten meiner Eltern, sondern die Tatsache, dass er hier ist und diese Interaktionen überhaupt ertragen muss.

»Ich habe genug Schande über *La Famiglia* gebracht,

zwischen euch beiden«, sagt Papá, verlässt das Zimmer und zieht Ariana mit sich. »Ihr werdet auf dem Dach auf Pater Sabino warten.«

»Auf dem *Dach*?« Sie stemmt sich gegen ihn, als er sie die Wendeltreppe hinaufführt. »Willst du mich etwa runterstoßen?«

»Sei nicht so verdammt dramatisch, Ariana. Du kannst froh sein, dass ich dich nicht in ein Kloster stecke, nach allem, was du getan hast.«

Ihre Schreie hallen von den Wänden wider, prallen an der Decke ab und springen zu uns zurück, bevor sie abklingen und ganz verstummen. Stella bewegt sich unbehaglich und wirft einen Blick über ihre Schulter zu Mamma.

Seufzend macht Mamma einen Schritt nach vorne und legt Stella die Hand auf die Schulter. Es ist die Art von tröstender Geste, die ich vielleicht vor ein paar Monaten bekommen hätte, die aber im Moment eindeutig fehlt, trotz der Geschichten, die ich darüber gehört habe, wie sehr Mamma mich die ganze Zeit vermisst hat.

Als sie auf Stella zugeht, schiebe ich meinen Fuß zur Seite und trete an Kal heran. Ich finde Trost in dem festen Gefühl seines Körpers an meinem und dem Zimt- und Whiskeygeruch, der ihm irgendwie anhaftet.

Mamma bemerkt die Bewegung und sieht mich mit zusammengekniffenen Augen an. »Stella, *Carina*, warum gehst du nicht nach oben und fängst mit deinen Abschlussprüfungen an? Ich bin sicher, dein Aufsatz über Weltgeschichte schreibt sich nicht von selbst.«

Stella spottet. »Wenn es nur so wäre.« Sie zögert einen Moment und sieht mich mit einem unsicheren Blick an, als wäre sie sich nicht sicher, ob sie mich verlassen soll.

»Deine Schwester wird morgen sicher noch hier sein«, bietet Mamma an und schiebt Stella in Richtung Treppe. »Jetzt geh schon.«

Nachdem sie mich ein letztes Mal umarmt hat,

verschwindet Stella in dieselbe Richtung, in die auch Papá und Ari gegangen sind, und das dumpfe Plumpsen ihrer Turnschuhe ist für einige Minuten das einzige Geräusch. Dann knallt eine Tür zu, und plötzlich sind nur noch wir drei da und versinken in der Stille.

KAPITEL
Einunddreißig

Kal

Ich lasse die Stille, die das Wohnzimmer der Riccis erfüllt, einen Moment lang in mich eindringen und genieße sie, solange ich kann, denn ich weiß, dass Carmen ein Händchen dafür hat, Dinge zu zerbrechen.

Wären Herzen aus Glas, dann wären die verbleibenden Teile meines Herzens zerklüftet und zersplittert, völlig unfähig, wieder zusammengeklebt zu werden.

Ihre runden Augen schwingen zwischen Elena und mir hin und her, wie das Pendel, das ich vor Wochen zerbrochen habe, und versuchen zu entscheiden, in wen von uns beiden sie zuerst eindringen soll. Die Spannung krampft sich in meinem Magen zusammen und raubt mir den Atem, da sie mehr Platz einnimmt als nötig.

»Warum setzt ihr euch nicht?«, schlägt Carmen vor und deutet auf die Couch, von der wir *gerade* aufgestanden sind.

Ihre Stimme ist wie Nägel auf einer Kreidetafel und lässt meine Hand gegen Elenas Seite zucken, damit das Geräusch ein für alle Mal aufhört.

»Nein danke.« Mein Mund öffnet sich, um dasselbe zu sagen, aber es sind Elenas Worte, die den Raum erfüllen und ihrer Mutter einen schockierten Blick entlocken.

»Hat Kallum die Manieren meiner süßen, unschuldigen Tochter ruiniert?«, sagt Carmen und starrt mich an. »*Setz dich hin, Bambina*. Erweise deiner Mutter etwas Respekt.«

»So wie du meine Ehe respektiert hast, indem du Gerüchte verbreitet und die Boulevardpresse über ihre Natur belogen hast?«

Stirnrunzelnd sagt Carmen einen Moment lang nichts, und ich kann förmlich sehen, wie die Rädchen in ihrem Hirn arbeiten, um einen Weg zu finden, den Spieß umzudrehen und sich als Opfer darzustellen.

Sie hat dieses verdammte Glitzern in den Augen, das jedes Mal aufflammte, wenn sie schluchzend und mit verschmierter Wimperntusche in dem Haus auftauchte, das ich damals gemietet hatte, und mich anflehte, ihr zu verzeihen, dass sie ihrem Mann gegenüber schwach war.

Es hieß immer: ,*Die Kinder benötigen ihren Papá*' und ,*Er wird mich jagen und umbringen, wenn ich gehe.*' Niemals nur die Wahrheit, die darin bestand, dass sie nie vorhatte, Rafael zu verlassen.

Sie hatte ihren Kuchen, und sie wollte ihn auch essen.

»Ich weiß nicht, was deine Schwestern dir über meine Reaktion auf eure … *rasante* Hochzeit erzählt haben, aber ich bin sicher, dass sie stark übertrieben war.« Carmen lässt sich in einem gepolsterten Sessel nieder, schlägt ein Bein über das andere und rollt strategisch ihren Knöchel ab, damit ihr Bein durch den Schlitz in ihrem Gewand länger erscheint. »Hättest du auch nur einen meiner Anrufe oder eine meiner SMS beantwortet, Elena, hättest du das vielleicht gewusst.«

»Ich habe Nachrichten *von* dir, in denen du davon sprichst, dass du mich retten willst«, sagt Elena, zieht ihr Handy aus der Tasche ihres BHs und öffnet eine Reihe von Texten. Sie blättert sie durch und liest jede Bitte und jedes Versprechen von Carmen laut vor.

»Willst du damit sagen, dass ich alles in allem unberechtigt war? Du wurdest aus deinem Leben gerissen. Mateo war ...« Sie senkt die Stimme, auch wenn niemand in der Nähe etwas sagen wird. »Tot. Ich war um deine Sicherheit besorgt.«

»Ich war nie in *Gefahr*. Papá hat die verdammte Heiratsurkunde *abgezeichnet*.«

Carmens Weinglas hält auf dem Weg zu ihren roten Lippen inne, ihre Augenbrauen ziehen sich zusammen.

»Scusi?«

»Gott, hat er es dir nicht gesagt?«, fragt Elena, und ich fühle mich zum ersten Mal seit meinem ersten Schlag ohnmächtig.

Ihre Kehle arbeitet, während sie schluckt, und Carmens Augen blicken auf meine, in denen sich der Schmerz widerspiegelt, der immer noch versucht, mir zuzurufen.

»Es ist wahr.« Ich zucke mit den Schultern und ignoriere den Schmerz, der sich in ihrer Iris abzeichnet.

Sie stellt ihr Glas vor sich auf den Couchtisch und presst ihre Finger an die Lippen, während ihr Blick abschweift und sie sich in ihren Gedanken verliert. Wahrscheinlich versucht sie herauszufinden, wie sie diese neuen Informationen gegen uns verwenden kann.

»Das ist nicht möglich«, beschließt sie schließlich mit einem leichten Kopfschütteln. »Dein Vater würde dir nicht einfach *erlauben*, Kallum zu heiraten.«

»Nun, Mamma, er hat es getan, und wenn *Kallum* Boston in ein paar Tagen wieder verlässt, gehe ich mit ihm zurück«, schnappt Elena, und ihr Körper richtet sich auf, wie ein Band, das viel zu oft viel zu dünn gedehnt worden ist.

Carmen blinzelt. »Von *wegen*.«

Ohne sie ein weiteres Wort sagen zu lassen, dreht sich Elena um und stapft aus dem Zimmer.

Sekunden später knallt die Haustür zu und hallt von der Decke wider.

Zähneknirschend starrt Carmen mich an. Sie erhebt sich, und ich halte meine Hand auf, um sie zu stoppen. »Ich würde nicht empfehlen noch näherzukommen.«

»Was willst du denn tun? Mich umbringen?« Lachend fährt sie sich mit einer zittrigen Hand durch die Haare und befreit einige Strähnen, die im Kragen ihrer Robe feststecken. »Viel Glück dabei, Elena dazu zu bringen, dir zu verzeihen.«

Meine Hände vibrieren, die Finger bewegen sich um die leere Luft, als ich einen Schritt nach vorne mache. Normalerweise verspüre ich keinen großen *Drang*, Schaden anzurichten; es war für mich immer eher eine Notwendigkeit, eine Möglichkeit, mir ein gewisses Maß an Respekt unter meinesgleichen zu bewahren, und für lange Zeit die einzige Quelle meines Einkommens und meiner Verbindungen.

Ich nehme mir nicht gerne leichtfertig Leben. Das fühlt sich wie Betrug an.

Ich möchte, dass sich die Menschen ihr Ableben durch mich *verdienen*. Es macht ihre Bitten um Gnade viel köstlicher, wenn sie abgewiesen werden.

Und obwohl Carmen sich ihren Platz in der Hölle redlich verdient hat, habe ich *zumindest* in meinen Augen keinen Grund, sie auszulöschen.

Egal, wie sehr meine Knochen nach dieser Chance schmerzen.

»Sie wird es schon lernen«, sage ich ihr, wobei sich meine Lippen um die Ecken wölben. »Ein paar Ritte auf meinem Schwanz, und sie würde alles über ihre kalte, rachsüchtige Schlampe von Mutter vergessen.«

Carmen grinst nur, und die Geste macht mich wütend. Mir stehen die Haare zu Berge, Hitze läuft mir den Rücken hinunter wie Feuer auf einer Wiese, und der Drang, meine Finger um ihre Kehle zu legen und zuzudrücken, bis ihre Augen aus den Höhlen springen, wird ein wenig überwältigend.

Ich kneife mich in den Oberschenkel, um mein Blut zu beruhigen, und erinnere mich daran, dass sie das alles nur mit Absicht tut.

»Du hast es ihr doch nicht gesagt, oder?«, fragt sie und zieht eine Augenbraue hoch. »Ich muss schon sagen, sie ist ein sehr nachgiebiges Mädchen. *Eifrig* und willig, so wie Rafael sie erzogen hat. Aber ich glaube nicht, dass sie dir verzeihen würde, dass du mit ihrer Mutter geschlafen hast.«

»Sag es ihr, und ich schlitz dir die Kehle auf.«

Mit einem Zungenschnalzen wendet sich Carmen ab und geht zurück zum Sessel. Sie greift nach ihrem Weinglas und nimmt einen großen Schluck, während sie sich hinsetzt und die Beine wieder übereinander schlägt. »So gerne du das auch tun würdest, wir wissen beide, dass du es nicht tun wirst. Ich kenne diesen Blick in deinen Augen, Kallum. Du *sorgst* dich um Elena. Außerdem ist es dir wichtig, was sie von dir denkt, und ich denke, wir wissen beide, dass es nach so etwas kein Zurück mehr gibt.«

Als ich nichts sage, um ihr zu widersprechen, weil ich weiß, dass sie meine Worte ohnehin verdrehen wird, lacht sie und wirft den Kopf zurück, als wäre das alles ein verdammt großer Witz.

»Na ja«, sagt sie, nimmt noch einen Schluck und wischt sich den Mund mit dem Handrücken ab. »Dann solltest du wohl besser zu ihr gehen, bevor ich es tue.«

Ich denke auf drei verschiedene Arten über die Logistik des Mordes an Carmen Ricci nach, bevor ich mich aus ihrem Haus schleiche, um Elena zu finden. Sie sitzt auf dem Rücksitz des

Geländewagens, scrollt ziellos durch ihr Handy und beschwert sich bei Marcelline über ihre Mutter.

Das Fenster ist geöffnet, vielleicht um den Innenraum nach einem kurzen Regen abzukühlen, und ich halte inne, bevor ich die Tür öffne, und lausche leise.

»... und ganz ehrlich, sie benimmt sich die ganze Zeit so prüde und anständig, und dann erzählt mir meine Schwester heute Abend, dass sie eine *Affäre* hatte? Was soll das denn? Meine Mutter mag es nicht einmal, wenn Männer Söckchen tragen, weil sie sagt, das sei unanständig, aber sie betrügt meinen Vater? Und über mich will sie urteilen?«

Sie stößt einen Atemzug aus, und Marcelline sitzt in ihrem üblichen steinernen Schweigen da und unterstreicht Elenas Geschichte mit einem gelegentlichen *Mhm*.

Ich greife mit den Fingern nach der Klinke und reiße die Tür auf. Meine Frau stützt sich mit den Füßen am gegenüberliegenden Fenster ab, liegt auf dem Rücken und starrt auf ihr Telefon. Sie rollt die Augen zur Stirn und sieht mich von oben herab an.

»Atmet sie noch?«, fragt sie, und die Frage ist ein Stich in meine Brust, der Carmen recht gibt.

Elena wird mir wahrscheinlich nicht verzeihen.

»Deine Mutter ist quicklebendig«, sage ich, schiebe meine Hände unter ihren Rücken und hebe sie gerade so weit an, dass ich unter sie rutschen kann. Sie stöhnt, während ich den größten Teil der Arbeit erledige, ihr Körper wird schlaff und schmiegt sich an meinen, sobald ich sie loslasse.

Seufzend lässt Elena ihre Hände fallen und drückt ihr Handy auf die Brust. »Das ist nicht so gelaufen, wie ich gehofft hatte.«

Ich fahre mit den Fingern durch ihr Haar, meine Brust drückt auf sie. »Ich weiß.«

»Mein Fehler, weil ich zu viel erwartet habe, schätze ich.« Ihre Stimme stockt am Ende des Satzes, sie holt tief Luft und dreht sich so, dass sie auf die Rückbank schaut. »War deine Mutter normal?«

»Normal ist relativ, denke ich.«

Elena summt und schließt die Augen, während ihre Nase über den Ledersitz streift. »Na ja, relativ gesehen, denke ich, dass meine Mutter verrückt ist.«

Schnaubend nehme ich mir eine Sekunde Zeit, bevor ich antworte, wobei sich das Zwicken in meinem Herzen zu einem dumpfen Schmerz ausweitet, etwas Kühnes, das ich unmöglich loswerden kann.

Denn ich kann nicht aufhören, mich zu fragen, was Elena wohl von mir denkt.

Später klopft es an der Tür des Penthouses, das wir für die Zeit unseres Aufenthalts gemietet haben. Elena liegt auf dem Bett, atmet schwer und zuckt durch irgendeinen Traum, also schleiche ich mich leise hinaus und hoffe, dass sie mich nicht gehen hört.

Als ich die Tür öffne, bin ich überhaupt nicht überrascht, Rafe auf der anderen Seite stehen zu sehen, der eine Zigarre raucht, obwohl auf dem Flur ein fettes RAUCHVERBOTS-SCHILD steht.

Ich schätze, manche Dinge ändern sich wirklich nicht.

Wir stehen mehrere Takte lang da und starren uns einfach nur an, bis er schließlich den ersten Schritt macht.

Er bricht immer zuerst.

»Willst du mich nicht hereinbitten?«

»Nein«, antworte ich barsch.

Sein Gesicht verzieht sich, er nimmt die Zigarre aus dem Mund und stößt eine Rauchwolke in meine Richtung aus. »Weißt du, früher hast du die Ordnung der Dinge respektiert. Früher hast du verstanden, dass *ich dein* Chef bin und nicht umgekehrt.«

»Du bist nicht mein Boss, Rafe. So einfach ist das. Ich habe seit Monaten keine Arbeit mehr für dich erledigt, ich habe keine Informationen gesammelt und keinen deiner Männer zusammengeflickt. Ich arbeite nicht mehr für dich.«

»So funktioniert das nicht«, schnauzt er und zeigt mit dem Zigarrenstummel auf mich. »Du kannst nicht einfach *gehen*. Es gibt Protokolle, die eingehalten werden müssen. Eide, die nicht gebrochen werden dürfen.« Ich zucke mit den Schultern. »Klingt nach einem Familienproblem. Schick ihnen mein Beileid.«

»Du bist nicht so unbesiegbar, wie du zu glauben scheinst, Anderson. Vergiss nicht, dass ich dich gemacht habe.«

Schmunzelnd greift meine Hand nach der Tür und ich beginne, sie zu schließen, mein Kontingent an Schwachsinn ist erschöpft. »Oh, das werde ich nicht.«

Er flucht leise, als die Tür einrastet, und ich bleibe einen Moment stehen, um zu sehen, ob er noch einmal klopfen wird. Der alte Rafe hätte so etwas nie kampflos hingenommen, aber vielleicht holt ihn das Alter ein.

Oder vielleicht hat er etwas Schlimmeres vor.

Schlimmer als das, was ich für ihn geplant habe, kann es jedenfalls nicht sein.

Ich laufe zurück ins Schlafzimmer und schlüpfe unter die Decke, stütze mich mit dem Ellbogen auf dem Kissen ab, während ich meine Frau anstarre und ihr eine schweißgetränkte Haarsträhne aus der Wange streiche. Auf meinem Handy-Display blinkt eine SMS auf, in der Violet erneut meine letzte Überweisung ablehnt.

»Hochmut kommt vor dem Fall«, murmle ich vor mich hin, öffne die sichere Banking-App, die ich über Ivers International eingerichtet habe, und storniere alle zukünftigen Zahlungen, die ich auf ihr Konto einzahlen wollte.

Dann schreibe ich dem Nachlassanwalt meines Großvaters eine SMS und sage ihm, dass ich in Boston bin und einen Termin vereinbaren möchte, um den Treuhandvertrag aufzulösen.

KAPITEL
Zweiunddreißig

Elena

A m nächsten Tag treffe ich mich mit meinen Schwestern und Lorenzo, ihrem Leibwächter, zum Brunch in einem gehobenen Hafenlokal, und für eine Weile fühlt es sich fast wie in alten Zeiten an.

Sie sitzen mir gegenüber, Ariana hat ihr Haar zu einem Dutt geflochten und die Ärmel ihrer hellblauen Bluse bis zu den Ellenbogen aufgeknöpft. Stella steckt ihr Haar in den Kragen ihres Hemds und beugt sich über ihren Teller, während Ari von einem Hollywood-Skandal erzählt, der die Nachricht von meiner ‚großen Rückkehr' überschattet.

»… und ich sage nur, dass Männer wie er, die sich so laut-stark für die Rechte der Frauen einsetzen, immer die ersten sind, die der sexuellen Belästigung beschuldigt werden. Sie sind zu schön, um wahr zu sein.«

Stella spottet, wobei ihr ein Stück Ei aus dem Mund fliegt. »Du glaubst doch nicht etwa die Geschichte dieses Mädchens, oder? Sie haben sich eines Abends in New York City getroffen, und er musste sie einfach *haben*? Sie ist ein kleiner Niemand aus Maine, und er ist ein *Rockgott*; warum sollte er sie auswählen?«

Ari wirft ihr einen Bagelchip zu. »Ich entscheide mich dafür, dem Opfer zu glauben, Arschloch.«

»In Amerika gilt: unschuldig, bis die Schuld bewiesen ist«, sagt Stella und schüttelt den Kopf. »Und tu nicht so, als hättest du nicht erst *letzte Woche* die neueste Single von Aiden James gesungen. Ich kann dich in der Dusche hören, weißt du.«

Wir schaffen es, Eier Benedict und Unmengen von Trut-hahnspeck zu essen und endlos viele Gläser prickelnden Apfel-saft zu trinken, bevor jemand anfängt, Mamma zu erwähnen.

Ich war's. Ich spreche sie an.

»Ihr habt gesagt, sie sei *verzweifelt*«, werfe ich ein und zeige mit meiner Gabel auf Ariana. »Dass sie mich zu Hause haben will.«

Ari zuckt mit den Schultern und nimmt einen Bissen von einem Käsekuchen. »Das *war* sie, ich schwöre es. Es gab Tage, an denen sie nicht einmal ihr Zimmer verlassen wollte. Ich weiß nicht, warum sie sich gestern Abend so eklig verhalten hat.« »Vielleicht ist sie eifersüchtig«, bietet Stella an und zuckt mit den knochigen Schultern.

Das ist schon das zweite Mal in den letzten vierundzwanzig Stunden, dass jemand so etwas andeutet, und es gefällt mir nicht, dass jeder etwas zu bemerken scheint, was für mich völlig unsichtbar ist. »Auf *was*?«

»Ich weiß es nicht.« Stella blinzelt mich durch ihre Brille an und schürzt ihre Lippen. »Such's dir aus, schätze ich? Du weißt, wie Mamma ist; stell dir vor, du steckst in einem Leben fest, weil deine Familie so ist, und kommst da nie wieder raus. Wenn du einmal feststeckst, *steckst* du fest.«

»Wir stecken alle in diesem Leben fest«, sage ich.

»Tun wir das?« Stella nimmt ihre Brille und schiebt sie in ihren Haaransatz. »Oder hast du die letzten Monate damit verbracht, dich von deinem unglaublich gefährlichen, beunruhigend gut aussehenden Ehemann auf einer Insel verwöhnen zu lassen, völlig losgelöst von jeglichem *Famiglia*-Drama?«

Ich stochere missmutig in den Resten meiner Eier. »Es war ja nicht so, dass ich Urlaub gemacht habe. Ich war …«

Ich komme ins Stocken und stelle fest, dass meine Schwestern eigentlich nicht alle Details über die Gründe für meine Heirat mit Kal kennen. Und ich bin mir auch nicht sicher, was unsere Eltern ihnen erzählt haben, also beschließe ich, ein für alle Mal reinen Tisch zu machen, in der Hoffnung, dass dadurch die große Last, die auf meiner Brust lastet, verschwindet.

»Jemand hat Kal und mich aufgenommen, als wir das erste Mal miteinander geschlafen haben.« Ari kichert. »Das erste Mal impliziert, dass es ein zweites Mal gab, und ein drittes Mal, und …«

Stella legt ihren Arm um Aris Hals und hält ihr die Hand vor den Mund. »Das wissen wir schon. Papá hat keine Zeit damit verschwendet, allen zu erzählen, wie Kal dich verführt hat. Nicht, dass du in der Öffentlichkeit Mitleid gebraucht hättest, weil du entführt wurdest und so.«

Verärgerung flackert in meinem Bauch auf, aber ich ignoriere sie und lege meine Gabel ab. »Okay, gut. Die Leute, die uns aufgenommen haben, wollten Papá und Kal erpressen, und sie wollten, dass ich Kal heirate … schätze ich.«

Blinzelnd werfe ich einen Blick auf das goldene Tischtuch, das den Tisch bedeckt, und stelle fest, dass meine eigenen Details in der Optik verschwommen sind.

Ich schüttle das unheimliche Gefühl ab und fahre fort. »Wie

auch immer, ich kenne die genauen Details nicht, aber der Punkt ist, dass jemand uns *beide* in die Ehe gezwungen hat. Vielleicht hat Kal die Sache nicht optimal angepackt, aber wir sind beide *Opfer*.«

»*Bist* du das?«, fragt Ari und stößt Stellas Hand weg. »Ich meine, deshalb habt ihr *geheiratet*, aber ... was bringt euch dazu, verheiratet zu bleiben?« Sie greift nach einer Erdbeere von ihrem Teller und steckt sie sich in den Mund. »Du *siehst* ganz sicher nicht wie ein Opfer aus.«

Mir läuft sofort das Wasser im Mund zusammen, eine reflexartige Antwort liegt mir auf der Zunge, bevor ihre Worte vollständig verarbeitet sind. Ich schließe meine Lippen und setze mich zurück, wobei mir der Magen in die Knie geht.

Stella wechselt schnell das Thema und geht weiter, noch bevor ich Ariana geantwortet habe, um über den Physikkurs zu sprechen, den sie im Sommer in Harvard belegt, da ihr fünfzehnjähriges Gehirn offenbar von dem Gespräch, über die Ehe gelangweilt ist. Aber Ariana beobachtet mich den Rest des Brunchs, schweigend und ruhig, und ich frage mich, ob sie sieht, was ich so verzweifelt zu verbergen versuche.

Die Wahrheit.

Das Abendessen ist in meiner Familie eine große Sache.

Ich weiß nicht, ob es am italienischen Erbe liegt oder daran, dass es die einzige Mahlzeit war, zu der Papá es je geschafft hat, aber Mamma hat immer das *gute* Geschirr herausgeholt, nachdem sie den Tag mit Papptellern verbracht hat, und sie hat einen Aufstrich gemacht, der für eine ganze Armee geeignet war.

Als wir das nächste Mal zu meinen Eltern fahren, am Abend von Arianas Aufführung, ist das Abendessen eher eine intime Angelegenheit als das große Festmahl, das es einmal war.

Kal und ich gehen durch die Küche in den Innenhof und bemerken die funkelnden Lichter, die im Vergleich zur Skyline der Stadt in den Schatten gestellt sind. Der Tisch ist mit Mammas Hochzeitsporzellan gedeckt, als ob ihre Gesellschaft von großer Bedeutung wäre, und es gibt nur genügend Gedecke für uns sieben.

Ich kann mich nicht an ein einziges Mal in der Familiengeschichte erinnern, wo wir mit weniger als acht Personen gegessen haben. Wenn nicht mit einer Gruppe von Schulmädchen – deren Eltern noch nicht wussten, in *wessen* Haus sie gingen -, dann mit einer beliebigen Anzahl anderer Familienmitglieder. Gelegentlich waren wir sogar Gastgeber für gewisse Diplomaten, wobei jede Ricci-Tochter ihr bestes Kleid und ihr schönstes Lächeln aufsetzte, damit Papá so tun konnte, als sei alles in Ordnung, was die Geschäfte betraf.

Der fehlende Überfluss hier macht mich unruhig, und ich bleibe kurz vor der Schwelle stehen, unsicher, ob ich hierbleiben will, oder ob wir einfach zusammenpacken und nach Hause fahren sollten. Einfach weiter in unserer kleinen Glaskugel leben.

Seit meiner Erkenntnis im Flugzeug haben sich meine Gefühle für Kal in den Vordergrund meiner Gedanken geschoben und alles andere verdrängt, bis ich für diesen Mann lebe, atme und *blute*.

Ich bin mir nicht einmal sicher, ob das Sinn ergibt, also behalte ich das Gefühl für mich, aus Angst, dass dieses insgeheim gebrochene Wesen vor mir nicht wirklich will, dass diese Ehe weitergeführt wird.

Ich habe Angst vor den Konsequenzen, die es hätte, wenn er es *wollte*.

Kal hält kurz vor mir inne und scheint zu spüren, dass ich nicht mehr an seiner Seite bin. Er dreht sich um, runzelt die Stirn und stellt sich vor mich.

»Elena?«

Ich schüttle den Kopf und versuche, den plötzlichen Nebel

zu vertreiben, der mein Gehirn umhüllt, als hätte sich verdampfte Angst in meinem Körper eingenistet. »Ich ... ich fühle mich nicht besonders gut.«

Einen Moment lang sagt er gar nichts. Er blinzelt mich nur an, bis mein Unbehagen zum Teil auf sein Studium zurückzuführen ist. Schließlich streicht er mit einer Hand über die Vorderseite seines schwarzen Maßanzugs und wirft einen Blick über die Schulter, wo sich meine Schwestern aneinander lehnen und verschwörerisch flüstern.

»Willst du gehen?«

Ich kaue auf meinem Lippenwinkel und denke darüber nach, während sich die Schuldgefühle auf meine Schultern legen. Wie ist es möglich, dass ein Ort und Menschen, nach denen ich mich einst gesehnt habe, sich jetzt wie der einzige Fluch meiner Existenz anfühlen?

»Sag nur ein Wort, Kleines, und ich bringe dich zurück nach Aplana, bevor du den nächsten Atemzug tun kannst.« Er beugt sich vor, und ein heiserer Ausdruck legt sich auf sein hübsches Gesicht. »Stell dir vor, was für einen Spaß wir haben könnten.«

Ich knicke fast ein. Es wäre so einfach, eine Krankheit vorzutäuschen und mich von Kal dorthin zurückbringen zu lassen, wo der Rest der Welt nicht mehr existiert.

Sich ineinander fallen zu lassen und so zu tun, als ob nichts davon dem Untergang geweiht wäre.

Aber das wäre *zu einfach*. Nachdem, wie sie sich verhalten hat, als ich das erste Mal gegangen bin, würde Mamma mich auf keinen Fall einfach so gehen lassen. Sie würde Boston wahrscheinlich bis auf die Grundmauern niederbrennen, nur um mich unter ihren Fittichen zu behalten, eine nette kleine Puppe, die sie für immer anziehen und manipulieren kann.

Anstatt Kals Angebot anzunehmen, schüttle ich also wieder den Kopf und richte meine Wirbelsäule auf, bis sie knackt.

»Ich habe dich hierher kommen lassen. Es ist nur fair, dass ich es durchziehe, oder?«

Sein Mund verzieht sich nach unten, der Muskel unter

seinem Auge pulsiert. »Du hast mich zu nichts gezwungen. Ich habe es getan, weil ich …«

»Das Essen ist serviert!«

Einer der Privatköche meiner Eltern schiebt einen Wagen durch die Flügeltür und rollt eine abgedeckte Auflaufform zum Tisch hinüber. Nonna und Papá kommen herein, wobei Papá seinen üblichen Platz am Kopfende des Tisches einnimmt. Normalerweise würde Mamma am gegenüberliegenden Ende sitzen, und alle anderen würden einen Platz dazwischen finden, aber Kal geht zum Tisch hinüber und lässt sich auf Mammas Stuhl plumpsen.

Stella und Ariana erstarren und heben die Köpfe, als er sich setzt. Ich spüre die Hitze ihrer Blicke auf mir, aber ich kann meinen nicht von meinem Mann losreißen, und es dreht mir den Magen um, bis mir die Galle hochkommt und die Weite meiner Brust durch den Ansturm verbrennt.

Gott, das wird eine lange Nacht werden.

Nonna sitzt leise auf der anderen Seite von Stella, tätschelt ihren Ellbogen und sagt, dass die Bucatini all'Amatriciana wunderbar duften. Papá und Kal sind in einen Wettstreit der Blicke verwickelt, obwohl es sich langsam wie etwas mehr anfühlt.

Etwas, das sie mir nicht sagen.

Normalerweise warten wir mit dem Essen, bis alle Gäste am Tisch sitzen, und da Mamma noch nicht da ist, sitzen die Riccis alle wieder auf ihren Plätzen und nippen an ihren Getränken oder schmieren Brötchen.

Kal jedoch greift in die Mitte des Tisches, nimmt die Haube von der Nudelschale ab und bedient sich.

Ich nehme den Platz links von Kal ein, falte meine Serviette aus und lege sie auf meinen Schoß. Ich spreche leise, kaum hörbar, aber Kal beugt sich vor und hört zu, während er sich eine Gabel voll Bucatini in den Mund schiebt. »Warum lieferst du dir gerade eine Art Schwanzmesswettbewerb mit Papá?«

»Meiner ist größer. Wettbewerb vorbei.« Er stopft seine

Serviette in den Kragen seines Hemds und räuspert sich, ohne den Blick meines Vaters abzuwenden.

Ich verziehe das Gesicht. »Igitt. Was ist denn mit euch beiden los? Machst du dir keine Sorgen, wie das bei den Ältesten aussehen könnte?«

»Wie was aussehen könnte?«

Ich zucke mit den Schultern und bewege meine Hände in einer kreisförmigen Geste. »*Das*. Du untergräbst seinen Vertrag mit Bollente Media, heiratest die Tochter, die er ihnen versprochen hat, und jetzt der offensichtliche Machtkampf?«

»Hier gibt es keinen Machtkampf, Kleines. Dein Vater hat keinen.« Schließlich sieht Kal zu mir herüber, seine Augen glühen und lassen Hitze zwischen meinen Schenkeln aufsteigen. »Der Einzige, der hier irgendeine Art von Macht hat, vor allem über *dich*, bin ich. Dein Ehemann.«

Seine Worte schnüren mir die Kehle zu, auch wenn sie vage bedrohlich klingen; sein Tonfall trieft jedoch vor Sex, und obwohl mein Gehirn Mühe hat, mit jeder einzelnen Emotion, die in meinem Körper herumschwirrt, Schritt zu halten, ist es diese eine, an der es sich festhält.

Wie ein vertrauter Freund taucht die Erregung auf und überwältigt alles andere und lässt mich vergessen, worüber ich mich gerade noch beschwert habe.

Ich ziehe meine Oberschenkel zusammen, rücke in meinem Sitz und greife nach dem Glas Wasser vor mir. Ich nehme einen Schluck und schaue Kal dabei fest in die Augen, bis Papá sich räuspert und meine Aufmerksamkeit auf sich zieht.

»*Bambina*«, sagt Papá um seinen Scotch herum. »Wie läuft's in der Schule?«

Meine Hand erstarrt in der Luft, ich verschlucke mich und lasse fast mein Glas fallen. Ich nehme noch einen Schluck, um mir ein paar Sekunden Zeit zu verschaffen, während ich eine Antwort zusammenkratze. »Ich … habe abgebrochen.«

Okay, keine gute Rettung, aber egal.

Seine Augen weiten sich, und er stellt seinen Becher zurück auf den Tisch. »*Perché?*«

Ich spüre, dass Kal mich beobachtet, aber ich schaue Papá direkt an. »Ich wollte es nicht mehr machen. Literatur zu unterrichten, interessiert mich nicht.«

»Verstehe.« Papás Nasenflügel blähen sich, und er tippt mit dem Daumenring gegen sein Glas. »Ich nehme an, du hast nicht daran gedacht, denjenigen, der für deine Studienkredite bürgt, darüber zu informieren, dass er sie früher als gedacht zurückzahlen muss?«

Scham ritzt mein Gesicht, feurig, wie es gegen meine Haut peitscht. Ariana und Stella starren auf den Tisch hinunter, während Nonna den Rest ihres Weins hinunterkippt.

»Egal, dass ich von Anfang an *gesagt* habe, dass die Schule nicht deine Bestimmung ist. Aber du wolltest mir nicht glauben. Du musstest es auf die harte Tour lernen und hast mich dabei über den Tisch gezogen.«

Kal versteift sich neben mir, die Finger verkrampfen sich um seine Gabel, bis seine Knöchel weiß werden. Mein Fuß tritt aus und drückt gegen seinen, als stumme Bitte, das Besteck nicht durch die Kehle meines Vaters zu schicken.

»Es tut mir leid, Papá«, sage ich leise, und die Wut in seinem Blick lässt die Übelkeit von vorhin wieder aufleben;

Sie bläht sich auf, wie ein Dampf, der sich ausdehnt, um die Form seines Behälters auszufüllen, und ich halte mich an der Tischkante fest, um das Erbrechen, das in meiner Speiseröhre aufsteigt, zu verhindern. »Daran habe ich gar nicht gedacht.«

»Natürlich nicht, denn du bist ja noch ein unreifes, egoistisches kleines Mädchen.«

Mammas Stimme unterbricht die ruhige Atmosphäre des Innenhofs, und zum ersten Mal höre ich die Bosheit in ihren Worten. Sie ist in ihrem Tonfall nicht zu verbergen, und als sie in einem bodenlangen, leuchtend roten Abendkleid um den Tisch herumkommt, *sehe* ich sie in ihrem Gesicht geschrieben.

Die Frau, die mir bei den Vorbereitungen für meine Hochzeit geholfen hat, und die Frau, die jetzt hier steht, sind nicht dieselbe Person.

Nicht einmal ein kleines bisschen.

Kal stößt sich vom Tisch ab, sodass das Geschirr durch die Wucht klappert. Mord umrandet seine dunklen Augen und lässt sie in Flammen aufgehen.»*Carmen*.«

Sie grinst, hebt eine Augenbraue und führt ihr Weinglas an die Lippen.»Ach, komm schon, Kal. Ich kenne meine Tochter. Sie ist ganz schön altmodisch, findest du nicht auch?«

Seufzend reibt sich Papá die Schläfe.»Carmen, was machst du da?«

Sie sitzt auf dem Stuhl neben ihm und ihr Grinsen wird breiter, so breit, dass es schmerzhaft aussieht. Sie schwenkt den Wein in ihrem Glas und deutet in Richtung meiner Schwestern.»Mädels, warum bringt ihr Nonna nicht auf ihr Zimmer, damit sie ein Nickerchen machen kann? Wir wollen doch nicht, dass sie bei der Aufführung einschläft.«

Ariana schnaubt.»Ich will nicht verpassen, was auch immer das ist.«

Aber Stella stößt sie mit dem Ellbogen an und reißt sie vom Tisch hoch; sie flankieren Nonna auf beiden Seiten, um sie aufzufangen, wenn sie in ihrem Rausch nach vorne kippt.

»Ich *wollte* es dir ja sagen«, antworte ich und setze mein Wasser ab.»Es ist mir nur irgendwie entfallen, bei allem anderen.«

»Ja«, sagt Mamma und lehnt sich in ihrem Stuhl zurück,»es ist schwer, sich an so wichtige Dinge wie die eigene Familie zu erinnern, wenn man zu sehr damit beschäftigt ist, die Beine für den ersten Mann zu spreizen, der je so getan hat, als würde er sich für einen interessieren.«

Mein Gesicht erhitzt sich, die Galle kratzt und zerrt am Ansatz meiner Kehle und zieht die Irritation mit sich hoch.»Was ist daran falsch? Er ist schließlich mein *Ehemann*.« »Weil dein Vater ihn von *mir* fernhalten wollte.«

KAPITEL
Dreiunddreißig

Elena

Die Anschuldigung meiner Mutter saust wie ein Autounfall in Zeitlupe durch die Luft und verlangsamt die Zeit, während gleichzeitig die Welt um uns herum implodiert.

Beim Aufprall werden meine Rippen zerschmettert, zersplittern in eine Million kleiner Teile und werden von meinem Blutstrom mitgerissen. Mein Herz fühlt sich an wie ein aufgeblasener Ballon, der platzt, wenn er bis an seine Grenzen gedehnt wird, und ich versuche, den Schmerz in meiner Kehle hinunterzuschlucken, während meine Augen die von Kal finden, in der Hoffnung auf irgendeinen Hinweis, dass sie lügt.

Dass sie nur versucht, mir unter die Haut zu gehen und mir ein schlechtes Gewissen zu machen, weil ich sie verlassen habe. Mit zusammengebissenem Kiefer begegnet Kal meinem Blick, seine Augen sind wachsam, aber durchsichtig. Seine Schultern sacken ein klein wenig zusammen, sein Adamsapfel hüpft, und ich senke meinen Blick schnell auf den Tisch und spüre, wie die Tränen hinter meinen Lidern über sein Schweigen brennen.

Es ist ein Zeichen. Ein Eingeständnis.

Nur nicht das, auf das ich gehofft hatte.

»*Manache*«, brummt Papá und macht ein imaginäres Kreuz auf seiner Brust. »Meine Entscheidung hatte nichts damit zu tun, dass du ihn vor Jahren gefickt hast, Carmen. *Cristo*.«

Mamma nimmt einen langen Schluck von ihrem Wein. Ihre Hand zittert, und ich kann nicht umhin, mich zu fragen, ob sie sich etwas zu Gemüte führt, so wie die anderen Mafiafrauen, die sich auf einen netten chemischen Cocktail verlassen, um ihr miserables Leben zu überstehen.

»Oh je, habe ich etwas von Kallums schmutziger Wäsche aufgedeckt?

Ihr zwei saht einfach so … *vertraulich* zusammen aus, ich konnte mir nicht vorstellen, dass er dir noch nichts von unserer Affäre erzählt hat.«

Unsere Affäre.

Der Satz schmeckt bitter auf meiner Zunge, als würde ich in eine Frucht beißen, die noch nicht ganz reif ist, nur weil du es nicht ertragen konntest, geduldig zu sein. Nur ein weiterer Tag, ein wenig mehr Selbstkontrolle, und du hättest vielleicht in etwas Saftiges und Köstliches gebissen.

Stattdessen bleibt dir der fade Beigeschmack deiner Fehler und du fragst dich, warum der Mann, in den du dich verliebt hast, *etwas* mit einer anderen teilt.

Und schon gar nicht mit deiner *Mutter*.

Es juckt mich in den Fingern, sie um den Hals zu legen und

zu drücken, weil sie seinen vollen Namen so leichtfertig ausspricht. Als ob sie es überhaupt verdient hätte.

Auch ohne die Details zu kennen, weiß ich, dass sie es nicht ist.

»Nur habe ich dir neulich *gesagt*, dass sie es nicht weiß.« Kals Stimme ist wie eine heiße Klinge auf meiner Haut, die mit Rost durchsetzt ist, als sie mich durchschneidet.

»Hast du?« Sie zuckt mit einer Schulter und brummt. »Das muss mir entfallen sein. Wir haben über so *viele Dinge* gesprochen.«

Ich schaue auf die Vertiefung in Kals Hals, über die ich schon öfter mit meiner Zunge gefahren bin, als ich jetzt zählen kann, und lecke mir über die Lippen, weil ich Angst habe, noch weiterzugehen. »Wann hast du mit meiner Mutter gesprochen?«

Er legt seine Handflächen auf den Tisch, sein Ehering spiegelt sich im Licht. »Neulich Abend, gleich nachdem du rausgegangen bist.«

»Ah, ja, als du ihn so freundlich in meine wartenden Arme geworfen hast.«

»*Carmen*«, schnauzt Papá und reibt sich mit der Hand über das Gesicht. »Was zum Teufel *machst* du da?« »Ich würde mich nur dann in deine Arme werfen lassen, wenn sie dir vom Körper gerissen und angezündet würden«, sagt Kal und krümmt seine Finger. »Und selbst dann nur, damit ich mich dir im Jenseits anschließen und dich persönlich vor Satans Tür absetzen kann.«

In seiner Stimme liegt Hass, Gift sprudelt aus seiner Zungenspitze, aber ich bin mit dem Gedanken aufgewachsen, dass Liebe und Hass nur zwei Seiten derselben Medaille sind. Der einzige Unterschied waren die Umstände, und als meine Augen zwischen Kal und meiner Mutter hin- und herspringen, auf der einen Seite ein tollwütiges Tier, das seine Beute vernichten will, auf der anderen Seite ein hungriges Raubtier, das sich an ihr gütlich tun will, wird mir klar, dass ich nicht genau sagen kann, wie die beiden in Bezug dieser Situation reagieren.

»Du hast mit meiner Mutter geschlafen?«, frage ich, während mein Gehirn noch mit der Verarbeitung kämpft.

»Na ja, viel geschlafen wurde dabei nicht, wenn du weißt, was ich meine«, murmelt Mamma und lacht über ihren eigenen Witz, obwohl alle anderen auf der Terrasse unheimlich still bleiben, nur einen Kommentar von der völligen Vernichtung entfernt. »Ich hoffe sehr, dass ihr besser verhütet als wir, denn ich sage euch. Dieser Mann ist *potent*, wenn ihr wisst, was ich meine.« Sie hat Schluckauf, was mir bestätigt, dass sie *zumindest* etwas betrunken ist, auch wenn das den Schlag sicherlich nicht mindert. »Ups, habe ich das zweimal gesagt?«

Die Andeutung hängt schwer in der Luft zwischen uns vieren, mein Magen fühlt sich bitter an und droht, den Inhalt auszustoßen. Meine Kehle zieht sich zusammen, das Gewicht dieser Enthüllung legt sich um mich, bis ich nach meinem nächsten Atemzug ringe und bete, dass ich ihn nie mit demselben Gedanken bekomme.

»Herrgott, du bist wirklich ein Miststück.« Kal reißt sich die Serviette vom Hals und wirft sie auf den Tisch, während er sich aufrichtet und mich anschaut. »Elena. Kann ich bitte einen Moment mit dir allein sein?«

»Ich glaube nicht, dass sie mit dir noch einmal irgendwo hingehen wird, Kallum.« Mamma schwankt mit ihrem Wein in seine Richtung und blickt ihn an. »Du hältst dich von meinem kleinen Mädchen fern.«

Ich starre auf den Tafelaufsatz in der Mitte des Tisches und lasse meinen Blick an der Helligkeit der Dahlien und Lilien hängen. Blumen, die ich bei meiner Hochzeit oder Beerdigung gehabt hätte, deren Anwesenheit jetzt ironisch ist, da ich noch nie so überzeugt war, dass ich sterben werde.

Und doch, so fühlt sich Liebeskummer an; es ist, als ob jemand in deine Brust greift und dir das Organ aus dem Körper reißt, nur dass man kein Werkzeug benutzt und nicht darauf achtet, es sauber zu entfernen. Man reißt und dreht so lange daran, bis es herausspringt und all die kaputten Muskeln und das Gewebe zurückbleiben, während die Venen überlaufen und nirgendwo mehr hineingepumpt werden können. Es ist ein blendender Schmerz, der sich in der Wunde entzündet und nach außen kriecht, um zu sehen, wie viel du aushältst.

Der Verrat gleitet wie Lava meine Wirbelsäule hinunter und vernichtet alles, was sich ihm in den Weg stellt. Als ich zu Kal aufschaue, fällt mir auf, wie schnell sich die gesamte Sichtweise auf eine Person ändern kann, wenn man neue Informationen über sie erhält.

Als ich die Narben auf seinem Körper spürte, die von einem Leben voller böser Taten zeugten, sah ich einen Mann, der im Körper eines Monsters gefangen war.

Als ich die Bilder seiner Mutter und seiner Schwester sah, schmerzte mein Herz für einen Jungen, der niemanden hatte, der aufwuchs und die Risse in seiner Seele mit jedem Fitzelchen Aufmerksamkeit und Zuneigung füllte, das er bekommen konnte.

Jetzt sehe ich nur noch einen Lügner.

Einen Mann, den ich nicht einmal erkenne; seine Gestalt verwandelt sich in ein finsteres Wesen, während ich ihn schweigend anstarre, immer noch sehnlichst hoffend, dass er widerlegen wird, was meine Mutter sagt. Dass ich nicht seine schlampige zweite Wahl war, seine einzige Option.

Sein Rachestück.

'Tot nützt du mir nichts, Kleines.'

Ich nehme an, damit ist das Rätsel gelöst.

Ich schiebe meinen Stuhl langsam vom Tisch zurück, halte meinen Blick auf mein Glas Wasser gerichtet und weigere mich, jemanden anzusehen, aus Angst vor einem sofortigen Zusammenbruch.

»Ich will nicht zu spät zu Aris Aufführung kommen.«

Ich spüre drei Augenpaare auf mir, spüre die Überraschung

von allen. »Elena«, sagt Papá, und ich höre, wie sein Stuhl über den Beton schrammt und knarrt, als er aufsteht. »Wir sollten vielleicht darüber reden …«

Ich schüttle den Kopf und presse die Lippen zusammen, aus Angst vor dem, was mir bei der geringsten Gelegenheit herausrutschen könnte. Ein Schluchzen kitzelt meine Kehle, und egal, wie oft ich versuche, es zu unterdrücken, es weigert sich und bleibt dort wie eine Qual, die meine Aufmerksamkeit fordert.

Wer auch immer gesagt hat, dass die Phasen der Trauer nicht nur auf den Tod zutreffen, hatte recht.

Ich drehe mich um, weiche meinem Stuhl aus und gehe zurück ins Haus, durch die Küche. Ich schnappe mir meine Tasche und meinen Mantel vom Sofa im Wohnzimmer und schaffe es fast bis zur Haustür, bevor mich eine Hand am Handgelenk packt und mich zurückreißt.

»Wage es ja nicht, das Haus zu verlassen, ohne mit mir zu reden«, schnauzt Kal und dreht mich um, sodass ich ihm gegenüberstehe. »So einen Scheiß machen wir nicht.«

Ich versuche, mich aus seinem Griff zu befreien, und schnauze: »Wir machen gar nichts. Sag mir nicht, dass ich mich öffnen soll, wie ich mich fühle, wenn du mich die ganze Zeit, die ich dich kenne, belogen hast.«

»Wann wäre denn ein guter Zeitpunkt gewesen, es anzusprechen? Ich konnte mich doch nicht in deiner Muschi vergraben und beiläufig die Tatsache ausgraben, dass ich deine Mutter in einem ähnlichen Zustand gesehen habe.« Der Satz brennt, als er ihn mir ins Gesicht klatscht, schlimmer, als wenn er mich auf der Stelle umgebracht hätte. Wenigstens würde der Schmerz wahrscheinlich bald vorbei sein. »Nun, zu deinem Glück hat sie den Mittelsmann ausgeschaltet und es für dich getan. Das hat das Dilemma ganz schnell gelöst, nicht wahr?«

Meine freie Hand krallt sich an der Haustür fest, dreht den Knauf und reißt sie auf. Als er wieder an meinem Arm zerrt, blicke ich zu ihm hoch.

»Lassen Sie mich *los*.«

Sein Blick geht direkt durch mich hindurch, überspringt mein Herz und setzt meine Seele in Brand. Aber nicht die gute Art von Feuer, das die Haut streift und dich mit Wärme füllt. Es ist die Art, die versengt und stiehlt, Zerstörung in Form von Flammen.

»Ich *kann nicht*«, faucht er, obwohl sich seine Finger gleichzeitig zurückziehen und durch sein Haar streichen. »Herrgott, Elena, gib mir nur fünf Minuten.«

Ein Teil von mir möchte das; es *schmerzt*, zurückzubleiben und zu hören, was er zu sagen hat, aber die Wut, die durch mich pulsiert, hat Vorrang, ich will, dass er leidet.

»Ich kann nicht«, wiederhole ich. Ari schwebt die Treppe hinunter, ihr halbes Gesicht ist mit glitzernder Grundierung und goldenem Make-up verziert, ohne zu merken, was gerade passiert ist. Ich fange sie auf, als sie auf der anderen Seite der Tür hinausschlüpfen will, und ziehe eine Augenbraue hoch. »Gehst du schon zur Aufführung?«

Sie nickt. »Wir proben immer ein paar der schwierigeren Nummern vor der Aufführung.« Sie blickt zu Kal auf, schürzt die Lippen und sieht dann wieder zu mir. »Möchtest du mitkommen?«

Ich nicke und folge ihr zu dem Auto, das am Straßenrand steht, mit Lorenzo am Steuer. Als ich hinten einsteige und einen Blick über die Schulter werfe, sehe ich, dass Kal immer noch in der Tür steht und wie eine Statue erstarrt ist.

Als wir wegfahren, lasse ich meinen Schluchzern freien Lauf; Ari rückt näher und lässt mich an ihrer Schulter weinen, obwohl sie nicht zu wissen scheint, was vor sich geht.

Ich habe mich immer gefragt, was passieren würde, wenn ich verbluten würde und er nicht da wäre, um es mit seiner Zunge oder seinen Fingern oder seinem Erste-Hilfe-Kasten zu tupfen.

Ich schätze, jetzt habe ich meine Antwort.

KAPITEL
Vierunddreißig

Die Hälfte meiner Gedanken wollen ihr hinterherjagen.

Für Elena zu tun, was keine andere je für mich getan hat.

Aber es wäre alles umsonst, wenn ich nicht zuerst meinen Scheiß hier klären würde.

Obwohl es sich anfühlt, als würde ich in die Hölle zurückkehren, wenn ich auf den Hof hinausgehe, verdränge ich die Wut, die gegen meinen Schädel dröhnt, und gehe zu meinem Ende des Tisches. Ich stütze mich auf die Rückenlehne des gepolsterten Stuhls und starre einen Moment lang auf die ungegessenen Nudeln und das zurückgelassene Glas, das Elena mit rosa Lipgloss verschmiert hat.

Rafe ist verschwunden, wahrscheinlich, um sich eine weitere Zigarre anzuzünden, und lässt nur seine Frau und mich zurück. Carmen nippt an ihrem Wein, offensichtlich nicht mehr ganz bei Sinnen, und kichert. »Ärger im Paradies, *amore mio*?«

Mit zusammengepresstem Kiefer hebe ich den Blick, konzentriere mich auf das saugende Geräusch und lasse es die Flammen in mir anfachen, bis ich spüre, wie das Bedürfnis nach Gewalt meine Haut zum Brodeln bringt.

»Gib mir einen Grund, warum ich dich nicht gleich hier und jetzt aufschlitzen sollte«, sage ich mit leiser Stimme, vorsichtig, um nicht zu verraten, wie wütend sie mich gemacht hat. Wenn sie wissen, dass du verärgert bist, nutzen sie das gegen dich aus.

Somit ist das alles meine verdammte Schuld.

»*Dio mio*, du warst noch nie gut im Flirten.« Sie stellt ihr Glas ab und greift nach dem Träger ihres roten Kleides, als er ihr über die Schulter rutscht. Ihre Finger krümmen sich darum, dann hält sie inne und lässt die Hand fallen, als ob sie es sich plötzlich anders überlegt hätte.

Ihr Schlafzimmerblick richtet sich auf den meinen, und sie neigt ihre gebräunte Schulter, als wolle sie mich verführen.

Ich klammere mich an den Stuhl, bis meine Fingernägel vom Druck abzubrechen beginnen, und widerstehe dem Drang, der Schlampe ins Gesicht zu lachen, weil ich weiß, dass das ihre Spielchen nur noch verstärken würde.

»Ein Grund, Carmen.« Ich greife nach dem Hosenbund und schiebe meine Hand herum, um die Pistole zu befreien, die hinten in der Hose steckt. Ich streiche mit den Fingern über den kühlen Metalllauf, entsichere die Waffe, spanne sie und ziele mit der Mündung auf sie. »Es muss nicht einmal unbedingt ein Guter sein. Aber du solltest lieber verdammt schnell nachdenken, bevor ich die Entscheidung für dich treffe.«

Sie zuckt nicht einmal mit der Wimper, als ob sie nicht wüsste, dass keine meiner Drohungen jemals hohl ist. Sie richtet ihren Träger mit einem scharfen Schnappen gegen ihre Haut, setzt sich aufrechter hin und wirft mir einen bleichen Blick zu.»Du wirst mich nicht umbringen, Kallum. Wenn du das wolltest, hättest du es sofort getan, als du mich mit einem anderen im Bett erwischt hast.«

Einer meiner Körperseiten pocht krampfhaft, als würde mein Fleisch erneut aufgeschlitzt werden, nachdem ich mich am anderen Ende eines Hinterhalts wiedergefunden habe. In meinem *eigenen* Haus.

Es war ein rivalisierendes Familienmitglied, jemand aus Southie; hätte ich erwartet, dass einer von ihnen in *meinem* Bett liegt, hätte er nicht die Oberhand gehabt.

Aber man erwartet nicht, dass die Menschen, die einem wichtig sind, einen direkt vor der Nase verraten.

Ich erinnere mich an den stechenden Schmerz an der Stelle, an der das Messer eingedrungen war, und ich dachte, das wäre das Ende; zu diesem Zeitpunkt hatte ich noch nicht so lange mit tödlichen Schlägen gearbeitet, und Folter war sicherlich nichts, woran ich bei Ricci-Aufträgen gedacht hatte, und als das Messer eindrang, drin blieb und sich zu bewegen begann, erinnere ich mich daran, dass der Schock den größten Teil der anfänglichen Qualen absorbierte.

Ich erinnere mich, dass ich mitten in der Operation aufwachte; ich war in ein nahe gelegenes Krankenhaus geflogen worden, nachdem ein anonymer Hinweis die Polizei auf meinen Zustand aufmerksam gemacht hatte, und sie waren so besorgt über den Blutverlust und mögliche Abschürfungen an meiner Leber und Milz, dass sich niemand die Mühe machte, die Wunde zu reinigen oder zu versuchen, einen Teil des gebrochenen Muskels zu entfernen, der schließlich die Masse an Narbengewebe auf meiner Seite bilden würde.

Ich erinnere mich an die Schmerzen nach der Operation; sie nannten sie Phantomschmerzen. Sie sagten, ich würde sie wahrscheinlich für den Rest meines Lebens spüren, lange nachdem alles andere verheilt war.

Sie sagten, ich hätte Glück gehabt. Ein Schutzengel müsse über mich gewacht haben, denn der Schaden an meiner Milz sei ziemlich groß gewesen, aber sie hätten es geschafft, den Riss zu reparieren.

Es war mein neunzehnter Geburtstag. Ich habe mich nie glücklich gefühlt.

Nicht ein einziges Mal in meinem Leben, nicht einmal bei den unzähligen Begegnungen mit dem Tod, fühlte ich mich glücklich. Bis zu Elena.

Der Stuhl knarrt unter dem Gewicht meines Griffs, das Holz, das unter dem weichen Stoff verborgen ist, biegt sich nach meiner Laune. Ich verziehe das Gesicht, beiße die Zähne zusammen gegen die Wut, die sich wie ein Wirbelsturm in meiner Brust aufbaut und außer Kontrolle gerät.

Ich hebe meinen Arm und richte die Pistole direkt auf ihre Stirn. »Diesen Fehler können wir jetzt beheben. Ich will denselben Fehler nicht noch einmal machen.«

Sie schluckt und sieht mich mit diesen glasigen Augen an. »Elena wird dir den Mord an ihrer Mutter nie verzeihen. Sie ist jetzt verletzt, aber sie weiß, wer immer für sie da war. Sie wird diese Familie immer einem Fremden vorziehen.«

Ich löse meinen Griff um den Stuhl und schleiche langsam um den Tisch herum, wobei ich die Waffe auf sie gerichtet halte. »Du hast sie mir weggenommen, also gilt diese kleine Angsttaktik nicht mehr wirklich, oder? Was kümmert es mich, ob sie mir verzeiht, wenn sie nachts nicht mehr mein Bett und meinen Schwanz wärmt?«

Carmen spottet, Abscheu überflutet ihre Züge. »Wie ich sehe, bist du so grob und abscheulich wie eh und je.«

Ich gehe näher heran und streiche mit dem Zeigefinger über den Abzug. »Weißt du, was *abscheulich* ist? Wie oft ich deiner

Tochter gesagt habe, sie solle sich hinknien, und wie oft sie an mir erstickt ist. Wie oft ich ihre Haut aufgeschlitzt und ihr Blut geleckt habe, sodass sich der Geschmack praktisch in meine Geschmacksnerven eingebrannt hat.«

Ich halte direkt neben ihr inne, hebe die Waffe an ihre Stirn und drücke den Lauf an ihre Schläfe. »Es macht sie an, weißt du. Der Schmerz. Sie sieht mich nie an, als wäre ich krank oder geistesgestört oder eine Art Monster. Ich wette, wenn ich sie jetzt schwängern würde, würde sie das *Problem* nicht beseitigen. Sie könnte mich sogar anflehen, sie zu züchten, und weißt du, warum, Carmen? Verstehst du, *warum* ich sie ausgewählt habe?«

Carmens Zunge streicht schnell über ihre Lippen, Schweißperlen treten dort auf, wo die Pistole mit ihrer Haut verschmilzt.

»Weil sie genauso abgefuckt ist wie ich.«

»Du kannst nicht so über meine Tochter reden …«

Das Geräusch eines dumpfen Knalls knallt wie eine Peitsche in der Luft, und Carmen schreit laut auf und wackelt in ihrem Sitz. Selbst als sie längst begriffen hat, dass eine Platzpatrone abgefeuert wurde, schreit sie immer noch, und die ohrenbetäubenden Geräusche werden schnell zu einem Ärgernis für meine ohnehin schon strapazierten Nerven.

Ihre Hände sinken nach unten, umklammern die Armlehnen ihres Stuhls, und sie drückt sich so weit wie möglich von mir weg.

Was, alles in allem, nicht weit ist. Aber ich weiß die Anstrengung zu schätzen.

So fühlt es sich weniger als eine Eroberung an.

»Ich werde über *meine Frau* reden, wie es mir gefällt. Denn weißt du, was heute Abend hier wirklich abscheulich war, Carmen?« Ich warte, obwohl sie immer noch nicht antwortet. »Was du getan hast, war abscheulich, und wenn ich mich nicht so sehr um deine verdammte Tochter kümmern würde, würdest du jetzt auf dem Grund des Charles treiben, weil du alles so spektakulär versaut hast.«

»Es tut mir leid«, schluchzt sie und bricht unter dem geringsten Druck zusammen, genau wie früher. Es ist ein Wunder, dass Elena überhaupt Rückgrat hat. »Es war nicht …« Sie atmet aus und versucht, sich zu sammeln. »Ich war in dich verliebt, Kal. Ich wusste nur nicht, wie ich damit umgehen sollte. Du hast mir Angst gemacht.«

Ihre Worte dringen in die Tiefen meines Gehirns vor, in die geheimen Orte, die in den Jahren seit unserer Beziehung geschlummert haben. Ein Teil von mir erwartet, dass sie die alten Gefühle entfachen, das junge und unreife Gefühl der Vollendung, das ich früher hatte, wenn sie mich mit Zuneigung überschüttete.

Jetzt fühle ich mich nur noch leer.

Und während ich zulasse, dass dieses Gefühl in meinem Herzen Wurzeln schlägt und sich nach außen hin ausbreitet, wird mir noch etwas anderes klar.

Sie mag mich geliebt haben, aber ich habe sie nie geliebt.

Sie zu verlieren hat sich nie so angefühlt, als wäre man zerstückelt worden oder als wäre einem das Blut aus dem Körper gesaugt worden, was eine Einsamkeit erzeugt, wie ich sie noch nie erlebt habe.

Es hat sich nie so angefühlt, als hätte man sein Leben als Sünder verbracht und endlich einen Vorgeschmack auf den Himmel bekommen, nur um ihn dann direkt unter den Fingerspitzen weggerissen zu bekommen.

Aber es braucht eine Frau wie Elena, um solche Gefühle hervorzurufen. Es braucht Freundlichkeit und Wärme, nicht die Art von Feuer, die man nur so zum Spaß entfacht, sondern die Art von Flammen, die mit Leidenschaft und Verständnis und nur einem Hauch von Dunkelheit erblühen.

Es ist ihre angeborene *Güte*, die den Verlust verdammt unerträglich macht.

Ohne sie fühle ich mich wie eine halbe Seele, die ziellos vor sich hinlebt und darauf wartet, dass die Erde mich zurückfordert, so wie ich es bei so vielen anderen getan habe.

Als ich ihr vor Monaten die Hand aufzwang, hatte ich nicht einmal bemerkt, dass etwas in meinem Leben fehlte. Mir war nicht klar, dass ich jemanden *benötigte*, der mich ausbalanciert, der die Vorhänge zurückzieht und ein wenig Licht in mein Leben bringt, solange ich auch sie in Schatten malen kann.

Sie ist erst seit ein paar Minuten weg, und alles, worauf ich mich konzentrieren kann, ist ihre Abwesenheit.

Die Angst krallt sich einen Weg durch meine Wirbelsäule und hinterlässt blutige, klaffende Wunden, die sich mit jeder Sekunde, die ich nicht damit verbringe, ihr hinterherzujagen, vertiefen.

Carmen schluchzt immer noch, falsche Tränen färben ihre Wangen, und ich lasse die Waffe leicht fallen und schüttle den Kopf. »Das ist ein schöner Gedanke, aber er kommt ein ganzes Jahrzehnt zu spät. Und offen gesagt, ich will deine Erklärung nicht. Die Einzige, die sie verdient, ist Elena, denn sie ist diejenige, die sich um dich sorgt.«

Ich schnippe mein Handgelenk zurück und schleudere es nach vorne, wobei ich den Lauf der Waffe gegen ihren Wangenknochen schlage und mich an dem vertrauten *Knacken* erfreue, das beim Aufprall ertönt. Sie schreit auf und schlägt die Hände vors Gesicht, während sie sich an ihrem Speichel verschluckt.

»Lass dir das eine verdammte Lehre sein«, sage ich und trete zurück. »Du darfst leben, weil es mich nicht genug *kümmert*, dich zu töten.«

Als sie weiter schreit, fahre ich mir mit der Hand durch die Haare, lasse sie stehen und gehe ins Haus, wobei meine Brust trotz allem, was vor sich geht, irgendwie leichter ist als je zuvor.

Rafael lehnt an der Treppe, als ich die Küche betrete, und Rauch steigt um seinen Kopf herum auf. »Du wolltest doch keinen Warnschuss abgeben, oder?«

Er *fragt* nicht, sondern spricht seinen Satz einfach aus, als wäre es das Selbstverständlichste der Welt.

Ich stecke meine Hände in die Taschen und hebe eine Schulter. »Klingt, als wüsstest du die Antwort darauf bereits.«

Seufzend nimmt er einen weiteren Zug und beobachtet mich. »Ich lasse die Entführungsgeschichte fallen, wenn du bezahlst, was du mir schuldest.«

Blinzelnd lache ich fast und stecke meine Pistole in den hinteren Teil meiner Hose. »Ich *schulde* dir gar nichts. Ich glaube nicht einmal, dass irgendjemand an deiner erfundenen Geschichte interessiert ist.«

»Der Vertrag mit Bollente, aus dem du mich rausgeschmissen hast, hat mich eine Viertelmillion gekostet. Ich habe die Montaltos in Kings Trace geschlossen und das verkauft, was wir dort hatten, aber wenn die Riccis eine Chance haben sollen, das alles zu überstehen, die Erpressung, die Schuldeneintreiber, die Bundespolizei, die herumschnüffelt, wenn sie merkt, dass ich die örtliche Polizei nicht mehr bezahle, um ein Auge zuzudrücken … Ich brauche *finanzielle* Unterstützung, Kal. Glaub ja nicht, dass du mich da auch noch reinlegst.«

Schmunzelnd gehe ich wieder auf die Tür zu und schiebe mich an ihm vorbei, als er einen Arm ausstreckt, um mich aufzuhalten; er ist wesentlich kleiner als ich, also hebe ich einfach meinen Arm und weiche seinem Griff aus.

»Das Problem mit deinem Appell, lieber Rafael, ist, dass es mir scheißegal ist, ob Ricci Inc. abbrennt. Wenn nicht, gut. Wenn doch, gut, dass wir es los sind.« Ich reiße die Tür auf und zeige ihm einen halben Gruß mit dem Mittelfinger. »Du hast mir schon genug von meinem Leben genommen. Es wird Zeit, dass ich mich revanchiere.«

KAPITEL
Fünfunddreißig

Kal

Das Theater, das auf der Eintrittskarte für Arianas Konzert aufgeführt ist, liegt eine halbe Stunde Fahrt entfernt, und ich springe in den gemieteten Geländewagen, sobald ich das Haus der Riccis verlasse, und fahre sofort dorthin.

Es ist ein verziertes Gebäude mit massiven griechisch-römischen Säulen, die die Fassade einrahmen, und Oberlichtern aus Buntglas, die den Nachthimmel verdunkeln. Nachdem ich einem Platzanweiser meine Eintrittskarte ausgehändigt habe, werde ich in Richtung des entsprechenden Saals geschickt, verbringe aber noch ein paar Minuten damit, draußen herumzulaufen, nur für den Fall, dass Elena noch nicht hineingegangen ist.

Fünfzehn Minuten vergehen, und sie taucht nicht auf, also gehe ich hinein und suche mir einen Platz.

Wir sitzen anscheinend in einer Privatloge, die nur über eine separate Treppe zu erreichen ist und von einer Platzanweiserin mit Zahnspange bewacht wird, die mich strahlend anlächelt, als ich meinen Barcode zeige.

»Mr. Anderson, Platz 11B.« Sie blickt sich um und gibt mir dann mein Ticket zurück. »Wird der Rest Ihrer Gruppe bald nachkommen?«

»Meine Gruppe?«

Sie holt ein Klemmbrett hervor, blättert in einem kleinen Stapel Papiere und nickt, als sie offenbar die gesuchten Informationen findet. »Ja, wir haben eine Privatloge für Mr. und Mrs. Anderson reserviert, und die benachbarte Loge, Nummer zwölf, ist für Mr. und Mrs. Ricci und zwei Gäste gebucht.

Kopfschüttelnd stecke ich mein Ticket in meine Anzugtasche und weiche ihr aus. »Ich habe keine Ahnung, ob sie kommen oder nicht. Können Sie dafür sorgen, dass Mrs. Anderson und ich nicht gestört werden?«

Die Kleine runzelt die Stirn, ihre Errötung ist selbst im gedämpften Licht sichtbar. »Sir, ich muss Sie darauf hinweisen, dass eindeutige Beziehungen auf dem Gelände streng verboten sind und mit Geldstrafen von bis zu eintausend Dollar geahndet werden.«

Ungeduldig klopfe ich mit dem Fuß, greife in meine Hose und ziehe ein Bündel Bargeld aus der Klappe. »Betrachten Sie das als Anzahlung.«

Ich warte nicht darauf, dass sie es annimmt, drücke es ihr in die Hand und schiebe mich an ihr vorbei, wobei ich über das Samtband trete, das die Treppe versperrt. Während ich die Treppe hinaufhüpfe, versuche ich, mein rasendes Herz zu beruhigen und mich auf die Möglichkeit vorzubereiten, dass sie nicht hier oben ist.

Doch als ich den Vorhang zu unserer Loge beiseiteschiebe, schlägt mein Herz so schnell, dass es sich anfühlt, als würde es explodieren; ihre Silhouette wird von der Bühne unter mir beleuchtet, während sie sich in ihrem Stuhl nach vorne lehnt und über das Balkongeländer gebeugt ist. Ich steige in die Loge hinunter, nähere mich leise, strecke meine Hand aus, um ihre Schulter zu ergreifen, als sie spricht.

»Nein.«

Es ist ein einziges Wort, lang genug, um durch meine Brust zu fahren und das Organ zu durchbohren, das nur für sie schlägt. Sie wirft nicht einmal einen Blick über die Schulter oder bewegt einen Muskel, ihr Körper ist inzwischen so sehr mit dem meinen verschmolzen, dass er zu *wissen* scheint, wann ich in der Nähe bin.

Oder vielleicht wusste sie, dass ich kommen würde. Vielleicht ist es das, was sie die ganze Zeit wollte.

Meine Hand fällt an meine Seite, und in meiner Magengrube pulsiert dieser vertraute, verdammte Schmerz.

»Elena, ich …«

»Wenn du hierhergekommen bist, um dich zu entschuldigen, kannst du es dir sparen.«

Ihre Haltung überrascht mich ein wenig, wenn man bedenkt, dass sie beim letzten Mal, als ich sie sah, genauso unglücklich aussah, wie ich mich fühlte. Niedergeschlagen, als ob die Enthüllung meiner Vergangenheit irgendeine Auswirkung auf unsere Zukunft hätte.

Am Boden zerstört, als ob ich Geheimnisse über sie gestellt hätte.

Ich nehme den Platz neben ihr, strecke meine Beine aus, stütze mich mit den Füßen auf das Trittbrett des Balkons und falte die Hände im Schoß. Wenn sie mich nicht mit Schweigen bestraft, hatte sie vielleicht Zeit, sich hinzusetzen und über das nachzudenken, was sie heute Abend gelernt hat, und sie hat beschlossen, weiterzugehen.

»Ich bin nicht gekommen, um mich zu entschuldigen«, sage ich leise und beuge mich vor, um ihr ins Ohr zu flüstern. »Obwohl es mir *leid* tut. Aber eigentlich bin ich nur gekommen, um mich zu vergewissern, dass es dir gut geht.«

Sie sagt eine Weile nichts und starrt schweigend hinaus, während die Bühnenarbeiter mit dem Aufbau der Requisiten beginnen, von einem Ende der Bühne zum anderen eilen und gegen die Zeit anrennen, um rechtzeitig für die Aufführung fertig zu sein.

Seufzend schüttelt Elena den Kopf. »Ich bin es nicht. Nicht einmal ein kleines bisschen, Kal. Und ich möchte *wirklich* nicht mit dir darüber reden.«

Ich drücke die Sitzlehnen zusammen und lehne meinen Kopf zurück, wobei ich versuche, mir meine Frustration nicht anmerken zu lassen.

»Du bist meine Frau, Kleines. Wir *müssen* darüber reden.«

Sie dreht ihren Kopf zur Seite, und die Wandleuchte spendet gerade so viel Licht, dass ich ihr wunderschönes Gesicht im Schatten sehen kann. Ihre goldenen Augen leuchten fast in der Beleuchtung, oder vielleicht bilde ich mir das nur ein und erwecke Leidenschaft und Kampf, wo ich befürchte, dass es keinen gibt.

»Wie rechtmäßig ist unsere Ehe *wirklich*? Und komm mir nicht mit dem blöden Spruch, dass sie so echt ist, wie meine mit Mateo es gewesen wäre. Ich habe Mateo nicht geheiratet. Ich trage seinen Ring nicht. Ich habe dich geheiratet, und ich trage deinen, also sag mir, *Kallum* …«

Ihre Stimme bricht bei der letzten Silbe und lässt den Schmerz in meiner Brust immer größer werden, bis er bereit ist, mich zu zerstören, und sie richtet schnell ihr Kinn auf und blickt zurück auf die Bühne.

Sie schluckt hörbar, trotz des leisen Geplauders, das von den Sitzen am Boden aufsteigt, und greift mit ihren Fingern nach dem Geländer, um es erneut zu versuchen. »Wie viel davon war echt, und wie viel hast du getan, um dich an meiner Mutter zu rächen?«

Der Drang, zu lügen, brennt mir auf der Zunge, und meine Abwehrmechanismen werden in dem Moment, in dem sie mich eines Racheplans beschuldigt, in Gang gesetzt. »Es hatte nichts mit ihr zu tun.«

»Sie hat so getan, als ob ihr *verliebt* wärt«, zischt Elena und dreht ihren Körper, um mir die Anschuldigung ins Gesicht zu schleudern. Wie kochend heißes Wasser überschwemmt es mich, quälende Striemen bilden sich an meinem Körper und lassen mich überrascht zusammenzucken. »Gott, kein Wunder, dass sie versucht hat, mich von dir fernzuhalten. Sie wusste bereits, wie du bist und wie das alles enden würde. Ich hätte mir eine Menge Ärger ersparen können, wenn ich ihr einfach zugehört hätte.«

»Du und ich sind *nicht* wie deine Mutter und ich.« Ich nehme ihr Kinn zwischen zwei Finger und halte es fest, während ich mich zu ihr beuge und sie zwinge, mich anzusehen. »Was ich für dich empfinde, ist nicht einmal im selben verdammten Universum.«

Sie versucht, sich loszureißen, aber ich lasse sie nicht los. »Warum konntest du es mir dann nicht sagen?« Ich kneife meine Augen zusammen und lasse meinen Kopf nach vorne fallen, während die Scham wie ein Fluss durch mich fließt. Sie entleert sich in meinem Blut und lässt mich mehr wie ein gottverdammtes Monster fühlen als jedes Verbrechen, das ich je begangen habe.

Von der Seite hören wir Schritte, während das Licht im Saal noch mehr abdunkelt, und eine Stimme fragt die Leute in der Loge neben uns, ob sie vor der Show noch etwas zu trinken brauchen.

»Eis?«, fragt eine vertraute Stimme, und der sofortige Rückstoß meiner Seele bei diesem Geräusch lässt mich bedauern, dass ich ihr nicht einfach im Haus eine Kugel verpasst habe.

Ich hoffe, ihr Gesicht ist lila und geschwollen. Eine nette kleine Hommage an die Art und Weise, wie ich vor all den Jahren in diesem Krankenhaus ankam.

Ich bin etwas überrascht, dass sie trotzdem aufgetaucht sind, und das so kurz nach mir. Vielleicht hatten sie gehofft, mich in die Enge zu treiben, und wurden stattdessen zu ihrem Platz eskortiert.

Elena reißt ihr Kinn aus meinem Griff, und ich lasse sie los. Das Blut rauscht zwischen meinen Ohren, während mein Körper versucht, den plötzlichen Ansturm von Lärm zu verdrängen. Der Regisseur betritt die Bühne und bittet alle, höflich und zuvorkommend zu sein.

Ein Schniefen hier. Das unverkennbare Knirschen einer Chipstüte, in die hineingestochen wird. Ein weiteres Schniefen. Jemandes Baby weint etwas weiter weg, und das alles ist durch die Musik vollständig hörbar.

Angespannt lehne ich mich in meinem Sitz zurück und versuche, mich auf etwas anderes als den Lärm um mich herum zu konzentrieren.

Der Zuschauerraum verdunkelt sich, bis es in unserer Loge fast stockdunkel ist, und die Bühne erstrahlt in bunten Farben, als die Lichttechniker die erste Szene einleiten. Ich habe keine Ahnung von Ballett, also beobachte ich in den ersten Minuten der Vorstellung die Tänzer, die im Takt der Musik umherhüpfen.

Aber irgendwie höre ich immer noch die kleinen Geräusche von vorher, auch wenn das Orchester in die Höhe schießt. Sie bahnen sich ihren Weg in mein Gehirn, kleine Parasiten, die nach Resten von Vernunft suchen, um sich daran zu laben.

Ich höre das Ticken meiner alten Rolex-Uhr und diese verdammte Pendelstatue. Die schlürfenden Geräusche, die Rafael an dem Tag machte, als ich in sein Büro ging und ihn überredete, mir Elena zu geben.

Wie die Fluten nach einem Hurrikan drängt sich jedes einzelne Geräusch, das in mir jemals etwas ausgelöst hat, in den Vordergrund, wie Geister, die mich nach einem kurzen Moment des Friedens heimsuchen.

Mein Blick wandert zu Elena, die mich statt der Show beobachtet; ich kann gerade noch die sanfte Neigung ihrer Nase ausmachen, den Glanz ihrer goldenen Augen, den Umriss ihrer vollen, rosa Lippen. Langsam hebe ich meine Hand und drücke meine Handfläche an ihre Wange, und plötzlich hört der Lärm auf.

Alles kommt einfach zur … Ruhe.

Ich reagiere nicht auf die Reize, aber mit der Abwesenheit der unangebrachten Geräusche lassen schließlich auch das Herzklopfen und die Enge in meiner Brust nach.

»Geht es dir gut?«, flüstert sie und spaltet damit mein Herz in der Mitte. »Das ist mein Satz«, erwidere ich und streiche mit dem Daumen über ihren Wangenknochen.

Sie spottet. »Es sah so aus, als wärst du für eine Sekunde weggetreten. Tut mir leid, dass du dich *sorgst*.«

Als sie sich zurückziehen will, schüttle ich den Kopf und umfasse ihr Gesicht mit beiden Händen.

»Dafür brauchst du dich nicht zu entschuldigen.«

Ihre Augen werden glasig, die Tränen glänzen im Scheinwerferlicht, das sich unten in der Treppe spiegelt. Sie senkt den Blick und seufzt. »Ich kann das jetzt nicht.«

Sie packt meine Handgelenke und stößt mich von sich weg, schiebt meine Hände zurück, sodass sie in meinem Schoß liegen. Die Zurückweisung sticht, als würde man mit bloßen Füßen auf einen Bienenschwarm treten, und das Gefühl breitet sich in meinem Nervensystem aus. Die nächsten Akte sitzen wir schweigend da, unser steinernes Schweigen ist schlimmer als jedes andere mögliche Geräusch, das ich je gehört habe.

Schließlich gibt es eine Pause, das Licht im Zuschauerraum wird heller, damit die Zuschauer ihre Hände vor dem Gesicht sehen können.

Nachdem ich mehrere Minuten lang auf meinem Sitz herumgerutscht bin und versucht habe, die Angst, die durch meine Adern fließt, zu vertreiben, atme ich aus, stütze mich auf meine Armlehnen und stehe auf. Elena dreht den Kopf, sieht mich an und lacht in sich hinein, obwohl ihr Gesichtsausdruck völlig humorlos wirkt.

»Wenn du bereit bist zu reden, dann komm zu mir.«

Ich drehe mich um und gehe auf die Treppe zu, da zischt sie: »Hör auf, so zu tun, als hätte ich etwas falsch gemacht, Kal. *Du* hast gelogen, *du* hast es vermasselt. Nicht andersherum. Wenn ich nicht darüber reden will, dann muss ich es verdammt noch mal auch nicht.

Mein Mund öffnet sich, um ihre Worte zu widerlegen, aber ich schließe ihn, als ich merke …

Dass sie recht hat.

Mit einem Nicken erkläre ich mich einverstanden und halte meine Handflächen zur Kapitulation hoch. »Du hast recht, ich …«

»Und *wenn* ich darüber reden wollte, was würde ich überhaupt sagen?« Sie stößt sich von den Füßen ab, und der Theatersitz wackelt, als ihr Gewicht ihn verlässt. Sie zieht am Saum ihres kurzen, spitzenbesetzten schwarzen Kleides und geht zu mir hinüber, ihr Blick ist selbst in der trüben Beleuchtung glühend heiß.

Ich muss ihre Augen nicht *sehen*, um zu wissen, dass sie *brennen*; ich kann sie spüren, wie sie über meine Brust lecken, meine Seele in Flammen setzen und mich mit Kerosin übergießen, während sie zurücktritt, um die Flammen zu bewundern.

Ich würde mit Freuden den Rest meines Lebens in Flammen verbringen, wenn ich sie dafür behalten dürfte.

»Möchtest du, dass ich dir erzähle, wie es mich zerstört hat, als ich hörte, dass du eine Beziehung mit meiner *Mutter* hattest?«, fragt Elena, ihre Stimme ist *etwas* lauter als nötig, und ich frage mich, ob das daran liegt, dass sie weiß, wer neben uns in der Loge sitzt. Ob sie will, dass sie es hören. »Ist das etwas, das dich glücklich machen würde, Kal? Zu wissen, dass du mich endlich *ruiniert* hast?«

Die letzte Silbe knackt, als sie vor mir stehen bleibt und ihre Zehen gegen die Spitze meiner schwarzen Oxfords drückt. Jeder Muskel in meiner Brust zieht sich zusammen und macht das Atmen gottverdammt unmöglich, während sie hier steht, ihre Seele entblößt und mich beschuldigt, der Grund dafür zu sein, dass sie blutig, zerschrammt und unheilbar gebrochen ist.

Meine Hände zucken an den Seiten, als sie auf mich zugeht, mich an die Wand drückt und ihren Zeigefinger in die Mitte meiner Brust stößt. Ich möchte sie in meine Arme nehmen, mit meinem Mund Entschuldigungen herunterregnen lassen und hoffen, dass sie irgendwie alles wieder gutmachen.

Ich versuche, nach ihr zu greifen, aber sie reckt ihr Kinn scharf vor, die Hände umschließen meine Handgelenke und drücken sie zurück. Ich könnte sie leicht überwältigen, aber je länger ich sie anstarre, je länger ich hier stehe und das Elend aufnehme, das in Wellen von ihr abrollt, desto mehr wird mir klar, dass ich das nicht will.

Das ist es, worum ich gebeten habe.

»Beantworte die Frage«, schnappt sie und bewegt sich so, dass ihre Hüften meine berühren, wobei sich der Saum ihres Kleides mit der Bewegung leicht nach oben schiebt.

Ich beiße die Zähne zusammen, unsicher, ob sie absichtlich versucht, verführerisch zu sein, oder ob sie einfach nicht anders kann, und atme scharf durch meine Nase aus. »*Nein, Elena, so fühle ich mich nicht wohl.*«

Sie lässt eine meiner Hände los und streicht mit ihren Fingernägeln über die Vorderseite meiner Hose; ich stöhne auf, als sie sie über meinen Schwanz zieht, der sich unter ihrer Berührung versteift.

»Vorsichtig, Kleines. Ich fange an, einen falschen Eindruck zu bekommen.«

Sie neigt ihr Gesicht nach oben, die Hitze von vorhin glüht immer noch in diesen goldenen Augen, Wut und Lust vermischen sich und kämpfen um die Vorherrschaft. Ohne ein weiteres Wort zu sagen, packt sie mich durch meine Hose hindurch, drückt fest zu, und meine freie Hand fliegt natürlich nach oben und verheddert sich in ihrem Haar.

Ich reiße ihren Kopf nach hinten und richte meinen Körper so aus, dass ich über ihr stehe und darauf warte, dass ein Grinsen ihre hübschen Züge ziert.

Es kommt nicht, und nach einem Moment sehe ich ein, was es ist.

Sie ist nicht an einem Gespräch interessiert; der Schmerz und die Wut sind noch zu frisch und blitzen immer wieder in ihrem Kopf auf wie ein außer Kontrolle geratenes Feuerwerk, das explodiert, bis nur noch verkohlte Reste übrig sind.

Dennoch scheint ihr Körper nicht auf derselben Seite zu stehen wie ihr Gehirn, er greift nach mir, als könne er nicht anders.

Und wenn ich sie auf diese Weise dazu bringen muss, zu mir zurückzukommen, dann soll es so sein, verdammt.

Ich trete zurück, bis ihre Beine den Getränkehalter eines Theatersitzes berühren, und greife ihr so fest in den Haaransatz, dass sie erschrocken aufstöhnt. Ihre Hand kommt hoch, umklammert meinen Unterarm, als wolle sie versuchen, mich wegzureißen, aber stattdessen krallt sie sich fest und krallt sich durch meinen Anzug hindurch an mir fest.

»Sind wir fertig mit dem Reden?«, schimpft sie und greift mit ihrer anderen Hand nach hinten, um sich auf dem Sitz abzustützen.

»Das kommt darauf an; wirst du irgendetwas sagen, das ich nicht schon weiß?« Ihre Nasenflügel blähen sich auf, und ich grinse düster und beuge mich vor, um meine Nase über ihre zu streichen. »Als ich sagte, ich wolle reden, meinte ich nicht, dass du mich zu einer Reaktion anstacheln sollst. Aber wenn du nicht bereit für mehr bist, werde ich nachgeben. Was immer du jetzt von mir brauchst, Kleines, ich werde es dir geben.«

Ihre Augen bleiben auf den Meinen, aber ihr Atem geht stoßweise und lässt meinen Schwanz gegen ihren Bauch pochen. Ich fahre mit meiner anderen Hand langsam an ihrer

Seite entlang, merke mir die sanfte Kurve ihrer Hüfte, die Wölbung ihrer Brust und bleibe an ihrer Kehle stehen, wo ich meine Finger um sie schlinge.

»Willst du, dass ich dich ficke, bis du dich nicht mehr daran erinnern kannst, wie beschissen du dich meinetwegen gefühlt hast? Willst du, dass ich meinen Schwanz in dich stoße, dass du kommst, immer und immer wieder, bis du mich anflehst, aufzuhören?« Ich werfe einen Blick auf den immer noch vollen Saal, höre das leise Geplapper aus der Loge ihrer Familie und frage mich, wie viel davon sie wohl hören können.

Ein verruchtes Grinsen huscht über mein Gesicht, die Bosheit darin ist greifbar, und ich beuge mich hinunter, streife mit meinem Mund über ihr Ohr. »Willst du, dass ich dich genau hier und jetzt ficke? Wo jeder in der Stadt hören oder sogar sehen kann, wie du dich für mich zerreißt?«

Ihre Kehle bebt unter meinem Griff, sie leckt sich über die Lippen, das Gold in ihren Augen leuchtet wie die einer läufigen Hündin.

Es ist ein einzelnes Nicken, das als Nächstes kommt, kaum wahrnehmbar, da ich ihren Hals festhalte, aber ich bekomme es trotzdem mit. Mein Herz drückt sich an meinem Brustkorb vorbei in meine Speiseröhre und schneidet mir die Luftzufuhr ab, während ich mir vorstelle, was ich ihr gleich antun werde.

Ich lasse meinen Blick an ihrem Körper hinabgleiten und schlucke, während mein Schwanz bei dem Gedanken, dass die Leute Zeuge der Rückeroberung meiner Frau werden könnten, Spermatropfen *ausstößt*.

Ich lasse ihr Haar los und fahre mit meiner Hand vorne an ihrem Kleid hinunter, wobei ich den Rock mit einem Ruck bis zu den Hüften hochziehe; sie keucht, als die kühle Luft ihre nackte Muschi streift und sie zum Zittern bringt.

Ich streiche mit meinen Fingerknöcheln über ihren Saum und schaue auf ihr Gesicht, um die kleinste Veränderung in ihrem Verhalten zu erkennen. Ihre Lippen öffnen sich, als mein Daumen über ihre Klitoris streicht, und das Stöhnen, das aus ihrem Mund kommt, ist die süßeste Sünde, die ich je erlebt habe. Ich fange ihn mit meinem auf und bedecke ihre Lippen in der gleichen Sekunde, in der ich den Druck auf ihre Klitoris erhöhe, indem ich jeden Strich meiner Zunge mit den langen, trägen Wirbeln meines Daumens abstimme. Sie pulsiert unter mir, ihr Körper erwacht zum Leben wie ein Instrument, das von seinem Meister fein abgestimmt wird, und ich stöhne in sie hinein und wünsche mir nichts sehnlicher, als in ihre Haut zu kriechen und nie wieder herauszukommen.

Ich drücke mich tiefer in den Kuss, bis ich nur noch diesen einen Moment in der Zeit schmecken kann, dann lasse ich ihre Kehle los und ziehe mit dieser Hand das Mieder ihres Kleides über ihre Brüste nach unten. Ein Riemen reißt, sodass sie in mich hineinzischt, aber ich ignoriere es, kneife eine Brustwarze zwischen meine Finger und rolle sie dann unter meinem Daumen.

Ihre Hüften schwingen, je schneller ich mich gegen sie bewege, sie sehnt sich nach dem Stück Euphorie, das nur ich ihr geben kann. Sie lässt ihre Arme über meine Brust gleiten und krallt sich in meinen Nacken, winzige Schmerzsplitter lassen mich vor Verzückung zusammenzucken, sodass ich fast in den Theaterstuhl kippe.

»Verdammt«, fluche ich und reiße meinen Mund von ihrem.

Ich gehe einen Schritt zurück und lasse mich auf die Knie fallen, wobei der schmutzige Boden keine Rolle spielt, da ich mich auf Augenhöhe mit ihrer glitzernden Muschi befinde. Ich stürze mich auf sie, weil ich sie wenigstens einmal schmecken muss, bevor es weitergeht, und sauge eine Lippe in meinen Mund, bevor ich mich zurückziehe.

»Glaubst du, du kannst dich auf dem Stuhl balancieren?«, frage ich. Meine Stimme ist so heiser, so verdammt bedürftig, dass sie fast nicht wiederzuerkennen ist. Sie verlagert sich, stützt die Ellbogen hinter sich ab, schiebt ihren Hintern auf die Armlehne und lehnt sich zurück, um mir einen besseren Blick zu gewähren. »Spreiz deine Beine, Kleines. Ich will sehen, wie verdammt wütend du bist.«

Schweigend gehorcht sie, hebt ihre Hüften an und lässt die Knie sinken. Mein Atem stockt, der Duft ihrer Erregung bohrt sich in mein Gehirn, etwas, das ich nie vergessen will, solange ich lebe. Ich beuge mich vor, fahre mit der Nase an der Innenseite ihres Oberschenkels entlang und atme ein, während ich versuche, mir die ganze Szene einzuprägen.

»Glaubst du, jemand kann es sehen?«, fragt sie leise, und ich blicke auf, als meine Zunge ihre Narbe findet – *meine Narbe* – und über die verunstaltete Haut streicht.

Während ich mit meinen Zähnen über ihr Fleisch fahre, genieße ich die Art und Weise, wie sie sich zuckt, und wünsche mir, ich könnte ihr Verhalten und ihre Geräusche in Flaschen abfüllen und sie in mich aufnehmen. Sie zu einem Teil von mir machen.

»Willst du, dass sie es sehen?«, frage ich, mein Atem streicht über ihre Muschi, mein Mund ist nur Millimeter davon entfernt.

Sie starrt an ihrem Körper hinunter zu mir, dreht und wendet ihre Lippen, bevor sie leicht nickt. Eine Gänsehaut breitet sich auf ihrer Haut aus wie winzige Blüten, eine Frühlingsblüte nur für mich, die mein ganzes Blut in den Süden schickt.

»Natürlich tust du das.« Ich komme näher, streiche mit der Zungenspitze über ihr seidenes Fleisch und genieße den Geschmack. »Meine Frau will allen zeigen, was für eine kleine Schwanzhure sie ist, nicht wahr?«

»Ich will, dass *sie* es weiß«, sagt sie mit leiser Stimme und verheddert ihre Finger in meinem Haar. »Ich will, dass sie weiß, dass es nicht so ist wie das, was du mit ihr hattest. Dass sie dich nicht so zum Kommen bringen kann wie ich.«

»*Scheiße,*«, stöhne ich, ihre Eifersucht ist wie ein Draht in meinem Schwanz und lässt meine Sicht verschwimmen. Ich ziehe meine Daumen hoch, um sie zu spreizen, lecke an ihr auf und ab, sauge und knabbere, wobei ich ihre Lieblingsstelle bis zur letzten Sekunde vermeide. »Geile kleine Schlampe. Willst du Mami eifersüchtig machen?«

»Bitte«, wimmert sie, wackelt mit den Hüften und verlangt nach mehr.

Ich lasse meine Arme unter ihre Schenkel gleiten, hebe sie leicht an und grabe meine Finger in das Fleisch ihres Arsches, bevor ich mich an ihr gütlich tue.

Ihr Kopf fällt sofort zurück, und ihre Finger kratzen über meine Kopfhaut, während sie sich drehen und ziehen und versuchen, mich noch näher an sich zu ziehen. Meine Zunge wechselt zwischen leichten Kreisen und scharfen Achten, schnippt und leckt und massiert, bis ihre Schenkel zittern.

Sie krampfen sich zusammen und halten mir die Ohren zu, sodass ich nur noch mein eigenes Blut zwischen ihnen rauschen höre, mein Herz hämmert in meiner Kehle, und ich verdopple meine Anstrengungen, schließe meinen Mund über ihren Lippen und sauge *kräftig*.

»Oh, *Scheiße*«, stöhnt ihre gedämpfte Stimme, so laut, dass ich sicher bin, dass jeder um uns herum sie hören kann.

»Sieh mich an«, befehle ich, während mein Mund auf ihrer Haut vibriert. Ich lasse meine Hand nach unten gleiten, schiebe zwei Finger in ihr triefendes Geschlecht und wölbe mich, bis sich ihr Rücken krümmt. »Du schaust *nirgendwo* anders hin, wenn du auf meiner Zunge kommst, Kleine. Die Augen auf mich gerichtet, und mein Name auf diesen hübschen Lippen.«

Sie sträubt sich, beißt sich auf die Lippe, als ich wieder eintauche, einen dritten Finger hinzufüge und in sie eindringe, bis sie sich anspannt und ihre inneren Wände um mich herum flattern.

Ich spüre ihren Puls in meiner Brust, das Zittern ihrer Muskeln in meinen Knochen, aber sie schaut weg, und alles, was ich sehen kann, ist der Schmerz, der bleibt.

»*Warte*«, sage ich und spüre, wie ihr Orgasmus auf dem Höhepunkt stecken bleibt, als wolle sie loslassen, aber es fällt ihr immer noch schwer, den Verstand zu verlieren. Ich greife mit meiner freien Hand in meinen Anzug und ziehe schnell mein Taschenmesser heraus.

Dasselbe Taschenmesser, das ich vor Monaten bei ihr benutzt habe, um ihr meine ersten Initialen auf die Haut zu brennen, als ob ich schon damals gewusst hätte, welche Bedeutung sie für mich haben würde.

Ich schnippe es auf, beobachte sie auf Anzeichen von Verzweiflung oder Widerwillen, aber wie beim letzten Mal, als ich die Klinge sanft in ihren Oberschenkel drücke, ist alles, was es bewirkt, das Feuer in ihren Augen zu erneuern.

Ich streiche mit der anderen Hand weiter und drücke die Messerspitze in ihre Haut, halte für eine kurze Sekunde inne und warte.

Sie klammert sich fester an mich, die kleinste Bewegung ihrer Hüften verrät mir alles, was ich wissen muss.

Langsam schneide ich in sie hinein, und mein Mund läuft über, als das Blut unter der Klinge hervorquillt. Ich erhöhe den Druck nur leicht und ziehe sie hoch, quer, dann wieder hoch und schließe mit einem Schwung ab.

Sie keucht vor Schmerz und krallt sich in meinem Haar fest, als ich das Messer beiseite werfe und mit meiner Zunge über die Wunde fahre, um die kupferfarbene Essenz zu lecken, bevor sie eine große Sauerei anrichten kann.

Ihr antwortendes Stöhnen führt fast dazu, dass sich mein Schwanz entlädt, bevor ich ihn überhaupt herausbekommen habe, und dann zerrt sie an mir und zieht mich in eine stehende Position.

Meine Finger gleiten aus ihrem feuchten Inneren, und sie führt sie zu ihrem Mund, lässt sie zwischen ihre Lippen gleiten und wäscht sich an mir ab.

»*Verdammt*, du bist eine kleine Spermaschlampe, nicht wahr?«

»Nur für dich«, haucht sie, schlingt ihre Hand um meinen Nacken und zieht mein Gesicht zu sich.

»Du hast verdammt recht«, sage ich in ihren Mund. »*Nur für mich*. Niemals für jemand anderen. Ich schwöre, ich bringe jeden Mann um, der auch nur in deiner Nähe atmet, wenn ich es für nötig halte.«

Ihr Blut und ihre Erregung vereinen sich auf meiner Zunge, und die Mischung schickt Wellen der Lust über meine Wirbelsäule.

»Ich muss dich ausfüllen«, stöhne ich, plündere ihre Lippen mit meinen und versuche, so viel von ihr aufzusaugen, wie ich nur kann.

Sie greift zwischen uns hindurch und befreit mich mit frenetischen Fingern aus der Enge meiner Hose. Mein Schwanz wippt frei, rot und verdammt wütend, und sie gleitet mit ihren Fingern durch den Schnitt an ihrem Oberschenkel und benetzt meinen Schwanz mit ihrem Blut, bevor sie ihn an ihren Eingang setzt.

»*Scheiße*«, würge ich hervor, der Anblick meines blutverschmierten Schaftes erinnert mich so sehr an die Nacht, in der ich sie entjungfert habe. Als ich mich zum ersten Mal einer Besessenheit hingab, mich von ihr verzehren ließ, verdammt noch mal, ohne Rücksicht auf Verluste.

Als eine meiner Hände hochkommt, ihre Brust grob umschließt und die andere mich in ihre feuchte Hitze führt, überkommt mich ein Déjà-vu, weiße Lichtblitze durchziehen meine Vision, als ich in ihr zum Stehen komme.

Ich schwöre bei Gott, bis zu diesem Augenblick habe ich nie an Seelenverwandte geglaubt. Ich habe mich nie für würdig gehalten, einen zu haben, weil ich dachte, dass derjenige, der das Pech hat, mein Partner zu werden, mich wahrscheinlich ganz und gar meiden würde.

Aber als ich mein Tempo erhöhe, der Geruch von Blut und heißem, berauschendem Sex uns umweht, ich die Augenpaare aus dem ganzen Saal spüre, die auf unsere Leidenschaft fixiert sind, und das Lächeln sehe, das sich über ihre Lippen legt, als wir aus der Loge rechts von uns »Was ist das für ein Stöhnen?« hören, schwöre ich, sie ist es.

Meine Seelenverwandte. Meine verdammte Königin.

Meine kleine Persephone.

Ich drücke auf ihr Brustbein, damit sie nicht hin- und herschwankt, und stoße in sie hinein und wieder heraus, wobei mein Ächzen, Seufzen und Stöhnen mit ihrem übereinstimmt, das wie Rauch um uns herum wabert. Der Stuhl quietscht, während ich sie ficke, und ich verliere mich in dem glückseligen Gefühl meines nackten Schwanzes in ihr.

»So … verdammt … eng«, stöhne ich, fasziniert von der Art, wie ihre Titten bei jedem Stoß wackeln. »Härter«, stöhnt sie, gerade als der Regisseur die Bühne wieder betritt und die Rückkehr unserer Tänzer ankündigt. Das Licht wird wieder gedimmt, und ich stoße mit so viel Kraft gegen sie, dass der Sitz aus der Verankerung im Boden gerissen wird. »Oh, Gott, ja. *Genau da*.«

Ich lege meine Hand um ihre Kehle und ziehe sie hoch, sodass sie gezwungen ist, Augenkontakt mit mir aufzunehmen, während ich in sie stoße. »Spürst du das? Wie *perfekt* wir zusammenpassen? *Das ist* echt, Elena. Ich kann es nicht vortäuschen, und du auch nicht.«

Sie nickt, hebt sich rasend schnell und presst ihren Mund auf meinen in einem brennenden, seelenverschlingenden Kuss.

Die Intensität dieses Kusses lässt meinen Magen kribbeln, und ich runzle die Stirn, mein Rhythmus stottert. Ich ziehe sie zurück und drücke ihr den Hals zu. »Küss mich nicht, als wäre das ein Abschiedskuss.«

Sie starrt mir in die Augen, aber sie antwortet nicht, und das unbehagliche Gefühl verwandelt sich in etwas Bitteres, einen Abgrund der Verzweiflung, von dem ich mir eingeredet habe, dass er nicht kommen würde.

»Bring mich zum Kommen«, sagt sie hölzern, ein so krasser Gegensatz zu der sich windenden, stöhnenden Frau von vor ein paar Sekunden, dass ich ein Schleudertrauma bekomme.

Meine Finger umschließen sie fester, die Irritation entfacht etwas Heißes und Wütendes in mir.

»Gut«, sage ich und verstärke meine Stöße, bis ich das nasse Klatschen unserer Haut über dem Lärm der Musik unter mir hören kann.

Selbst als die Musik lauter wird, wie der Orgasmus, den ich in ihr aufsteigen spüre, ist es das, was ich höre. Meine Haut kribbelt, weil ich weiß, dass alle anderen es wahrscheinlich auch hören können – oder zumindest ihre Familie in der Box neben uns.

»Aber sag nicht, ich hätte dich ruiniert, wenn wir genau wissen, dass es umgekehrt ist.«

Sie stöhnt, verschränkt ihre Finger mit meinen und verstärkt den Druck auf ihren Hals.

»Wie habe *ich* dich ruiniert?«

»Du hast mich von dem Moment an *verzehrt*, als du mich auf dieser Cocktailparty vor Jahren angesprochen hast. Seitdem habe ich nicht einmal mehr an eine andere Frau gedacht.« Ich bin nah dran, *so verdammt nah*, meine Hüften werden schneller, während die Erlösung durch mich hindurchfließt. »Jetzt sei eine gute kleine Schlampe und komm für deinen Mann.«

Ich stöhne, beobachte, wie ihre Sehkraft nachlässt und weiß, dass sie das Bewusstsein verloren hat. Die Art und Weise, wie sie mir so bereitwillig die Kontrolle über ihr Leben überlässt, über den einfachsten Akt des Atmens, bringt mich fast um den Verstand, als ich sehe, wie sich ihr Gesicht rötet und ihre Augen dunkel werden.

Ich lasse sie in der Sekunde los, in der sich ihre Muschi um mich klammert und sich fast bis zum Schmerz zusammenzieht, und schlucke das angestrengte Keuchen hinunter, das von ihren Lippen kommt.

Die Tänzerinnen und Tänzer betreten die Bühne zur gleichen Zeit, als ihre Nägel an meiner Brust kratzen und mein Name auf ihren Lippen hängen bleibt. »*Kallum.*«

»*Ja*«, zische ich, meine Eier ziehen sich zusammen und

drohen, ihrem Beispiel zu folgen, während ihre Säfte meinen Schwanz überfluten. »Ah, verdammt, ich komme. Ich werde diese perfekte Muschi ausfüllen und meine Frau dafür belohnen, dass sie so eine gute kleine Schlampe ist.«

Sie schreit auf, eine zweite Welle durchfährt sie, die sich heftig um mich windet. Dann verschwimmt meine Sicht, meine eigene Erlösung bricht in einer Flutwelle der Ekstase über mich herein und entlädt einen Strom nach dem anderen von heißem, klebrigem Sperma in ihr, bis es heraustropft, während ich noch in ihr bin.

Ich stoße ein leises Stöhnen aus, als die Musik um uns herum in der Lautstärke zu explodieren scheint, und lasse mich gegen sie sinken, wobei ich versuche, mein Augenlicht zu beruhigen.

»Lass mich los«, schnappt sie und drückt mich an den Schultern.

Ich stütze mich mit den Händen auf dem Stuhl ab und stelle mich auf wackelige Knie. Ich blicke auf die mit Sperma und Blut besudelte Schönheit vor mir hinunter, bewundere die neue Narbe auf ihrem Oberschenkel und meine Fingerabdrücke auf ihrem Hals.

Sie ist mein Magnum Opus. Ein Ölgemälde, das ich für den Rest der Ewigkeit an meiner Wand hängen haben will.

»Du bist so verdammt schön«, murmle ich, nicht sicher, ob sie mich hören kann.

Ich will ihr helfen, dich sauberzumachen, aber sie schlägt meine Hände weg und rückt ihr Kleid so gut wie möglich zurecht. »Ich muss auf die Toilette gehen.«

Mit zusammengepresstem Kiefer trete ich einen Schritt zurück und nicke, obwohl das gleiche unangenehme Gefühl in meinem Magen wieder aufflammt, ein Warnzeichen, wenn es je eines gab. Ich setze mich, stecke meinen Schwanz wieder in die Hose und warte, während sie durch den Vorhang verschwindet.

Fünf Minuten vergehen. Dann zehn.

Nach einer Weile verwandelt sich das Unbehagen in etwas Tieferes, etwas Traurigeres. Etwas Dauerhafteres.

Und als ich das Ballett früher verlasse, schleiche ich mich in jede einzelne Toilette, die für die Öffentlichkeit zugänglich ist, und suche unter jeder Kabine, und bin nicht überrascht, als ich nur ihr Telefon finde, das verlassen auf der Rückseite einer Toilette liegt.

Ein Stück Papier ist unter das Gerät geklemmt, und mein Herz bleibt tief in meiner Kehle stecken, was eine Welle der Übelkeit mit sich bringt.

Ich habe dich geliebt,

obwohl ich es dir nicht gesagt habe,

schon sehr früh und lange,

Du warst meine Freude an jedem Ort,

mein Thema in jedem Lied.

Ich stehe viel länger in dieser Kabine, als ich sollte, lese John Clares Worte immer wieder und kann die Ironie nicht abschütteln, mit der sich der Kreis zu schließen scheint.

Ich frage mich, ob es sich für sie so lähmend anfühlte, als ich derjenige war, der ging.

KAPITEL
Sechsunddreißig

A riana starrt mich an, während sie in ihr Thunfischsandwich beißt, ohne etwas zu sagen. Tatsächlich hat keine der beiden Schwestern in den letzten fünfundvierzig Minuten etwas gesagt, und das fängt an, mir auf die Nerven zu gehen.

»Okay, *was*? Warum seid ihr beide so verdammt still?«

Stella kratzt die Kruste von ihrem gegrillten Käse ab und sieht mich an. »Worüber sollten wir reden?«

»*Über alles*«, stöhne ich und lasse meinen Kopf auf den

Tisch sinken. »Kommt schon, Leute, ich will jetzt nicht mit meinen Gedanken allein sein.«

Sie tauschen einen Blick aus, und Ariana atmet langsam aus. »Nun, es gibt hier … eine Menge auszupacken.«

»Ja«, stimmt Stella zu. »Für den Anfang, Mamma und Kal? Igitt. Wo wir gerade von Pflege sprechen. Ich hoffe, Papá erzählt es den Ältesten.«

Meine Schläfe pocht, die Erinnerungen an die letzte Nacht drücken wie ein glühend heißes Eisen auf mein Gehirn. »Nicht gerade die Richtung, die ich mir erhofft hatte.«

Ich habe nicht lange genug innegehalten, um über die Realität dessen, was passiert ist, nachzudenken, und als Kal gestern Abend im Theater auftauchte, habe ich mein Urteilsvermögen von Eifersucht und Schmerz vernebeln lassen. Ich ließ ihn mich an einem öffentlichen Ort ficken, wo meine ganze Familie es hören konnte.

Und der Röte auf den Wangen meiner Schwestern nach zu urteilen, als ich heute Nachmittag im Diner ankam, haben sie es definitiv gehört.

»Hey«, sagt Ari und hält mir eine Pommes mit Knusperstreifen hin. »Bettler dürfen nicht wählerisch sein. Entweder du bestimmst das Gespräch, oder andere Leute suchen die Themen aus. Das sind die Regeln der Gesellschaft.«

Stella schnaubt. »Wer hat die Regeln aufgestellt?«

»Das war ich. Gerade eben.« Ariana holt ihr Handy heraus und scrollt ein paar Augenblicke still vor sich hin, bevor sie den Bildschirm umdreht und mich anschaut. Ein Nachrichtenartikel wird aufgerufen, mit dem Zeitstempel von heute Morgen. EINE PROMINENTE KEHRT NACH EINER VORGETÄUSCHTEN ENTFÜHRUNG NACH BOSTON ZURÜCK; DIE FIRMA IHRES VATERS KÜNDIGT PERSONELLE VERÄNDERUNGEN UND NEUE INVESTITIONEN AN. »Würdest du lieber *darüber* reden?«

Die Schlagzeile bringt mein Blut in Wallung, verstärkt meine schwelende Wut auf meine Eltern und gräbt sie noch tiefer ein. Ich habe sie nicht mehr gesehen, seit ich gestern das Haus verlassen habe; anstatt im Penthouse zu bleiben, wie ich es getan hatte, bin ich in Nonnas Wohnung im Millennium Tower gegangen, im Vertrauen darauf, dass Kal mich dort nicht finden würde.

Nicht, dass er es *nicht könnte*, aber er würde es nicht tun.

Und das tat er nie.

Auch wenn das bedeutete, dass er meine Botschaft laut und deutlich verstanden hatte, konnte ich das kleine Pflänzchen Hoffnung nicht loswerden, das sich in meiner Psyche einnistete und wünschte, er würde mich wieder suchen.

Dass er mich immer wieder bis ans Ende der Welt verfolgen würde, egal, wie oft ich ihn wegstoßen würde.

Aber das war eindeutig nicht der Fall.

Meine Eltern haben sich auch nie gemeldet, obwohl ich, nachdem ich mein Handy im Kino liegen gelassen hatte, die Kommunikation mit ihnen wohl tatsächlich abgebrochen habe. Natürlich weiß keiner von ihnen, dass ich von Nonnas Wohnung weiß, was bedeutet, dass sie hier nie nach mir suchen würden.

Ich habe es erst nach ihrer letzten Silvestersause entdeckt, als sie sich weigerte, ein Taxi von einer Hotelbar die Straße hinunterzunehmen, weil sie eine geheime Wohnung in dem Luxusgebäude hatte.

Ich schätze, ich hatte Glück.

»Was gibt es da zu besprechen?«, sage ich und schiebe das Telefon beiseite. »Wenigstens weiß die Welt jetzt, dass Kal mich nicht *wirklich* entführt hat.«

»Ja, aber sie halten dich für eine Lügnerin.« Ari blinzelt auf ihr Handy und schürzt die Lippen. »Oder sie *würden* es tun, wenn das Bild eines gewissen Rockstars dich nicht aus dem Rampenlicht verdrängen würde.« Ich zucke mit den Schultern. »Sie können denken, was sie wollen. Ich kenne die Wahrheit.«

Stella wischt sich den Mund mit einer Serviette ab. »Findest du nicht, dass es ein seltsames Timing ist, die Entführungsgeschichte auszulöschen und gleichzeitig die Firma wiederzubeleben?«

»Eigentlich nicht. Wenn ich wieder in der Stadt bin, wie sollten sie die Lügen aufrechterhalten?«

Kopfschüttelnd lehnt sich Stella in ihrem Stuhl zurück und seufzt. »Das kommt mir einfach verdächtig vor.« »So ist das Geschäft, Baby«, sagt Ari und übertreibt ihre Stimme, während sie spricht.

Sie und Stella fangen an zu kichern und versuchen mit ihrer Unbekümmertheit, meine Laune zu heben, aber als ich meinen Blick an ihnen vorbeigleiten lasse und über den Hafen jenseits unseres Hafenrestaurants hinausschaue, durchflutet Traurigkeit die Ritzen meines Herzens und macht den Beweis dafür zunichte, dass überhaupt jemand anderes da war.

»Also, was wirst du tun?«, fragt mich Stella und nippt an ihrem Wasser. »Du bist nicht in der Schule, deine Ehe ist ... in der Schwebe. Wirst du ihm hinterherlaufen?«

»Er hat mit unserer *Mutter* geschlafen, Stel.« Ariana wirft ihr einen Blick zu. »Großes igitt.«

Stella rollt mit den Augen. »Wie lange ist das her, über ein Jahrzehnt? Es ist ja nicht so, als hätten sie ihre Beziehung fortgesetzt, und er hat unsere Mutter verlassen und ist sofort zu Elena gegangen.«

Ich rümpfe die Nase, obwohl sie nicht ganz unrecht hat.

»Wenn du ihn liebst«, sagt Stella und rückt ihre Brille zurecht, »dann liebst du ihn. Schlicht und einfach. Das geht nicht einfach weg, egal unter welchen Umständen.«

Seufzend schiebe ich mein Essen auf dem Teller hin und her, lasse dieses Gefühl auf mich wirken und suche nach der Wahrheit darin.

Was soll ich mit der Liebe in meinem Herzen tun, wenn ich sie nicht in ihn einfließen lassen kann?

Als ich später zu Nonna zurückkehre, bewaffnet mit einem in Alufolie eingewickelten Engelskuchen und einem alten iPad, das Ariana mir mitgebracht hat, um es an das WLAN anzuschließen, ziehe ich mich aus und lege mich für eine Weile aufs Bett, um in der Stille Trost zu finden, so wie Kal es immer zu tun schien.

Aber es erinnert mich nur daran, dass er nicht mehr da ist, um sie zu füllen.

Der Schmerz und der Verrat, den ich in der letzten Nacht empfunden habe, kommen wieder hoch, brennen in mir und drohen, jede emotionale Entwicklung, die ich in den letzten Monaten gemacht habe, umzuwerfen.

Anstatt zu versuchen, sie zu verdrängen wie früher, mich zusammenzurollen und zu verkriechen, um den Erwartungen anderer gerecht zu werden, lasse ich alles über mich ergehen; Schluchzer durchzucken meinen Körper, während ich an die Decke starre und um mich, um Kal, um meine Familie trauere.

Es ist ein seltsames Gefühl, um etwas zu trauern, das nicht *verloren* ist, sondern fehlt oder abwesend ist. Ein Teil von mir möchte die Erreichbarkeit dieser Dinge anerkennen, während der andere Teil weiß, dass ich Zeit brauche, um mir über alles klar zu werden.

Dieses Wissen hilft mir aber nicht wirklich.

Anstatt also dazuliegen und mich selbst zu bemitleiden, steige ich aus dem Bett, lasse ein Schaumbad ein und gebe ein paar von Nonnas ätherischen Ölen hinein, dann krame ich mein Tagebuch aus der Reisetasche und schreibe alles auf.

Für den Rest meines Aufenthalts in Boston höre ich nichts mehr von Kal. Eine Woche vergeht, und dann noch eine, und immer noch … nichts.

Mit jedem Tag, der vergeht, frage ich mich, warum er mich überhaupt belogen hat. Was es ihm gebracht hat, Versprechungen und Geständnisse zu machen, mein Herz mit seiner Dunkelheit zu beflecken, wenn er sich nicht einmal die Mühe gemacht hat, zu sehen, was daraus geworden ist.

Meine Schwestern sagen, dass Mamma bei ihrer Schwester in Roxbury wohnt und seit dem Abend der Aufführung nicht mehr zu Hause war. An dem Tag, an dem ich zurückkehre, um einige der sentimentalen Gegenstände in meinem alten Schlafzimmer wegzupacken, bin ich etwas verblüfft, als ich sie auf dem Himmelbett sitzend vorfinde, während sie in den abgenutzten Seiten von Edgar Allan Poes Gesamtwerk blättert.

Als ich eintrete, landet sie bei 'Das verräterische Herz' und blickt nicht auf, als ich die Schwelle überschreite. Ich bleibe wie erstarrt stehen und betrachte den verblassten gelben Bluterguss auf ihrer rechten Wange, von dem sie sagte, sie sei auf dem Weg zur Aufführung auf einer Eisfläche ausgerutscht.

Mein Herz schlägt schneller, ich weiß es besser, aber ich versuche, nicht zu viel darin zu sehen.

»Weißt du, ich habe deinen Vater bei deiner Geburt ausdrücklich gebeten, dir kein Italienisch beizubringen.« Sie streicht mit den Fingern über die Seite und lächelt traurig. »Ich wusste *sofort*, als ich dich sah, dass du eine Kraft bist, mit der man rechnen muss. Da war sofort so viel Stärke und Hartnäckigkeit, und das Feuer in deinen schönen Augen, das jedes Mal in deinen Lungen zu hören war, wenn du geweint hast. Ich habe Überstunden gemacht, um jeden möglichen Vorteil, den du mir gegenüber haben könntest, zu untergraben.«

Ich sage nichts, weil ich weiß, dass sie nicht auf eine Antwort aus ist.

»Ich war eifersüchtig auf ein *Baby*«, sagt sie. »*Mein* Baby, weil ich wusste, dass es mit Möglichkeiten, Schönheit und Anmut aufwachsen würde, die mir nie vergönnt waren. Jeder, der dir begegnete, war so fasziniert von dieser … *Aura*, die du hattest. Diesem *Glanz*, der sie zu dir hinzog. Und du warst in allem gut, was du versucht hast: Lesen, Schreiben, Gestalten. Sogar in der Gartenarbeit, die ich nie beherrschte. Manchmal schien es, als würdest du einfach in einen Raum gehen, und die Pflanzen würden blühen.«

Sie blättert eine Seite um und atmet leise aus. »Ich hatte das

Gefühl, im Schatten meiner Tochter zu stehen, und dein Vater war mir keine große Hilfe. Er hat dir gesagt, du sollst springen, und du hast gefragt, wie hoch, weil du in den Augen dieses Mannes unbedingt das perfekte kleine Mädchen sein wolltest.«

Meine Wangen brennen, die Scham legt sich auf meine Schultern und drückt mich nieder wie ein Zementstein.

»Als dein Vater Kal kennenlernte, merkten wir, dass er … nun ja, eine Menge brauchte. Seine Mutter war gerade gestorben, er hatte keine andere Familie. Also nahmen wir ihn auf und gaben ihm das Gefühl, einer von uns zu sein.« Sie schluckt, sieht schließlich auf und begegnet meinem Blick quer durch den Raum. »Ich erinnere mich an das erste Mal, als ich das Gefühl hatte, dass er vielleicht verwirrt war über seine Gefühle für mich, dass er versuchte, sie zu verarbeiten, und ich … habe das ausgenutzt. Ich habe die ganze Aufmerksamkeit aufgesaugt, die er mir schenkte, denn dein Vater schenkte mir gewiss keine. Es fühlte sich gut an, nachdem ich dich und Ariana hatte, sich wieder begehrt zu fühlen.«

»Als ich erfuhr, dass er beschlossen hatte, dich zu heiraten, konnte ich es einfach nicht glauben. Nicht, weil du nicht liebenswert wärst, sondern weil du genau das getan hast, wovor ich mich immer gefürchtet hatte: mir alles zu nehmen, was mir einst gehörte.«

»Hast du deshalb die Entführungsgeschichte in die Welt gesetzt? Um mich für etwas zu bestrafen, das nicht einmal meine Schuld war?«

Sie nickt. »Ich dachte, wenn sich die Welt gegen deinen Bund wendet, gibt er dich vielleicht zurück. Ich habe sogar deinen Vater veranlasst, Männer auszusenden, die dich aufmischen sollten, weil ich dachte, Kal würde vielleicht erkennen, dass er sich übernommen hat.«

Bei dieser Enthüllung fällt mir ein Bleigewicht in die Kehle, und ich atme tief ein, um den ersten Schock zu ignorieren. *Natürlich hat Papá das inszeniert. So viel zur Blutsverwandtschaft.*

»Hast du jemals gedacht, dass ich vielleicht nicht zurückkommen *wollte*? Oder dass nichts von dem, was zwischen uns passiert ist, etwas mit dir zu tun hatte?«

»Ich weiß, dass es für dich keinen Sinn ergibt«, sagt sie und winkt abweisend mit der Hand. »Du weißt nicht, was Menschen alles tun, wenn sie verliebt sind.«

Übelkeit blubbert in meinem Magen und gerinnt wie verdorbene Milch. Sie treibt mich vorwärts, und mein Interesse daran, zu hören, was sie zu sagen hat, schwindet völlig, da ich das Gefühl habe, dass sie sich zu einer rührseligen Geschichte aufschwingt, nur um Sympathiepunkte zu sammeln.

Als ich die Bettkante erreiche, hebe ich meine Hand und peitsche mit einem einzigen Schlag durch die Luft; meine Handfläche knackt gegen die vergilbte Haut ihres Wangenknochens, und sie stößt einen Schrei aus und hält ihren Unterarm hoch, um mich abzuwehren.

»Das ist dafür, dass du versucht hast, meine Ehe zu zerstören«, sage ich, baue mich auf und verpasse ihr einen weiteren Schlag auf dieselbe Wange. Meine Hand vibriert unter dem Aufprall, ein Kribbeln schießt zu meinen Fingern hinauf, und mein Abdruck auf ihrer Haut blüht schnell auf. »*Das* ist dafür, dass du meine Kindheit ruiniert hast und versuchst, mein Erwachsensein zu ruinieren.«

Sie versucht, mich wegzuschieben, aber ich schiebe ihre Hand zurück, balle meine Finger zu einer Faust und schlage ihr mit den Fingerknöcheln ins Gesicht, ohne auch nur mit der Wimper zu zucken, weil der Schmerz sofort in meinen Arm eindringt.

»Und *das*«, spotte ich und schüttle meine Hand aus, während sie an einem Zahn erstickt, der durch die Berührung ausgeschlagen wurde, ist für Kal. »Man tut den Menschen, die man liebt, nicht *weh*. Man tut nicht alles, um sie leiden zu lassen.«

Ich gehe zu meinem alten Bücherregal, packe ein paar Schmuckstücke von Nonna in meine Tasche, schnappe mir die wichtigen Unterlagen - Geburtsurkunde, Sozialversicherungskarte und andere wichtige Dinge für den Neuanfang -, die in einem Geheimfach im Schrank verstaut sind, und gehe zur Tür, wobei ich ihre Tränen so ignoriere, wie sie meine jahrelang ignoriert hat und bei jeder Gelegenheit Trost gegen Kritik eintauschte.

»Du hast Kal immer den leibhaftigen Hades genannt«, sage ich über meine Schulter und bleibe mit einem Fuß in der Tür stehen. »Jetzt verstehe ich es. Du wolltest, dass er der Bösewicht in deiner Geschichte ist, also hast du ihn als solchen verkleidet. Hast ihn als Monster dargestellt, obwohl er eigentlich nur ein bisschen bedingungslose Liebe wollte.«

Ich ziehe mein neues Handy heraus, entsperre den Bildschirm und rufe den Entwurf meiner E-Mail auf, die darauf wartet, dass ich auf Senden drücke. Nachdem ich die ganzen ersten Tage nach dem Konzert damit verbracht hatte, meine Gefühle aufzuschreiben, begann ich auch andere Dinge aufzuschreiben.

Alles, was ich über Ricci Inc. wusste.

»Das habe ich mir früher auch von dir gewünscht.« Ich ändere ein paar Feinheiten, füge weitere belastende Beweise hinzu und drücke auf Senden. »Aber dann wurde mir klar, dass Monster nicht in der Lage sind, Liebe zu erwidern. Und je länger man jemandem nachjagt, der sie niemals zurückgeben kann, desto mehr wird man selbst zum Monster.«

Ich drehe mich um und gehe durch die Tür, in meiner Seele zufrieden mit der Art und Weise, wie ich sie dort zurücklasse, wissend, dass die Sonne über dem gesamten Ricci-Reich untergehen wird.

KAPITEL
Siebenunddreißig

An dem Tag, an dem ich nach Aplana zurückkehre, wartet Jonas auf der Veranda des Asphodel und trinkt etwas Dunkles aus einem Einmachglas. Er hält es zur Begrüßung hoch, als ich mich nähere, und nickt mit dem Kinn.

»Der König unserer kleinen Unterwelt kehrt zurück«, sagt er und lehnt sich in seinem weißen Schaukelstuhl zurück. »Wie war Boston?«

»Wenn ich nie zurückkehre, ist es verdammt noch mal zu früh.«

Marcelline öffnet mir die Tür. Sie ist auf die Insel zurückgekehrt, kurz nachdem wir auf dem Festland gelandet waren, da sie sich nicht wohl dabei fühlte, bei weiteren meiner Verbrechen Komplizin zu sein. Ich gehe an ihr vorbei und versuche, nicht zu lange an einer Stelle zu verweilen, da ich die Leere des Hauses nicht auf mich wirken lassen will.

Als ich in die Küche gehe, bleibe ich in der Tür stehen und entdecke Elenas Haarbürste auf der Kochinsel. Ihren rosa Nagellack auf der Spüle. Das Exemplar von Shakespeares *Macbeth*, das ich mir eines Nachmittags von ihr vorlesen ließ, während ich meinen Kopf zwischen ihre Beine steckte.

Ihr Kichern, ihr Verhalten, die Art und Weise, wie sie mit meinem Intellekt mithalten konnte und sich mit mir unterhielt, ohne dass ich langsamer werden oder sie aufholen musste.

Ihre Liebe.

»Herrje«, murmele ich, drehe mich scharf um und schleiche den Flur entlang zu meinem Büro, wobei ich die Tür mit so viel Kraft aufstoße, dass der Türknauf gegen die Trockenbauwand stößt.

»Mir ist aufgefallen, dass ein bestimmtes Mädchen fehlt«, sagt Jonas und blickt über seine Schulter, als erwarte er, dass Elena aus dem Nichts auftaucht. »Gehe ich recht in der Annahme, dass du dir deine Meinung über diese Ehe gebildet hast?«

Ich gieße zwei Becher Scotch ein, bringe sie zu meinem Schreibtisch, setze mich dahinter und schiebe den anderen zu ihm hinüber. Er setzt sich in den Ledersessel vor mir und nimmt das Glas entgegen, sein Einweckglas lässt er stehen.

»Du wärst … *korrekt – annähernd*«, sage ich, trinke einen Schluck und lasse zu, dass das Brennen der Flüssigkeit, die meine Kehle hinunterrinnt, den Schmerz in meiner Brust für einen Moment dämpft. Ich wische mir mit der Hand über das Gesicht, atme langsam aus und fahre mit einem Finger um den Rand meines Glases. »Ich habe den Treuhandvertrag aufgelöst.«

Jonas blinzelt einmal. Zweimal. Dreimal. Er verschluckt sich hörbar an seinem Getränk, lehnt sich nach vorne und seine Lederjacke knarrt bei der Bewegung. »Du hast was?«

»Violet nimmt meine Anrufe nicht entgegen, und sie war sehr hartnäckig und wollte weder mein Geld noch meine Anwesenheit in ihrem Leben. Welchen Sinn hat es, den Fonds ungenutzt zu lassen, wenn die einzige Person, die ihn bekommen soll, ihn nicht annimmt?«

»Es sammelt Zinsen an …«

Ich nicke, wohl wissend, dass er das Thema noch einmal aufgreifen wird. Auf dem Rückflug hat der Nachlassverwalter meines Großvaters alle Möglichkeiten ausgelotet, wie ich das Geld loswerden könnte, und obwohl ich es für wohltätige Zwecke hätte spenden oder für schlechte Zeiten aufbewahren können, habe ich mich letztendlich dafür entschieden, mich von Ricci Inc. freizukaufen.

»Warte«, sagt Jonas und hält einen Finger hoch. »Du hast dich aus der Firma der Familie deiner Frau herausgekauft?«

»Ich wollte mich ohnehin zur Ruhe setzen. Ich werde langsam zu alt für diesen Lebensstil.«

Jonas rollt mit den Augen. »Verdammt noch mal, Kumpel, du bist *zweiunddreißig*. Bist du sicher, dass das nicht einer dieser verrückten, impulsiven Schritte ist, die du machst, wenn du dich in die Ecke gedrängt fühlst?«

Er muss es nicht direkt aussprechen, aber die Andeutung ist da: wie meine Ehe.

Zumindest, wie er sie sah.

Für ihn war sie etwas, das aus dem Nichts auftauchte, plötzlich erschien, weil ich erpresst worden war und einen Ausweg benötigte.

Es war leichtsinnig und gefährlich und führte zu weit mehr, als ich mir je hätte vorstellen können.

Aber sie hatte, genau wie meine jetzige Entscheidung, nichts mit einem Impuls zu tun.

‚Jede einzelne Entscheidung, die ich in meinem Leben als

Erwachsener getroffen habe, wurde nach reiflicher Überlegung sorgfältig abgestimmt. Ich gehe kein Risiko ein, wenn ich mir des Ergebnisses nicht sicher bin.' Meine Worte an Elena vor all den Wochen kommen mir wieder in den Sinn, ein Beweis dafür, dass ich schon damals mein Bestes getan habe, um ehrlich zu ihr zu sein.

Ich konnte ihr nicht alle Details nennen, aber ich habe es *versucht*.

»Daran ist nichts Impulsives«, sage ich und schlucke einen weiteren Schluck Scotch hinunter. »Ich wollte raus aus der Welt der Mafia, und ich tue die nötigen Schritte, um das zu erreichen.«

»Du hast selbst gesagt, dass du diese Welt nie wirklich verlässt.« Jonas setzt sein Getränk ab, faltet die Hände und hebt eine Augenbraue. »Was macht dich so besonders?«

»Auf dem Papier existiere ich für diese Typen nicht. Wenn das FBI wegen Ricci Inc. kommt, werde ich wenigstens aus dem Spiel gelassen, wenn sie meinen Namen aus ihren Akten löschen.« Ich halte inne und zucke mit den Schultern. »Aber mein Ruf, die Macht, die mein Name hat, die geht nicht weg. Berühmtheit ist für immer, mein Freund. Ich ziehe mich nur aus dem öffentlichen Teil der Dinge zurück.«

Er atmet tief aus und schüttelt den Kopf. »Boston muss dir ganz schön zugesetzt haben, was? Hätte nie gedacht, dass ich den Tag erlebe.«

Ich antworte nicht, sondern lehne mich achselzuckend in meinem Stuhl zurück; etwas Glänzendes fängt sich im Licht unter meinem Schreibtisch, und ich bücke mich, um einen Diamantohrstecker vom Boden aufzuheben, wo er wohl bei einem unserer vielen Verabredungen im Büro heruntergefallen ist.

Durch seine Anwesenheit bildet sich ein Kloß in meinem Hals, der die gesamte Speiseröhre hinaufbrennt, und ich beiße die Zähne gegen das Gefühl zusammen und werfe das Schmuckstück in einen Mülleimer in der Nähe. Jonas presst die

Lippen aufeinander und rutscht in seinem Sitz hin und her, als würde er sich unwohl fühlen.

»Richtig, und wo ist die kleine Frau noch mal?«

Ich greife zum Computer und schüttle den Kopf, rufe die Website der Regierung von Massachusetts auf und überprüfe noch einmal, ob ich alle Formulare beisammen habe, bevor ich sie dem Anwalt zur Durchsicht schicke. »Da sie wahrscheinlich nicht mehr lange meine Frau sein wird, ist das wohl nicht so wichtig.«

In den nächsten Wochen meide ich die Stadt und fast jeden Raum in meinem Haus und schlafe in meinem Büro, um alles zu vermeiden, was mich an Elena erinnern könnte.

Es ist, als würde ich versuchen, ohne die verdammte Sonne zu leben.

Das eine Mal, als ich ins Flaming Chariot gehe, spricht mich Blue an der Bar an und schmeißt mich praktisch raus, mit der Begründung, dass ich die Stimmung störe, und da er im Sommer die Touristen bedient, ist er mehr auf das Trinkgeld angewiesen und kann es sich nicht leisten, dass ich die Kunden vergraule.

Normalerweise würde ich ihn wahrscheinlich feuern und ihm sagen, dass er die Insel verlassen soll, aber stattdessen gehe ich einfach zurück zum Asphodel, um den Abend ausklingen zu lassen.

Als ich ankomme, gehe ich hinten herum, denn ich bin nicht in der Stimmung, Marcelline zu sehen oder ihr Urteil darüber zu spüren, dass ich mich seit Tagen nicht rasiert habe.

»Du siehst langsam zu sehr wie dein Dschungelratten-freund aus«, sagt sie und verweist bei jeder Gelegenheit verächtlich auf Jonas. »Gott, ich hoffe, das Mädchen kommt zu dir zurück.«

Ich auch, Marcelline, aber zwei Wochen und kein Anruf? Meine Chancen stehen nicht gut.

Nach dem Konzert an jenem Abend muss ich stundenlang vor dem Penthouse ihrer Großmutter gestanden haben, die

Faust erhoben und zum Schlag bereit, um sie mit mir zurück nach Aplana zu schleifen.

In die Hölle, wo ich sie behalten wollte.

Das will ich immer noch, wenn ich ganz ehrlich bin.

Aber jedes Mal, wenn ich anklopfen wollte, erinnerte ich mich daran, wie wenig sie in ihrem Leben selbst bestimmen konnte. Seit ihrer Geburt wurde alles für sie entschieden, und ich habe ihr genau das vorgespielt, als ich sie gezwungen habe, mich zu heiraten.

Unabhängig von den Gefühlen, die sich danach entwickelt haben, könnte ich niemals mit halbwegs gutem Gewissen davon ausgehen, dass ihre Kinder aus der Not heraus geboren wurden. Ein Weg für sie, mit dem Leben fertig zu werden, das ihr auferlegt wurde, und nicht die Krönung des Schicksals.

Also gebe ich ihr Zeit.

Raum - zum Wachsen, Verzeihen,

Nachdenken. Die Schönheit der

Gelegenheit.

Nachdem ich so viel Zeit damit verbracht habe, von ihr besessen zu sein, entschlossen, sie für jeden anderen Mann zu ruinieren, und in der Wärme zu schwelgen, die ihre Existenz mit sich bringt, ist der Abstand eine Qual.

Wenn sie nicht auftaucht, bevor unsere Tage vorbei sind, dann *werde* ich sie verfolgen. Ich werde sie bis ans Ende der verdammten Welt verfolgen und sie anflehen, zurückzukommen, wenn es das ist, was nötig ist.

Bis dahin warte ich.

Als ich um die Ecke meines Hauses biege, spanne ich mich sofort an, und die Haare in meinem Nacken stellen sich auf, weil ich das Gefühl habe, nicht allein zu sein; es liegt eine gewisse Dicke in der Luft, eine Blockade im Wind, die es ohne einen anderen warmen Körper, der das Wetter aufnimmt, nicht gäbe.

Zuerst erregt ein Aufblitzen von dunklem Haar meine Aufmerksamkeit, dann, als mein Blick über den Hof schweift, bemerke ich die schwarze Kleidung, die über den schlanken Körper drapiert ist.

Enttäuschung durchströmt meine Brust, und ich lasse mich nach vorne sinken, um nicht unter dem Gewicht der Hoffnung zusammenzubrechen.

Ich nähere mich ihr leise, wie ein Raubtier, das sich an seine Beute heranschleicht, obwohl sie das für mich im Moment kaum ist.

»Violet.« Ich bleibe einige Meter entfernt stehen und rieche den Duft von Lavendel und Vanille, während der Wind aufkommt und ihr geflochtenes Haar zerzaust. »Was … wie hast du mich hier gefunden?«

Meine Schwester dreht sich im Kreis und mustert mich eingehend, bevor sie antwortet. »Ich kenne Leute.« Ich runzle die Stirn. »Klingt dubios.«

»Vielleicht sind wir uns ähnlicher, als ich zugeben möchte.« Sie zuckt halb mit den Schultern, ihre großen braunen Augen funkeln in den Ecken. »Neulich rief mich die Bank an und sagte, sie würden mein Konto einfrieren, um herauszufinden, wer immer wieder versucht, Einzahlungen in meinem Namen vorzunehmen. Wusstest du, dass das eine ziemlich beliebte Phishing-Masche ist?«

»Ja, wusste ich.«

Sie blinzelt, fast so, als hätte sie diese Antwort nicht erwartet. »Okay. Nun … ist dir bewusst, dass sie jetzt mein Konto wegen verdächtiger Aktivitäten schließen wollen, weil du so oft versucht hast, Geld einzuzahlen?«

»Du hättest die Einzahlungen einfach annehmen können, dann hättest du nicht nur Geld, sondern auch freie Hand über dein Bankkonto.« Ich neige meinen Kopf zur Seite. »Nicht, dass das jetzt wichtig wäre. Es wird keine Einzahlungen mehr geben.«

Ich wende mich ab, gehe hinüber zur Terrasse und setze mich in einen der Metallstühle. Violet verharrt einige Augenblicke an Ort und Stelle, scheint eine Art inneren Kampf zu führen, gibt dann aber schließlich auf und setzt sich zu mir an den Tisch, wobei sie ein Bein über das andere schlägt.

»Bankrott?«, fragt sie mit flacher Stimme, als sei sie bereits von der Antwort überzeugt.

Ich runzle die Augenbrauen. »Was? Nein, ich bin nicht bankrott. Ich habe ausreichend Geld auf meinen persönlichen Ersparnissen, um nie wieder arbeiten zu müssen.«

»Angeber«, sagt sie und lacht leise vor sich hin. »Und was ist mit dem Geld passiert, das du mir so dringend geben wolltest? Hast du es satt, dass ich dich nicht alle meine Probleme lösen lasse?«

Ich zucke mit den Schultern und stochere in einem Stück abgeplatzten Klarlack auf dem Glastisch herum. »Vielleicht habe ich gemerkt, dass du recht hattest mit meinen Kontrollzwängen, und beschlossen, daran zu arbeiten.«

Sie lacht wieder, dieses Mal lauter. »Kal, nichts für ungut, aber du hast mich in den vergangenen sechs Jahren praktisch gestalkt. Ich habe nicht das Gefühl, dass du der Typ bist, der einfach ... ein neues Kapitel aufschlägt, wenn jemand auf einen Fehler hinweist.«

Ihre Worte graben sich in das leere Tal in meiner Brust, das von einem Tornado verwüstet wurde und darauf wartet, dass etwas anstelle meiner Liebe zu Elena wächst. Ich klopfe mit den Fingern auf mein Knie und summe, während das vertraute Verlangen, zu ihr zu gehen und sie nach Hause zu bringen, wieder in mir aufsteigt.

»Manche Menschen sind es wert, dass man sich um sie bemüht.«

Violets Lippen verziehen sich, und sie wendet ihren Blick ab, um den Erdhaufen zu betrachten, der eigentlich Elenas Garten sein sollte. »Was hat es mit der Erde auf sich?«

»Meine Frau Elena hat versucht, einen Garten anzulegen, aber ihre Fähigkeiten als Gewächshausgärtnerin sind offensichtlich mangelhaft.«

»Hm. Ja, ich glaube nicht, dass sie im Sommer so … braun sein sollten.«

Ich seufze unverbindlich und starre auf die Sonne, die über dem Strand untergeht.

»Ich habe sie getroffen, weißt du.« Sie blickt mich an und streicht sich ein paar Haare aus den Augen. »Deine Frau. Sie schien … interessant zu sein. Wunderschön, aber eine seltsame Ergänzung für dich, wie ich finde. Natürlich nur aufgrund deines Aussehens und der Gerüchte.«

Schmunzelnd nicke ich einmal. »Da hast du nicht unrecht.«

Wir sitzen ein paar Takte lang in geselligem Schweigen, bis es schließlich selbst mir zu viel wird. »Was machst du noch auf der Insel, Violet?«

Ihre Finger kreisen um den Sonnenblumenanhänger, der an ihrem Hals hängt, und sie seufzt. »Um ehrlich zu sein, ich habe keine Ahnung. Ich glaube, deshalb habe ich dich heute aufgesucht, denn jedes Mal, wenn ich wegfahre, stehe ich wieder vor deiner blöden Bar und möchte mit dir reden.«

»Fliegst du oft nach Aplana?«

Sie errötet. »Die Eltern meines besten Freundes haben eine Menge Vielflieger-Meilen, also habe ich sie genutzt. Die Art von Leuten, die es nicht einmal merken, weißt du?«

Ich sehe sie nur an, und sie nickt.

»Genau, weißt *du*.« Sie räuspert und schiebt sich an das Ende ihres Sitzes. »Auf jeden Fall wollte ich zu dir kommen, weil ich ein schlechtes Gewissen hatte, weil ich mich im Frühjahr so verhalten habe. Du wolltest mir nur helfen, und ich hätte nicht so ein Miststück sein sollen. Es ist nur … Geld ist irgendwie ein heikles Thema.«

»Das ist es meistens.«

»Und es … tut mir leid, dass ich im Moment nicht in der Lage bin, dass wir uns kennenlernen. Familie ist einfach …«

»Ein heikles Thema.« Ich halte meine Hand hoch und

stoppe sie, bevor sich das Messer durch meine Brust bohrt. »Ich hab's verstanden, Violet.«

Mehrere Sekunden lang sagt keiner von uns etwas anderes, dann erhebt sie sich und steckt ihre Zöpfe hinter die Ohren. »Na ja. Jedenfalls ist das alles, was ich sagen wollte. Ich glaube fest an Entschuldigungen, auch wenn sie deinen Stolz verletzen.«

Sie will gerade die Terrasse verlassen, den Abschied auf der Zunge, als eine andere, völlig andere Stimme durch die Luft schallt und sie erstarren lässt.

»Was zum *Teufel* ist das?«

KAPITEL
Achtunddreißig

Elena

Kal's Schwester sieht aus wie ein Reh im Scheinwerferlicht, als meine Stimme durch den Hinterhof schallt, und ich freue mich einen Moment lang darüber, dass ich den Überraschungseffekt auf meiner Seite habe.

Dann werfe ich einen Blick auf Kal, der lässig in seinem Stuhl sitzt und mir nicht einmal einen Blick zuwirft, als wäre er weder beeindruckt noch schockiert über meine Rückkehr.

Die Genugtuung verflüchtigt sich, und an ihre Stelle tritt Wut, die mich über den Rasen treibt, bis ich direkt vor ihm stehe. Ich halte ihm den Briefumschlag vor die Nase, stemme eine Hand in die Hüfte und stelle meine Frage erneut.

»Kallum. Was zum Teufel ist das?«

Er schaut auf den Umschlag und dann zu mir hoch, mit dunklen Augen, die strategisch gesehen keine Emotionen zeigen. »Es sieht aus wie ein Umschlag, Elena. Woher zum Teufel soll ich wissen, was drin ist?«

Spöttisch öffne ich den Verschluss, greife hinein und schiebe die Papiere in seine Richtung. »Willst du damit sagen, dass du mir keine *Annullierungspapiere* von deinem Anwalt zustellen lassen hast? Denn ich bin mir ziemlich sicher, dass ich deine Unterschrift erkenne, da ich sie an dem Tag gesehen habe, als ich unsere Heiratsurkunde unterschrieben habe.«

Unbeholfen ruckt Kals Schwester mit geweiteten Augen von dem Beton weg. »Ich glaube, ich gehe besser …«

Kal nickt und winkt sie weg. Und als sie verschwindet und uns allein zurücklässt, surrt mein Körper vor unendlicher elektrischer Energie, die wie ein heißer Strom durch meine Adern fließt. Zum ersten Mal seit Wochen erhelle ich mich unter seiner Beobachtung.

Wie eine verdammte Blume, die über Nacht der Sonne beraubt wurde, öffnet sich mein Herz für ihn und sucht nach Nährstoffen, wo es vielleicht keine gibt.

Vielleicht war es voreilig von mir, hierher zurückzufliegen.

Keine Antwort ist immer noch eine Antwort, oder? Zwei Wochen nichts von ihm gehört, und vielleicht war das seine Art, die Dinge zu beenden.

Annullierungspapiere sind *definitiv* eine Antwort, aber trotzdem.

Wenn er diese Ehe beenden will, kann er mir das wenigstens ins Gesicht sagen.

»Du siehst gut aus«, sagt er nach ein paar Takten und lässt seinen Blick beiläufig über meine Gestalt wandern – ich spüre seine Anerkennung in meinen Fingerspitzen, kleine Funken der Lust, die sich an die Oberfläche verflüchtigen.

»Komm mir nicht damit. Ich wünsche mir deine Komplimente nicht. Sag mir, warum du versuchst, mich loszuwerden.«

Als die Papiere in Nonnas Wohnung auftauchten, war das ein doppelter Schlag: der Beweis, dass Kal tatsächlich wusste, wo ich mich versteckt hielt, und sich nicht die Mühe gemacht hatte, mich zu besuchen, aber auch die zusätzliche Beleidigung, dass er mir einen Ausweg aus unserer Ehe bot.

Einen, den ich vor Monaten wahrscheinlich sofort ergriffen hätte.

Aber in ein paar Monaten kann sich viel ändern.

Ich saß eine Weile daran und starrte auf seine Unterschrift und das endgültige Datum für die Einreichung der Unterlagen. In den Dokumenten wurde Betrug als Grund genannt, und es hieß, Kal habe mich in die Ehe hineinmanipuliert und übernehme die volle Verantwortung für die hinterhältige Art und Weise, wie die Ehe zustande kam.

Das ist zwar alles wahr, aber es ändert nichts an dem, was nach unserer Heirat geschah.

Der Komfort, der Trost und die Akzeptanz, die ich in den Armen dieses Mörders fand. Meine Besessenheit. Mein Verderben.

Mein Ehemann.

Die Finger ineinander verschränkt, lehnt er sich in seinem Stuhl zurück und atmet aus. »Ich dachte, es wäre das, was du wolltest, Kleines. Freiheit. Du bist jung, du verdienst die Chance, zu erfahren, was das Leben zu bieten hat.«

Ich knalle die Papiere auf den Glastisch, gehe einen Schritt auf ihn zu und stoße mit dem Zeigefinger gegen seine breite Brust. »Wie kannst du es wagen, das für mich zu entscheiden! Du stellst mir nur eine Option in Aussicht, nachdem du mich nach der Aufführung komplett absorviert hast, und das soll meine *Entscheidung* sein?«

Hitze flammt in seinen Augen auf, die braunen Tiefen verdunkeln sich vor Wut. Er erhebt sich, greift nach meinem

Finger und hält ihn an sich. »Du hast mich beim verdammten Ballett sitzen lassen, Elena. Netter Zug übrigens, dieses Gedicht zu hinterlassen. Ich habe deine Botschaft laut und deutlich verstanden.«

»Oh, das Gedicht, in dem ich sage, dass ich *in dich verliebt bin*?« Ich schnauze, und die Lautstärke meiner Stimme steigert sich mit meiner Frustration. »Wenn das so viel bedeutet wie *,Bitte beantrage die Annullierung'*, dann solltest du wieder Poesie studieren.«

»Meinst du?« Als er in mich eindringt und dieses uralte Lied und diesen Tanz entfacht, an den sich unsere Körper in den vergangenen Wochen gewöhnt haben, spüre ich, wie sich mein Inneres durch seine Nähe verdreht und verrenkt. Sein Duft umhüllt mich, als er mich mit dem Rücken gegen den Tisch drückt und sich herunterbeugt, um mich mit seinen Unterarmen zu umklammern.

Eine Strähne seines tintenfarbenen Haares fällt ihm über die Stirn, und ich widerstehe dem Drang, sie ihm aus dem Gesicht zu schieben, und versuche, mich auf meine Wut zu konzentrieren, bevor sie mir entgleitet und sich im Meer seiner Berührung verliert.

»Vielleicht solltest du mein Gedächtnis auffrischen«, sagt er, lässt sich auf die Knie fallen und seine Hände gleiten sofort die Seiten meiner Oberschenkel hinauf.

Ich beiße die Zähne zusammen, als er anfängt, den Saum meines gelben Sommerkleides hochzuziehen, während ich die Annullierungspapiere an meine Brust drücke. Jeder einzelne Nerv in meinem Körper schreit auf und sagt mir, dass ich damit aufhören soll, bis wir ein richtiges Gespräch geführt haben, aber dann streicht sein Atem über meine Muschi, und ich will nicht mehr reden.

Was ist schon eine weitere schlechte Entscheidung im großen Plan der Dinge?

»Heb deinen Arsch«, befiehlt er, und ich gehorche, ohne zu überlegen, und bewege mich nach vorne, damit er den Stoff meines Kleides über meine Wangen schieben kann. Er flucht unter seinem Atem und schüttelt den Kopf. »Immer noch kein Höschen, wie ich sehe. Fügst du Ehebruch zu unserer Sündenliste hinzu, oder hast du einfach nur gehofft, Glück zu haben?«

Eine seiner Hände hebt sich, legt sich zwischen meine Brüste und drückt mich nach unten; ich lasse mich klaglos fallen und fluche, als mein nackter Hintern die kühle Glasoberfläche berührt, gefolgt von meinen Schultern, als er mich ganz nach unten drückt.

Die Zähne kratzen über meine Klitoris, und ich zucke zusammen, weil der scharfe Biss mir einen Schauer der Freude über den Rücken jagt. »Ich habe gehofft, dass ich Glück habe«, sage ich, weil ich weiß, dass er genau darauf wartet.

»Natürlich hast du das. Perfekte kleine Spermaschlampe, bereit gefickt zu werden, sobald ihr Mann seinen Schwanz herausholt.« Ein Klaps auf meine Muschi entlockt mir einen überraschten Aufschrei. »Nun, was war deine liebste Form der poetischen Darbietung? Rezitationen mit der Zunge?«

Kals Finger fahren langsam über die Narben an der Innenseite meines Oberschenkels – das *K* und das *A*, das er in der Nacht der Aufführung hinzugefügt hat. Mein persönliches Markenzeichen.

Viel Glück, mich danach loszuwerden, Arschloch.

Ich starre auf die Terrassenüberdachung, verfolge die Spinnweben mit meinen Augen und sehe, wie sein Kopf wieder zwischen meine Beine taucht. Seine Zunge folgt seinen Fingern und hinterlässt eine Spur aus kühlem Speichel, und als sie meine Klitoris streift, erschaudere ich, denn mein Körper ist nach wochenlanger Enthaltsamkeit schon gefährlich nahe daran, zusammenzubrechen.

»Der Schlüssel, wie wir wissen, zu jedem guten Gedicht«, haucht Kal und streicht mit seiner Zunge einmal über mich. Zweimal. Dreimal, bis ich die Annullierungspapiere zur Seite werfe und mich an der Tischkante festhalte, um nicht vom Tisch zu kippen. »Ist *Leidenschaft*.«

Mit diesen Worten vergräbt er seinen Mund in meiner Muschi, verschließt meine Lippen fest, saugt meinen Kitzler in seinen Mund und überschüttet ihn mit Zungenhieben. Ein Arm schlängelt sich meinen Oberkörper hinauf, die Finger haken sich im Oberteil meines Sommerkleides ein und reißen eine Brust frei.

Er drückt zu, während seine Zunge in mich eindringt, mich ein- und ausmassiert, dann zwischen meine Schamlippen gleitet und über meinen Kitzler streicht. Indem er den Vorgang wiederholt, abwechselnd saugt und leckt, erzeugt er ein Tempo, das den Druck in meinem Bauch ansteigen lässt und sich wie eine Hitzewelle ausbreitet.

»Weißt du, wie viele Nächte ich davon geträumt habe, dich hier zu haben, genau so?«, fragt er mich und die Vibrationen seiner Lippen schicken Schockwellen der Ekstase durch mich. »Wie oft habe ich meinen Schwanz leer gepumpt, während ich mir vorstellte, wie du dich spreizt und nach mir wimmerst?«

Ich schüttle den Kopf als Antwort, auch wenn ich sicher bin, dass er es nicht sehen kann. Er summt gegen mich, beschleunigt die Bewegungen seiner Zunge, und als ich komme, muss er mich diesmal nicht einmal bitten, ihn anzusehen. Als ich komme, muss er mich nicht einmal bitten, ihn anzusehen; meine Augen suchen sofort seine und bleiben an ihm haften, während mein Orgasmus meinen ganzen Körper durchschüttelt, mein Rücken wölbt sich vom Tisch weg, und ein erstickter Laut bricht sich seinen Weg aus meiner Kehle.

»So. Ich weiß, dass ich ein wenig eingerostet bin, was das gesprochene Wort angeht, aber wenn ich mir die Röte auf den Wangen des Publikums und das Sperma auf meinen Geschmacksknospen ansehe, bin ich geneigt zu glauben, dass ich noch weiß, was ich tue.«

Während er seinen Mund an meinem Oberschenkel abwischt, richtet sich Kal auf, greift nach oben und öffnet die Knöpfe seines Hemdes. Er schiebt es sich von den Schultern, sodass der schwarze Stoff zu Boden fällt, und öffnet dann seine Hose, schiebt sie über die Hüften und wirft sie zur Seite.

Sein Schwanz wippt frei, eine glitzernde Perle der Erregung sickert aus der Spitze seines dicken Schwanzes, und er streichelt sich langsam und lässt seinen Blick über mich gleiten. »Ich werde es *nie* satthaben, dich so zu sehen«, sagt er mit einem kleinen Kopfschütteln, als könne er es nicht fassen, dass ich hier bin.

Er macht einen Schritt auf mich zu, greift nach seinem Schwanz, reibt ihn grob zwischen meinen Schamlippen und verschmiert meine Säfte überall. Jedes Mal, wenn er über meine Klitoris streicht, schickt er einen Schmerz durch mein Geschlecht – einen Schmerz, der sich am Ende zu unermesslichem Vergnügen steigert.

»Willst du das?«, fragt er und hebt eine Augenbraue, und obwohl ich nein sagen und mich zusammenreißen sollte, um zur Sache zurückzukehren, ist mein Körper nicht damit einverstanden.

Ein winziges, fast unmerkliches Nicken, und das war's; er stößt ein leises Stöhnen aus, stößt mit einem Hüftschwung bis zum Anschlag in mich hinein und füllt mich so fest aus, dass ich nicht sicher bin, ob ich ihn wieder herausbekommen würde, selbst wenn ich es wollte. Danach wird man mir für den Rest meines Lebens Teile von Kals DNA aus dem Inneren kratzen.

Er legt seine Hände auf beide Seiten meines Kopfes und beginnt langsam, seinen Schwanz gegen meine Innenwände zu ziehen, die Spitze über jeden Grat und empfindlichen Muskel zu streichen. Der Tisch knarrt unter unserem Gewicht und verschiebt sich mit jedem Stoß, und ich schlinge meine Beine um seine Taille und versuche, ihn so nah wie möglich an mich zu ziehen.

»*Verdammt*«, sagt er, schließt die Augen und neigt den Kopf zurück, und diese eine Silbe durchflutet mein ganzes Wesen mit Wärme, sodass mir schwindelig wird. »Ich habe dich so verdammt vermisst, Kleines. Deine Muschi, dein Hirn, dein schlaues Mundwerk. Das Asphodel ist nicht dasselbe ohne dich.«

Ich beiße die Zähne zusammen und versuche, nicht um mich zu schlagen, während er sich so unglaublich in mir fühlt. Mein Magen zieht sich zusammen, ein weiterer Orgasmus jagt bereits meine Wirbelsäule hinauf, und ich greife nach oben und streiche mit meinen Daumen über seine Wangenknochen, dann mit den Handflächen über den leichten Bart, der sein Kinn bedeckt.

Seine Augen reißen auf und verengen sich. »Du tust es schon wieder.«

»Was tun?«

»Mich verabschieden. Tu das verdammt noch mal nicht, Elena. Fass mich nicht an, als ob es das letzte Mal wäre.«

Ich schnappe nach Luft, als er sein Tempo erhöht und mit solcher Wucht in mich eindringt, dass der Tisch nach hinten rutscht und gegen die Wand knallt, bevor er zum Stillstand kommt. »Ich *tue* nichts.«

»Lüg mich nicht an«, sagt er und greift mit einer Hand nach oben, um meine Kehle zu umschließen, während er sich an den Seiten festhält. »Warum bist du den ganzen Weg hierhergekommen, wenn du nicht vorhast zu bleiben?«

»Du hast mir die Annullierungspapiere zugestellt!«

Knurrend erhöht er den Druck auf meine Kehle und fickt mich härter, als ob er aktiv versuchen würde, mich in zwei Hälften zu spalten. »Ich habe versucht, reif und respektvoll mit unserer Situation umzugehen.«

»Du bist nicht einmal gekommen, um mich zu *suchen*, nachdem ich dich im Theater zurückgelassen hatte«, schreie ich, die Erleichterung pocht durch mich hindurch und reißt den ganzen Schmerz mit sich. Mein Orgasmus kulminiert, ich schaue über den Hügel, während meine Sicht verschwimmt und das Sprechen immer schwieriger wird. »Wie kannst du sagen, dass du mich vermisst hast, wenn du mich nicht geholt hast?«

»Oh, *verdammt*, Elena.« Er drückt noch fester zu, stößt so grob in mich hinein, dass ich spüre, wie sich blaue Flecken bilden. »Ich war hinter dir her. Ich wollte in die Wohnung deiner Großmutter platzen und dich über meine Schulter werfen, dich mit nach Hause nehmen, wo du hingehörst. Ich stand stundenlang vor der Tür und habe überlegt, wie sehr du mich hassen würdest, wenn ich dir diese Entscheidung abnehme. Wenn ich dich nicht selbst mit den Dingen klarkommen lassen würde.«

Ich fange an, mich um ihn zu winden, und mein Höhepunkt bricht aus, noch bevor er seinen Satz beendet hat, als schwarze Flecken mein Augenlicht überfluten und dieses vertraute Gefühl des Schwebens mich in der Zeit schweben lässt, während ich über die Klippe falle.

»Das ist es, meine süße Frau. Du kommst auf dem Schwanz deines Mannes. Lass ihn bereuen, dass er die letzten zwei Wochen nicht in dir vergraben war.«

»Mein Gott, *Kallum*«, stöhne ich, der Orgasmus pulsiert noch immer und schickt Welle um Welle der Euphorie.

»Muss meine kleine Schwanzhure gefüllt werden?«

Ich nicke verzweifelt, kralle und kratze an seiner zerschundenen Brust, richte mich auf und ziehe ihn zu einem Kuss heran. Ich wippe mit den Hüften hin und her, erwidere jeden Stoß mit einem Miniaturstoss von mir, verschlinge meine Zunge mit seiner und genieße den Geschmack von mir auf ihm.

Seine Handfläche findet meinen Rücken, spreizt sich und drückt mich an seine Brust, als er ein letztes Mal in mich eindringt und ein kehliges Stöhnen über seine Lippen kommt. Schweiß rinnt an unseren Körpern hinunter, und es ist nicht mehr zu erkennen, welche Tropfen zu wem gehören, als er auf mir zusammenbricht und der Tisch unter uns ächzt.

Ich stoße ihn in die Seite, als der Tisch einknickt. »Vielleicht sollten wir woanders hingehen.«

Kal richtet sich auf und starrt mich mehrere Sekunden lang an, der Ausdruck in seinen Augen ist völlig unleserlich. »Okay«, sagt er leise, steht auf und zieht mich mit sich. »Lass uns reingehen.«

Als wir drinnen sind, wird er unheimlich still, nimmt mich mit ins Wohnzimmer und setzt mich auf die Couch. Er wickelt mir eine Plüschdecke um die Schultern, schlüpft dann wieder in seine Anzughose, schließt sie mit dem Reißverschluss und setzt sich auf den Couchtisch direkt mir gegenüber.

Ich schlucke schwer, denn ich spüre ein Kribbeln auf meiner Haut, weil ich weiß, dass er wahrscheinlich darauf wartet, dass ich zuerst gehe. Ich öffne den Mund, um zu sprechen, aber er kommt mir zuvor.

»Ich bin in *dich* verliebt, Elena.«

Ich schließe meinen Mund, lehne mich zurück und unterdrücke ein selbstgefälliges Lächeln. »Nun, was Entschuldigungen angeht, so ist das ein guter Anfang.«

Er seufzt und ein kleines Lachen kommt über seine Lippen, das mich überrascht, wie ... *echt* es klingt. In all den Wochen, die ich mit ihm verbracht habe, habe ich noch nie ein *richtiges* Lachen aus seinen Stimmbändern kommen hören, und der Beginn dieses Lachens lässt jetzt Schmetterlinge in meiner Brust ausbrechen.

Er fährt sich mit der Hand durch die Haare und sieht zu mir auf, wobei seine dunklen Augen zu ihrem natürlichen, warmen Braun zurückkehren, das in seiner weichen Tiefe berauschend wirkt. »Ich gebe zu, es fühlt sich nicht so an, als würde mich eine Entschuldigung jemals von den Sünden freisprechen, die ich gegen dich begangen habe. Das heißt nicht, dass ich aufhören werde, es zu versuchen, aber trotzdem. Ich möchte nur, dass du dir bewusst bist, dass ich weiß, dass sich alles, was ich sage, unzureichend anfühlen wird.«

Er streckt einen Finger über den Ring, den er mir an

unserem Hochzeitstag geschenkt hat, und ein kleines Lächeln umspielt seine Lippen. »Ich habe dich nicht verdient, weißt du das?« »Relativ, aber erzähl weiter.«

»Als ich ein Kind war, wuchs ich damit auf, mich zu verstecken, um Platz für meine Mutter und ihre Krankheit zu schaffen. Sie brauchte die Aufmerksamkeit, brauchte den Vorrang, und so verbrachte jeder die meiste Zeit mit ihr. Sie kamen, um meine Mutter zu besuchen, sie kamen, um mit meiner Mutter zu sprechen, und ich verkroch mich einfach in den Schatten und versuchte, ihr nicht noch mehr zu missgönnen, als ich es ohnehin schon tat.«

Er hält inne und schüttelt den Kopf. »Krebs ist eine seltsame Krankheit, die bei manchen Menschen Eifersucht hervorruft. Da war meine Mutter, die langsam verfiel, und ich hatte die Frechheit, ihr zu verübeln, dass sie mich verlassen hat. Als ob sie eine Wahl gehabt hätte.«

Mein Herz schmerzt und bricht mit jedem Wort, das er spricht, meine Hände wollen ihn trösten, seinen Schmerz lindern, aber ich weiß, dass ich das auch hören muss.

Man kann einen Menschen nicht voll und ganz lieben, ohne die Dunkelheit zu kennen, die sich in seine Seele gebrannt hat. Ich möchte seine so gut kennen, dass sie auch zu meiner Dunkelheit wird.

»Wie auch immer. Ich lernte deine Eltern etwa ein Jahr vor ihrem Tod kennen, und als sie schließlich *starb*, suchte ich meinen leiblichen Vater, in der Hoffnung, er würde … ich weiß nicht, mich aufnehmen würde, schätze ich.« Er legt einen weiteren Finger um meinen und verdeckt den Diamanten. »Lange Rede, kurzer Sinn, er war nicht an einem vierten Kind interessiert. Also fiel ich dem System zum Opfer und kam in eine Pflegefamilie in Boston. Einige Zeit später hat mich dein Vater auf der Straße angesprochen und mir einen Job angeboten.«

Er zögert, seine Kehle schnürt sich zu, als er schluckt. »Ich brauche nicht auf alle Einzelheiten des Beginns meiner Karriere einzugehen, aber der Punkt ist, dass ich nach Aufmerksamkeit hungerte, als ich deine Eltern kennenlernte. Dein Vater schenkte mir ein Leben im Luxus, und für ein Kind, das buchstäblich nichts hatte, fiel mir die Heldenverehrung leicht. Deine Mutter, nun ja. Sie gab mir die Zuneigung, die ich von meinen eigenen Eltern vermisst hatte, und ich schätze, die Anziehungskraft hat sich von da an noch verstärkt.«

Die Tränen brennen mir in den Augen, weil er so unbekümmert über die Art und Weise spricht, wie meine Mutter ihn behandelt hat, als ob daran nie etwas auszusetzen gewesen wäre. »Sie hat dich missbraucht, Kal. Das haben sie beide, sie haben einen beeinflussbaren Jungen von der Straße geholt und ihn zu ihrer kleinen Marionette gemacht.«

»Es war nicht so …«

»Kal«, sage ich und strecke meine Hand aus, um seine Wange zu streicheln. Eine Träne löst sich und rollt über mein Gesicht, während ich ihm in die Augen sehe. »Du wusstest es nicht besser. Sie sollten es dir beibringen, aber sie haben es dir falsch beigebracht.«

Seine Augen brennen vor unausgesprochener Emotion, und er scheint lange durch mich hindurchzusehen, um meine Worte zu verarbeiten. Vielleicht hätte ich nicht gleich mit einer Anschuldigung herausplatzen sollen, aber ich spürte, wie sich die Entschuldigung aufbaute, fühlte, wie das Gefühl, dass er mich ruiniert hatte, seine Seele zermalmte, und ich konnte es nicht ertragen.

»Ich will nicht, dass du dich bei mir für die Art und Weise entschuldigst, wie du mit dem umgegangen bist, was das Leben dir angetan hat«, sage ich leise, »denn ich sehe nichts Falsches an der Art, wie du bist. Ein wenig rau an den Rändern und weit davon entfernt, perfekt zu sein, aber …«

»Glücklich«, haucht er und schüttelt den Kopf, als wolle er die ganze Bandbreite der Emotionen verdrängen.

»Ich habe verdammtes Glück, wenn man bedenkt, dass du zu mir zurückgekommen bist.«

Er zieht mich an den Rand der Couch, legt seine Hand auf meinen Hinterkopf und bedeckt meinen Mund mit seinem; unsere Zungen tanzen zu ihrer vertrauten Melodie, Hitze und helles Licht knistern in meinem Inneren, Leidenschaft und Liebe brodeln in meiner Seele.

Als wir uns trennen, purzeln unsere Atemzüge schwer aus unseren Mündern, und er streicht mit seinem Daumen über meinen Mund.

»Es *tut* mir leid, dass ich es dir nicht gesagt habe. Du hättest es verdient zu wissen.«

Ich schlucke und nicke, auch wenn sich die Erinnerung wie ein Schlag ins Gesicht anfühlt. Ich streiche mit der Hand über seine Seite und runzle die Stirn, denn irgendetwas stört mich noch immer. »Hat sie das getan?«

Seine Augen folgen meinen Fingern, als sie über die runzlige Haut streichen, und er nickt leicht.

»Indirekt, aber ja.«

Meine Brust zieht sich zusammen, weil mir der Schaden, den meine Eltern ihm zugefügt haben, weh tut. Dafür, dass sie nicht einmal ihr Blut sind, haben sie ihm ganz schön zugesetzt.

»Ich hasse es, zu wissen, dass sie dich jemals angefasst hat«, gebe ich leise zu, weil ich weiß, dass ich es nicht hinter mir lassen kann, bevor es nicht an die Öffentlichkeit gelangt ist. »Ich hasse es zu wissen, dass sie dich jemals so sehen konnte.«

»Hat sie nicht«, wirft er ein, fängt meine Hand und drückt sie auf seine Haut. »Keiner außer dir, Kleines. Was kann ich tun, damit du das glaubst?«

Ich schüttle den Kopf, lehne es ab, dass er es überhaupt *beweisen* muss, und sage, dass es einfach Dinge gibt, die man nur mit der Zeit aufarbeiten kann. Aber er akzeptiert das nicht, lehnt sich zurück, schiebt seine Hand in die Tasche und holt das Gebrauchsmesser heraus, das er darin versteckt hält.

»Gib mir ein Zeichen«, sagt er und hält mir die Klinge hin.

Meine Hand weicht vor ihm zurück und fällt mir in den Schoß. »Gott, nein! Ich will dir nicht wehtun.«

»Doch, das willst du.« Er ergreift meine Hand, drückt mir das Messer in die Hand und wickelt meine Finger um den Griff. »Tu mir weh, damit ich spüre, wie es für dich war.«

Ich zögere, das Messer liegt schwer in meiner Hand, das Metall kühl auf meiner Haut. Die Angst schnürt mir die Kehle zu und lässt mich zittern, während mein Verstand zu entscheiden versucht, ob das eine gute Idee ist oder nicht.

Im besten Fall: wenn wir uns scheiden lassen und er sich mit einer anderen Frau trifft, wird man wenigstens die Initialen eines anderen Mädchens in seiner Haut sehen.

Im schlimmsten Fall: Ich schneide zu tief, und er verblutet und stirbt.

Trotzdem fällt es mir schwer, mir eine so seltene Gelegenheit entgehen zu lassen, und vielleicht hilft es mir, ein wenig Schmerz zuzufügen, um darüber hinwegzukommen.

Ich klappe die Klinge auf, nicke und erhebe mich von der Couch. Er grinst verrucht und lehnt sich auf dem Couchtisch zurück. Ich stehe auf, lasse die Decke um mich herum fallen und spreize seine Hüften, wobei ich versuche, die unmittelbare Erregung zu ignorieren, die unter meinem Hintern aufsteigt.

»Du willst einen flachen, rauen Strich«, sagt er, führt mich zu seinem linken Brustmuskel und drückt die Spitze des Messers in seine Haut. »Etwas, das ein wenig Blut und eine Narbe verursacht, aber nicht, du weißt schon. Mich tötet.«

Ich schlucke, die Kehle ist eng und ich drücke mit ein wenig Kraft nach unten, während er mich sanft führt; die Spitze durchstößt eine Hautschicht, und sein Lob lässt mein heißes Inneres pulsieren.

»Jetzt schnippe mit dem Handgelenk und beende den Buchstaben«, sagt er und presst seinen Kiefer zusammen. Der Schnitt reißt einige bereits verheilte Narben auf und kerbt den Rand einer Stelle in der letzten Zeile meiner ersten Initiale ein, aber er reagiert nicht, abgesehen von dem Zusammenbeißen.

Blut perlt in Form eines E, und ich starre es einen Moment lang an, fasziniert von der leuchtend karminroten Farbe; bevor er sich aufsetzen und mich aufhalten kann, tauche ich hinunter und drücke die flache Seite meiner Zunge dagegen, genieße den metallischen Geschmack, etwas Ursprüngliches, das auf den Geschmack reagiert.

Ich weiß nicht genau, was passiert, wenn sein Blut meine Zunge berührt; vielleicht liegt es daran, dass er so oft mein Blut getrunken hat, dass mein Körper den Gefallen gerne erwidert, oder vielleicht ist es etwas Tieferes als das.

Es ist nicht das erste Mal, dass ich ihn gekostet habe, aber jetzt ist es etwas anderes. Eine chaotische Verzweiflung in der Handlung, und die Verletzlichkeit in dieser Situation setzt meine ganze Seele in Brand.

»*Oh mein Gott*«, würgt Kal, seine Hand fliegt in mein Haar, als ich mich auf ihn setze und das Messer auf den Boden werfe. »Scheiße, ich bin so verliebt in dich, Elena Ricci. Glaubst du mir jetzt?«

»Anderson«, korrigiere ich ihn mit einem Grinsen. »Ich habe es legal ändern lassen. Ich will nicht eine Ricci sein, wenn das Geschäft untergeht.«

Seine Augenbrauen heben sich, und sein ganzer Körper erstarrt, als er meinen verschmitzten Ausdruck wahrnimmt. Mit zusammengekniffenen Augen zupft er an meinen Haarspitzen. »Was hast du getan?«

Ich zucke mit den Schultern und tue so, als wäre ich unschuldig. »Vielleicht hätte Papá lernen sollen, nicht alle seine Geheimnisse an seine Familienmitglieder weiterzugeben, da heutzutage jeder E-Mails an die Nachrichtensender schicken kann.«

Kal wickelt seine Finger in mein Haar und setzt sich auf, sodass sich unsere Münder fast berühren. »Hast du es *ausgeplaudert*?«

Ich ziehe die Lippen zusammen, weil ich weiß, wie die Menschen in dieser Welt über Informanten denken. Aber da ich diese Welt ohnehin verlasse, ist mir ihre Meinung scheißegal.

Trotzdem ist es schön, als Kal mich wieder zu einem leidenschaftlichen Kuss heranzieht, mich ausplündert, bis ich ein zitterndes Chaos bin, und jeden meiner Atemzüge für seinen eigenen stiehlt. »Du bist verrückt«, sagt er und zieht sich zurück. »Ich hoffe, es hat dir vorher gefallen, mein *Gefangener* zu sein, denn jetzt gehst du nirgendwo mehr hin.«

»Also, keine Annullierung?«

»Verdammt noch mal, auf gar keinen Fall.«

KAPITEL
Neununddreißig

Am Morgen, nachdem Elena auf die Insel zurückgekehrt ist, schlüpfe ich aus dem Bett und versuche, mich wieder mit den Teilen des Hauses vertraut zu machen, die ich gemieden habe, während sie weg war. Der Strand, wo ich ihr meine sichtbaren Narben gezeigt habe. Die Bibliothek, in der sie bei ihrer Ankunft so viel Zeit damit verbracht hat, Bücher zu lesen, die sie schon ein Dutzend Mal durchgelesen hatte, weil sie verzweifelt etwas zu tun haben wollte.

Nachdem ich Marcelline den Vormittag freigegeben habe,

toaste ich einen Bagel, bestreiche ihn mit Frischkäse und schneide einen Granatapfel auf.

Ich stelle es auf den Nachttisch und setze mich auf die Matratze neben ihrer schlafenden Gestalt, streiche ihr mit der Hand über die Seite, wie ich es seit letzter Nacht immer wieder getan habe, um mir zu vergegenwärtigen, dass es sie wirklich gibt.

Dass *sie* zu *mir* zurückgekommen ist.

Die Schönheit der Bestie.

Hades und Persephone.

Endlich streckt sie sich wach, blinzelt mir aus ihren sanften goldenen Augen entgegen und kichert, als ich mich zu ihr hinunterbeuge und ihren Mund mit meinem bedecke. Sie schiebt mich weg und stöhnt halb auf, was meinen Schwanz zum Leben erweckt.

»Morgenlatte«, sagt sie und rollt sich von mir weg.

Ich packe sie an der Schulter, ziehe sie auf den Rücken und klemme ihr Kinn zwischen meine beiden Finger. »Nach jeder Körperflüssigkeit, die wir geteilt haben, ziehst du da die Grenze?«

Sie streckt mir die Zunge heraus, bemerkt das Essen aus dem Augenwinkel und kreischt aufgeregt. »Du hast mir Frühstück gemacht?«

Ich zucke mit den Schultern, hebe das Tablett auf und lege es ihr um die Hüfte. »Es ist nichts Besonderes, und wahrscheinlich ist es schon kalt.«

Sie rollt mit den Augen, ignoriert den Bagel und stürzt sich sofort auf den Granatapfel, kaut nachdenklich, während sie mich mustert. »Weißt du«, sagt sie, »ich habe nicht wirklich darüber nachgedacht, wie sich der Untergang von Ricci Inc. auf dich auswirken könnte, als ich all diese Beweise an Kanal Zehn schickte.«

»Das wird es nicht«, sage ich und winke mit der Hand. »Ich habe mich bereits um meine *offizielle* Beteiligung an deinem Vater und seinem Geschäft gekümmert. Solange mein Sicherheitsteam getan hat, was es tun sollte, werde ich für die Riccis nicht einmal existieren.«

»Wird sich das auf dein Medizinstudium auswirken?«

Ich lege die Stirn in Falten, und der zurückhaltende, fast schüchterne Ausdruck auf ihrem Gesicht löst eine kleine Welle des Unbehagens in mir aus. »Abgesehen von der Tatsache, dass meine Arbeit dazu beigetragen hat, ihn zu finanzieren, hat mein Abschluss nichts mit deinem Vater oder irgendjemand anderem zu tun, was das betrifft. Ich habe ihn verdient, und er kann mir nicht einfach weggenommen werden.«

»Aber ... du praktizierst nicht, und du sprichst nicht einmal davon, dass du ein Arzt bist.«

Ich lehne mich leicht zurück und falte die Hände in meinem Schoß. Mir das letzte Geheimnis zu entreißen, das ich vor ihr habe, gibt mir das Gefühl, mein Herz aufzubrechen und es ihr in die Hand zu drücken, in der Hoffnung, dass sie mich nicht wieder verlässt. Aber es fühlt sich auch notwendig an, wie der Anfang von *uns*.

»Ich habe dieses ... Leiden. Misophonie. Das ist eine psychologische Abneigung gegen bestimmte Geräusche.

Hast du schon mal davon gehört?«

Sie schüttelt den Kopf.

»Meistens kann ich es unter Kontrolle halten, aber manchmal ... ist es sehr stark. Manchmal ist es geradezu lähmend, und ich kann mich auf nichts anderes konzentrieren als auf das Geräusch oder die Angst, die es bei mir auslöst. Selbst wenn sich das Geräusch gelegt hat, bin ich immer noch von der Episode überwältigt und möchte einfach von zu Hause aus arbeiten, wo ich die Reize, die auf mich einwirken, regulieren kann. Nicht, weil ich versuche, sie zu vermeiden, aber wenn ich mir das Leben leichter machen kann, dann werde ich das tun.«

Sie nickt und zuckt mit den Schultern. »Das macht Sinn.«

»Meine Entscheidung, mich aus der Medizin zurückzuziehen, wurde unabhängig von meiner Entscheidung getroffen, mich aus dem Ricci-Geschäft zurückzuziehen. Ich … abgesehen von der Sache mit den Geräuschen habe ich nicht mehr dieselbe Leidenschaft für den Arztberuf wie früher, und ich hatte langsam den Verdacht, dass ich versuchte, die Fantasie eines Jungen zu vervollständigen, der nur seiner Mutter helfen wollte, gesund zu werden.«

Sie kaut auf einem Granatapfelkern, während sie zuhört, und schürzt ihre Lippen. »Was würdest du sagen, wenn ich wieder zur Schule gehen wollte?«

»Ich würde sagen, das ist toll …«

»Aber ich möchte diese Gabe erlernen.« Ihr Blick wandert zu meiner Brust, über das Pflaster, das die kleine Wunde verdeckt, die sie mir gestern Abend zugefügt hat, und dann wieder nach oben. »Ich will das Schreiben nicht lehren, ich will es *machen*.«

Mein Herzschlag beschleunigt sich und schwillt an, bis er schmerzhaft gegen meine Rippen klopft. »Dann sage ich, dass ich es kaum erwarten kann, eine Bibliothek voller Bücher von dir zu haben.«

Später, nachdem sie mit dem Essen fertig ist und ich *mein* Frühstück beendet habe, ziehe ich mich zwischen ihren Schenkeln hervor und lasse mich neben ihr aufs Bett fallen, wobei ich einen Arm hinter meinem Kopf verschränke, während sie ihren auf meine Brust legt.

»Weißt du, was mich zu dir zurückgebracht hat?«, fragt sie nach einer angenehmen Stille und hebt ihr Kinn, um zu mir aufzuschauen.

»Was?«

»Es war der Granatapfelsirup aus dem Jet.« Sie schmunzelt und schüttelt den Kopf. »Ein Schluck, und ich wusste: Das ist der Sirup für mich. Zu gut, um den Rest meines Lebens ohne ihn zu leben.«

Und als sie sich auf ihre Ellbogen stützt, meine Lippen mit ihren einfängt und sich auf meine Hüften schiebt und meinen Schwanz hinuntergleitet, bevor ich überhaupt eine Chance habe, das Geschehen zu verarbeiten, muss ich über die verdammte Ironie kichern.

Persephone isst den Samen, der sie auf unbestimmte Zeit an die Unterwelt bindet.

Meine Version ist ein wenig anders, ein wenig verzerrt und blutig und manchmal geradezu quälend, aber das Ergebnis bleibt das gleiche.

Sie wird bleiben, und die Dunkelheit in mir beginnt sich etwas abzuschwächen.

IVERS INTERNATIONAL IST ein Unternehmen für Kriminelle, von Kriminellen.

Wer könnte besser dabei helfen, illegale Aktivitäten abzusichern, als Leute, die es getan haben und damit davongekommen sind?

Das Unternehmen mit Sitz in der schäbigen Scheißstadt King's Trace, Maine, ist kein Ort, den ich gerne aufsuche. Wenn ich Treffen virtuell abhalten kann, dann bevorzuge ich das.

Offen gesagt, wenn sie nicht *typischerweise* so verdammt gut in ihrer Arbeit wären und ich nicht eine persönliche Beziehung zum Besitzer hätte, würde ich sie wahrscheinlich nicht mehr aufsuchen, allein schon wegen des Standorts.

Trotzdem beschließe ich, ein paar Wochen, nachdem Elena wieder auf der Insel aufgetaucht ist, dort vorbeizuschauen, um zu sehen, ob das Team schon etwas Neues über die Identität meines Erpressers herausgefunden hat.

Ich habe von keinem von ihnen etwas gehört, seit Carmen verhaftet wurde und Rafe verschwunden war, also kann ich mir nur vorstellen, was an dieser Front vor sich geht. Nachdem ich ein Treffen mit Boyd Kelly, dem leitenden Cybersecurity-Ingenieur, abgewickelt habe, lande ich in Portland und fahre die kurze Strecke nach King's Trace, wobei ich versuche, mich nicht wie sonst von der Dunkelheit in den Bann ziehen zu lassen.

Es gibt einen Grund, warum ich immer nur für einen Job in die Stadt komme. Ein unsichtbarer Schleim überzieht praktisch die kleinen Straßen, eine böse Präsenz, die jeden verfolgt, der die Stadtgrenzen betritt.

Auf dem Weg hierher halte ich nirgendwo an, parke vor dem Ivers International und gehe sofort hinein.

Die glänzenden Böden in der Lobby sehen aus, als wären sie erst kürzlich poliert worden, und eine kurzhaarige Empfangsdame begrüßt mich an der Rezeption und gibt mir einen Aufzugsschlüssel, nachdem ich meinen Termin bestätigt habe. Ich gehe durch die Lobby zu den silbernen Schiebetüren und schaue mich um, wobei ich feststelle, wie beunruhigend normal der Ort wirkt.

Ich bin mir nicht sicher, was ich von einer Sicherheitsfirma erwartet habe, aber Kabinen und gepolsterte Sitzbänke waren es sicher nicht.

Ich verlasse den Aufzug, als es in meinem Stockwerk klingelt, und bin sofort gespannt auf die Leere im obersten Stockwerk. Die Namen der leitenden Angestellten sind auf einer Tafel direkt über der Rezeption aufgeführt, und ich kann deutlich mehrere Türen auf dem Flur sehen, Stühle zum Sitzen und Warten, und doch … scheint es nirgendwo ein Lebenszeichen zu geben.

Ich räuspere mich, läute die Glocke auf dem Schreibtisch und wippe auf meinen Fersen zurück, während ich warte.

Und warte.

Und warte noch mehr.

Mit jeder Sekunde, die verstreicht, werde ich unruhiger, weil ich weiß, dass mich das davon abhält, mich zu Hause zu entspannen, und beuge mich vor, um auf das Schild zu schielen. Boyds Büronummer ist die Zweite, und so schiebe ich mich an der Glaswand vorbei, die die Bürotüren von der Lobby im Obergeschoss trennt, und steuere direkt auf seinen Platz zu.

»Ich hasse es zu warten …«

Ich breche abrupt ab, als ich die Tür öffne, und bleibe wie

erstarrt stehen, mehr als nur ein wenig verblüfft von der zierlichen Blondine, die hinter dem großen Eichenschreibtisch sitzt, die schwarzen Converse auf die Holzoberfläche gestützt.

Überrascht vor allem deshalb, weil sie, als ich sie das letzte Mal sah, im Koma lag, gebrochen und blutig, und um den unterbewussten Willen kämpfte, aufzuwachen.

»Riley«, hauche ich, und mir werden die Knie weich angesichts des Mädchens, das vor mir steht.

Die Schwester von Boyd Kelly, Leiter des Sicherheitsteams von Ivers International.

Ihr honigfarbenes Haar ist eng um den Kopf geschoren, ihre blauen Augen so tief und unruhig wie die unerforschten Teile des Ozeans. Eine Narbe zieht sich quer über ihren Mundwinkel, die geschundene Haut auf ihrer Wange, die von einer Oberschenkeltransplantation stammt, ist zwar verheilt, aber immer noch ein wenig erhabener und rosiger als der Rest ihres Gesichts.

Sie sieht hohl aus, die dunklen Kreise um ihre Augen wirken eher wie Krater, der Pullover, den sie trägt, ist etwa drei Nummern zu groß. Ich schließe langsam die Tür, und sie grinst, als ich zum Schreibtisch hinüberkomme.

»Du weißt wirklich, wie man ein Mädchen warten lässt«, sagt sie und deutet mir an, mich zu setzen. Ich tue es, aber nur, weil ich verwirrt bin.

»Was machst du denn hier?«, frage ich und schaue mich im Büro um, um zu sehen, ob sich jemand in der Ecke versteckt. »Wo ist dein Bruder?«

»Boyd hat ein ausgedehntes Mittagessen mit seiner Freundin. Ich war diejenige, die dich um ein Treffen gebeten hat.«

Meine Augenbrauen schießen in die Höhe. »Was?«

»Du wolltest wissen, wer dein Erpresser ist«, sagt sie, beugt sich vor und schiebt einen vertrauten USB-Stick über den Schreibtisch, auf den sie tippt, als er mich erreicht.

Ich starre auf das Laufwerk, dann sehe ich zu ihr auf. »*Du*?«

Ein Lächeln breitet sich auf ihrem Gesicht aus, aber es sieht angestrengt aus. »Irgendwie verrückt, wie viel ich in so kurzer Zeit aufgeschnappt habe, aber ich schätze, das ist der Vorteil, wenn man ständig mit Hackern und IT-Leuten zu tun hat. Erstaunlich, was man über eine Person herausfinden kann, wenn man nur ein bisschen gräbt. Selbst über einen so privaten Menschen wie dich, Doktor.«

Ich verenge meine Augen. »Ist das so?«

Sie nickt und holt einen weiteren USB-Stick hervor, der sich *leicht* von dem unterscheidet, den sie mir gerade gegeben hat.

Es ist derselbe, den ich Rafe an dem Tag gab, als ich ihn überredete, mir Elena zu geben.

Mein USB-Stick.

Ich sehe zu ihr auf, nehme den Stick und stecke ihn in meine Brusttasche, wohl wissend, dass sie damit die einzige weitere Person auf der Welt ist, die mein schmutzigstes Geheimnis kennt.

Ursprünglich gab es überhaupt niemanden, der Ricci Inc. erpresste. Es gab nur mich.

Mein Verstand wirbelt herum und versucht zu verarbeiten, was sie sagt. Wie ein achtzehnjähriges Mädchen mich in den letzten Monaten auf Trab gehalten hat, aber vor allem, *warum*?

Sie schluckt, als ich das frage, und setzt sich in ihrem Sitz auf. »Ich könnte meinen Bruder fragen, aber du bist ja auf Geheimhaltung spezialisiert, oder? Nun, ich habe etwas … Schlimmes getan und muss verschwinden.«

Epilog

Elena

In den meisten Versionen des Mythos ist Hades der Bösewicht.

Der Fänger, der Dieb, das abscheuliche Wesen, das vom Olymp vertrieben wurde und gezwungen ist, in der Einsamkeit der Unterwelt zu leben, unter den Seelen der Toten.

Man spricht von seiner Grausamkeit, von seinen vergangenen Verbrechen, die man ihm vorwirft.

Niemand spricht je darüber, wie er Persephone *gerettet* hat.

Wie er sie als seine Königin in die Hölle schleppte und ein ganzes Reich heilte, nur um sie glücklich zu machen.

Er überschüttete sie mit Liebe und Zuneigung, überschrieb ihr seine Seele in dem Moment, in dem er ihre Gestalt erblickte, überwältigt von ihrer Schönheit und Reinheit.

Sie sehen in ihm nur den Bösewicht, weil sie ihn so sehen *wollen*. Sie brauchen jemanden, auf den sie ihr Pech schieben oder dem sie die Schuld geben können, wenn etwas schiefgeht.

Keiner von ihnen sieht den Mann, den ich sehe.

Der in diesem Moment mit dem Arsch fest im nassen Sand sitzt und darauf wartet, dass die nächste Welle ans Ufer klatscht. Seine Hände sind so groß, dass sie die Taille unserer Tochter vollständig umschließen, und er wiegt sie jedes Mal auf und ab, wenn das Wasser sie umspült, und ihr Lachen trägt den Strand hinunter zu mir, wo ich sitze und an meinem Bewerbungsschreiben arbeite.

In den Monaten nach meiner Rückkehr nach Aplana sah ich zu, wie das Leben, das ich in Boston kannte, zu Asche zerfiel und meine Schwestern sich plötzlich vertrieben fühlten und für eine Weile bei uns auf der Insel wohnen mussten. Kal war damit beschäftigt, sich in Investitionen zu stürzen, und versuchte, die Tatsache, dass er seit dem Frühjahr nichts mehr von Violet gehört hatte, nicht als störend zu empfinden, obwohl ich merkte, dass es ihn störte.

Und das tut es immer noch.

Dann wurde ich schwanger, obwohl ich pflichtbewusst meine Verhütungsmittel nahm, und obwohl Kal wegen seiner Vergangenheit zunächst zögerte, sich aufgeregt zu zeigen, hielt er während der gesamten Schwangerschaft wunderbar die Hand über mich und verließ sich auf sein medizinisches Wissen, um mich bei allen Fragen und Bedenken zu beruhigen.

Ich zögerte auch, weil er einmal gesagt hatte, er wolle keine Kinder in die Welt setzen, aber als ich ihm sagte, dass wir ein kleines Mädchen bekommen würden, erfuhr ich, dass es nicht daran lag, dass er keine Kinder *wollte*, sondern daran, dass er dachte, er hätte sie nicht verdient.

Er hatte sich für das bestraft, was meine Eltern ihm angetan hatten. Vor allem meine Mutter.

Aber als Quincy geboren wurde, verschwand jeder Zweifel, den ich an seiner Fähigkeit hatte, sie zu lieben oder auf Gewalt zu verzichten, in der Sekunde, in der er in diese großen, braunen Augen blickte.

Nicht, dass er sie völlig aufgegeben hätte. Manchmal treffe ich ihn spät nachts in dem alten Nebengebäude an, wo er die ‚losen Enden' des Lebens, zu dem er nie zurückgekehrt ist, zusammenfügt. Als er Ricci Inc. verließ, verließ er es wirklich. Oder so sehr, wie man die Mafia verlassen kann.

Manchmal, wenn er mir beim Ficken in die Haut schneidet oder die Initialen auf der Innenseite meines Oberschenkels wieder aufreißt und an mir leckt, als ob er das zum Überleben bräuchte, frage ich mich, ob das seine Art ist, diesen Teil von ihm in Schach zu halten. Ob er seinen Blutdurst stillt, indem er mein Blut schmeckt.

Nicht, dass ich mich beschweren würde.

Ihr Lachen lenkt meine Aufmerksamkeit wieder von meinem Brief ab, und ich seufze, schiebe die Seite in mein Notizbuch, lege es zur Seite und schlinge meine Arme um mich, während ich den Strand hinunter zu ihnen gehe.

Ich habe mein erstes Buch, einen fiktiven Bericht darüber, wie ich mich verliebt habe, ein paar Wochen vor Quincys Geburt fertiggestellt, und seitdem versuche ich, Anfragen an Agenten zu verfassen, aber ein Teil von mir mag es einfach, das Buch in meinem Büro zu haben, eine Sammlung meiner Worte und meiner Fantasie, wo nur ich sie sehen kann.

Manchmal sitze ich auf der Terrasse und lese es durch, mit Blick auf den Blumengarten, der nach meiner Rückkehr nach Aplana *endlich* erblüht ist. Als hätte der Frühling die ganze Zeit darauf gewartet, dass ich nach Hause komme.

Irgendwann werde ich den Brief schreiben. Aber im Moment scheint dieses Leben wichtiger zu sein.

Kal pfeift, als ich mich ihm nähere, sein Blick schweift über meine Gestalt und verweilt auf meinen Beinen.

»Q«, sagt er zu unserer Tochter und krault ihre dunklen Locken, »du hast vielleicht die schönste Mutter der Welt. Ich sage dir nur, dass deine männlichen Freunde die ganze Zeit bei uns abhängen werden, nur um einen Blick auf sie zu erhaschen.«

Ich spotte und bespritze ihn mit meinem Fuß mit Wasser. »Bitte, als ob die überhaupt ins Haus dürften.«

Er grinst und sein hübsches Gesicht erhellt sich bei dieser Geste. »Ich bin viel weiterentwickelt als du, Kleines. Sie kann Freunde haben, sogar männliche Freunde. Wer weiß, vielleicht mag sie ja mal Mädchen und ich muss mir dann Sorgen machen, dass sie ihr das Herz brechen.«

Ich fahre mit den Fingern durch sein Haar und schaue auf die beiden hinunter. Mein Herz schmerzt in meiner Brust, weil ich weiß, dass ich mir keine Sorgen machen muss, dass es dieser Mann sein könnte, egal, wer ihr in Zukunft das Herz bricht.

Ich beuge mich hinunter und kuschle mich in ihren kleinen Kokon, atme tief ein und versuche, den Geruch des Glücks in meinem Gedächtnis zu verankern; Potenzial und süß, verpackt in einem zarten Päckchen, manchmal voller Ängste und Flecken, die die Reise trüben, aber dich auf der anderen Seite wieder heil herausbringen.

Es ist der Frühling mitten im Winter, ein Lichtstrahl, der auf deine Seele scheint und dir irgendwie das Gefühl gibt, weniger allein zu sein.

Denn das ist es, was Glück ausmacht. Die Menschen, die man auf seinem Weg findet und die das Leben ein wenig erträglicher machen.

Und wenn man sie einmal gefunden hat, lässt man sie nicht mehr los.